페인티드 드럼

THE PAINTED DRUM
by Louise Erdrich

이 도서의 국립중앙도서관 출판예정도서목록(CIP)은
서지정보유통지원시스템 홈페이지(http://seoji.nl.go.kr)와
국가자료공동목록시스템(http://www.nl.go.kr/kolisnet)에서 이용하실 수 있습니다.
(CIP제어번호: CIP2019008777)

페인티드 드럼

루이스 어드리크 장편소설

정연희 옮김

The Painted Drum

Louise Erdrich

문학동네

일러두기

1. 주석은 모두 옮긴이주이다.
2. 본문 중 고딕체는 원서에서 이탤릭체로 강조한 부분이다.
3. 장편소설과 기타 단행본은 『 』, 연속간행물과 곡명, 작품명, 텔레비전 프로그램은 〈 〉로 구분했다.

딸들에게

차례

제1부

리바이벌 로드

1
리바이벌 로드

페이 트래버스

소박한 손글씨 팻말과, 천사나 양 모양으로 깎인 석상들이 풍상에 시달린 모습으로 서 있는 아동묘지를 떠나면서, 나는 묘지도로와 2차선 고속도로가 만나는 곳에 차를 멈추고 생각에 잠겨 한참 동안 앉아 있었다. 이렇게 마음이 산만한 것은 나이 탓도 있겠지만 오로지 그 이유 때문만은 아닌 것 같다. 요즘 나는 미묘하게 다른 선택들을 놓고 고민하고 또 고민한다. 어떤 선택은 행복을, 어떤 선택은 절망을 가져올 것처럼. 올바른 길은 없다. 참인 길도 없다. 길이 익숙할수록 내 마음은 더 쉽게 길을 잃는다. 왼쪽으로 가는 고속도로를 타면 북쪽으로 구불구불 올라가 우리 지역에서 유명한 대학 타운에 갈 수 있다. 하지만 나는 오른쪽으로 가는 고속도로를 타고 가난하지만 뉴잉글랜드* 지역의 역사적 의미를 간직한 스타일스 앤드 스토크스 마을로 향한다. 잎이 무성하나 가냘파 보이는 단풍나무들과 방사형으로 뻗은 옛 도로들, 완고해 보이는 흰색 종탑과 실용적인 주유소 겸 식료품점이 있는 곳이다. 곧 고속도로에서 빠지는 길이 나온다. 왼쪽으로 뻗은 그 언덕길은 얼마간은 너르고 잘 관리되어 있는 길이다가, 나무의 몸통에서 갈라진 줄기가 가늘어지듯 점점 좁아진다. 이 길이 바로 리바이벌 로드다. 여기가 우리, 즉 어머니와 내가 사는 곳이고, 여기서부터 길은 복잡해진다.

공중에서 내려다보면 우리 길은 밧줄더미를 아무렇게나 휙 던져놓은 것처럼, 뜻 모를 고리들과 그리다 만 물음표들이 흩어져 있는 형상으로 보일 것이다. 하지만 끈기 있게 관찰하면 질서를 발견할 수 있다. 우리 길의 초입은, 중심 고속도로의 아스팔트보다 등급이 낮은 자재를 쓰기는 했지만, 포장이 되어 있다. 주민투표로 길의 유지보수에 돈을 좀더 쓰자는 결론이 난 뒤 길에 가벼운 자갈을 덧깔았다. 무더운 여름이 계속되면 물렁해진 타르 속으로 자갈이 쏙 들어가 길은 속력을 내기 좋게 판판해졌다. 한겨울에는 노면 아래가 서서히 얼어 도로가 휘면서 길이 울퉁불퉁해져 차들도 다시 속도를 줄였다. 나는 이맘때면 늘 마음이 흐뭇해지는데, 아이들이 이 길을 따라 저 아래 버스 정류장까지 걸어다니기 때문이다. 아이들은 눈부실 만큼 강렬한 분홍색, 노란색, 파란색의 두툼한 재킷들을 입고 개들을 데리고 지나간다. 아이들은 내 눈앞에서 쑥쑥 자라 젊은 운전자가 되고 아슬아슬하게 꼬맹이들을 피해가며 속도를 낸

* 미국 북동부 대서양 연안에 있는 메인, 뉴햄프셔, 버몬트, 매사추세츠, 로드아일랜드, 코네티컷 여섯 주를 포함하는 지역.

다. 그 꼬맹이들이 자라나 자기 차례가 되면 차를 몰아 이곳을 떠난다.

앞서 말한 것처럼 질서라는 게 존재해도 제멋대로 발생하는 사건들 때문에 그 양상은 끊임없이 복잡해진다. 사람들이 삶에서 각자 자신들의 무질서를 완성해가는 동안 이야기는 여기서 수면 위로 떠오르고 저기서 으르렁거린다. 내 어머니 엘시와 나는 세상을 관찰하며 인생의 향로를 정하려고 애쓴다. 하지만 한평생, 아니, 한평생보다 더 긴 세월이 걸려야 뚜렷이 볼 수 있다면 오로지 신앙심 깊었던 망자들만이 우리 길을 진실하게 그려낼 수 있으리라. 어쨌거나 길은 남쪽 끝에 있는 평평한 들판에서 이름을 따왔는데, 그곳에서 한때 연례 부흥회가 열렸다. 당시 개종의 바람을 타고 교회가 한둘 생겨났지만 이제 와서 생각하면 독실한 신앙의 열기 속에 때 이르게 등장한 것이었다. 세월이 흐르면서 그 교회들은 새로 나타난 교파들과 합쳐졌고, 망자들은 보편구원론자, 퀘이커교도, 심지어 무신론자와도 땅을 공유하게 되었다. 산 자인 우리는 어떤 상황에 붙잡혔다가 빠져나오면 또다른 상황과 맞닥뜨린다. 망자는 전체 그림을 보지만 우리는 그러지 못한다. 그래도 나는 그 상황들을 잇는 연결고리만이라도 기록하려고 노력한다. 우리의 일상적인 다툼, 놀람, 이 길에서 일어나는 소소한 사건들을 통해 길을 찾으려고 애쓴다.

한겨울의 얼어붙을 듯 추운 어느 일요일, 기분좋게 집안일을 하고 있는데 누가 우리집 문을 미친듯이 두드렸다. 깜짝 놀란 어머니가 나를 불렀다. 지하 세탁실에서 헐레벌떡 올라와 뒤쪽 덧문으로 달려갔더니 유리창 너머로 재킷도 걸치지 않은 젊은 남자가 부들부들 떨며 서 있었다. 들어올린 손에 손가락 하나가 없는 것을 보고 나는 대번에 아이크 집안의 사내인 것을 알아보았다. 아버지의 체인톱을 가지고 놀다가 손가락 하나를 잃은 어린아이가 세월이 흘러 지금은 장성한 청년이 되었다. 하지만 그의 아버지가 할부로 구입한 새 자동차는 그러지 못했다. 데이븐 아이크가 면허도 없이 운전을 하려고 아버지의 차를 몰래 끌고 나왔는데, 우리집 옆으로 언덕을 내려오다가 그만 제동을 걸지 못한 것이다. 자작나무가 늘어선 가파른 골짜기로 차가 미끄러졌는데, 다행히 두 그루의 나무 밑둥치 사이에 딱 걸렸다. 할부도 안 끝난 값비싼 흰색 차가 하얀 자작나무 두 그루 사이에 완벽하게 끼여 있었다. 찌그러진 곳은 없었다. 긁혀서 은색이 드러난 곳도 없었다. 아직까지는 그랬다. 데이븐은 내 스바루에 체인을 걸고 두 차를 연결한 후 내가 언덕 위로 차를 몰면 자신의 차가 부드럽게 빠져나오리라는 희망을 품고 있었다.

체인은 뚝 끊어졌고, 오후 내내 이런저런 시도를 했지만 상황은 더욱 악화되었다. 길 아래쪽으로 승용차와 트럭과 장비, 사람들이 몰려왔다. 끼인 것이 헐거워지는 동안, 차를 흔들어보거나 당겨보거나 밀어보거나 그대로 놔두는 동안, 다른 방안을 시도했다가 포기하는 동안 새 자동차는 점점 헌것이 되어갔고, 데이븐은 물거품이 되어버리는 계획을 지켜보며 절망에 빠져들었다. 그는 덤프트럭이 아버지의 자동차를 윈치로 들어올려 어느 정도 헐겁게 한 뒤 옆으로 패대기치는 것을, 그 차가 타운 도로국에서 깔아둔 자갈에 끽끽 긁히며 견인되어 가는 것을 망연한 눈길로 지켜보았다.

우리 타운은 은은한 자연광과 그것이 연출하는 장관으로 유명하다. 동부 해안의 대도시에서 활동하는 예술가들이 여기에 매료되어 수년에 걸쳐 이곳으로 찾아들었다. 예술시장에서 나름의 성공을 거두어 은둔생활의 호사를 누릴 여유가 있는 사람들이었다. 뉴햄프셔주는 소득세를 물리지 않는 대신 효율성이 떨어지는 다른 수많은 방법으로 세금을 걷는 것을 선호했기 때문에 부유한 예술가들은 약간 따분해도 이곳에서 더 부를 누릴 수 있었다. 그들이 이런 환경에서 친구라는 존재를 찾는다면 나 같은 사람에게 기댈 수밖에 없다. 나로 말하자면, 한때 마약에 빠졌다가 간염에 걸린 덕분에 그 늪에서 빠져나온 사람, 옷에 관심이 없어서 해고된 옷가게 매니저, 교육을 받다가 만 미술 애호가, 일기와 습작시만 줄곧 써대는 작가, 끝으로 내 어머니가 오십 년도 더 전에 시작한 재산 처분 사업의 동업자다.

아무튼 그런 예술가 한 명이 우리 길의 끝에, 흰 판자로 지은 마차 차고(지금은 작업실로 쓴다)와 붙은 커다란 벽돌 건물에 산다. 커트 크라에Kurt Krahe—그의 성을 바르게 쓰려면 a 위에 뱀파이어가 깨문 이빨 자국 같은 움라우트를 찍어야 한다*—는 시선을 끄는 남자다. 예전에는 돌로 만든 아상블라주로 큰 명성을 얻었지만 지금은 '사물 사이의 공간', 그의 표현으로는 '츠비셴라움Zwischenraum'에 빠져 있다. 미국식을 따르면서 움라우트는 버렸지만, 그는 독일어의 합성어를 사랑한다. 이따금 단어를 직접 만들어 쓰는 것 같기도

* Krähe, 독일어로 '까마귀'.

하지만 츠비셴라움은 실제로 있는 단어다. 나도 그 단어의 의미로 세상을 보곤 한다. 커트는 자신이 만든 작품들 사이 공간으로 빠져버려 지금은 주목받지 못하는 존재가 되었다. 여러 해 동안 그에게는 내로라할 만한 작품이 없었다. 그는 종종 천연 점판암이나 화강암을 조각 재료로 쓰는데, 큰 작품을 할 때면 종종 그 지역 청년을 고용한다. 크라에의 조수들은 대개 거처가 그곳—오래된 스트로부스소나무가 비바람을 막아주는 조그만 오두막—이라 밤이건 낮이건 아무때고 부를 수 있다. 이 돌을 저 돌 위에 어떤 방식으로 끼워올릴지 영감이 떠오르는 순간이 언제인지는 누구도 알 수 없다.

커트의 손은 신기할 정도로 작고 섬세하다. 그 손을 보면 덩치 좋은 너구리의 민첩하고 영리하게 움직이는 손이 생각난다. 그의 발은 단정히 끈을 묶은 부츠를 신었고 꼭 여자 발 같은데, 그의 몸의 나머지 부분이 굵직굵직해서 대조적인 느낌을 준다. 나는 커트가 후보로 골라둔 돌을 늘 호기심 있게 쳐다본다. 옮겨놓은 돌을 찬찬히 들여다보면 가끔은 어떤 점에 그의 마음이 끌렸는지 알 것 같다. 그가 말하기를 일본어에는 바위 속에 뚜렷이 존재하는 본질을 가리키는 단어가 있단다. 나는 독일인에게는 왜 없냐고 묻는다. 그는 자기가 생각해서 만들어내겠다고 한다. 내가 커트를 사랑하는 이유는 그가 본질, 즉 바위의 본성을 알아보는 능력을 가졌기 때문인 것 같다. 나는 그저 이따금 내가 돌이면 좋겠다고 생각한다. 그러면 그는 내 본모습을 볼 수 있겠지. 성난 운모가 얼룩얼룩 박힌 복숭아색 화강암. 나는 약간 균형을 잃은 상태다. 나는 그에게 다른 여자가—뉴욕에 다녀오면서 만났을 것이다—있을 거라 의심하지만, 그는 화제를 돌리며 내 질문을 웃어넘긴다. 그것은 암묵적인 부인이었고, 단도직입적으로 물어볼 용기와 자신은 내게 없다. 그렇게 의심하면서도 나는 그를 향해 더 많이, 더 많이 기울어진다. 내가 균형을 바로잡아야 하는가? 하지만 이것은 미학적인 선택이 아니다.

데이븐 아이크는 집에서 쫓겨났지만 멀리 가지 않았고, 그저 크라에의 집으로 가서 아름답고 품이 넉넉한 소나무 그늘에 자리한 조그만 오두막에서 살았다. 소나무의 생김새가 유난히 강인해 보여 나는 종종 크라에와 함께 그것이 처음 뿌리를 내린 해를 상상한다. 우리 둘 다 그 나무는 작은 묘목에 지나지 않았을 거라고 확신한다. 너무 가냘파서 아무도 그 나무를 건드리지 않았으리라. 영국 국왕의 사자使者들이 뉴잉글랜드 지역의 숲에서 가장 높고 곧게 자란 나무들을 식민지 주민의 접근을 막는 용도로 쓰다가 끝내 영국 해군 조선소로 운반해 가서 큰 돛을 다는 돛대로 만들 때까지도. 저 자신이 드리운 차양이 너무 크고 조밀해서 제 몸 아래 청동색 솔잎에는 수 세기 동안 햇빛 한 줌 허락하지 않을 만큼 성장이 절정에 달했던 다른 큰 소나무가 도끼에 찍혀 쓰러졌을 때, 지금 성장하고 있는 이 커다란 소나무는 묘목에 불과했다. 나무는 뻗어 올라가다 중간에 세 갈래로 갈라져 거대한 왕관 모양이 되었다. 갈라진 그 부분에 갈까마귀가 둥지를 틀었다. 갈까마귀가 한때 그들을 몰살시킨 총과 그물, 독물에 대한 오랜 종족 기억 때문에 북동부 사람들만 보면 슬금슬금 피한다는 사실을 고려하면 이상한 일이다.

데이븐 아이크가 이곳으로 거처를 옮겼을 때 갈까마귀들이 그를 지켜보았다. 사실 그 새들은 모든 것을 지켜본다. 갈까마귀는 재치 있고 매우 지적인 새라서 데이븐 아이크가 문제를 일으킬 거라고 단박에 알아봤다. 그래서 청년의 오두막 지붕에 나뭇가지를 떨어뜨렸고 상인방에 똥을 쌌으며 마당에 둔 작은 물건들을 훔쳐서 감춰뒀다. 대개 연필이나 동전 따위를 훔쳐갔지만 한번은 자동차 열쇠도 훔쳐갔다. 갈까마귀들은 웃음을 터뜨리기도 했다. 웃음소리가 하도 사람 소리 같아 잠자코 듣고 있기가 쉽지는 않았다. 당신의 목에서 나오는 소리가, 크라에가 좋아하는 또다른 표현인, 샤덴프로이데Schadenfreude처럼 들린 적이 있다면 아마 알 것이다. 타인의 고통을 지켜보면서 기쁨에 차오르며 내는 소리처럼 들린 적이 있다면 말이다. 갈까마귀의 웃음소리, 나지막이 꺽꺽거리는 그 소리는 우리 귀에 냉소적으로 들릴 것이고 인간의 깊은 어둠을 일깨워줄지도 모른다. 물론 모든 야생동물들의 심장이 그렇듯 그 소리에 인간적인 면은 전혀 없고, 어디서 그 소리가 나는지도 알 수 없다. 하지만 데이븐 아이크는 그 소리가 어찌나 성가셨던지 페인트를 칠한 주석 지붕에 갈까마귀가 나뭇가지와 솔방울을 떨어뜨려 잠을 설치게 만든다며 크라에에게 불평을 했다. 쓰레기는 끝도 없이 투둑투둑 떨어졌다.

"익숙해져야지." 그 예술가가 데이븐 아이크에게 한 말은 그게 다였다.

내가 크라에의 우편물을 대신 찾아온 날에 크라에가 내게 이 이야기를 했다. 우편물 심부름은 그가 역작을 만들어내는 산고에 자신을 내던지는 시기가 다가올 때 내가 종종 떠맡는 일이다. 이 시기에 그는 우체국에 다녀오는 일 따위로 집중력의 끈을 끊을 수 없다. 혹은 끊지 않으려고 한다. 위험부담이 아주 크기 때문이다. 그 자신은 인정하지 않겠지만 아마도 그날은 슬픔의 늪에 추락했던 그의 재능이 고통스럽게 되살아나는 날일 것이다.

"지금 균형을 염두에 두고 작업하고 있어. 하지만 작품 전체는 균형이 일그러져 보여 극심한 불쾌감을 일으킬 거야."

그는 거만하게 그런 식으로 말하고는 자신의 선언이 흐뭇한지 짙은 눈썹 밑으로 눈을 반짝거린다.

"보기가 좀 그래요." 나는 그의 거만함을 꺾어주려 말한다. "흉측한 것도 같고."

그의 자기만족에서, 그가 처음 고향을 떠나 뉴욕에 갔을 당시에는 그저 캔자스 농장에서 답답하게 살아가던 청년이었을 거라는 사실이 분명히 드러난다. 그 청년은 지금 가식의 옷을 겹겹이 덧입었다. 유럽의 허식적인 권태, 마초처럼 공격적으로 몰아붙이는 방식, 무엇보다 타인의 종교를 재단하려 드는 루터교도의 날 세운 태도. 그는 아니라고 잡아뗀다. 그럼에도 나는 그가 루터교도—호전적이고 성미가 불같은 사람—라고 말하여 그를 대번에 화나게 만들 수 있다. 그는 신앙은 버렸을지 모르나 위선은 여전히 파헤치려고 한다. 자신의 논지를 아직도 교회 문 앞에 들이댄다. 그리 가깝지 않은 과거에 그는 두번째 아내를 잃었다. 그뒤로 그는 이따금 아직도 끝나지 않은 슬픔의 지층으로 내려간다. 그녀는 서쪽으로 뻗은 길을 달리다가 차가 커다란 돌을 밟고 달리는 바람에 죽었다. "그거 알아?" 언젠가 크라에가 말했다. "차축에 돌이 끼인 채로 가속페달을 밟으면 액셀이 고정되면서 차가 엄청난 속도로 달리게 되는 거?" 그것이 아내를 숨지게 만든 우연한 사고의 요지였다. 플랫헤드 호수 근처의 고등학교 학생들이 한 장난 때문이었다. 고속도로에 흩어져 있던 돌들. 아내가 브레이크를 밟자 속도가 더 올라갔다고 크라에는 말했다. 사진을 보면 아름답지는 않아도 힘이 느껴지는 여자다. 둘 사이에 태어난 켄드라와 닮았는데, 켄드라는 세라 로런스 대학교에 들어간 뒤로 검은색과 자주색만 입기로 한 것 같다.

"그 녀석은 안 되겠어." 방금 자리를 뜬 아이크 이야기다. "지역 사람은 고용하지 말아야지."

나는 그의 입에서 '지역 사람'이라는 단어가 나오면 분노가 치민다고 그에게 말한다. 나 역시 지역 사람이지만 그에게 나는 지역 사람이면서 더 큰 세상의 사람이다. 후자인 것은 내가 런던에서 몇 년을 보냈기 때문으로, 소호의 변두리에서 두려운 고독 속에서 살아냈으나 결국 학위는 받지 못했다. 또한 내가 그로서는 전혀 모르는 삶을 살아왔고 그가 이를 알아차렸기 때문이다. 사실이다. 하지만 내가 정말로 어떤 사람인지 나는 결코 그에게 이야기하지 않는다. 어머니와 내가 하는 사업은 우리 모녀를 극단의 장소와 극단의 삶으로 데려가는데, 이 또한 내게서 '지역 사람' 꼬리표를 떼어주는 것 같다.

"더 작은 돌을 쓰면 사람을 부리지 않아도 되잖아요." 나는 짐짓 심드렁하게 대답한다.

"그 녀석은 머리라곤 없는 풋내기야." 크라에가 말한다.

"난 당신이 알고 고용했을 거라고 생각했죠."

"얼굴을 봤으면 알았을 텐데 제대로 살펴보지 않았거든."

"여태 해본 일이라고는 잔디 깎는 일뿐인데 예초기를 부지기수로 고장냈죠. 하도 자주 망가뜨려 이 길에서 웬만한 사람은 그애를 고용하지 않아요." 내가 크라에에게 말한다. "하지만 나쁜 애는 아니에요. 나쁜 것 근처에도 안 갔죠. 다만……" 나는 아이크에 대해 뭔가 말하려고 하지만 딱히 떠오르지 않는다. "……당신에게 많이 배우겠죠." 내 변변찮은 변호는 연인에게 통하지 않는다.

"난 절실했어. 〈구조물 20호〉를 작업하고 있었으니까."

그 작품은 미니애폴리스에 있는 시리얼 제조 대기업이 회사 부지에 세우겠다며 몇 년 전에 위탁한 것이다. 아직 미완성이다. 크라에는 우편물을 천천히 넘겨보며 봉투 하나하나에 은밀한 분노가 담긴 것처럼 얼굴을 찌푸린다. 그는 민첩한 손발과 다르게 몸집이 우람하고 우편 판매로 구입한 두꺼운 격자무늬 모직 옷을 즐겨 입는다. 동작은 진중하고 사려 깊다. 검은색 머리는 브러시처럼 보이게 짧게 깎았는데, 엉클 샘*이 한때 그에게 하게 했던 그 머리 모양이었다. 그는 기력이 달린다고 불평하지만 쉰여섯 나이에도 원기를 잃지 않았다. 나는 그를 보면 가슴이 벅차오른다. 힘의 원천에 다가간 느낌이다. 켄드라가 주말에 집에 온다고 알려주는 그의 목소리는 꿈결처럼 그윽하다. 어떤 그리움 같은 게 느껴지는데, 그 대상이 나라면 나는 그 목소리를 듣기 위해 뭐라도 할 수 있을 것 같다. 그의 이런 면을 알고 싶어서 그를 사랑하는지도 모른다. 켄드라는 아버지의 그런 복잡한 시선은 갖지 않은 것 같다. 내 생각에 그는 켄드라를, 어느 정도는 사별한 아내의 화신으로 보는 것 같다. 자기밖에 모르는 성깔 있는 딸이 아니라. 나는 그애를 좋아

---

* 흰 수염에 높은 중절모를 쓴 키 큰 남자로, 미국 정부를 상징하는 표식이다.

하지 않고, 그애도 나를 좋아하지 않는다.

나는 자리를 떠나지 않은 채 쇳덩이와 돌덩이를 두고 씨름하는 두 남자를 지켜본다. 데이븐 아이크는 그와는 대조적으로 체구가 왜소하다. 사실 무거운 것을 자기 고용주만큼도 들어올리지 못할 성싶다. 하지만 그들은 함께 숲에서 돌을 날라 오고 러틀랜드 채석장이나 더 먼 곳에서 배달된 희끄무레한 대리석 덩어리를 끌어와 지레로 들어올린다. 그의 작업실에는 쥐라기 시대 독일의 석회암, 암모나이트 화석이 박힌 돌, 새파란 조각이 점점이 박힌 화강암이 있다. 데이븐이 예술에 소질이 있다면 이것은 이상적인 직업일뿐더러 고용주 곁에서 직접 배울 수 있는 좋은 기회다. 하지만 지금으로선 데이븐의 분노가 자신의 아버지를 떠나 고용주에게로 빠르게 옮겨가고, 분노가 커질수록 열정은 줄어드는 상황이다.

켄드라 크라에가 아버지를 보러 와서 우리도 저녁식사에 초대받았다고 말하자 어머니는 한숨을 쉬며 얼굴을 찡그린다. 어머니가 눈을 흘기는 것을 보니 웃음이 나온다. 크라에는 종종 우리를 식사에 초대하지만, 켄드라가 끼면 성사되지도 않을 자리다. 그애는 내 존재에 대해 강한 반감을 드러낸다. 우리의 우정이 더 깊어졌을 때 그애가 우리 관계를 깨라고 자기 아버지를 몰아붙였으리라는 의심도 여러 번 했다. 내가 그 집으로 가서 자는 것을 고등학생이던 켄드라가 견디지 못하자 커트가 이리로 오는 습관이 굳어졌다. 켄드라는 열정이 부족하고 극적인 환상에 빠져드는 경향이 있으며 평범한 것을 엄청난 자신감으로 해내는 아이이다. 그애 아버지는 그애가 지나치게 기교를 부려 종이에 물방울을 흩어 뿌린 C+짜리 과학

과제가 그저 그런 수준이었다는 것을 믿으려 들지 않는다. 크라에는 죽은 아내라는 렌즈를 통해 켄드라를 바라보면서 그애가 특출하다고 굳게 믿는다.

그애를 가혹하게 평가해서는 안 된다. 하지만 젊은 아이가 그렇게 변변찮아도 되는가? 크라에는 왜 그걸 보지 못하는가? 나는 그애가 남자친구를 사귀기를 간절히 바라지만 우리 고장은 계층에 대한 거부감이 뿌리깊어서 우리 중 데이븐 아이크를 염두에 두지 않은 것을 이상하게 여긴 사람은 없었다. 그런 짝짓기에 대해서는 무시하지도, 부추기지도 않았다. 데이븐은 주어진 환경을 시무룩하게 견디며 자기를 괴롭히는 새들에게 돌멩이를 날렸고, 이 길에서 우리처럼 식자층이 아닌 그를 우리는 아예 떠올리지도 않았다.

그는 이런 집안 사람이다. 아이크 성을 쓰고, 우리집과 가장 가까이에 산다. 데이븐의 아버지는 일이 생길 때마다 불려다니며 수리를 하는 정비공이다. 어머니는 이 지역 정유 트럭을 몰다가 스쿨버스로 일자리를 옮겼다. 그들은 '하나님의 성회' 교회에 다녔는데, 주유소에서 휘발유 값 변동을 알리려고 사용하는 플라스틱 글자판을 세워둔 허름한 곳이었다. 안내판에 써두는 간결한 모토는 매주 바뀌었다. 하나님은 사랑이십니다. 하나님은 알고 계십니다. 하나님은 보고 계십니다. 아이크네 집의 굳어진 흙 마당에는 예전부터 개가 한 마리 묶여 있었는데, 독일산 셰퍼드와 허스키의 잡종인 사랑스러운 녀석으로 한쪽 눈은 갈색, 한쪽 눈은 파란색이었다. 개는 나무둥치에 묶어둔 짧은 쇠사슬에서 한 번도 풀려난 적이 없었다. 온갖 날씨를 견디며 그 좁은 반경 안에서 살았고, 단조로운 삶의 순간을 묵묵히 버틸 뿐 포악해질 조짐조차 보이지 않았다.

나도 아이크네와 별반 다르지 않았던 것 같다. 동물보호협회에 전화를 한 번 했지만 달라진 건 없었고, 개가 여전히 나무에 묶인 채 빙글빙글 돌면서 쇠사슬을 이쪽 방향으로 감았다 다시 저쪽 방향으로 감았다 하는 것을 보고 나도 손을 놓아버렸다. 아이크네와 관계가 틀어지는 일은 생각도 할 수 없었는데, 아이크 씨가 우리 쓰레기를 치워주었을 뿐 아니라 우리 들판에서 풀을 깎아주고, 나무가 붙어 자라지 않게 어린나무도 솎아주고, 집도 위급할 때 부르면 당장 달려올 가까운 거리에 있었기 때문이었다. 그래서 나는 입을 다물어버렸다. 이따금 그 집 앞을 지나갈 일이 있으면 개에게 뼈다귀를 갖다주기도 하고 동물학대자를 볼 때처럼 아이크네 식구들에게 약간 경멸을 느끼기도 했다. 하지만 나는 그냥 손을 놓고 있었다.

그것이 아이크네와 관련해서 후회되는 한 가지 실수다. 이 길에 사는 우리 모두는 그 짐승에게 벌어진 일에 얼마간 마음의 빚이 있다. 또 한 가지 실수는 데이븐과 켄드라를 보는 우리의 시야가 좁았다는 것이다.

이 길에 호르몬이 어지럽게 분출한다. 나는 산책을 다니며 이웃 아이들의 사춘기가 작은 지진처럼 일어나는 것을 본다. 어느 목재 회사가 매각한 넓은 주택지가 각기 5에이커씩 열두 개로 분할되어 주민들이 주택단지를 이루어 자리를 잡고 살았지만, 그 구역만 빼면 이 길에 들어선 집들 대부분은 짙푸른 나무들과 빼곡한 덤불에 파묻혀 있다. 소리를 지르면 들릴 만큼 서로 가까운 거리에 있는 집들은 없다. 하지만 뭔가에 홀린 사람처럼 자동차 앞유리를 꿰뚫을 듯 쳐다보는 이웃 부모들에게 손만 흔들어봐도 안다. 새로 장만한 트레일바이크나 모터바이크가 정적을 깨며 달리고 이제 막 근육이 붙은 아이의 어깨 위에서 붐박스가 쩌렁쩌렁 울리기만 해도 안다. 예전에는 뻔한 길만 달리던 가족 차가 언덕길을 오르락내리락 질주하며 먼지를 뭉게뭉게 일으킨다. 이제 고통의 시간이 왔고, 사람들은 시선을 돌려 고통을 껴안은 집을 외면한다. 지반이 흔들리는 것 같다. 사랑이 비틀거리며 떠나간다. 불안한 낌새가 느껴져도 눈치 있는 이웃이라면 캐묻지 않는다.

데이븐에게도 그런 시기가 찾아와, 깡마른 주근깨투성이 소년이 어느새 턱이 길고 저돌적인 사내로 성장했다. 데이븐이 예초기를 풀밭이나 바위에 날이 휠 정도로 내리쳐 부수기 시작했을 때 내 어머니는 이제 끝이 온 것을 알았다고 했다. 어머니는 아무 말 없이 예초기를 고쳐 왔고, 데이븐에게 두 번 다시 잔디를 깎아달라는 부탁을 하지 않았다. 그 일은 내 몫이 되었다. 데이븐의 갈색 머리는 어깨까지 내려왔고, 턱에는 먼지가 몇 줄 길게 묻은 것처럼 수염 몇 오라기가 돋았다. 데이븐이 이따금 위장복 차림으로 아버지의 석궁과 화살을 끌어안은 채 이 길을 걸어가면 어쩐지 무시무시했다. 그는 석궁으로 마멋을 쏘았다. 그 시기가 지나자 분노로 정신이 무뎌져 몇 년을 보냈고 아버지의 새 차를 파손한 사건으로 그 정점을 찍었다. 차는 그의 가족이 그제껏 구입한 물건 중 가장 비싼 것이었는데, 얼마 지나지 않아 그가 집을 떠난 것을 보면 용서받지 못한 것이 틀림없었다.

한편 켄드라는 사춘기를 아름답게 해결해나갔다. 그애는 어머니의 죽음 이후 몇 년 동안 폭풍 같은 중학생 시절을 보내면서 요란한 기교를 부려 소소한 성취를 이루는 패턴을 굳혔다. 아까도 말했지만 켄드라는 재능이 없고 기껏해야 중간 가는 학생이었기 때문이다. 하지만 그애는 실력이 나아지고 있다는 인상을 주었다. 이후 켄드라를 아는 모든 이들이 수수께끼로 여겼지만, 실력이 정말로 나아져 이름난 대학에 합격했다. 나뿐 아니라 선생들도 어안이 벙벙한 것 같았다. 어떤 여자는 내 어머니에게 그애가 면접을 잘 봐서 붙었을 거라고 했다. 또 어떤 여자는 대학 컴퓨터 기록에 실수가 있었을 거라고 확신했다.

밤중에, 매섭고 검푸른 겨울의 어둠 속에서 크라에는 방충망이 달린 뒤쪽 포치를 통해 우리집으로 들어온다. 그에게 문을 따는 열쇠가 있다. 그 열쇠는 포치 안쪽의 뒷문만 열 수 있는데, 그러도록 내가 내버려두는 이유는 이렇다. 언제고 간단히 처리할 수 있는 문제이기 때문이다. 내가 마음만 먹으면 된다. 내가 그를 싫증나게 하면 된다. 밤중에 크라에가 오지 못하게 해야겠다고 깨닫거나 자제심이 생기거나 분별이 생기면 된다. 열쇠공을 부르면 그만이다. 열쇠만 휙 던져버리면 된다. 해명은 필요 없다. 어머니는 크라에가 밤중에 찾아오는 것을 눈치챘겠지만 우리는 그런 이야기를 하지 않고, 지금까지도 이야기한 적은 없었다. 어머니의 침실은 아래층 반대쪽 끝에 있다. 우리는 여러 가지 부분에서 서로의 사생활을 지키며 살고, 이런 삶의 방식을 선호하지만, 이따금 내 감정을 털어놓고 싶은 격한 욕구와 소망에 마음이 들끓는다.

그가 내 방에 들어오면 나는 존재하지 않는 어느 낯선 가장자리에서 눈을 뜬 것 같다. 눈앞에 대양이 불쑥 펼쳐진다. 육지에 둘러싸여 있을 때는 잊고 산다. 그러다 느닷없이 허리까지 차오른 물을 헤치며 출렁대는 파도 속을 걸어가는 것이다. 그 순간에는 우리의 입과 살에 무수한 의미가, 극심한 허기가 존재한다. 매 순간이 그와 함께 보내는 마지막 시간이 된다. 나는 육체적으로 몹시 놀란다. 내가 섹스에서 가장 좋아하는 점은 호기심, 개방, 고백이다. 나는 그에게 그것을 바라고 요구하며, 그는 몇 시간 동안 솔직함과 욕망을 숨기지 않은 채 내게 알몸으로 존재한다. 그가 어찌 거짓말을 하겠는가? 그는 애원한다. 여기에 입을 대줘. 우리는 벌거벗은 채 낮 동안 우리가 맡았던 역할을 뒤집는다. 나는 얼마간 뒤바뀐 우리의 역할에서 자신감을 얻는데, 완벽히 설명할 수는 없지만, 전적으로 내가 그를 경멸할 무언가를 만들어냈기 때문이 아닐까 생각한다. 그는 내가 상처 입지 않는 사람이라고 믿는다. 나는 알고 있는 모든 수단으로 스스로를 보호한다.

내가 죽을 때 가장 그리워할 새가 갈까마귀다. 우리가 끝내 들여다보아야 할 어둠이 갈까마귀의 유연한 지성을 상징하는 검은 빛깔로 이루어져 있다면. 우리가 죽음을 맞지 않아도 좋다면. 차라리 갈까마귀가 되어라. 그 새를 얼마나 열심히 쳐다봤는지 살에서 검은 깃털이 돋는 것 같다. 한 나무에서 다른 나무로 날아가려는 갈까마귀가 허공에 매처럼 떠 있다. 나도 잠을 잘 때는 하루와 하루 사이에 그렇게 떠 있다. 젊은 날의 우리는 인간만이 파악할 가치가 있는 유일한 종種이라고 생각한다. 하지만 인간을 알아갈수록 나는 갈까마귀가 더 좋아진다. 내게 종교의식이라 할 만한 게 있다면 그 새를 관찰하는 일이다. 뒤쪽으로 넓은 들판과 연못을 바라보는 이 집에서 나는 그 새들의 시야와 영역 속에 산다. 크라에의 그 새들 가족이 몇 년 전에 분가했다. 예전에는 여덟 마리, 혹은 그보다 많이 살았다. 이제는 단 세 마리만 소나무 주변에 살고, 여섯 마리는 우리집 들판 너머 숲의 울창한 언저리 어디쯤으로 옮겼다. 두 마리가 둥지를 꾸렸다. 거기서 세 마리가 알을 까고 자라났다. 나머지 한 마리는 데이븐 아이크 손에 죽었다.

아마 당신은 도대체 어떤 막돼먹고 험악하며 사회적으로 덜떨어진 젊은이가 갈까마귀를 잡아죽이는지 의문이 들 것이다. 갈까마귀는 지독히 용의주도한 새다. 예전부터 독약을 먹고 죽은 동물의 사체를 먹은 경험이 많아 처음에는 죽은 먹이에 입을 대지 않고 기회주의자인 큰어치가 실컷 먹게 내버려둔다. 갈까마귀는 그 탐욕스럽고 뻔뻔한 새가 고통스러워하며 쓰러지는지 흐뭇하게 지켜본다. 큰어치가 무사한 것을 확인한 뒤에야 갈까마귀는 그 새들을 쫓아내고 먹이에 덤벼든다. 데이븐은 갈까마귀를 죽이기 위해 아버지의 석궁을 써야 했다. 어느 날 크라에가 집을 비운 사이 데이븐은 작은 오두막 앞 층층대에 앉아 갈까마귀들이 평소처럼 경멸하듯 위협적으로 원을 그리며 모여들기를 기다렸다. 새들이 그를 비웃으며 나뭇가지 사이로 들어가자 그는 천천히 석궁을 들어올렸다. 총이었다면 새들은 달아났을 것이다. 하지만 새들은 다른 도구는 잘 몰랐다. 활의 용도도, 화살이 날아가는 거리도 몰랐다. 한 마리가 너무 아래로 내려왔다가 데이븐이 쏜 화살에 직통으로 맞았다. 크라에가 차를 몰아 마당으로 들어가다가 그 새를 내려다보고 있는 데이븐을 목격했다. 놀랍게도 새는 목숨이 붙어 있었다. 데이븐은 그 새가 화살에 꽂혀 버둥거리고 화살촉이 자꾸만 땅속으로 박혀 들어가는 장면을 홀린 듯 지켜보았다.

크라에가 그쪽으로 걸어가 새를 굽어보았다. 화살촉을 분지르고 새의 몸통에서 가만가만 화살대를 빼냈다. 끔찍했다. 갈까마귀는 어리둥절한지 잠시 힘없이 바닥에 뻗었다가 마침내 몸을 일으켰다. 두 사람은 갈까마귀가 자신의 죽음을 받아들이려고 걸음을 옮겨 숲속으로 멀어지는 모습을 지켜보았다.

그러는 내내 머리 위, 화살이 닿지 않는 거리에서 다른 갈까마귀들이 빙글빙글 맴을 돌았다. 이번만큼은 갈까마귀도 침묵을 지켰다.

"활을 보여주게." 크라에가 평소 대화를 나눌 때처럼 말했다.

데이븐이 그에게 석궁을 건넸다. 활의 굉장하고도 치명적인 특징을 알려주리라 생각하며.

"화살도."

데이븐은 화살도 건넸다.

"곧 돌아오겠네." 크라에가 말했다.

데이븐은 기다렸다. 크라에는 마당을 가로질러 장작더미로 걸어가더니 돌아서서 화살을 활의 홈에 끼웠다. 그러고는 석궁을 들어올렸다. 데이븐이 비켜서서 어디를 겨냥하는지 살피며 크라에를 불안하게 돌아보았고, 크라에가 어깨받이를 올리자 데이븐은 손으로 가슴을 가렸다. 핑. 데이븐은 스트로부스소나무 옆으로 풀쩍 뛰어 단숨에 덤불 속으로 사라졌다. 화살은 그의 어깨 옆을 스쳐 소나무에 박혔다. 크라에는 그리로 걸어가 화살을 뽑고 장작 팰 때 받치는 모탕에 활을 내려놓았다. 도끼로 활을 찍어 깔끔하게 반토

막을 내고는 옆에 화살을 내려놓고 파 다발처럼 싹둑싹둑 잘랐다. 크라에는 집으로 들어가 내게 전화를 걸었다. "그 녀석이 당신 집 앞을 뛰어가면," 그가 말했다. "이유가 그거야."

"그를 쐈어요?"

"때리고 싶진 않았어."

"아무리 그래도, 맙소사."

크라에는 난처했는지 그 이야기를 다시 꺼내지 않았다.

데이븐은 (우리가 생각하기로는) 보수로 받은 돈을 모아 소형 중고 도요타를 샀다. 칙칙한 빨간색에 문짝에는 거뭇거뭇한 녹이 군데군데 슬었고 찌그러진 곳은 페인트칠이 벗어져 금속이 드러나 보였다. 데이븐이 그 차를 타고 타운을 누비면 거리에는 모래바람이 휘날리고 매연이 자욱했다. 그는 부모에게 돌아가 자기 방을 되찾았고, 날마다 개 먹이를 챙기는 따분한 일을 다시 시작했다. 하지만 나무에서 개를 풀어준 적은 없었다.

개가 묶여 있는 단풍나무는 간肝 색깔 이끼 군락이 넓게 자라나 군데군데 퍼지고 죽은 나뭇가지들이 땅에 떨어져 있었다. 개가 나무를 죽이고 있었다. 밑동치는 똥독에 찌들고 오줌에 절은데다 빙글빙글 휘감겼던 쇠사슬 때문에 톱으로 켠 듯 마모되었다. 나무는 여러 해를 보내며 노래지다가 이윽고 타는 듯한 오렌지색으로 변해 이 길에서 자라는 나무 중 가장 먼저 병들고 말았다. 어느 날 나무가 쓰러졌고, 그 암캐는 3피트짜리 쇠사슬을 질질 끌며 갈까마귀처럼 조용히 숲속으로 들어가버렸다. 갈까마귀와 다른 점은 죽지 않았다는 것이다. 어쩌면 개는 줄곧 완전히 미쳐 있었는지도 몰랐다. 아니면 쓰러진 나무 덕에 갑작스레 자유를 얻자 불안해져, 포동포동하던 새끼 때부터 다져온 흙의 반경에서 밖으로 한 발짝 내디딘 직후 미쳐버렸는지도 모른다. 풀밭에 발이 닿은 순간 그 한 걸음이 등뼈를 타고 찌르르 퍼지면서 뇌에 새 빛을 비추었을 것이고, 쏟아져들어온 정보를 그대로 담아둘 수만은 없었을 테다. 아무튼 몇 주 동안은 그 순간의 결과가 큰일로 이어지지 않아 잠잠했다. 그사이에 데이븐은, 그래서는 안 될 일이지만, 켄드라의 아버지 몰래 켄드라를 찾아가 마음을 흔들어놓는 데 성공했다. 들키지 않게 그녀를 파티에도 데려갔다. 처음에 켄드라는 대학생 신분과 뉴욕 스타일 옷차림으로 소소한 센세이션을 일으키며 파티를 즐겼다. 그러다 어느 시점에 가슴속에서 뭔가가 깨어났는데, 아마 연민이나 양심이었을 것이다. 그전까지만 해도 나는 크라에의 딸에게서 옷 말고는 주목할 만한 구석을 전혀 찾아내지 못했었다. 딱히 상냥하지 않았고 게으른데다 자기가 엄청 잘난 줄 아는 것 같았다. 또래 여자아이와 별반 다르지 않았다. 하지만 어느 순간 켄드라는 충동적으로 데이븐 아이크를 구제하겠다고 마음먹었고, 울컥 동정심에 휘말려 아버지에게 실토를 해버렸다. 만약 그들이 아이를 가지려 애썼다면, 크라에를 더 겁먹게 만든 것은 그 사실보다 딸의 인간애였다.

우편물을 들고 차에서 내리는데 크라에가 데이븐 앞에 떡 버티고 선 것이 보였다. 완고하고 고단해 보이는 그의 앞에 젊은 데이븐이 엉거주춤 서 있다. 그들은 사내들의 세계에 갇혀 내 존재를 깨닫지 못한다. 크라에는 당연하게도 데이븐 아이크더러 자기 딸과 만나지 말라고 하는 중이다. 욕설과 협박도 했는지, 데이븐이 한 발짝 물러서서 경계하듯 쳐다보며 주먹을 피하려는 것처럼 손을 들어올린다. 결국 주먹은 날아오지 않지만 대신 발길질이 날아온다. 크라에는 분노를 참지 못해 데이븐을 걷어차고, 거침없는 발길질에 데이븐 아이크는 깜짝 놀란다. 느닷없이 차가운 땅에 나동그라진 데이븐은 어리벙벙한지 크라에의 발치에서 머리를 흔든다. 크라에가 다리를 뒤로 빼 또다시 걷어차려는 찰나, 내가 나섰다. 발길질이 허공에서 멈추고, 데이븐이 일어선다. 두 사람은 빙빙 휘도는 증오의 원 속에서 서로를 노려본다. 그들 사이에 검은 거미줄이 생긴다.

"봐드린 겁니다." 데이븐이 물러서며 말한다.

"다시는 만나지 않겠다고 얼른 말해."

데이븐은 갈까마귀처럼 갈라진 목소리로 꺽꺽 웃기 시작한다. 그가 차에 올라타 속력을 내며 떠날 때에도 차창 밖으로 웃음소리가 흘러나온다.

나는 크라에를 돌아봤다.

"저 아이와 켄드라가 만나게 해줘요." 내가 말한다.

내 무모함에 그도 나만큼 어안이 벙벙해진다. 나는 본디 남의 일에 간섭하는 사람이 아닐뿐더러 이 일은 명백히 내 소관이 아니다. 더욱이 내가 켄드라를 좋아하지 않는 것은 그도 잘 안다.

"당신이 왜 그래?" 그는 방어한다기보다 깜짝 놀라서 묻는 것 같다.

"그애도 권리가 있잖아요." 내가 말한다. "어쨌거나 둘은 만날 텐데요."

"아니, 그러지 않을 거야." 크라에가 말한다.

우리는 서로 한동안 쏘아본다. "당신이 아빠니까." 마침내 내가 어깨를 으쓱한다.

켄드라가 아빠의 반대를 얼마나 무겁게 느낄지 그가 과연 충분히 일찍 깨달을 수 있을까 의심스럽다. 더욱이 크라에가 데이븐을 왜 그렇게 싫어하는지 모르겠다. 데이븐이 이 예술가의 내면에 존재하는 지독한 뭔가를 건드려 터져나오게 한 것 같다. 우리 믿음 없는 자들이 크라에가 "근본적으로 미친 사람들"이라고 부르는 이들에게 느끼는 두려움 때문인가? 그는 자신이 퀀셋* 막사라고 부르는 너저분한 교회 앞에 서 있는 아이크네 가족 차를 보자 데이븐에게서 보이는 바람직하지 않은 아이크 혈통의 속성에 광적인 신앙심을 포함시킨다. 데이븐 아이크가 그 무리에 자기 딸을 끌어들일까 두려운 걸까? 이유야 무엇이든 그의 불안감이 불끈거리는 검붉은 핏줄처럼 생산적인 것으로 변했는지, 크라에는 지금 좌절감을 엄청난 에너지로 바꾸어 작업을 시작했다. 그가 〈20호〉를 끝낸다. 일에만 몰두하고 잠은 거의 자지 않는다. 나를 거의 만나지도 않는다.

여자라면 어머니와 사이가 좋다고 인정하기는 쉽지 않다. 어떤 이유에서인지 적어도 우리 세대의 여자들은, 그렇게 말하는 것을 배신의 한 형태로 여긴다. 우리가 여자들 집단에 들어가 어른이 되려면 어머니의 무관심과 분노와 억압적인 사랑, 어머니가 짊어진 고통, 어머니의 음주벽 혹은 술은 입에도 대지 않는 성향, 어머니

* 길쭉한 반원형의 간이 건물.

의 따뜻함 혹은 차가움, 어머니의 칭찬 또는 비난, 성性을 바라보는 어머니의 혼란스러운 또는 당혹스러울 만치 숨김없는 태도에서 살아남은 것을 자랑스러워하며 우쭐거리는 기간을 거쳐야 한다. 어머니라는 존재는 고생하며 뼈빠지게 일하는 것만으로는, 소리를 지르는 딸이나 철저히 무심한 딸이나 혹은 둘 다인 딸을 견디는 것만으로는 자신의 역할을 다한 것이 아니다. 그렇다. 어머니는 죽을 때까지 우리의 심리적 나약함을 책임져야 한다. 아버지와 한 핏줄이라고 느끼고, 아버지를 용서할 수는 있다. 모두가 아는 사실이다. 하지만 어머니에게 적용하는 기준은 까다롭기 짝이 없고 원칙조차 없다. 어머니는 그저 비난을 뒤집어써야 하는 대상이다.

어머니와 나는 비난하는 단계를 지났고, 어머니는 지금 내 앞에 앉아 함께 슈베르트 〈피아노 소나타 E 플랫장조〉 CD를 듣는다. 잘 아는 곡이라 마치 오랜 친구들이 주고받는 사려 깊은 대화 같다. 늘 그렇듯 나는 지금 해마다 우편으로 구입하는 빨간색 하드커버 일기장에 일기를 쓰고 있다. 일기장은 오랜 역사를 가진 회사에서 만든 것이라 이제까지 서른세 권이 모여 내 방 책장의 다른 공책들 사이에 꽂혀 있다. 어머니는 눈을 감고 있다. 적나라하게 드러난 어머니의 얼굴과 감은 눈은 갓 태어난 짐승의 그것 같다. 피부는 변함없이 깨끗하고 곱다. 어머니는 늘 비누향이 나지만 지금은 은은한 향수를 덧뿌렸나보다.

그가 여기 왔던 것을 어머니도 아는 것 같다. 어젯밤 그는 영감을 받지 못하는 한 달과 또 한 달 사이에 갈까마귀처럼 혹은 매처럼 떠 있던 극도의 조증 상태에서 아래로 내려왔다. 날이 밝았다. 밤중에 크라에와 사랑을 나누었더니 집이 달라 보인다. 더 생동감 있고 예민하게 느껴진다. 남자의 존재가 주는 안정감이 감돈다. 크라에와 공개적으로 연애를 하면 이 균형이 일그러질 것이다. 또한 나는 교착상태에 빠진 이 밀애와 숨기지 않은 멸시가 내가 그에게 행사할 수 있는 유일한 지배력이자 영향력이라 믿고 있다. 그래서 상황은 달라지지 않는다. 어머니와 나는 고요한 삶을 함께 유지해 나간다. 보물 같은 일상이다. 다른 사람들은 어떨지 모르지만 나는 어머니가 점점 더 많이 의존해오는 게 두렵지 않다. 다만 엉뚱하고 어른답지 않은 소망이 있다면 어머니가 죽음의 세계로, 그 험한 산속으로 들어갈 때 나도 데려갔으면 한다는 것이다. 나 혼자 닫힌 돌문을 할퀴게 내버려두지 말고.

컴컴한 하늘에서 억수같이 비가 쏟아지면 이 길은 겨울에서 풀려난다. 질펀한 눈이 완전히 녹으면서 미끈거리는 진흙을 밀어올리면 그것이 얼어 반들반들한 타르처럼 된다. 어느 날엔 여린 햇볕이 어린 자작나무 껍질을 덥혀준다. 그런가 하면 다음날엔 기온이 뚝 떨어져 나무가 빨아올린 수액이 얼고 나무둥치가 쪼개진다. 온 숲이 입을 쩍쩍 벌린다. 새로운 소리들이 들린다. 나는 줄무늬 올빼미의 높고 날카로운 울음소리에 눈을 뜬다. 핏속에서 긴장감을 머금은 거품이 부글부글 올라온다. 내 손으로 자물쇠를 바꾸는 것은 상상할 수 없다. 나는 말없이, 소리 없이 내 쇠사슬을 끌며 크라에를 맴돈다.

죽은 단풍나무에서 벗어나 자유를 찾은 개의 흔적은 몇 주가 지나도 보이지 않는다. 어머니와 나는 그 개가 떠돌이로 여겨져 어디론가 끌려갔거나 달리는 사슴으로 오인받아 어느 농부네 집 뒤쪽 포치에서 날아온 총알에 맞았으리라 짐작할 뿐이다. 혹 살아남는다면 이런 식일 것이다. 사냥터 울타리 구멍을 비집고 들어가거나 인간이 키우는 꿩과 한파로 죽은 짐승 사체를 먹으면서.

개는 누구도 속여넘기지 못한 가짜 사흘 더위를 틈타 다시 나타난다. 윗길에 사는 이웃은 충격적이게도 나흘 만에 50에이커에 달하는 나무들을 깡그리 베어낸 굉장한 사람들인데, 어느 날 그들이 키우는 코커스패니얼이 잡아먹혔다. 그들은 밤에는 개의 목줄을 허공에 설치한 다른 긴 줄에 걸어 개가 그 줄을 따라 멀리 움직일 수 있게 해주고, 다음날 아침이 되면 개를 다시 집 가까이 오게 한다. 앤 플로드가 잠옷 차림으로 뒷문으로 나가 개의 이름을 부르며 목줄을 끌어당긴다. 그날은 목줄만 땅으로 주르륵 끌려왔다. 목줄 끝에는 반쯤 물어뜯긴 개 목걸이뿐 아무것도 없다. 그녀는 영문을 모른 채 목줄을 손에 들고 뒷문 계단에 서 있었다.

더 발견된 것은 거의 없다. 소소한 흔적뿐이다. 땅에 떨어진 핏물과 벙어리장갑같이 생긴 갈색 귀 두 짝이 전부다. 코이독*—뭐든 없어지기만 하면 늘 들먹이는 신화적인 짐승이다—의 짓이었다가 곰이 그 짓을 뒤집어썼다가, 이어 악마주의자들이 넘겨받는다. 그 개일 것이다. 얼어붙은 들판 언저리에서 늑대처럼 날씬하고 탄력 있는 다리로 천천히 달리는 그 개를 보았다. 굶주린 것 같지는 않았다. 개는 살아 있었다. 투실투실하고 번들거리는 거대한 덩치로.

우리 길에는 1990년대를 거치는 동안 살아남은 목축농장이 있는데, 달아난 그 개가 어느 밤 도살 직전에 가두는 용도로 쓰는 비

---

* 코요테와 개의 잡종.

좁은 우리에 가둔 식육용 송아지를 저녁거리로 잡아간다. 개는 사람들이 놓아둔 새 모이통에서 쇠기름 덩어리 따위를 훔쳐가고, 쓰레기를 먹거나 초원의 들쥐와 개구리를 잡아먹는다. 고양이 몇 마리가 사라진다. 이제 모든 것이 개의 소행이 된다. 개는 날마다 나타나지만 절대 붙잡히지 않는다. 농부는 닭들이 사라진다며 어쩔 줄 모른다. 내 우직한 이웃은 잘근잘근 물어뜯겨 갈기갈기 찢어진 곰 가죽을 숲속에서 발견한다. 개가 스쿨버스 앞에서 입을 쩍 벌린 채 슬픔어린 촉촉한 갈색 눈과 굶주림을 드러내는 크리스털처럼 투명한 파란색 눈으로 버스 문이 휙 열리는 것을 빤히 쳐다보는 일이 벌어지고 나서야 주 경찰이 개입한다.

엽총으로 무장한 자원자들과 지역 경찰로 구성된 수색대가 사방으로 포위망을 펼치며 숲속을 뒤진다. 이 길에 차를 세운 어느 경찰이 데이븐 아이크가 빨간 차를 몰고 쏜살같이 달려가는 것을 보더니 콩코드에서 일어난 차량 도난 사건을 더듬더듬 기억해내고 아이크의 차를 조회한다. 아이크는 크라에의 집으로 가는 길이다. 그곳에서는 켄드라가 평소보다 얌전한 옷차림으로 손톱에 묻은 검은 페인트를 물어뜯으며 그에게 조언을 해주려고 기다린다. 그들은 크라에의 작업실 가까운 곳을 피해 진입로에 차를 세우고 숲속으로 산책을 하러 가는데, 그건 누구라도 알 것이다. 산책에서 돌아온 켄드라는, 타협의 여지 없는 분명하고 직접적인 크라에의 지시에는 아랑곳없이, 하고 싶은 대로 한다. 인간의 마음은 어디로 보나 우리가 사는 길만큼 얽혀 있다. 켄드라는 아이크의 차에 올라탄다.

컴퓨터 조회 결과 그 차는 도난 차량으로 밝혀진다. 한 시간 뒤에 아이크의 차가 크라에의 집에서 출발하여 속도를 내며 다시 지나가자 경찰은 사이렌을 켜고 홱홱 방향을 꺾으며 추격전을 벌인다. 이어서 위험한 술래잡기가 시작된다. 급커브와 오르락내리락 가파른 비탈이 많은 좁은 길에서 속도는 끔찍한 결말을 예고한다. 데이븐 아이크는 가족이 다니는 교회와 그 주週의 구절인 '하느님은 보살핌이십니다'를 지나 고속도로를 무너뜨릴 듯 내달리다가 잭슨 로드에서 왼쪽으로 홱 꺾어 주로 말이 다니는 좁은 자갈길로 점프한다. 차는 구불구불 이어지는 오르막과 내리막을 쏜살같이 달리다가 더 큰 길과 만나자 그 길로 들어서서 윈저를 향해 곧장 달린다. 그러고는 세상에서 가장 긴 덮개지붕이 있는 다리를 건너 버몬트로 들어서는데, 첫 신호등에서 빨간불에 걸리자 운전대를 왼쪽으로 홱 꺾어 두 차 사이로 끼어들며 끼익 선다. 시내를 빠져나오면서 그는 길 가던 노인—존 주잇 태트로—을 쳐서 허공에 날려버린다. 태트로 씨가 도로 옆 비탈로 굴러떨어져 바닥에 닿기도 전에 차는 사라지고 없다. 태트로 씨는 그 자리에 드러누워 수북이 쌓인 갈색 낙엽과 딱딱하게 얼어붙은 눈과 갓 새싹을 틔운 씩씩한 연령초 위에서 죽어간다. 갈까마귀가 호기심을 보일 것은 뻔하다. 이제 다시 아스팔트길로 들어선 데이븐의 차는 시속 100마일을 넘긴다. 경찰이 할 수 있는 것은 많지 않다. 앞쪽 경찰차에 무전을 치고 최대한 속력을 내 추격할 뿐이다.

데이븐은 또 한번 왼쪽으로 꺾는다. 한시바삐 뉴햄프셔 쪽 클레어몬트로 달아나야 한다는 생각뿐이리라. 그의 차는 한쪽으로 바퀴 두 개가 붕 뜨게 급커브를 돌아 우리 주의 경계인 넓고 잔잔한 코네티컷강을 건너지르는 다리로 향하고, 경찰차는 그제야 속도를 늦춘다. 오후 공기는 얼어붙을 듯 차갑고 진흙은 번질거린다. 데이븐의 눈동자에 흐릿하게 보이는 표지판에는 포장도로가 나오기 전에 다리가 얼어 있을 수 있다고 적혀 있다. 아니나 다를까, 다리는 얼어 있다. 차는 시속 120마일로 시커멓고 투명한 얼음에 부딪히더니 야트막한 가드레일 너머로 솟구친다. 반대편 차선에서 달려오던 여자는 빨간 차가 어찌나 아찔한 속도로 달리던지 마치 공중에 길이 나 있어 강 위에 떠 있는 것 같았다고 말한다. 여자가 장담하기를, 그 차가 날아가기 직전 뒤쪽 창문에서 납작하게 눌린 하얀 꽃 같은 얼굴을 보았다고 한다. 현장 근처에 사람들이 있었지만 그 여자 말고는 뭘 봤다는 이가 없다. 일찍 나온 낚시꾼이 다리 밑 강가에 배를 대다가 등뒤로 난데없이 거대한 그림자를 느끼는데, 구름이나 하늘에서 떨어지는 새가 날갯짓으로 그의 등을 가볍게 스친 것 같다.

무전을 치고 얼마 되지 않아 우리 길에 있던 픽업트럭과 자동차들은 잠시 개 수색 작업을 접고, 사람들과 총기를 실은 채 더 엄청난 드라마가 펼쳐지는 다리로 달려간다. 사고 잔해를 건지려면 여러 날이 걸리고 장비를 제대로 갖춘 잠수부가 넷이나 필요하겠지만, 경찰은 여성 목격자의 진술을 토대로 크라에의 집으로 찾아간다. 다리를 건널 때 켄드라도 함께 있었을 것이 염려되어 그들은 내 친구에게 가면서 나도 함께 데려간다.

나는 들판 언저리에서 오래된 소나무의 첫 가지였던 그루터기에 손을 얹고 크라에를 기다린다. 깊은 덤불숲에서 갈까마귀들이 뭔가를 선포하듯 깍깍 쉰 소리로 우는 것을 들으며 어쩌면 그가 켄드라와 함께 걸어나올지도 모르겠다고 생각한다. 하지만 그런 일은 일어나지 않고, 내가 부르는 소리에 터덜터덜 걸어오는 그의 모습만 보일 뿐이다. 커트를 향해 걸어가는 사이, 우리 둘이 함께한 삶에서 처음으로 내 키가 엄청나게 크다고, 심지어 내 힘이 엄청나게 세다고, 어쩌면 나 자신이 인정하는 것보다 내가 더 똑똑할 수도 있다고 느낀다. 내 전능한 힘이 느껴져 가슴이 울렁거린다.

그가 감정을 숨기지 않은 내 표정을 빤히 보며 묻는다. "무슨 일이야?"

"데이븐의 차가." 내가 알려준다. "다리 위로 날았어요." 그 순간 크라에에게 어떤 반응을 기대했는지 나도 모르겠다. 하지만 그는 내 말을 곧바로 묘하게 차단해버리는 듯했고, 내가 기대한 것은 안도감에 가까운 그런 무반응은 아니었다. 켄드라가 자신의 말을 어기고 그 차에 탔으리라 생각도 못하는 것 같다. 나는 말을 더 잇지 못하고 입을 다문다. 데이븐이 뚱하고 심각해 보이지만 그는 그저 크라에의 딸에게 수줍은 사랑을 느끼고 그것을 표현했을 뿐이었다. 두려움 때문에 가속페달을 밟았듯이, 그런 감정 역시 느낄 수 있는 것이었다.

나는 커트를 물끄러미 바라본다. 내 심장이 삐걱 닫힌다. 나는 돌아서서, 그를 경찰에게 맡긴 채 곧장 숲속으로 들어간다. 처음에는 내가 갈까마귀처럼 고통을 느낄 거라 생각하지만, 쉬지 않고 걸음을 옮기자 나는 괜찮을 거라는, 나는 충실할 것이며 병적일 만큼 충직할 거라는 깨달음이 온다. 슬픔에 잠긴 그의 곁을 내가 지킬 것이다. 그 깨달음이 나를 버텨준다. 걸음을 옮길 때마다 풀이 바스락거리고, 차갑고 메마른 흙먼지가 발목을 감아돈다. 나는 울창한 숲으로 이어지는 들판의 길고 야트막한 습지에서 걸음을 멈추고 그 자리에 서서 숨을 고른다.

공터나 오솔길이나 넓은 도로를 떠날 때는, 어디건 인간이 길을 내고 닦고 걸어다닌 장소를 떠나 숲속으로 들어갈 때는 어쩔 수 없이 가지고 있던 것을 내려놓아야 한다. 내 생각에, 사람들이 길에 단단히 붙들려 있는 이유는 덤불 속을 헤치며 걷는 어려움이 싫어서라기보다 이렇게 예기치 못하게 가진 것을 잃어야 하기 때문이다. 물론 숲에서 올바른 길이란 없고 성장의 법칙 말고 따라야 할 길도 없다. 올바른 것이 존재한다는 생각은 버리고 가야 한다. 주위를 둘러보라. 이것이 존재 방식이다. 비틀리고 떨어지고 뿌리에서 갈라진다. 한껏 자라기 위해서는 아래의 것을 희생해야 한다. 흰 자작나무는 오래된 솔송나무 속을 먹고 살며 제 몸을 서서히 조르는 포도덩굴을 먹여 살린다. 또다른 나무의 죽은 가지에는 곰팡이가 악마의 발굽처럼 시커멓게 피었다. 머리 위로 차양을 친 듯 높게 자란 소나무들은 휘파람을 불고 몸을 떨며 나지막이 뻗은 자신의 가지를 햇살로부터 차단한다.

그 개가 보이지 않는다. 한동안이나마 리바이벌 로드를 떠난 것 같다. 스패니얼이나 닭이 죽어가는 일도 없고, 서서히 제 본성을 망가뜨린 그 집 근처에 얼쩡거리는 일도 없다. 사냥터에서 울부짖거나 아이들이 타고 내리는 버스 정류장에서 어슬렁거리는 일도 없다. 하지만 나는 밤중에 침대에 누운 채 문을 잠그지 않고 기다리면서, 그 개가 우리집 들판 가장자리에서 탁 트인 공간을 경계하며 잠시 멈추는 것을, 겅중겅중 달려갈 때 끊어진 쇠사슬이 튀어나온 바위와 반들반들한 돌에 부딪혀 불꽃을 튀기는 장면을 상상한다. 그 개의 눈을 몹시도 들여다보고 싶다. 가쁜 숨을 몰아쉬며 묵직한 주둥이로 돌아다니는, 피로 번득이는 얼굴을 정면에서 바라본다면 나를 슬픈 눈으로 쳐다볼까, 아니면 굶주린 눈으로 쳐다볼까? 어느 쪽 눈이 나를 자유롭게 풀어줄까?

그가 나약해졌다. 커트, 그는 요즘 내가 필요하다. 어머니는 불쑥 이런 말을 꺼낸다. 그 사람이 널 이용하게 두지 마. 나는 안심시키듯 그녀의 어깨에 손을 올린다. 어머니가 어깨를 으쓱하여 내 손을 물리친다. 내가 개의치 않는 것에 실망해서이리라. 수치심, 쾌락, 추함, 상실. 이런 것들이 밤의 열기로 변해 사슬을 느슨하게 풀어준다. 그리고 바로 그때 용서할 수 없는 누군가를 용서하게 되고, 여기에는 아이처럼 우는 남자와 공허한 그 울음을 집어삼키는 어두운 집이 있다.

2
채색된 북

존 주잇 태트로 노인의 장례식이 장로교식으로 치러진 직후, 나는 그의 재산을 처분해달라는 요청을 받았다. 가게를 재단장하는 일 때문에 어머니가 짬이 나지 않아 내가 재산을 감정하러 태트로 씨의 집으로 간다. 잔뜩 흐린 아침이다. 마음을 싱숭생숭하게 만드는 짙은 회색 하늘이 위협적이다. 매사에 인색한 태트로 집안은 자기네 소유의 길도 제대로 관리하지 않아서 마지막 4분의 1마일은 결빙 때문에 노면 상태가 엉망이고 군데군데 땅이 꺼져 울퉁불퉁한 지반이 고스란히 드러났다. 나는 꽁꽁 얼어붙은 늪지대의 풀밭과 빙판으로 변한 연못을 양옆에 끼고 미끄러지지 않게 천천히 덜컹덜컹 나아간다. 천둥이 치면 좋겠다고 생각하다가 얼른 그 생각을 지워버린다. 바람이 쌀쌀하고 얼음장 같다. 어떤 비든 내리기만 하면 길이 질퍽해질 테고, 그러면 우리는 다시 지긋지긋한 2월의 추위로 되돌아갈 것이다. 3월도 절반 넘게 지났다. 4월은 변덕스럽지만 우리를 조금씩 떠밀어 따스한 5월로, 새싹이 돋고 벌레가 부화하는 환희의 달로 데려갈 것이다.

태트로 가문의 집은 이제 더는 웅장하지 않다. 19세기 농가를 개조한 것인데 여러 차례 확장 공사를 한 끝에 정체를 알 수 없는 양식이 되어버렸다. 돌림띠를 해놓고 거기다 또 선반을 덧낸 식이다. 미늘벽 건물도 그 자체가 뒤죽박죽이라, 옛날식 물결무늬 유리창 위에는 알루미늄 테두리의 덧창을 달고 빗장을 질러놓았고, 건물 전면에는 포치를 붙여 지었는데, 그 넓이만큼 방충문을 설치해 그 안은 어두웠다. 건물 외벽은 오래된 핏물 같은 적갈색으로 칠했다. 전반적인 외관은 야단스러우면서 애처롭지만, 나를 반기는 여자는 아주 활발하다. 건물 내부는 어둠침침하면서도 한편으로 편안하다. 방들에서 무슨 냄새가 나는데, 나는 일을 하는 동안 그 냄새에 점점 익숙해진다. 좀약과 감귤 기름, 해묵은 먼지, 갈라진 가죽이 뒤섞여 풍기는 미묘한 냄새가 정신이 번쩍 들게 한다. 바로 오래된 것들의 냄새다. 확장 공사를 하던 어느 시기에 심지어 1층에도 벽장을 지나칠 만큼 많이 만들어둔 것을 보자 맥박이 빠르게 팔딱이기 시작한다. 방의 비율을 대충 따져보니 사면 벽이 모두 벽장인 곳도 있다.

이름이 세라이고 당연히 태트로 성을 쓰는 그 조카는 북쪽에 있는 병원에서 정식 간호사로 근무한다. 사각턱의 유쾌한 여자인데, 밝은 갈색 머리에 눈동자는 파랗고, 나이는 나보다 한참 어려 삼십대 중반 같다. 학교 쉬는 시간에 아이들 감독을 자원하거나 초등학교 미술 프로젝트에 자발적으로 나서는 어머니 유형이다. 사료 보전이나 교육시설 확충을 위한 채권 발행 찬반 투표 홍보에 참여하는 지역사회 주민 부류다. 나는 그런 유형을 잘 안다. 그런 유형이 되어보려고도 했다. 내 어머니도 그랬다. 하지만 우리는 삶의 물건들, 더 정확히 말하면 물건들의 사후에 매료되었고, 그래서 그런 일에서 늘 멀어졌다. 어머니가 벌인 사업을 함께한 지 이십 년이 다 되어간다. 우리는 공정하고 신중하며 정직하고 아는 것이 많다. 우리가 이 사회에 섞이지 못한다는 것은 나도 잘 알고 있지만, 뉴햄프셔주의 이 지역에서 우리는 나름 유명하고 존경도 받는다. 우리가 여자라는 사실이 얼마간은 유리하게 작용한다. 실물재산, 물건, 잡동사니, 소지품 같은 것을 정리하려는 사람은 가족 중에서 대개 여자고, 우리도 여자다. 슬픔에 잠긴 시기에 산더미같이 많은 자질구레한 결정과 마주해야 하는 기분이 어떤지 우리는 잘 안다. 세라와 함께 커피를 마시고 처리할 일을 공식적으로 정리하면서 나는 우리가 연결되어 있다는 편안하고 즉각적인 기분을 느낀다. 누구든 이런 시기를 겪는 다른 여자들과 함께일 때 가질 수 있는 기분. 연민은 물론이고, 약간의 안도감 같은 것. 마침내 나아가는 것이다! 앞으로 할일을 생각하면 심지어 약간 설레기까지 한다. 집을 정리하는 것은 빼빠지게 힘든 일이지만 도중에 늘 뭔가를 발견하게 된다. 값나가는 물건이 나올 때도 있다. 우윳빛 페인트를 덧칠한 식탁이 알고 보니 셰이커 제품이기도 하고, 허터 브라더스 의자나 굉장히 아름다운 자기 식기가 발견될 때도 있다. 지나치게 감상적이지만 값나가는 진귀한 자기인 오래된 후멜 제품이 이 빠진 소금통과 후추통들 사이에 놓여 있기도 한다. 한번은 식품저장실 구석에 처박혀 있던 낡은 물통을 찾아냈는데 알고 보니 손으로 직접 칠한 레더 제품인데다 값어치도 엄청났다. 초판본 책들, 초판 인쇄물, 마크 트웨인이 자필 서명한 책, 워튼*의 책, 새것 같은 샐린저의 책도 나왔다. 아무것도 없을 것 같은 무더기에서 무엇이 나올지는 누구도 예측할 수 없다. 어떤 물건은 과거를 들춰낸다. 일기장, 연애편지 뭉치, 조련된 조랑말이 등장하는 옛날 포르노그래피가 보관된 상자, 놀라운 사인死因이 기록된 사망증명서들, 알려지지 않은 출생들까지. 한집에 보관된 물건들에는 가족사를 바꿔놓을 온갖 이야기들이 담겨 있다.

내가 태트로 씨의 유산 처분을 꼭 맡고 싶었던 이유에는 몇 세대를 거슬러올라가는 개인적인 연줄이 있다. 그것이 우리의 전문 영역—아메리카 원주민 유물—이긴 해도, 태트로 씨 형제가 살아 있는 동안에는 어머니도 나도 이런 추적을 하지 않았을 것이다. 우리 지역 역사협회에서 예약 주문을 받아 출간한 책 『스타일스 앤드 스토크스의 역사』는 스타일스에 사는 태트로 집안의 일족에 한 장章을 통째로 할애했고, 거기에 최근에 숨진 태트로 형제의 할아버지에 대한 문단이 나온다. 주잇 파커 태트로 씨는 내 할머니가 태어나 열 살 때까지 살았던 오지브웨족 보호구역의 인디언 보호관이었고, 할머니는 열 살 때 동부로 보내져 펜실베이니아주 칼라일 인디언 학교에 입학했다. 겨우 스무 살이었던 스토크스 출신의 젊은 교사가 태트로에게 편지를 써 보냈고, 그 교사는 학생을 모집하는 동안 심지어 노스다코타주 보호구역에 있는 태트로의 집에서 묵기도 했다. 할머니를 칼라일로 보낸 사람이 그였다. 할머니는 학교에서 복잡한 바느질, 덧셈과 뺄셈, 빨래, 바닥 깨끗이 닦는 법,

* 1921년, 여성으로는 최초로 퓰리처상을 받은 소설가 이디스 워튼(1862~1937).

읽기와 쓰기를 배웠고, 성경 구절이나 셰익스피어의 소네트, 키츠의 시, 미국의 독립선언서, 영국의 권리장전을 암송했다. 칼라일 학교에서 할머니는 사랑에 빠지기도 했다. 아니 남편을 만났다고 말하는 편이 더 낫겠다. 내 기억에 냉정하고 자그마했던 그 여인이—나는 앤티그랜마anti-Grandma라고 불렀다—사랑에 빠졌으리라고는, 심지어 인간다운 감정을 느꼈으리라고는 잘 상상할 수 없기 때문이다.

할머니는 그 젊은 교사와 결혼하면서 동부에 남았고, 땅을 물려받으려고 잠시 보호구역으로 돌아왔다가 분배받은 자신의 땅에서 내 어머니를 낳았다. 할아버지도 그곳에 살면서 도리어 오지브웨족 사람들로부터 덫을 놓고 사냥하는 기술을 배웠던 것 같고, 그 일을 몹시 좋아하게 되어 스토크스로 돌아온 뒤에는 지금 크라에의 땅에 인접한 부자들의 사냥터에서 일하며 여생을 보냈다. 내 조부모는 사냥터 문 바로 밖에 있는 작은 집에서 살았다. 어머니와 아버지는 새로 집을 구했고, 우리는 그 집에서 아버지가 돌아가실 때—여동생이 죽고 여섯 달 뒤였다—까지 살았다. 자, 이것이 연줄로 하는 우리의 실뜨기 놀이다. 이것이 우리가 정말로 동부 사람이 될 수 없는 이유이며, 내 짐작에는 크라에가 나를 흥미롭게 바라보는 이유도 부분적으로는 이것이다. 그는 내가 누구인지 정확히 규정하지 못한다.

인디언 보호관들이 방대한 공예품을 수집하는 것이 드문 일은 아니어서, 태트로 씨와 보호구역의 관계 또한 흥미로웠다. 어머니와 내가 늘 궁금히 여겼던 것은 태트로 씨 집에 정말로 그런 보물이 있는지였다. 여기저기서 들리는 소문 외에 우리가 알 수 있는 단서는 없었다. 최근에 숨진 태트로 형제는 험악한 인상이었고, 인색한 생활을 꾸려나가다가 두 달 간격으로 사망했다. 나이가 어린 쪽은 자연사로, 많은 쪽은 알다시피 그 비운의 도요타에 치였을 때 받은 충격과 부상 때문이었다. 집안에 들어가도, 벽장에서 잡지나 옷, 레코드판 말고 색다른 것은 기대하기 어려워 보였다. 하지만 소문이 나돌았었다. 우리가 알기로도 지역이나 주 혹은 대학 박물관에 기부된 태트로 집안의 수집물 중에서 규모가 큰 것은 없었다. 하지만 벽장은 아주 많았고, 아래층 방들은 벽이 두꺼웠다. 또한 염두에 두어야 할 태트로 집안의 성격이 하나 있다. 혹은 있었다. 아니, 확실히 지금도 있다.

그들은 예리하고 영악한 사람들이었다. 고집이 세고 비합리적이며 냉정한 사기꾼이자 은밀한 사재기꾼이었다. 그들은 중고시장을 뒤지며 돌아다녔다. 식료품을 대량으로 사들였다. 가난하지 않았지만 휘발유 가격이 뛰면 히치하이크를 했다. 하루 묵은 롤빵이나 식빵을 먹었고 유효기간이 지난 우유를 마셨다. 브로콜리와 바나나처럼 사치품을 사 오면 그것을 묶었던 고무줄은 따로 보관했다. 나무에서 수액을 추출하여 끓여 먹었고, 이웃의 밭에서 옥수수를 훔쳤다. 고비를 뜯었고, 발육이 덜 된 나무에서 과일을 땄고, 너구리를 쏘아 잡은 뒤 구웠다. 가을이면 돼지 반 마리를 사서 소금을 뿌리거나 냉동했다가 일 년 동안 코에서 무릎까지 게걸스레 먹어치웠다. 내 마음속에서 태트로 형제는 값나가는 공예품을 수집하지만 늙고 천박한 양키* 독신자, 딱 그 부류였다. 그들은 뭐든 나

* 넓은 의미로는 미국인을 지칭하나, 여기서는 미국 북부 뉴잉글랜드 지역 사람들

눈다는 생각은 아예 하지 않았다. 기부한다는 생각도 해보지 않았을 것이고, 판다는 생각도 해보지 않았을 것이다. 최후의 날이 올 때까지 그들은 모아둔 물건을 썩어 문드러지는 대로, 좀약을 넣어둔 대로, 삼나무 블록과 함께 쟁여둔 대로 붙들고 있었을 것이다. 나는 그랬기를 기대했다.

신기하게도, 어머니와 내가 같이 사는 집에는 오히려 별다른 것이 없는데, 아마 우리가 좋은 물건을 늘 접하는 일을 하기 때문일 것이다. 우리 직업의 성격이 우리를 속물로 만들지 않았다. 오히려 우리를 옥죄는 것은 끊임없이 깨닫게 되는 우리 자신의 필멸성이다. 물론 뭔가를 붙잡고 놓지 않으려는 덧없는 허영도 우리를 항상 유혹한다. 우리 육신이 결국은 생물학적으로 분해된다고 생각하면 우리가 특별한 가치를 가진 뭔가를 소유하려고 애쓴다는 사실이 대체로는 어처구니없게 느껴진다. 하지만 우연히 발견했다가 유혹을 이기지 못했던 것도 몇 가지 있었다. 우리가 전문적으로 그런 물건을 다루는 일을 한다는 것 자체가 아마 스스로 인정하는 것보다 생득적인 배경에 더 많이 붙들려 있다는 증거이리라. 목 부분이 두 개고 반질반질 빛이 나는 검은색 마리아 결혼식 꽃병이라든가 구슬로 정교하게 장식한 벨벳 포대기 같은 오지브웨족의 요람, 나바호족의 매우 아름다운 러그 세 개, 오지브웨족 최후의 전투 지휘자 부가노기직이 가슴 앞에 메고 다녔을 탄약대 가방, 씨앗을 심는 용도의 작은 화분 몇 개, 깃털을 뗀 깃대를 엮어 만든 상자 몇 개, 꾸준히 닦아서 광을 낸 무거운 옛날 은과 터키석 같은 것들이다. 오, 하늘나

을 일컫는 것으로 볼 수 있다.

라로 가는 길에는 아무것도 없이 떠나고 싶다. 간소하게, 진정한 여행길을 떠나라. 하지만 우리는 그저 인간일 따름이다.

세라 태트로는 집이나 그 안의 물건들에 발목을 붙잡힐 생각이 없었다. 커피잔—그녀의 삼촌 하나가 틀림없이 이 지역 카페에서 슬쩍했을 두껍고 하얀 식당용 머그컵이다—을 앞에 두고 그녀는 물건들을 싹 없앤 뒤 이 집까지 청산하고 싶다고 했다. 그녀의 솔직한 태도가 매력적으로 다가왔지만, 두 세기 가까이 태트로 집안 소유이던 집이 다른 사람에게 넘어간다고 생각하니 아릿한 비감이 느껴지기도 했다. 한 장소가 그렇게 오랫동안 한집안 소유인 것은 특별한 일이어서, 놀랍게도, 나는 과거와는 단절하고 무엇보다 자신의 삶을 살기로 결심한 그녀에게 마음을 바꾸라고 설득할 뻔했다. 하지만 꾹 참았다. 나는 공책을 꺼내 이 집의 내용물 목록을 간략히 작성했다. 나중에 조수 두 명이 합류하겠지만, 처음에는 어머니가 그러듯 나도 혼자서 정리하는 것을 선호한다. 나는 집안 물건들에 대한 느낌을, 비록 무사히 저승으로 갔겠지만 물건의 배치나 그것을 다룬 방식에 아직 남아 있는 죽은 자들의 가치관이나 취향에 대한 느낌을 얻고 싶다. 나는 죽은 자들과 화해하고 싶다.

내가 오지브웨족 전통주의자였다면 이 일의 성격 때문에 지역사회에서 특별한 위치를 차지했을 것이다. 내 수집물 중에는 글로 된 자료도 많은데, 그 자료들에 따르면 죽은 자가 남긴 물건은 두려움을 일으킨다고 한다. 물건을 가족이 간직하는 경우는 절대 없었고, 죽은 자의 소유물을 다른 이들에게 나눠주는 일을 업으로 삼은 사람이 즉시 거둬 갔다. 적어도 옛 방식을 고수하는 사람들 사이에서는 크게 달라지지 않은 것 같았다. 죽은 자의 소유물은 그들이 사랑했던 이들에게 고인의 영혼을 다시 끌어온다고 여겨진다. 그래서 죽은 자와 연관이 없는 사람들만 안전하게 취급할 수 있다고들 여긴다. 그 물건을 나눠주는 사람은 붉은 옷을 입어서는 안 된다. 죽은 자가 확실히 알아보는 유일한 색깔이기 때문이다. 붉은색이 그들을 끌어당긴다. 그들은 그 색을 향해 다가간다. 어쨌거나 나도 그 생각을 지워버릴 수 없어서 일할 때 붉은 옷은 입지 않는다.

나는 세라에게 이제부터 중요한 물건들에 미리 값을 매기고 목록을 만드는 일을 하겠다고 말한 뒤 삼촌들이 특별히 관심을 보였던 것이나 공부했던 분야, 혹은 특별히 취급하거나 감정해야 할 수집물은 없는지 물어본다.

"모르겠어요. 없는 게 없이 온갖 것이 무지하게 많다는 것 말고는." 그녀가 손을 내두른다. "오래된 접시 세트가 아주 많아요. 존 삼촌은 총을 많이 모았고요. 그중 어떤 것들은 옛날 총이에요. 1층에 있는 벽장들은 아주 깊어요. 전부 꽉꽉 채워져 있고요. 너무 많아서 짐작만 할 뿐이에요."

혼자 남겨진 나는 이 일의 기쁨에 순식간에 빠져든다. 낯선 이들의 슬픔이 내 일의 일부다. 나 스스로 이 일을 계속하는 동기를 살펴보면 그들의 상실에서 약간의 위로를 찾는다는 것도 포함될지 모른다. 늘 죽음과 가까이에 있다는 사실이 나와 내가 사랑하는 사람들을 지켜주기라도 하는 것처럼. 1층에서 처음 가본 두 방에 있는 가구는 수리도 잘되어 있고 상태도 썩 좋다. 하지만 거기에 '대단한 발견'은 없다. 예상할 수 있듯이 태트로 집안사람들은 애서가가 아닌데다 램프나 꽃병, 작은 조각상 등 소소한 장식품이라고 할 만한 것도 많지 않다. 하지만 벽에는 지역 화가들이 그린 멋진 회화 작품 여섯 점이 걸려 있다. 맥스필드 패리시가 그린 유화 스케치도 있는데 본격적인 작업에 들어가기 전에 그린 일종의 소묘 작품이다. 그것을 보자 반가운 마음이 들고, 태트로 형제가 그 화가와 아는 사이였는지 궁금해진다. 그 특별한 발견물은 어느 순간에 찾아냈어도 즐거웠을 것이다. 패리시의 작품은 값어치가 나간다고 널리 알려져 있어서 팔려면 쉽게 팔 수도 있었을 테니 이 경우만 봐도 물건에 집착하는 태트로 집안의 성향을 알 수 있다. 큰 기대를 걸지 않으려고 애쓰지만 첫번째 벽장을 열 때 흥분해서 내 손가락들이 어설프게 움직인다. 나는 눈에 보이는 것—잡지를 넣어둔 평범한 상자—부터 단숨에 살펴나간다. 커튼과 빛바랜 낡은 리넨 무더기가 있다. 부츠도 아주 많은데, 수십 년 동안 모은 것이라 별의별 스타일이 다 있다. 좀약을 넣어둔 코트도 양모에서 스컹크 가죽까지 각양각색이다. 벽장은 끝이 없지만 나는 그 안의 내용물에 대해서는 조수들의 인내심에 맡기기로 한다. 다음 벽장은 응접실로 쓴 것 같은 방 두 개 사이에 있는데, 예전에 피아노와 다른 악기들을 뒀을 것 같은 방에는 78RPM 레코드판이 잔뜩 있다. 대부분 스윙이나 빅밴드 음악이다. 나는 그 시대 음악 애호가는 아니라서 메모를 하면서 세부정보만 남긴다. 소문은 그저 소문일 뿐이었다고, 슬그머니 걱정되는 마음으로 길게 늘어선 붙박이 서랍장 중 첫번째를 여는데, 이렇게 말하면 애매하겠지만, 삶을 나타내는 첫 표시를 발견한다.

어떤 물건은 살아나고 어떤 것은 그렇지 않다. 어떤 소장품에서는 인간이 느껴지지 않지만 어떤 것에서는 물씬 느껴진다. 예컨대 아직도 떠오르는 순간이 있는데, 나는 그것을 그냥 지나칠 뻔했다. 작은 나무상자를 열고 박엽지로 싼 손수건 같은 것을 발견했을 때였다. 소유주 이름의 첫 글자였을 L. M. B가 새겨진 손수건이었다. 그 상자를 비우고 손수건을 리넨 뭉치에 옮겨놓으려는데 라벨 하나가 눈에 띄었다. 면이나 론으로 만든 손수건, 레이스를 가장자리에 두른 손수건, 수를 놓은 손수건 각각에 핀으로 작은 메모지가 조심스럽게 꽂혀 있는 게 보였다. 물론 나는 메모지들을 살펴보았다. 하나하나 잉크로 날짜가 쓰여 있었는데, 여자 글씨 같았다. 그리고 이름이 하나 혹은 여러 개씩 쓰여 있었다. 무슨 행사였는지도 적혀 있었다. 테디의 세례식. 베네타와 존 하워드의 결혼식. 그리고 테디의 장례식. 남자 형제 애드먼타인의 경야經夜. 처음 본 오페라 라트라비아타. 결혼식. 팔이 부러진 날. 맨 아래까지 내려가니 그런 식으로 간직한 최초의 손수건이 나왔다. 어린아이, 즉 수집물 주인이 자신의 이름 첫 글자를 서툰 솜씨로 수놓고 '우리 엄마의 장례식'이라는 라벨을 붙인 작고 네모난 헝겊이었다. 값을 매기거나 분류할 일이 산더미처럼 기다리는데 나 혼자 L. M. B의 손수건을 들고 한참 동안 앉아 있었다. 한 여자가 평생 동안 흘린 눈물 상자가 거기에 있었다. 내 감정이 몇 단계를 거치며 흘러갔다. 처음에는 빅토리아풍의 엉뚱한 발상이 참신해서 마음이 부풀었고, 이어서 그 상자와 손수건을 조수들에게 보여주고 싶은 충동이 일어났다. 그다음에는 유별난 수집품인 이 증거물에 슬슬 짜증이 나면서 평소 잘 하지 않는 생각을 하게 되었다. 나는 인디언이 아닌 사람들을 다 백인이라고 생각하지 않는다. 어쨌거나 내 피부색도 희다. 하지만 그때 내 안에서 불쑥 솟구친 편견을 경험했고 그 사실에 깜짝 놀랐다. '백인 여자처럼 눈물에 인색해서 마음에 담아두고만 있었군.' 나는 마음을 가눈 뒤 그 상자를 들고 손수건을 한 장씩 뒤집어보며 그렇게 조금 더 앉아 있었다. 상자는 아주 가벼웠다. 잘 말린 오래된 소나무에 니스칠을 한 것이었다. 시어도어의 소중한 탄생. 라일락 이모의 임종 만찬. 임종 만찬은 뭘 말하는 거지? 사촌 프랭클린과 밀드러드 보스트의 결혼식. 더 많은 장례식들. 다른 조수들이 옆방에서 열심히 씨름하는 동안 나는 그 상자를 무릎에 올려둔 채 혼자 앉아 있었고, L. M. B의 슬픔과 기쁨을 공유하면서 눈물이 차올랐다. 많은 눈물은 아니었다. 이제는 나도 잘 우는 사람이 아니다. 슬픔이 복받치자 주저 없이 손수건 하나를 집어 들고 눈물을 훔쳤고, 내 눈물도 그 상자에 보탰다. 그리고 상자를 닫았다. 내가 한 일이 지극히 정당하다는 것을 나는 알았다. 'L. M. B를 위해 흘린 눈물', 메모지에 그렇게 쓸 수도 있었다. 내가 그 상자를 구입해서 가져야 할 것 같았고, 그렇게 하는 것이 그 수집물에 대한 적절한 결말 같았다.

그뒤에 나는 L. M. B가 노년에 표독스러운 골칫거리였다는 얘기를 들었다. 그녀는 잘 따지고, 지나치게 교리를 들먹였다. 앞마당 잔디밭을 질러다니거나 튤립을 망가뜨리는 어린 소년들의 부모들에게 걸핏하면 전화를 걸어 항의했다. 하지만 내가 물건이 살아난다고 했을 때 그 의미는 이것이었다.

사슴 가죽 얼굴에 흑옥 눈알을 박은 인형을 찾아냈을 때 존 주잇 태트로 씨와 버든 태트로 씨의 재산에 대해서도 비슷한 관심이 생겼다. 그 인형에 손을 대는 순간 특별한 느낌이 들었다. 인형은 빛바랜 빨간색 트레이드* 천에 싸여 구두 상자 안에 놓여 있다. 구두 상자를 구두 선반에 잘못 보관했던 탓에 뚜껑을 열자 무두질한 가죽냄새가 피어오른다. 아주 오랜 시간 뚜껑을 열지 않은 상자 안에서 분자들이 축적되어 만들어낸 것 같은 냄새다. 인형을 싼 천을 벗기자 잠시 떠돌던 냄새는 사라지고 인형만 남는다. 더할 나위 없이 아름답다. 인형의 피부는 완벽하게 처리된 가죽으로, 아직 보들보들하다. 팔과 치마에 거뭇거뭇 묻은 때를 보니 사랑을 받았던 장난감인 것을 알겠다. 깃대를 꿰매 붙인 빨간 입술은 평온하고 흐뭇한 미소를 띠고 있고, 흑옥 눈알이 박힌 각도에서 생기가 느껴진다. 뻣뻣한 말의 갈기를 뽑아 한 올 한 올 심은 검은 머리카락은 갈래머리로 땋아져 있다. 드레스는 무두질한 가죽으로 만든 것인데, 조가비 조각과 그리지 옐로, 루비 레드 화이트하트, 저먼 블루라고 부르는 오래된 앤티크 구슬로 장식했다. 허리에는 손뜨개로 만든 장식띠를 맸다. 장식띠에는 가죽 벗길 때 쓰는 작은 칼을 넣는 칼집이 달려 있다. 모카신에는 꽃을 꿰매 붙였다. 인형은 보석 장신구도 했다. 트레이드 은으로 만든 반지가 인형에게는 팔찌가 된다. 사슴 가죽으로 된 귀를 뚫어서 작은 방울종 모양 귀걸이를 했는데, 휘파람새의 울대에 매달아도 될 만큼 유별나게 작다. 인형이 든 골무 크기 바구니는 어찌나 교묘하게 짰는지 즐거워져 웃음이 터진다. 인형을 당장 꺼내 세라에게 보여준다.

"어머, 그게 거기 있었네." 그녀는 인형을 뺏어가 그 뻣뻣한 머

* 미국에서 초기에 백인들이 원주민들에게 구슬이나 은, 천 따위를 주고 가죽을 얻었는데, 이런 교환에 쓰인 물건을 '트레이드' 물건이라고 불렀다.

리카락을 익숙한 손길로 부드럽게 쓰다듬고, 반짝거리는 눈 위로 심긴 가느다란 말털 눈썹을 사랑스럽게 어루만진다. "내가 아주 착하게 굴 때는 삼촌들이 이걸 가지고 놀게 해주었어요."

"그 인형은 아주 훌륭한 거예요. 값어치가 있을 것 같아요. 박물관 큐레이터에게 보여줘야겠어요."

"네?" 세라는 놀라지만 딱히 기뻐하지는 않는다. 내가 인형에게 느끼는 것과 동일한 감정을 느끼는 듯하다. 그것은 개인적인 감정이다. 인형의 존재가 주는 기쁨은 인형의 가치와는 상관이 없다.

"다른 것들도 있었나요? 그러니까 그 시대 아메리칸인디언이 쓰던 물건 같은 거요." 내가 묻는다. "삼촌들이 전부 어디 한곳에 모아뒀을까요? 캐비닛에? 아니면 트렁크에?"

"아, 맞다, 그래요. 까맣게 잊고 있었네. 아주 옛날에 태트로 집안사람 누군가가 인디언들과 함께 살았대요." 그녀가 말한다. "오래된 구슬 공예품 같은 게 많았어요. 같이 위층으로 올라가요. 보여줄게요."

위층으로 올라가면서 나는 숨을 고르려고 애쓴다. 아니나 다를까 다락방이 있다. 타르지를 바른 미완성의 길쭉한 공간에 소박한 널빤지 선반을 빙 둘렀는데, 거기에 오래된 여행가방이 수두룩하다. 중요한 수집물은 여행가방 안에 있다고 세라가 알려준다. 더 큰 물건들은 낡은 침대보와 말을 덮어주는 담요로 싸놓았다. 당장 그것들부터 풀어본다. 내 것만큼 좋지는 않은 인디언 요람, 자작나무 껍질로 만든, 곡식을 까부르는 데 쓰는 커다란 바구니, 구슬로 만든 요상한 발판 같은 것이 있다. 그리고 북이 있다. 가방 안에는 19세기 후반과 20세기 초반에 만든 값나가는 구슬과 직물 아플리

케 공예품이 수두룩하다. 모카신, 레깅스, 구슬을 꿰맨 의식용 브리치 클라우트*, 조끼, 탄약대 두 개(최상급 상태여서 값어치가 어마어마하다). 값어치가 덜한 물건도 많다. 한때 여행자에게 팔던 작은 지갑, 깃털이 죄다 빠진 장식용 머리띠, 담배 주머니, 운반용 노끈, 갈대로 만든 매트가 보인다. 우리는 그런 것들을 풀어 가방 위에 펼쳐놓거나 서랍이나 선반 모서리에 걸쳐놓지만 결국은 그만둔다. 수집물은 끝도 없다.

"축하해요." 내가 말한다. 세라 태트로는 놀란 표정이다.

"무슨 축하요?"

"은퇴해도 되겠어요. 아무리 못해도 긴 휴가는 다녀올 수 있겠어요. 더이상 이른 아침에 깨우는 전화는 받지 않아도 되겠는걸요."

"전부 값이 많이 나가는 물건인가봐요."

"아주 많이요."

세라는 트렁크 위에 주저앉아 머리를 손으로 감싼다. "그러니까 이 물건들이 줄곧 여기에 가만히 있었다는 거군요?"

나는 대답하지 않고, 그녀는 잠시 뒤에 고개를 내두르며 건조하고 짤막하게 웃는다.

"삼촌들은 인색하기 짝이 없어서 저녁에는 오트밀을 먹었어요. 빵에 버터 대신 크리스코 쇼트닝을 발라 먹었고요. 당연한 소리겠지만, 이 집 세금이 껑충 뛰었는데도 삼촌들은 여기를 지키고 싶어 했어요. 그래서 못 먹고 살았어요. 하지만 이제는," 그녀의 목소리가 밝아진다. "삼촌들이 구두쇠 노릇을 즐긴 것 같다고 말할 수밖

* 남자의 하반신 앞뒤를 가리는 기다란 천.

에 없겠네요." 그녀는 웃고 마음이 편해진 듯하다. "이런 것들을 여기에 두고 좋아했던 것 같아요. 어떻게 간수했는지 보이잖아요. 아마 흰 곰팡이가 슬거나 벌레가 먹지 않았는지 살폈을 테고 그런 다음 다시 곱게 쌌겠죠. 쥐덫도 놓고. 보세요." 그녀는 향모 풀로 만든 작고 아름다운 바구니를 싸두었던 신문지의 날짜를 보여준다. "작년 거예요."

"다행이네요." 내가 말한다. "신문지의 산성 때문에 바구니가 못 쓰게 됐을 수도 있었어요." 나는 꼰 향모를 둥글게 돌돌 감아올려 만든 바구니를 보려고 더 가까이 다가갔고, 그 순간 북에 더 가까워졌다.

나는 감상적인 사람이 아니며, 옛 물건에 사람의 생명이 깃들어 있다고 믿지도 않는다. 어떻게 그러겠는가? 나는 누군가에게 가장 친밀했던 물건이 한때 그것이 받은 사랑과는 무관한 다른 사람의 손에 들어가는 것을 보는 일을 하는 사람인데. 하지만 물건이 제 주인의 본질을 흡수한다고 믿는 사람도 있다. 여하간 그 북으로 다가가자, 맹세컨대 내 귀에 북소리가 들린다. 깊고 낮은 공명음. 나는 화들짝 놀라 걸음을 멈추고 북을 바라본다. 나는 그 소리가 들리고 내가 그 소리를 듣는다는 것을 알지만, 세라 태트로는 그렇지 않다.

"난 여기서 나갈래요." 그녀는 그저 이렇게 말한다. "먼지가 너무 많아요. 오후에 다시 올게요. 시내에 볼일이 좀 있어요."

그래서 나는 태트로의 진귀한 전리품과 홀로 남겨진다. 나는 북을 뚫어져라 쳐다보지만, 빛바랜 퀼트로 꽁꽁 싸매져 있어 일부분만 볼 수 있다. 나는 사물의 소리를 듣는 사람이 아니고 쉽게 상상에 빠져드는 사람도 아니다. 설명할 방법이 있을 것이다. 뭔가가 북의 가죽을 건드렸겠지. 공기압력에 변화가 생겼을지도 모르고. 퀼트에 색다른 점은 전혀 없다. 네모난 헝겊 쪼가리를 모아 붙인 것이고, 그것으로 북을 덮은 뒤 교회 자선 행사에서 팔 법한 방적사로 묶어뒀을 뿐이다. 나는 북으로 다가가 퀼트를 완전히 벗긴다. 쇠줄을 잡아당겨 알전구 두 개를 켜자 빛이 흘러나와 짙은 그림자를 드리운다. 북의 윗면이 빛을 발한다. 엄청나게 큰 북이라 지름이 3피트는 족히 된다. 북 가죽으로 쓴 버펄로나 무스는 굉장히 큰 놈이었던 것 같다. 북은 크긴 했지만 장식이 정교해서 어딘지 섬세한 느낌이 났다. 북에 두른 구슬 벨트와 스커트에는 빨간 방적사 술을 주렁주렁 달았고 작은 주석 원뿔과 방울도 사방에 촘촘히 꿰매어두었다. 위쪽에는 널찍한 탭 네 개를 같은 간격으로 빙 둘러 붙여놓았다. 혀같이 생긴 탭은 짙은 쪽빛인데, 각각에 흰색 구슬로 형상 하나씩을 표현해놓았다. 추상적이긴 하지만 소녀, 손, 십자가, 달리는 늑대를 상징하는 것 같다. 북의 얼굴 한복판에 노란 선이 그어져 있다. 그게 전부다. 형상을 묘사한 부분들, 붉은 꽃 같은 스커트, 작은 방울, 이런 것이 북의 크기와 어우러져 힘과 상냥함이 뒤섞인 독특한 느낌을 불러일으킨다.

접이의자를 끌고 가서 북 옆에 앉아 세부내용을 써내려간다. 내 손이 종이 위에서 옮겨다닌다. 평소라면 이런 물건을 발견하고 신이 났겠지만 지금은 어쩐지 기쁘지가 않다. 펜을 내려놓는다. 불편하고 불안하다. 주위를 둘러본다. 볼일을 보러 간 세라가 돌아오는 시간이 늦어지면 좋겠다. 내가 북에 손을 올리자, 그 순간 뚜렷한 확신이 온다. 내 몸 안에서 신경 같은 뭔가가 잡아당겨지는 것처럼. 본능적인 느낌이다. 생각이 아니라 직감 같은 것. 나는 북을 퀼트로 덮어 싸맨 뒤 아래층으로 내려가 세라가 정말 없는지 확인한다. 차고는 비었다. 정말 나 혼자 있는지 확인하려고 집 전체에 들리게 소리를 지른 뒤 뒷문을 열어놓고 곧바로 위층으로 올라간다. 나는 북을 더 꽁꽁 싸맨 뒤 집밖으로 옮긴다. 그러고는 차의 트렁크를 열 때만 아주 잠시 자갈땅에 내려놓았다가 트렁크 안에 밀어 넣은 뒤 도난방지 가리개로 덮어 가린다. 큰 경매가 열리는 곳에서 주차를 해야 할 때 늘 사용하는 것이다.

남은 오후 동안 나는 내가 한 짓을 머릿속에서 밀어내며 일에 몰두한다. 생각이 슬며시 그 북 쪽으로 가면 더 생각하지 않고 피한다. 내가 방금 한 행동, 혹은 하게 될 행동은 아마 경범죄에 해당할 것이고, 그것 때문에 우리 사업을 접어야 할 수도 있다. 내가 그런 행동을 그렇게 쉽게 해버렸다는 사실이 스스로도 당황스럽다. 평생 초콜릿바 하나 훔쳐본 적 없는 사람이 의뢰인의 집에서 그토록 값비싼 물건을 가지고 태연히 빠져나오는 행동은 정신이상을 예고하는 신호인지도 모른다. 신경쇠약이 오는 걸까. 하지만 그런 느낌은 아니다. 내 정신은 아주 또렷하다. 충동적으로 비이성적인 범죄를 저지르는 사람도 자신이 몰랐던 부분을 이렇게 차분히 받아들이는지 궁금하다.

집에 다 왔을 때 서느렇고 푸른 땅거미가 내려앉고 있었다. 퀼트로 싸둔 북은, 비닐 커튼을 당겨 덮은 채로 차 안에 둔다. 북을 집에 들여놓고 싶은 마음이 아직은 없다. 생각을 더 해봐야 한다. 하지만 내가 한 행동이 올바른지 고민하는 것은 아니다. 어느 정도

올바른 일이 아니었다면 내가 그런 행동을 했을 리 없다고 이미 결론을 내렸다. 하지만 그 올바름을 설명할 말은 내 손이 닿지 않는 곳에서 빙빙 돌고 있다. 내 진짜 걱정은 북을 계속 숨겨둘 수 있을지, 이러다 붙잡히지는 않을지다. 세라 태트로는 확실히 북의 존재를 알아차리지 못한 것 같다. 그녀는 어렸을 때 가지고 놀던 인형만 빼면 삼촌들의 물건에는 아무런 관심이 없는 것 같다. 삼촌들의 수집물에 대해 알고 있는 사람도 오로지 그녀 하나일 것이 확실하다. 게다가 그녀는 수집물의 존재조차 잊고 있었다. 어쨌거나 내가 북을 가져와야 했다면 그날 오후밖에 없었다. 일단 물건들을 분류해 감정을 마치면 그 북에는 돈이 무지하게 많은 수집가나 박물관 말고는 구입할 수 없는 값이 매겨질 테니까. 하지만 내가 북을 가지려는 것은 아니다. 내가 그런 것으로 무엇을 할 수 있고, 북을 둔다면 또 어디에 두겠는가? 맹세코 내가 가지려고 가져온 것은 아니다. 어머니와 같이 저녁을 먹으면서 나는 다시 한번 스스로를 안심시킨다.

"표정이 묘하네." 어머니가 말한다. "어떻게 됐니?"

나는 어머니의 손에서 샐러드 그릇을 받아든 뒤 포크로 푸성귀를 덜어 내 접시에 옮긴다.

"소문은 진짜였어요." 내가 말한다.

"오!" 어머니가 포크를 내려놓는다.

나는 시금치를 한입 가득 집어넣지만 문득 피곤함이 몰려와 씹기도 귀찮아진다. 의자에 늘어져 앉은 채 고개를 뒤로 젖히고 팔을 쭉 편다. "오후 내내 공책 위로 허리를 숙이고 있었어요. 정말 많았어요. 나이 많은, 그러니까 나이가 더 많은 태트로 노인이 인형이랑 구슬 공예품이랑 인디언 요람 같은 걸 죄다 모아들였던데요. 없는 게 없었어요."

"도둑놈 같으니!" 어머니가 또다시 감탄사를 내뱉는다. "좋은 물건은 다 가져다놨군. 안목은 있었네."

우리는 음식을 사이에 놓고 앉아 있다. 뒤로 넘겨 하나로 묶은 어머니의 머리카락은 윤기가 흐르는 새하얀 백발이다. 사람들이 어머니를 두고 아름답다고 말하면 나는 늘 자랑스러웠다. 어머니가 나를, 이어서 내 여동생을 낳은 것은 임신을 포기한 삼십대 때였다. 나는 선물 같은 존재였다. 자신이 누군가에게 선물이라는 말을 듣는 것은 평생 기분좋게 남을 기억이다. 정확한 이유는 모르지만, 우리는 그런 순간에 더없이 행복하다. 어쩌면 우리의 은밀한 기대나 예감이 충족되었기 때문이리라.

"북이 있었어요." 내가 말한다.

어머니는 접시를 옆으로 치우고 식탁에 팔을 올린 뒤 내 쪽으로 몸을 기울여 빤히 쳐다본다. 어머니의 눈은 가느스름하고 눈꼬리가 살짝 올라갔다. 나이를 먹으면서 짙은 갈색 홍채에 우윳빛이 감도는 푸른 고리가 생겼지만 눈빛은 여전히 날카롭다. 어머니는 북에 대해 더 말해주기를 기다린다.

"큰 북이에요." 내가 말한다. 식탁 위에서 어머니의 손가락이 움찔거린다.

"옷은 입었어?"

"네?"

"장식이 있었냐고."

"네."

"어떻게?"

나는 형상들과 십자가에 대해 말한다.

"십자가로 봐선 안 되지. 기독교 것이 아니니까. 별이나 네 방향을 상징하는 거야. 채색은?"

"노란 선이 그어져 있었어요."

어머니는 눈을 감고 미간을 손가락 두 개로 꾹 누른다. 그녀가 생각을 정리할 때 하는 동작이라서 나는 어머니를 유심히 지켜본다. 나는 침묵을 지킨다. 이윽고 어머니가 입을 연다. 한참 동안 한 이야기를 요약해보면 이렇다. 그 북은 우주다. 각 방향에 자리하는 사람들은 네 방향 각각에 앉은 정령을 상징한다. 특히 채색된 북은 생명이 있는 것으로 여겨, 정령에게 하듯 먹을 것을 주어야 하고 옆에 담배와 물잔을, 가끔은 음식을 담은 접시도 놓아야 한다. 북은 땅에 내려놓으면 안 되고 혼자 두어서도 안 되며 항상 담요나 퀼트로 덮어두어야 한다. 알려진 바로는 북은 사람을 고치기도 하고 죽이기도 한다. 북은 그것을 보관하는 사람과 하나가 된다. 북은 진지한 이유 때문에 만들어지고, 꿈에서 북의 구조를 세밀하게 본 사람들이 만든다. 똑같은 북은 없지만 모든 북은 서로 연관되어 있다. 북은 서로 이야기하고, 인간에게 북의 노래를 준다. 나도 북에 대해서 말할 때는 조심해야 한다고. 어머니는 수집물 속에 북이 있었다는 사실에 신경이 쓰이는 모양이다.

"북은 뼈로 된 인간보다 더 살아 있어." 어머니는 말을 마치고는 망설이며 덧붙인다. "물론 그건 전통적인 믿음이지 내가 그걸 믿는다는 말은 아니야."

나는 마음이 놓이면서 고개를 끄덕인다. 그날 오후 내 행동은 나조차 놀랄 일이었지만, 그 북이 상징적인 의미나 골동품의 가치를 넘어서는 힘을 가졌으리라고 당연히 믿지 않기 때문이다.

어머니가 침실로 가자 나는 내 침실 구석 야트막한 탁자에 쌓아놓은 서류와 공책을 치우고 북을 안으로 옮긴 뒤 균형을 잡아 탁자에 조심스럽게 내려놓는다. 양옆으로 의자를 하나씩 밀어놓는다. 북은 만질 때마다, 심지어 내려놓으려고 만지는 순간에도 소리를 낸다. 높고 빈 공간을 울려 내는 음이다. 의문처럼 불확실하게 삐걱거리는 소리다. 테두리를 조금만 건드려도 반향이 일어난다. 이렇게 강력한 악기가 더없이 민감하니 여러 사람이 한꺼번에 힘껏 치면 어떤 소리가 날까. 불을 끄고 침대에 눕는다. 방안에 북을 둔 채 그렇게 눕는다. 나는 밤에 창문을 조금 열어두는데, 겨울에도 예외는 없다. 서늘한 방이 좋다. 어둠은 3월의 추위와 함께 바스락거리고, 이따금 깊은 숲속에서 줄무늬 올빼미가 산고를 치르는 여자의 비명을 내지른다. 나는 어쩌면 그것이 꿈이라고 상상한다. 나는 스스로를 현실적인 사람이라고 생각하지만, 오늘은 길고 이상한 날이었다. 순간 북을 훔쳤다는 깨달음이 수면 위로 완전히 모습을 드러냈다가 다시 아래로 가라앉았다. 내일은 다행히 토요일이니 주말 동안 그 집 재산을 어떻게 처분할지 결정하면 된다. 다른 물건을 정리할 때 스스로를 믿어도 될지 자신이 없다. 훗날 이 일이 역사적인 의미에서 정당화된다 해도 죄의식을 피해갈 수는 없고, 내 행위를 합리화할 수도 없다.

그렇다고 생각을 바꿔 세라 태트로에게 그 북을 돌려줄지 말지 고민한다는 말은 단연코 아니다.

내가 가진 모든 것은 타인의 삶이다. 내가 하는 일은 그들의 것, 그리고 내 어머니의 것—그녀의 사업, 그녀의 유산, 그녀의 피—에 속한다. 심지어 내 벽장 속에 있는 눈물 상자도 다른 여자 L. M. B.의 것이다. 하지만 나는 지금 북을 훔쳤다. 어두운 방에 누워 있으려니 내가 본능에 따라 북을 훔친 일이 꼭 필요한 것이었다는 생각이 들어, 그 행동을 생존이라고 불러도 될 듯하다. 나는 규칙과 법의 세상 밖으로 나와 희박한 새 공기를 호흡한다. 이번이 처음이지만, 앞으로 이렇게 훔치는 일이 더 많을 것이다. 물론 물건을 훔친다는 말은 아니다. 그게 아니라 내게 필요하고, 내가 가져야 하고, 내가 가질 것이 있다. 생각, 계획, 개인적인 분노, 지금은 나 자신에게도 비밀인 기쁨.

평소에는 숙면을 취하지만 오늘밤은 깨어 있다. 밤새 무슨 소리가 들리는 것 같다. 생각한다. 아주 많은 생각이 흘러들었다가 절반만 모습을 갖춘 채 사라진다.

만물이 더없이 고요할 때 오래된 집은 재깍거린다. 시계처럼 규칙적이지는 않지만, 벽 속 널빤지가 온도를 바꾸고 회반죽이 조여들고 화강암 판석 밑에서 흙이 뒤척이는 내내 집은 부드럽게 재깍거린다. 이따금 집이 만들어내는 작은 소리들이 북 안에서 반향을 일으킨다. 내 호흡도 그렇다. 솟아올랐다가 가라앉는다. 들어왔다가 빠져나간다. 거대함, 가벼움. 나는 서서히 무거워지고, 어느 순간 힘이 풀린다. 내 몸은 생명을 잃은 것 같다. 호흡 사이에서 감각을 잃어버린다. 바로 그때 내 가슴이 차오르고, 나는 부활한다.

깊은 밤중에 우리의 낡은 집은 그것 말고 다른 것도 한다. 전에도 들은 적이 있지만, 나는 지금 어떤 소리를 기다린다. 집은 온종일 돌아다닌 발걸음들을 풀어놓는다. 우리는 하루종일 소소하고 일상적인 일들을 처리하느라 낡고 널찍한 바닥 판자 위로 이 방 저 방 종종거리며 돌아다닌다. 판자가 자리를 다시 잡으려면, 못이 삐걱거리며 원래 위치로 되돌아가려면, 오래된 소나무 섬유질이 탄성을 되찾으려면 몇 시간이 걸린다. 그러는 동안 발걸음 소리가 되살아난다. 밤중에는 미로 같은 발걸음의 흔적을 귀로 되짚어갈 수 있다. 내 어머니가 그렇듯 나도 그것에 익숙하지만, 이따금 잠 못 이루는 손님들은 소스라치게 놀란다. 이해할 만하다. 지금 나는 일어나 어스레한 어둠 속 내 침실 입구에 서서, 나를 향해 선명하게 삐걱삐걱 다가왔다가 나를 스쳐 내 침대로 걸어가는 발소리를 듣는다. 날은 아주 춥다. 소름이 오스스 돋는다. 잠으로 가는 입구에서 죽은 내가 살아 있는 나와 잠시 만난 것처럼, 나는 내가 다닌 길의 호흡을 느낀다.

3
과수원

불안한 정적이 우리 길에 내려앉았다. 젊은 두 사람은 생각보다 더 자주 나타난다. 내가 자갈밭에 차를 댈 때마다 데이븐의 덜컹거리는 빨간 차가, 음악이 흐르는 이어폰을 꽂고 검은 스카프를 휘날리며 기분 내키는 대로 유유히 걸어가는 켄드라의 가냘프고 길쭉한 모습이 떠오른다. 나는 데이븐에 대해 폭포처럼 쏟아진 '하나님의 성회' 애도사를 어머니와 함께 들은 후 한동안 정신이 멍했다. 그러고 나서 우리는 밴쿠버에서 온 크라에의 여동생과 상심한 켄드라의 친구 일고여덟 명과 함께 특이하게 관 뚜껑을 닫은 채 진행된 켄드라의 추도식에 참석했다. 그때 이후로 나는 싫어했던 사람이 죽었을 때 생기는 연민과 죄의식 때문에 마음이 괴롭다. 이제 나는 켄드라의 좋은 점을 생각한다. 그런 점은 많다. 아버지에 대한 사랑, 데이븐을 향한 착한 마음, 자기 자신에 몰두한 나머지 보여준 연극적인 행위들조차 이제는 아주 순수하게 느껴진다. 예술적인 기질을 타고난 아이가 탐색기를 보내고 있었다고 말이다. 나의 반감—혹은 질투심—이 어떤 것이었는지 궁금해지자 커트가 데이븐에게 품었던 적대감이 또다시 궁금해진다. 커트는 요즘 넋이 나간 사람처럼 혼란스러워 보인다. 그는 자신의 내면으로 돌아서서 스스로를 탓하는 것 같다. 상황을 터무니없이 감정적으로 받아들여 아버지로서 잘못한 것, 부당하게 간섭한 것, 죽음을 부를 만큼 서툴게 행동했던 것에 대해. 데이븐에게 품은 그의 분노는 보는 사람을 당혹스럽게 하고 심지어 잔인한 것이었지만 딸을 보호하기 위해서였는데, 이제 그는 그것조차 자신을 책망한다.

그는 밤마다 나를 찾아온다. 이 길에서 한시도 떠나지 않는다. 뉴욕에 다녀오지도 않는다. 이제 그가 아무 설명 없이 집을 비울까 불안해할 필요가 없다. 계단이 삐걱거리는 지점을 알고 있어서 발소리도 잘 내지 않는다. 그가 내 방 입구에서 걸음을 멈추면 두 개의 '나'가 양쪽으로 비켜서 그를 들어오게 한다. 하지만 나는 현실주의자다. 그가 늘 여기로 찾아오는 이유를 안다. 어느 밤에 그가 말한다. "내가 이 일을 극복하도록 당신이 도와줄 거야." 그의 목소리는 나지막하고 버석거린다. 이제 나도 더는 모른 척할 수 없다.

"이전에 딴 여자를 만났잖아요." 내가 말한다.

그는 말이 없다.

"대답해요."

"그래. 이제는 아니야." 잠시 외로운 침묵이 흐른다. "다시는 그런 일 없어."

나는 그의 얼굴을, 은빛 어둠 속에 만들어진 그 모든 윤곽의 음영을 가만히 바라본다. 그러자 무無가 되고 싶은 소망, 부서져 먼지가 되고 싶은 그 끔찍하고 익숙한 소망이 나를 떠민다. 그의 거짓말이 모든 감정을 죽인다. 나는 그와 함께 부서져 그가 있는 곳으로 간다. 우리의 몸부림은 어둠 속에서 끝없이 이어진다. 우리는 어떤 규칙도 없는 야성의 아이들 같다. 고통과 섹스가 슬픔을 무디게 만들지만 우리 둘 다 슬픔에 잠긴 것 같다. 내게는 익숙한 일이다. 지금 일어나는 일은 아마 그보다 내가 더 잘 알 텐데, 다른 사람에게 나를 내던져 파괴하려는 노력을 반복해왔기 때문이다. 하지만 늘 실패했고, 지금도 실패다. 내 슬픔은 뼛속 깊이 파고들어가 있어 빼내려면 내 뼈를 모조리 부숴야 할 것이다.

그가 손은 내 다리 사이에 넣고 얼굴은 내 머리카락에 묻은 채 잠이 든다. 그는 꿈속에서 운다. 나는 잠들지 않고 생각에 잠긴다. 그는 나와 지금 결혼하고 싶다고, 우리는 늘 함께 있어야 한다고 말한다. 하지만 나는 그 말이 거짓일 수 있음을 안다. 도대체 거기에 어떤 위안이 있겠는가? 그런 필요 때문에 나를 찾는 거라면 그것은 그의 진실한 감정이 아니다. 내가 그의 곁에 있고 기꺼이 머물려고 한다는 사실만 빼면 정말이지 거기에서 얻을 것이 뭐가 더 있겠는가. 잠시 뒤에 그는 다시 깨어나 내게로 돌아눕고, 나는 그곳에 그대로 있는다. 밤은 새까맣고 달은 보이지 않는다. 북을 바깥 복도 끝에 있는 탁자에 둔 것이 다행스럽다.

아침에 눈을 뜨니 그는 가고 없다. 나는 침대에서 내려와 가운을 걸치고 통로로 나간다. 이를 닦다가 그제야 내 얼굴에 피가 묻어 있는 것을 본다. 검붉은 피가 내 손등과 팔과 몸에 줄무늬처럼 묻어 있다. 다시 방으로 돌아가 침대 시트를 보니 거기에도 흔적이 얼룩처럼 남아 있다. 하지만 어쩐지 무섭지는 않다. 나는 그가 자기 몸을 칼로 그었다고 결론 내리는데, 사람들은 어떤 상황이 되면 그런 행동을 하는 것 같다. 그날 시간이 흐른 뒤 나는 걸어서 그를 만나러 가고, 그는 몇 년 동안 구상중인 어떤 돌을 조용히 바라보고 있다. 내가 그의 어깨를 잡는다.

"어디를 그었어요?" 내가 묻는다.

그가 어깨를 으쓱한다.

"커트, 좀 봐야겠어요. 상처가 깊을지 모르잖아요. 피를 많이 흘렸어요."

그가 눈썹을 치키고 내 얼굴을 물끄러미 바라본다.

"그냥 놔둬." 그가 애원한다.

나는 집으로 돌아간다.

어느 프랑스 소설에서 지략적인 마르키스가 "내가 그녀를 내 사람으로 만들었지"라며 연인에 대해 자랑하는 것처럼, 커트 크라에가 나를 그의 것으로 만들어가고 있음을 서서히 깨닫는다. 그의 슬픔에 휘말려 나는 과거에 간신히 버렸던 예전의 페르소나로 되돌아간다. 하지만 그의 맹렬한 욕구는 내게 전율을 일으킨다. 나는 그 사실을 인정할 수밖에 없고, 그것이 창피하다. 그러고는 그가 오로지 내 것이라는 확신에 찬다. 내 존재의 크기가 줄어들겠지만, 나도 그가 필요하다. 지나치게 심각한 문제가 다 그렇듯 여기에도 불합리가 존재한다. 어느 아침 그는 그의 조각품의 무게와 영혼을 생각하는 대신, 혹은 그가 좋아하는 다크로스트 커피 원두를 사러 20마일을 운전하는 대신, 차고 문을 고치는 대신, 딸의 무덤 옆에 앉아 있는 대신 우리집에 와서 시든 잔디를 깎는다. 한때는 데이븐 아이크가 하던 일이다. 크라에는 지금 사용하기 까다로운 빨간색 예초기를 밀고 있다.

그 기계는 나를 위해 구입한 것이었다. 처음으로 내가 나를 수취인으로 하여 산 생일선물. 이것만 봐도 내가 얼마나 하고 싶은 대로 사는 사람인지 알아차릴 수 있다. 자신의 쉰번째 생일에 잔디 깎는 기계를 사는 사람이 어디에 있는가? 선물을 하더라도 스파 세트나 새 목욕가운 같은 것을 골라야 하지 않겠는가? 아니면 내게 선물을 줄 다른 누군가가 있어야 하지 않겠는가? 물론 나는 어머니에게 선물을 받았다. 벨벳 줄에 매단 카메오. 1910년경에 만들어진 이탈리아제다. 분홍색과 흰색으로 된 조가비를 더없이 섬세하게 깎은 것이다. 나는 그걸 침대 위에 걸어두기만 했지 한 번도 목에 걸지는 않았다. 하지만 예초기는 지난여름에 썼다. 그걸 보면 기분이 좋았고, 심지어 데이븐이 거의 망가뜨려놓았을 때에도 그랬다. 지금도 그렇다. 커트가 내 잔디밭에서 일하는 모습은 보기에 곤혹스럽지만 기계가 잘 작동하는 것을 보니 한편 흐뭇하다.

커트는 매우 빠른 속도로 잔디를 깎는다. 이쪽 끝에서 저쪽 끝까지 한 줄씩 잔디를 깎는다. 하지만 나는 큰 사각형을 그린 뒤 더 작은 사각형으로 점점 범위를 좁혀가며 깎는다. 그는 이쪽, 저쪽 잔디밭을 가로지른다. 하지만 진짜 문제는 이것이다. 깎을 잔디가 없다. 잔디가 제대로 자라지도 않았다. 아직 겨울이나 마찬가지다. 갈퀴질을 하지 않은 북데기 아래쪽은 푸릇푸릇하지만 새싹은 발가락 끝만큼도 돋지 않았다.

나는 어머니를 창문으로 부른다. 우리는 함께 서서 우리 길에 사는 그 예술가를 지켜본다. 개성 없이 옷을 입은 그는 프레피룩을 즐겨 입는 학부형 같다. 칙칙한 오렌지색 바지에 흰색 골프재킷, 두꺼운 흰 양말, 지금은 흙이 묻었지만 역시 흰색인 발 편한 운동화 차림이다.

"어떻게 된 거예요?" 내가 묻는다.

어머니는 크라에를 향하고 있어야 할 미심쩍고 평가하는 듯한 표정을 내게로 돌린다. 그가 여기 있는 것이 내 잘못은 아니다. "나는 모르는 일이야." 어머니가 말한다. "그냥 나타났어."

"나타났다고요?"

"와서는 예초기를 만지작거리더구나. 그러더니 가지고 나갔고."

나는 고개를 까딱한다. 이게 무슨 뜻인지 모르세요? 나는 어머니에게 이렇게 말하는 내 모습을 상상한다. 그러면 어머니는 천연덕스럽게 말할 것이다. 잔디 깎는 것 말이니? 그러면 나는 이렇게 말하겠지. 아니요, 크라에가 깎는다는 사실이요. 최근에 딸을 잃은 사람이요. 정말로 잔디를 깎는 게 아닌 사람, 적어도 살아 있는 잔디를 깎고 있지는 않은 사람이요. 그는 지난가을에 죽은 잔디의 끄트머리만 깎을 뿐이고 지금 날리는 건 그 가루뿐이겠지만, 그것은 요점이 아니다. 나는 설명해야 한다.

어머니, 크라에처럼 오만한 남자가, 천재성을 타고났다고 생각하는 남자가, 그것도 예술가가 말예요, 애도하면서 시간을 보내야 할 판에, 그런 것도 아니고 평소 같으면 작업을 하고 있어야 할 시간에 그러기는커녕 애인의 집에 와서 잔디를 깎는다면 이런 뜻이잖아요. '내가 당신을 위해 어떤 일을 했는지 봐. 내 헌신을 봐줘. 내 천재성을 발휘할 시간을 당신 잔디밭에 허비하는 거야. 잔디는 다시 자라겠지만 나는 여기서 당신의 잔디를 깎고 있어. 내 슬픔에

서 뭔가를 끌어올려 후세에 남길 작품을 만들었어야 할 시간에.'

물론 이게 다가 아니다.

"그리고 당신." 그는 말할 것이다. "내가 당신 잔디밭에 시간을 허비했으니 당신도 내게 시간을 써주면 좋겠어(나는 천재고 당신은 아니니까 당신은 시간을 허비하는 게 아니지). 당신은 내 사람이야."

나는 창문에서 물러난다. 내 생각은 지나치게 냉소적이다. 어쩌면 그의 행동은 혼란을 비이성적으로 드러내는 또다른 징후일 수 있다. 나는 그를 다정히 대해야 하겠지만—걷잡을 수 없는 비탄에 사로잡혀 허우적거리는 사람을 위로하듯—저만치에서 들리는 기계 소리는 내 생각에 들들들들 구멍을 뚫고 나는 얼른 차에 올라타 황망히 떠난다.

길의 외딴 끝에는 자신이 아메리칸인디언이라고 굳게 믿으며 살아가는 한 남자가 있다. 하지만 어느 혈족인지는 그도 정확히 모른다. 어쩌면 그는 어느 부족도 아닐 수 있는데—그도 그 사실을 안다—메이플라워호 다음 배로 건너온 방대한 혈육 때문에 그의 뿌리가 복잡해졌기 때문이다. 그들은 내가 지금 재산 처분을 맡은(다시 생각하면, 내가 재산을 훔치는) 태트로 집안과 원래 같은 집안이었다. 하지만 태트로 집안이라고 서로 다 친척은 아니다. 태트로 집안은 이곳에 타운이 존재한 시간만큼 타운 여기저기와 평지를 떠돌며 살아왔다. 사실 그들은 무상 불하 토지의 초창기 소유자였고, 타운의 중심 도로는 존 팁턴 태트로 대령의 이름을 딴 것이다. 태트로 로드, 팁턴 홀, 태트로 박람회장, 지금도 농사를 짓는 태트로

농장 등에 사용된 이름인 태트로는 모두 그 태트로다. 그들은 무상으로 받은 토지를 팔아 여기저기에서 부동산을 조금씩 사들였지만 집안의 명성은 줄어들었고 일부는 잡종견처럼 변두리로 떨어져나갔다. 하지만 그들은 여전히 힘이 있는 존재다. 그들이 또다시 퍼져나가고 땅을 넓히고 힘을 되찾을 것 같은 묘한 예감이 늘 존재한다. 하지만 그럴 수 있는 사람이 스쿼 맨* 태트로는 아닐 것이다. 그게 때때로 그를 부르는 이름이다. 진짜 이름은 에버렛이다. 별명은 키트. 인디언 이름도 가졌는데, 옛날 총잡이 영화나 카를 마이** 소설에 나오는 이름 같다. 화이트아울인가 하는, 잡화점에서 파는 엽궐련과 같은 이름이다. 아무튼 내가 볼일이 있어 은행에 가는데 길가에서 키트 태트로가 히치하이크를 한다. 그는 청바지와 무두질이 덜 된 가죽조끼, 연어색 폴리에스테르 셔츠를 입었다. 인간의 땀을 독성가스로 변환하는 그런 옷이다. 내가 목적지를 물으려고 차창을 내리자 고약한 냄새가 흘러들어온다. 그는 공들여 치장한 것 같지만 나로서는 잘 모르겠다. 면도도 말끔히 했고 약간 긴 듯싶은 회갈색 머리는 평소보다 더 단정하게 다듬었다. 멋을 부렸다는 말이다. 하지만 냄새는 지독하다. 목에는 가죽끈을 대여섯 개 걸었는데 각각 다른 부적이 달려 있다. 먼저 곰의 발톱이 눈에 띈다. 작은 코끼리 엄니 같은 것도 보이고, 약초나 인간의 손마디 뼈를 넣었을 성싶은 작은 갈색 주머니도 보인다. 그는 머리를 조금 거칠게 밀어 넣으며 은행에 간다고 말한다.

* 아메리칸인디언 여자(squaw)를 아내로 맞은 백인을 경멸조로 일컫는 말.

** 『아메리카 올드 웨스트』라는 모험소설로 유명한 독일 작가(1842~1912).

"마침 거기 가는 참이에요. 그런데……"

"알아요. 내 몸에서 냄새나는 거." 그는 문을 열고 내 옆에 올라탄다. "무두질을 하고 있었거든요."

나는 창문을 열어 바람이 최대한 잘 통하게 한다. 냄새가 키트의 몸에서 나는 게 아님을 알자 훨씬 견딜 만해지지만, 가죽과 그것을 긁어내는 지저분한 과정을 떠올리자 차라리 키트 태트로의 몸에서 나는 거라 생각해버리고 싶다. 내 어머니가 실은 아메리칸인디언이고 오지브웨족 혈통이라고 말하고 싶은 유혹에 사로잡힐 때마다 키트 태트로의 뭔가가 나를 중단시킨다. 그의 마당에서 방금 가죽을 벗긴 짐승이 머릿속에 떠오른다. 혹은 지금처럼 그의 겉모습이나 냄새가 가로막는다. 다행히 타운까지 가는 길이 멀지는 않다. 우리가 은행이라고 부르는 것은 중심 가게에 있는 현금인출기다. 물론 한때는 그 가게 이름도 태트로스였다. 어떤 이유에선지 최근에 그 가게는 외관을 옛 서부의 잡화점과 비슷하게 개조했다. 야트막한 사각형 건물은 앞면만 높이 솟아 보이게 했고, 간판 서체는 옛날에 유행한 세리프체를 흉내냈다. 그래서 어떤 면에서 키트 태트로는 그곳과 잘 어울린다. 뭔가를 구하러 마을로 내려온 궁상맞은 산사나이 같다.

"가족 계보를 조사하고 있어요." 그가 말한다. "증조할머니에서 막혔지만 그분이 이로쿼이족이었을 거라는 생각에는 변함이 없어요. 창피해서 숨겼겠지요." 그의 목소리에는 분노와 절망이 묻어 있다. "늘 비밀이고, 늘 쉬쉬거리죠! 내 증조할아버지가 뭘 했고, 누구와 결혼했으며, 내 증조할머니가 누구였고 어떤 분이었는지 아무도 말해주지 않을 거예요."

“정말 복잡하네요.” 나는 안타까움을 표현하고 차를 세운 뒤 얼른 문을 연다. 키트도 차에서 내리고, 우리는 함께 현금인출기로 걸어간다. 산들바람이 가볍게 분다. 나는 그의 앞에서 바람을 안고 걸어간다. 그는 내게 차례를 양보하고, 내가 비밀번호를 누를 때 시선을 돌린다. 나는 기계에서 돈을 조금 뽑는다. 그 돈으로 크림과 크라에가 좋아하는 여섯 개 들이 맥주팩과 진저에일 한 캔, 신문과 머핀을 사려고 가게로 간다.

“나는 레몬 포피시드 머핀이 제일 맛있던데요.” 키트가 말한다. 그는 루트비어를 내밀어 계산대를 지키는 십대 직원에게 보여주고 돈을 지불한다. 우리는 문을 열고 밖으로 나간다. 돌아가는 길에도 그를 태워줘야 할 것이다. 그가 내 관심을 조금이나마 다른 곳으로 돌려준 덕분에 크라에가 잔디를 깎은 일을 곱씹는 데서 얼마간 놓여났다. 나는 인디언이 되려고 하는 키트의 열정이 늘 조금은 의아했다. 그 열정은 외롭고 강박적이다. 나는 그가 다른 인디언이나 인디언이 되고 싶은 사람들과 같이 있는 것을 본 적이 없었다. 게다가 그는 부족 하나를 찾아 특정한 무리에 속하길 원하기 때문에 그런 상상을 통해 얻는 것이 무엇인지 궁금하다. 물론 돌아오는 길에 그는 설명한다. 연관성을 찾기 위한 조사라는 것이다. 그저 연관성을 찾는 거예요. 이 생뚱맞은 말에 그는 이렇게 덧붙인다. 아마 E. M. 포스터도 마음속으로는 이로쿼이족이었을걸요. 연관성을 찾을 수 있는 지점만 확실해지면 그의 모든 것이 제자리를 찾아갈 것이다. 바로 그 순간, 어떤 측면에서 내가 그의 갈망과 혼란을 너무 잘 이해하기 때문에, 또다시 키트 태트로가 마음에 걸린다. 나는 그의 집으로 빠지는 갈림길에서 그를 내려주고 돌아오는 내내 창문을 활짝 열어놓는다.

집으로 들어서자마자 어머니가 크라에에게 핫초콜릿을 대접하는 장면이 눈에 들어온다. 그가 한기가 들었단다. 잔디를 깎다가! 어머니가 아끼는 컵에 핫초콜릿을 따랐다는 사실이 나는 당혹스럽다. 그 컵은 어머니가 어느 집의 재산을 처분하기 전에 구입한, 구성품이 일부 빠진 식기 세트 중 하나로, 정교하게 에칭을 하고 손으로 채색한 것이다. 어머니는 먼저 흐르는 뜨거운 물에 컵을 대고 데웠다가 헝겊으로 닦는데, 우유 표면에 막이 생기는 것을 방지하기 위한 요령이다. 어머니는 그를 탐탁지 않게 여기는 마음 혹은 내가 이용될까봐 두려워하는 마음을 버린 것 같고, 오히려 그를 부추기기로 결심한 것 같다. 나는 그게 두렵다. 내 안에서 상처받은 느낌이 부글거리지만 그 까닭은 잘 모르겠다. 어머니는 왜 하필 지금, 이제껏 품었던 생각을 버리기로 했는가? 그러지 않을 수 없기 때문에. 이제 잔디 깎기가 우리의 관계를 공개하는 커트의 방식이라는 걸 알겠다. 그는 재킷을 벗은 채다. 두 사람은 타운 도로국에 대해, 곧게 뻗은 리바이벌 로드의 포장도로에 과속방지턱을 설치하자는 그의 제안에 관해 일상적인 목소리로 유쾌하게 대화를 나눈다.

"크라에가 측정해보니 누가 시속 70마일까지 달리더란다." 둘은 누가 먼저랄 것 없이 거의 동시에 고개를 끄덕인다. 두 사람이 데이븐의 질주를 떠올리면서 딱딱한 침묵, 찰나의 정적이 흐르던 참이었다. 그들은 그 흔들리는 지반에서 벗어나고 싶다. 마침 내가 더할 나위 없는 순간에 들어간 것이다. 두 사람은 마음을 놓으며 주방 입구에 선 나를 쳐다본다.

“핫초콜릿 좀 마실래?” 어머니는 찬장의 높은 선반에서 아끼는 컵을 하나 더 꺼내려고 일어선다.

“여기 앉아!” 크라에가 내게 의자를 양보하려고 일어선다. 기사도란 것이 전혀 없는 사람이라 이런 구시대적 제스처에 감동받을 수도 있겠으나, 나는 그런 예의가 몹시 어색하고 미심쩍다.

“잔디 깎아준 것 고마워요.” 나는 다른 의자를 거칠게 끌어당겨 풀썩 주저앉는다. 나는 어느새 그의 손에 들린 컵을 쏘아본다. “아주 사려 깊은 행동이었어요. 전혀 당신답지 않고.” 어머니가 돌아섰을 때 내가 한마디 더 한다. “당신은 해야 할 더 중요한 일이 있잖아요. 우리 잔디를 깎아줄 사람도 따로 있고요.”

그 말은 사실이 아니지만, 그의 동기가 무엇이건 또 이런 일을 해주겠다고 나서는 일은 없게 해야겠다고 나는 결심한다.

“누구?” 엘시가 저만치서 내 말을 듣고 끼어든다.

나는 고개를 돌려 크게 뜬 눈을 깜짝여 어머니에게 눈짓으로 신호를 보내지만, 어머니는 하필 그때 허리를 숙여 내 앞에 핫초콜릿을 내려놓는다. 아래를 향한 속눈썹이 어머니의 내심 기쁜 마음을 감추고, 나는 그 가식적인 고상함에 부아가 치민다. 그 순간 나는 갑자기 그들이 그야말로 그들, 공모자로 보인다. 어머니가 뭔가 결심한 것이다. 어머니가 나를 앞섰다. 혼란스럽다. 게다가 나는 잔디 깎을 사람이 있다는 스스로의 거짓말에 꼼짝없이 걸려들었는데, 그들이 내가 아는 사람을 빠짐없이 알 뿐더러 내가 낯선 사람에게 부탁하는 성격도 못되니 내가 누구를 언급하든 그 사람이 여기로 와서 잔디를 깎으리라 예상할 것이다. 무슨 말을 해야 할지 모른 채 입을 여는 순간, 불쑥 키트 태트로의 이름이 튀어나온다. 방금 그를 내려주었으니 그 이름이 아직 혀끝에 맴도는 것이 터무니없지는 않다. 이제 어머니나 크라에가 찾아가 직접 물어보기 전에 내가 먼저 태트로에게 달려가 잔디를 깎아달라고 설득해야 한다.

"아, 그 스쿼 맨." 크라에는 대꾸할 가치도 없다는 듯 말한다. "자기 잔디도 안 깎는 사람이."

"돈이 필요하대요." 사실이다. 핫초콜릿을 꿀꺽 삼키며 무례하게 벌떡 일어나는 바람에 목안이 델 것 같다.

"모를까봐 하는 말인데, 스쿼는 음부를 의미해요. 좀더 정확히는 음부를 경멸적으로 일컫는 단어죠. 모욕이라고요."

"아." 크라에가 말한다. 그는 가볍게 받아치려고 눈을 깜박인다. "내가 아는 태트로는 아마 그 말을 칭찬으로 받아들일걸."

"우리한테 모욕이에요." 내가 어머니를 가리키며 말하고, 어머니는 자기는 이 문제와는 상관이 없다는 듯 다른 곳을 쳐다본다. 이번에는 내가 어머니를 당혹스럽게 만들었다. 어머니가 나를 거부한다는 확신, 나를 문밖으로 떠밀어 크라에에게 보내려 한다는 확신이 든 것은 그 순간이다. 어쩌면 어머니는 비밀이니 분별이니 하는 게 지긋지긋할 테지만, 그것은 당신 자신을 위해서가 아니었는가? 어쩌면 어머니는 나를 자유롭게 풀어주고 싶어하는 것 같다. 그렇게 되면 우리가 신중하게 쌓아온 모든 것이 무효가 되고, 내가 어머니와 같이 있으려고 포기했던 모든 것도 하찮아진다. 그런 식으로는 자유를 얻고 싶지 않다. 내가 지금 발끈하여 씩씩거리며 일어선 것을, 그를 밖으로 데리고 나가려 작정한 것을 그는 모른 척한다. 그는 어머니와 아직 끝내지 못한 대화의 끈을 이어나간다.

“어떤 나무인지 알려만 주십시오.” 그가 말한다. “제가 체인톱을 가져오지요.”

“무슨 나무요?” 내가 끼어든다.

“사과나무.” 어머니가 말한다. “과수원에 있는 거. 크라에가 보기에 가지를 조금만 쳐내면……”

“상당히 많이 쳐내야 할 겁니다!” 크라에가 웃음을 터뜨리고, 나는 그 웃음에 화가 난다.

“……과수원을 다시 살릴 수 있을 거래!”

“새싹이 돋기 전에, 날씨가 아직 추울 때, 지금 해야 해요. 이번 봄에 꽃을 피울 수도 있어요.”

“과수원은 죽었어요.” 내 심장에서 분노의 불꽃이 타올라, 나는 어머니를 움켜잡고 마구 흔들고 싶지만 애써 목소리를 가라앉힌다. “망가진 상태 그대로를 제가 좋아한다는 거 알잖아요.”

“되살아나면 다시 아름다워질 거야.” 어머니가 말한다. 바로 그렇게, 어머니가 나를 놓아주는 걸 깨닫는다. 나는 식탁 위로 몸을 기울이다가 핫초콜릿 컵을 쳐서 쓰러뜨리고 만다. 그것을 닦으려면 조리대에서 행주를 집어와야 한다. 크라에는 정말로 나를 도우려고 하고, 쏟아진 핫초콜릿과 잔디 부스러기 냄새 속에서 불현듯 나는 남자라는 존재를 원하는 내 마음의 그림자를 감지한다. 그림자는 내가 손과 무릎으로 바닥을 짚고 끈적끈적한 액체를 닦는 곳으로 으스름처럼 몰려오는데, 하루 전만 해도 그 갈망에 기꺼이 빠져들었겠지만 지금은 그 갈망의 땅거미가 무섭다. 나는 수돗물을 틀어 행주를 헹군 뒤 꼭 짜고, 창밖에서 줄지어 자라는 아름다운 마디가 생긴 나무들을 내다본다.

부엌이 너무 비좁게 느껴지고, 더욱이 집 자체도 너무 답답하다. 어머니의 갑작스러운 배신에 가슴이 찔린 것 같다. 어린애처럼 마음이 여려진 기분이다. 행주를 걸어놓고 머리를 뒤로 넘겨 핀으로 고정한다. "나갔다 올게요." 나는 어머니가, 혹은 지나치게 신경을 쓰고 있는 크라에가 다음 문장을 내뱉기 전에 얼른 말해버린다. 그리고 정말로 나간다. 주머니에 차 열쇠가 그대로 있다. 허겁지겁 스바루에 올라타고 키트 태트로의 집으로 간다. 걸어가도 충분한 거리지만 크라에가 어머니에게 작별인사를 하고 쫓아와 나를 앞질러 내가 거짓말을 한 걸 알아낼 수도 있다.

태트로의 번잡한 마당으로 들어가 뼈 무덤과 채색한 티피 천막 옆에 차를 세운다. 지나다니며 종종 봤지만 이렇게 가까이에서 보니, 면면마다 아크릴 물감으로 그린 상징들이 빛은 바랬어도 아주 정교한 게 훌륭한 솜씨다. 옆모습으로 그려진 검은 곰은 걷고 있는 모양새다. 곰의 입에서 시작한 하얀 선이 뱃속을 뚫고 들어가 날카로운 창촉에서 끝난다. 아마 사냥 주술과 연관되어 있는 듯하다. 키트 태트로는 실제로 그런 주술을 어느 정도 쓸 줄 안다. 전장총 소지자에게만 허락된 사슴 사냥철을 그도 이용한다는 것을 우연히 알게 되었는데, 그건 그가 가끔 우리 땅에서 사냥을 하게 해달라고 부탁했었기 때문이다. 이제 나는 그가 언제 들어가고 나가는지에 대한 감을 잃어버렸다. 이따금 그는 사슴을 잡지만 어떤 해에는 화약이 젖었다고 푸념하거나 총알이 불발했다고 흥분한다. 그가 곰을 쫓아갔다는 말은 들은 적이 없다.

나는 그 자리를 떠나, 태트로가 고쳐서 타볼 요량으로 끌어다 놓았을 녹슨 스튜드베이커 자동차, 수북이 쌓인 밍크 가죽, 닭장, 중고장터에서 구입했을 법한 범죄현장을 표시하는 흐트러진 노란 테이프 뭉치, 누렇게 변색된 고물 컴퓨터, 이빨이 가득 담긴 그릇, 흙을 담은 우유팩을 빼곡하게 넣고 뚜껑을 열어둔 작은 온상을 스쳐 지나간다. 우유팩 속에는 여린 토마토 모종이 햇볕을 받아 튼튼해지려고 발돋움을 하고 있었다. 키트의 흔적은 보이지 않고, 문을 두드려도 대답이 없다. 하지만 방충문 뒤로 문이 열려 있다. 방충문 손잡이는 나무 실패를 고정해 만들었다. 플라스틱 실패에 실을 감아 팔기 전에 쓰던 옛날 실패다. 나는 손잡이를 잡는다. 어쨌거나 옛날 실패를 살려 쓰는 그 사려 깊은 태도가 매력적으로 느껴진다. 어쩌면 키트의 아내 중 하나가 그 실패를 버리지 않고 남겨두었을 것이다. 그에게는 여자들이 끊이지 않았는데, 하나같이 파리한 얼굴과 슬픈 표정에 어깨가 구부정하고 비실비실 병약해 보였다. 그 여자들 중 누구의 이름도 떠오르지 않지만 그의 곁에 남아 있는 여자는 없다.

"어이!" 키트가 배 위로 늘어진 티셔츠 앞자락에 손을 닦으며 모퉁이를 돌아온다. "다시 왔군요!"

"생각을 좀 해봤는데요." 이 문제를 한시바삐 결론짓고 싶다. "우리집 잔디를 손봐줄 수 있어요? 협상을 할 수 있을까요? 잔디를 깎아줄 사람이 필요해요."

키트 태트로는 빈정거리는 듯 섬뜩한 미소를 지으며(이 두 개가 잿빛인데다 뱀의 송곳니처럼 생겼다) 자신은 자기집 잔디도 깎지 않는 사람이라고 알려주려는 듯 한 손을 휙 내두른다.

"나도 알아요." 내가 말한다. "우리 기계를 쓰면 돼요."

"글쎄, 난 일이 좀 많아서."

차에 치여 죽은 짐승을 찾아 가죽을 벗기느라 일이 많아요? 그렇게 말하고 싶다. 하지만 그 순간 내 입에서 나오리라고는 생각지도 못했던 말이 튀어나온다. 나는 태트로와 어떻게든 이 협정을 맺고 싶어 필사적이 되고, 무엇보다 커트 크라에가 다시는 우리집 잔디를 깎을 핑계를 대지 못하게 쐐기를 박고 싶어 조바심이 난다.

"그런데 말예요, 우리 어머니도 절반은 인디언 혈통이라는 거 알아요? 오지브웨족 혈통이라는 거? 여기 원주민 물건들을 보고 있었던 이유가 그거예요." 내가 티피 천막과 뼈 무덤을 향해 고개를 주억거리며 말한다.

순간 키트 태트로는 그 자리에 갑자기 뿌리라도 내린 듯 꼼짝 않고 서 있다. 심각한 표정으로 침묵을 지키고는 있지만 전류가 흐르는 말 목장 울타리를 손으로 잡았다가 감전된 사람 같다. 그의 눈동자가 좌우로 흔들리고, 얼굴은 족제비 같은 흥미를 담은 채 실룩거린다. 나는 죽었던 위치에서 용케 되살아났다. 혹은 적어도 거의 망각된 위치에서 되살아난 것이다. 나에게는 이제 끌어당기는 힘이 생겼다. 초월적인 존재가 되었다. 이 사실을 폭로한 걸 후회할게 뻔하지만 지금의 이 기쁜 마음은 어쩔 수가 없다.

"흠." 그는 놀란 눈치다. "나는 당신들이 한국인이나 뭐 그런 사람들이 아닐까 생각했는데." 그는 입꼬리를 아래로 내리고 듬성듬성 수염이 돋은 턱을 잡아당기며 어루만진다. "그러죠. 휴. 언제부터 시작하면 됩니까?" 별것 아닌 일에 벅찬 기쁨이 전율처럼 밀려오다니 뜻밖이다. 나는 크라에의 잔디 깎는 계략을 막아냈을 뿐 아니라 어머니는 절대 알아내지 못할 교묘한 방법으로 그녀를 벌한 것이다. 이제 어머니는 키트 태트로가 계보를 파헤쳐 자기 부족을 알아내려는 노력에 말려들 테고, 어머니가 알고 있는 것은 뭔지, 어머니는 어떻게 키워졌는지에 대한 그의 질문 공세를 견뎌내야 할 것이다. 하지만 어머니는 이 사회에 완전히 동화되었고 냉정한데다 보호구역의 현재를 분석적으로 바라보는 사람이기에, 또한 과거는 전적으로 무시할 수 있는 사람이기에 그는 실망을 맛보게 될 것이다.

내가 사랑을 해보지 않은 것은 아니다. 단지 성공하지 못했을 뿐이다. 오랜 결혼생활이 성공의 기준이라면 말이다. 한때 내가 부러워했던 부부는 모두 헤어졌다. 결혼이란 그저 나를 두렵게 만드는 것이다. 어쩌면 내가 아는 사람들이 부부가 되어 같이 살면서 인격의 부분부분을 합쳤다가 떼어내버리는 것을 지켜보며 그런 일을 내 용기가 부족했음을 감추는 핑계로 삼았는지도 모른다. 캐나다기러기. 백조. 까마귀. 갈까마귀. 한번 짝을 지으면 죽을 때까지 함께하는 피조물들. 그것들의 체내에는 고대의 유전적 명령어가 새겨져 있으리라. 지금 우리에게는 결여된 그것. 그것을 우리는 똑같은 정도로 바라는지 모른다. 내 침대 옆에서 전화벨이 울린다. 내가 곧 잠들 것을 아는 크라에로부터 걸려온 전화다. 이따금 그는 전화로 잘 자라는 인사를 한다. 오늘밤 나는 수화기를 들지 말지 고민한다.

"잘 자라고 말하려고." 그가 말한다. 그의 목소리는 그 울림과 깊이로 늘 내 마음을 움직였기에, 그가 여기 내 옆이 아니라 수화기 저 끝에 있기에, 왠지 평소보다 더 솔직해져도 괜찮을 것 같은 기분이 든다. 나는 그에게 잔디를 깎지 말아달라고 말한다. 잔디 깎아주는 게 불편하다고, 그렇게 평범한 일을 하는 걸 보고 있을 수 없다고, 그게 안 좋은 신호 같다고.

"안 좋은 신호라니, 뭐가 안 좋아?"

"당신의 슬픔이." 나는 우리 관계를 들먹이지 않으려고 조심하면서 말한다. "다른 사람 잔디를 깎으면서 돌아다니는 게 너무 당신답지 않아서요. 그게 당신이 얼마나 상처를 입었는지, 얼마나 슬픔에 빠져 있는지 보여주는 것 같거든요. 당신이 잔디 깎는 기계 뒤에 서 있는 것만 봐도 심란해져요."

하지만 그는 내 말이 기분좋은지 킥킥 웃기까지 한다.

"당신은 나를 잘 몰라." 그가 말한다. "실은 내가 잔디 깎는 걸 좋아한다는 걸 당신은 모르지. 그게 내가 나아지는 신호라는 것도. 그건 새로운 성장을 의미해. 게다가 아무 잔디가 아니지. 당신 잔디니까."

"맨흙이 드러날 때까지 당신이 깎아버렸죠." 그 말을 한 뒤 나는 마음이 약해져 목소리를 낮춘다. "커트, 무엇보다 깎을 잔디가 없어요. 아직 이른 봄이잖아요. 잔디는 자라지도 않았어요."

그는 아무런 말이 없다. 우리의 숨소리가 전화선을 타고 흐른다. 이윽고 그가 큼큼 목을 가다듬는다.

"오, 제길." 그가 말한다. "내 상태가 좋지는 않은가보군. 그 사실은 알아차리지 못했어."

그러더니 그가 스위트맨션에 가서 같이 저녁을 먹자고 청한다. 그곳은 레스토랑으로 개조한 웅장한 주택으로 아주 로맨틱한 장소다. 그가 데이트를 하자고 한 적도, 공개적인 장소에 데려간 적도 없어서 나는 얼떨결에 초대를 받아들인다.

전화를 끊은 뒤 나는 코드를 뽑는다. 북을 다시 가지고 들어와 내가 좋아하는 낡은 별무늬 퀼트로 덮어주지만 자꾸만 북에 마음이 쓰여, 주인을 찾아주려는 물건에 난처할 정도로 애정이 생긴다. 정당하게 물려받아야 할 주인을 우리가 찾아나서리라는 사실에는 의심의 여지가 없다. 내 의심으로부터 가장 안전한 곳에서 나는 모든 가능성을 허용한다. 내 마음은 어둠의 시간 속에서 삐걱 열리고 커다란 북의 존재가 주는 위안을 받아들인다. 집은 고요하고 길은 잠잠하다. 소나무에 부는 바람도 바르르 떨기만 한다. 세상이 숨을 쉬는 시간. 사물의 심장부에 고적한 슬픔이 아니라 평화가 흐르는 잠시의 순간. 나는 불을 끄고 침대에 누운 뒤 무릎 밑에 푹신한 베개를 넣고 팔을 쭉 뻗은 채 침대 전체를 차지하고 눈을 감는다. 크라에를 머릿속에서 몰아내려고 무진 애를 쓰다가 잠시 뒤에 마침내 몽롱한 잠의 달콤한 상태에 빠진다. 나는 홀로 그 전환의 순간에 떨어지는 것을, 내 몸이 떠오르는 듯 간질거리는 느낌을, 가슴 속 상像과 말과 그림이 마침내 풀려나 원래의 대상을 잃고 꿈의 비합리성을 취할 때 마음이 파닥거리는 느낌을 좋아한다. 오늘밤에는 죽은 잔디밭을 일정한 간격으로 돌아다니던 크라에의 신발과 양말이 눈부시게 희다. 어머니의 배신은 진지하고 불안하다. 형상이 그려진 컵에서 핫초콜릿이 모락모락 김을 뿜는다. 북은 퀼트를 덮은 채 서서히 잠든다. 그리고 뇌의 어둠을 통과하며 잠 속으로 굴러떨어질 때 나는 나달나달해진 캔버스 방수포를, 여리고 연약한 모종을, 채색된 곰을, 곰의 심장에 꽂힌 하얀 화살을 본다.

나는 스위트맨션에 저녁을 먹으러 오는 다른 사람들보다 그곳의 공간과 가구에 훨씬 더 익숙하다. 그리스 부흥 양식으로 지은 이 건물은 뉴햄프셔의 공장 소유주 헨리 스위트가 지은 것이다. 그는 젊은 여성 수백, 수천 명을 때 이른 죽음으로 몰아넣었고, 그들의 무력하고 비참한 처지와 자기 소유의 용수로에서 일으킨 전기를 이용하여 자식들을 위한 조명공원을 만들었다. 구디힐 고원에 자리한 그 저택과 토지에서 흘러나오는 불빛은 저멀리 버몬트에서도 보였고, 1940년대까지 비행기를 코네티컷강으로 안내하는 데 사용되었다. 스위트의 자녀들은 그 토지를 지난 세기 후반까지 가지고 있다가 개발업자에게 팔아넘겼다. 우리 어머니가 재산 처분을 맡았는데, 스위트의 후손이 가구나 유산 전부를 이미 오래전에 나누어 가진 뒤라 판매 액수는 어이없을 만큼 초라했다. 개발업자는 땅의 한쪽 끝에 5에이커 면적의 집 열두 채를 지어 팔았고, 그 수익금으로 저택을 복원하여 그의 꿈이었던 레스토랑을 열었다. 내가 이 건물의 내부를 잘 아는 것은 우리가 19세기(우리는 빅토리아시대라는 단어는 쓰지 않으려고 한다) 가구를 수소문하여 그 주인에게 팔았기 때문이다. 원래부터 그 저택에 있었던 물건은 거의 없지만 그런 것처럼 보이는 것은 우리가 그 시대의 훌륭한 가구를 찾는 데 공을 들였기 때문이다.

나는 지금 예전에 공식 응접실로 쓰이던 공간의 구석자리에서 타이거오크 무늬목으로 만든 로코코식 벨터 의자에 앉아 풀먹인 하얀 식탁보 아래 무릎을 넣고 커트의 맞은편에 앉아 있다. 그는 다시 예전 옷차림으로 돌아와, 실크와 면을 섞어 튼튼하게 만든 구겨진 셔츠와 아름다운 트위드 재킷, 일부러 해지게 만든 것이 아니라 진짜로 낡은 청바지를 입고 있다. 그가 정수리를 쓸어 만진다. 그의 머리카락은 평소보다 더 길다. 그의 머리카락이 좀 길게 자랐다 싶으면 나는 늘 이렇게 눈길이 간다. 그의 머리카락은 숱이 많고 탄력 있게 굽슬굽슬해 정말 아름답기 때문이다. 그가 머리를 길러 서로 다른 색깔 털이 섞여 있는 사자 갈기처럼 된다면 지나가던 사람들이 고개를 돌려 쳐다볼 것이다. 그는 참을 수 없이 거만해져, 내게는 눈길도 주지 않을지 모른다. 그러면 나는 안전할 것이다.

"오늘은 자꾸 켄드라가 떠올라." 그가 말한다. "마음이 무거워."

"켄드라를 떠올리면 뭐가 생각나요?" 내가 묻는다.

그의 얼굴이 굳어서 가면을 쓴 듯 신중해지지만 잠시 후 미소가 떠오르면서 표정도 부드러워진다. "내가 언제를 떠올렸는지 알아? 그애가 손에 줄을 긋고 엄지에 부리를 그려서 칠면조를 만들었을 때. 왜 있잖아, 추수감사절에 유치원에서 애들이 손에 그리는 칠면조. 작년에 재미로 그려서 나한테 보여줬거든."

"끔찍하네요."

"그렇지." 물잔을 쥔 그의 손이 조금 떨린다. 그가 한 모금 마시더니 말한다. "그런다고 뭐가 달라지겠어." 그리고 말한다. "뭐가 달라져?"

마땅히 대꾸할 말이 없다.

"당신 같은 아버지를 둔 건 그애한테 행운이었어요. 당신은 좋은 아버지였으니까." 마침내 생각해낸 대답이다.

"그렇게 생각해?" 그가 내 얼굴을 살피는데, 눈빛은 허허롭고 응시는 끝이 없다.

"그럼요, 그렇게 생각해요."

그가 고개를 끄덕인다. 그러고는 나를 빤히 바라본다. "페이, 나도 그애가 가버린 건 알아. 이따금 당신도 사라져버릴 것 같아. 제발 사라지지는 마."

"난 안 그래요."

하지만 내 마음은 내가 그런 사람인 것을 알고 그도 그 사실을 안다. 그 거짓말이 내가 두려워하는 모든 것을 의미하지 않는 한 그것은 그냥 거짓말이 아니다. 왜 이런 식으로 일이 흘러가는지 모르겠다.

"당신은 견딜 수 없는 거야. 그렇지." 긴 정적이 흐른 뒤 그가 말한다.

"뭘 못 견뎌요?"

"내가 겪고 있는 일. 당신은 그게 전염된다고 생각하지."

"그렇지 않아요."

"슬픔이든 비탄이든 뭐든 바이러스처럼 당신한테 옮을 거라고 생각하겠지."

"그렇지 않아요."

"그럼 대체 왜 그래? 당신한테 거짓말을 했어. 나도 그건 알지만 앞으로 다시는 안 그럴 거야. 만약 또 그러면 죽어버리겠다고 내 존재를 걸고 맹세했어. 앞으로 절대 거짓말은 안 해."

나는 고개를 끄덕인다. 그를 믿는다고 말하고 싶고, 그에게 대답을 해주고 싶다. 하지만 공포에 가까운 이름 없는 감정이 내 안에서 일어나 심장을 덮치더니 내 말은 빼앗아가고 수치심만 남긴다.

"나도 모르겠어요." 나는 잠시 뒤에 속삭이듯 말한다. 우리는 어쩔 줄 모른 채 와인잔만 만지작거리며 침묵 속에 함께 앉아 있다.

"오늘 숲속에 들어가 여섯 시간쯤 있었어." 그가 마침내 입을 연다.

"돌을 보면서요?"

"나무 그루터기도. 그것들은 어딘지 인간적인 느낌이 있어. 그래서 그것들을 미워하기로 했어." 커트가 얼굴을 찡그리고 눈을 감더니 내면의 소리라도 들으려는 듯 고개를 한쪽으로 기울인다. 그가 눈을 뜨자 뿌옇고 아련해진 그의 눈동자에 슬픔이 차올라 있다.

"가자미를 먹을까 해요." 나는 그렇게 말하고는 두 손을 내려다보다 내 어설픔을 탓하며 절망의 파도에 휩쓸린다. 메뉴의 글자들이 아물거리고 나는 그것을 읽는 척하는데, 문득 떠오른다. 그가 내 머리카락에 얼굴을 묻고 흐느낄 때나 내 몸이 어디에서 끝나고 나의 쾌락과 그의 쾌락이 어디에서 시작되는지 모든 감각이 사라지는 때 같은 우리의 가장 친밀한 섹스의 순간들과, 우리의 벗은 몸과, 서로의 시야에 드러난 우리의 불완전함과, 우리의 음탕한 농담과, 수치심이 결여된 우리의 타락과, 우리의 편안한 기쁨은 우리의 드러난 모습과는 전혀 다르지만, 그것들을 자라나게 내버려두면 우리는 완전히 다른 모습이 될 거라는 생각이. 내 안에는 도둑이 있다. 그의 안에는 질투심에 불타는 아버지가 있다. 그의 기분을 나아지게 만들겠다는 내 소망은 더없이 순수한 것 같지만 어쩌면 이기적일 수도 있다. 그의 끈질긴 비통함을 나는 이해한다.

슬픔이 얼마나 반복적으로 찾아오는지 이야기하는 사람은 거의 없다.

"당신은 내가 과수원의 나뭇가지를 치는 게 왜 싫지?" 크라에가 묻는다.

등줄기를 타고 선뜩하고 검은 느낌이 올라온다. 그 찌르르한 느낌이 익숙지 않아 처음에는 그것이 분노인 줄 모른다. 내게서 튀어나오는 목소리도 내가 느끼는 기분과는 다르다. 발랄하고 어쩌면 소녀 같은 목소리—성숙한 여자의 두려움.

"지금 그대로가 좋다고 했잖아요." 내가 말한다. "죽고 망가진 채로."

"아름답게 바뀔 수 있어."

"그렇겠죠."

그가 더 말하기 전에 나는 일어서서 돌아선다. 테이블과 의자 사이를 요리조리 뚫고 매끈한 난간을 손으로 쓸며 계단을 올라간다. 오래된 나무 감촉에 마음이 조금 가라앉지만, 그래도 뒤쪽 계단을 내려가 예전에 부엌문이었던 문을 열고 밖으로 뛰쳐나가고 싶다. 하지만 나는 계속 복도로 걸어간다. 여자화장실에는 이집트 부흥 양식의 매우 아름다운 화장대가 있는데 경매 당시 아주 괜찮은 가격에 팔렸던 기억이 난다. 금색 줄무늬 새틴 천을 씌운 페인팅 카우치*도 있다. 나는 거기 어정쩡하게 기대앉은 채 눈을 감는다.

커트에 대한 갈망과 불확실함을 끌어안고 사는 것이, 불필요한 데다 어쩌면 모욕적이기까지 한 은밀한 경계심을 끌어안고 사는 것이 아마 더 수월할 것이다. 슬픔과 놀람으로 이루어진 일상에서 그와 끊임없이 부대끼다 보면 관계에서 신화적인 요소는 없어지겠지만, 실제로는 그 이상이다. 그의 옆에 있으면 그의 고통이 신체적인 무게로 다가와 내 심장박동을 하나씩 짓뭉개고 내 숨을 쥐어

* 한쪽 끝에만 등받이가 있는 긴 소파.

짠다. 슬픔의 광기가 그에게서 뿜어져나온다. 그것이 내 속으로 들어와 풀어진다. 내 고통을 되살린다. 해결될 수 없는 살아 있는 고통. 죽음은 또다시 슬그머니 다가와 켄드라와 데이븐을 다리 너머로 내던지고 비탈진 도랑으로 태트로를 내동댕이쳐 누구보다 먼저 돋아난 봄의 새싹 속에서 죽음을 맞게 했다. 나는 데이븐이 리바이벌 로드에서 폭주했을 때 시작된 연쇄적인 사건의 일부다. 북도 그 사건의 일부고, 내가 북을 가져온 것도 그렇다. 커트 크라에가 죽은 잔디를 깎은 것도, 과수원의 나뭇가지를 치겠다고 약속한 것도 그렇다. 죽음이 리바이벌 로드 곳곳에서 변화를 일으키니 한 사건이 다음 사건을 들이받는 것이 언제 멈출지는 누구도 모른다.

크라에가 기다리는 곳으로 돌아가던 나는 입구에서 잠시 걸음을 멈춘다. 아까와 다른 쪽을 이용해 테이블로 돌아가던 참이었고, 커트는 내가 나타날 것 같은 장소를 바라보고 있다. 내가 나타나기를 기다리는 그의 모습을 보고 있으려니 어쩐지 비겁해지는 기분이지만, 어쨌거나 나는 그를 지켜본다. 이 언덕에서는 전파가 잘 잡히지만 그는 휴대전화로 통화를 하고 있지도 않다. 옆 테이블 여자가 아름답지만 그쪽으로도 눈길을 주지 않는다. 와인을 마시지도, 냅킨을 만지작거리지도 않는다. 그는 그저 기다린다. 나를 기다린다. 그가 나를 기다리며 멍하니 앉아 있는 모습에 나는 놀란다. 어쩌면 지금이 남자에게 내 가치를 진정으로 인정받을 수 있는 마지막 기회인지도 모른다. 나는 그 자리에 선 채 이 순간을 만끽한다.

그가 불안한지 마침내 자리에서 일어서자 나는 서둘러 안으로 들어간다. 그는 '어디 갔었어?' 하고 묻지 않고, 나도 따로 이유를 대지 않는다. 우리는 테이블을 사이에 두고 천천히 다시 자리에 앉아 음식을 주문해서 먹는다. 나오는 음식마다 너무 싱겁거나 간이 너무 세다. 우리는 소소한 일에 대해 차분하고 담담하게 대화한다. 참으로 감탄스럽다. 우리가 같이 잠을 잔 사이라고 생각할 사람은 없을 것이다. 그가 내 눈에 눈물이 그렁그렁 맺힐 때까지 내 머리를 잡아당겼다고는, 내가 그를 피가 날 때까지 세게 깨물었다고는 생각도 못할 것이다. 이따금 우리가 헤어나올 수 없을 만큼 섹스에 몰두했다고는, 섹스가 우리를 몰아붙여 서로를 다치게 했다고는 생각도 못할 것이다. 우리가 서로의 눈을 한없이 평화롭게 바라봤다고는, 비오는 숲속에서 벌거벗고 뒹굴며 깔깔거리다 몸져누웠다고는. 나는 사람들이 그러듯 그의 입에서 이게 뭐야라는 말이 나오기 직전인 것을 알지만 그가 그 말을 하게 두지는 않을 것이다. 그래서 우리는 돌과 갈까마귀와 나무와 우리 길에서 일어나는 온갖 소소한 일에 대해 이야기한다.

나는 얌전하게 데이트를 하는 착한 십대 소녀처럼 열한시가 되기 전에 집에 돌아온다. 1층 거실에 불이 켜져 있다. 어머니가 음악을 들을 때 즐겨 찾는 곳이다. 어머니는 사티의 음악을 듣고 있다. 구두점* 활용의 대가. 거실에 들어가자 의자에 앉은 어머니가 자세를 뻣뻣이 하며 나를 물끄러미 바라보더니 다 큰 자식도 두려워할 만한 근엄한 목소리로 말한다. "앉아. 이야기 좀 하자."

"나중에 할까요?" 어머니가 북을 본 것이 틀림없다. 피할 수 없

* 음악에서 구두점이란 문장의 구두점처럼 수평적인 오선을 끊어주는 수직적 요소인 마디를 말한다.

는 일이라는 걸 알지만 오늘밤은 정말이지 그 이야기를 하고 싶지 않다.

어머니는 눈을 깜박이지 않으려고 애쓰면서 나를 빤히 쳐다본다. 음악은 서스펜스 영화의 배경이 되어버렸다. 귀에 거슬리는 느낌표만 난무한다. 나는 음악을 끄고 어머니의 맞은편에 앉는다. 어머니는 분홍색 셔닐사로 짠 낡은 목욕가운을 입고 우아한 터키석 귀걸이를 했다.

"빼지 않았네요." 내가 내 귓불을 톡톡 치며 말한다.

"일부러." 어머니가 말한다.

"그래요?"

어머니가 말하기 전에 뜸을 들이는 게 어쩐지 불길하다. "몇 년 전에 의뢰인 집에서 이 귀걸이를 훔칠 뻔했지."

나는 시선을 피하며, 어머니의 복잡한 아프간 편물의 주름잡힌 부분과 바늘땀을 뚫어져라 쳐다본다. 어머니가 말을 잇는다.

"정말 갖고 싶었어. 나는 그게 커티스*의 잘 알려지지 않은 사진에 등장하는 소녀가 했던 귀걸이란 걸 단박에 알아봤어. 값어치가 있는 귀걸이라서 그런 건 아니야. 사진 속 소녀의 목에 그게 닿을락 말락 달려 있는 걸 보면서 나도 그 귀걸이를 하면 작품의 일부가 될 것 같았거든."

"나도 비슷한 이유로 북을 가져왔어요."

"물론 그랬겠지." 어머니의 목소리가 버석거린다. 잠시 텅 빈 정

---

* 미국 서부 지역과 아메리카 원주민들을 주로 찍은 사진작가 에드워드 커티스(1868~1952).

적이 흐르고, 어머니가 다그친다. "언제 돌려줄 참이니?"

"그럴 생각은 없어요."

어머니는 충격받은 표정으로 양손을 들어올렸다가 무릎 위로 툭 떨어뜨린다. 힘없이 늘어진 손이 꼭 넝마 조각 같다.

"지금 다시 갖다놓으면 이상해 보일 거예요. 그게 없어진 걸 아무도 모르니까."

"터무니없는 소리. 고쳤다고 말하면 되잖니."

"그럴 수도 있겠네요. 어머니 말이 맞아요."

"하지만 넌 안 그러겠지. 그러고 싶지 않으니까."

"네."

"어쩔 셈이니?" 어머니가 묻고, 나는 미처 답을 찾기도 전에 대꾸한다. 내 목소리에서 느껴지는 단호함에 나조차 놀란다.

"일단 이대로 둘 거예요. 좀 있다 정당한 주인을 찾아줘야죠."

어머니는 어깨를 으쓱하더니 머릿속에 떠오르는 생각을 거르지 않고 말한다. "흠, 글쎄…… 오지브웨족의 북이라. 태트로가 우리 보호구역에서 평생 인디언 보호관으로 일한 사실이 그 북의 기원에 대한 네 추측을 꽤나 합리화해주겠지. 어쩌면 북을 가져온 의도까지도." 어머니는 어쩌겠냐는 듯 두 팔을 벌린다. "그럼 행운을 빈다. 나는 이 일에 관여하고 싶지 않은 건 물론이고, 북을 태트로의 집에 직접 갖다놓으려는 생각도 했지. 너도 알겠지만, 그걸 구입해도 돼. 내가 귀걸이를 산 것처럼."

"그 가족한테 유명한 작가의 사진에 나온 귀걸이라는 말을 하기 전에요, 아니면 후에요?"

나는 제대로 공격했다고 생각하지만 어머니는 그다지 당황한 모습이 아니다.

"그런 걸 밝히는 바보가 어디 있어. 물론 나는 좋은 값에 구입했지."

더 따져봤자 소용없을 뿐더러 나는 어머니와 맞서는 순간이 싫다. 하지만 어머니가 직접 나서서 북을 돌려주려 했다는 발상에는 흠칫 놀란다. "그 북에는 손도 대지 마세요!"

"네가 화를 돋우는구나!" 어머니는 입을 일자로 다물어버린다. 우리 논쟁이 여기까지라는 뜻이다. 우리가 화를 낼 수 있는 것은 딱 이만큼이고, 둘 다 이런 상태가 오래가지 않는다는 것은 잘 안다. 아니나 다를까 어머니는 이튿날 아침을 먹다가, 곰곰이 생각해보니 그 북이 원래 우리 부족에게서 훔쳐간 물건이라는 사실이 아주 예사롭지 않은 우연의 일치라서 내가 그 북을 훔치게 된 동기를 이해하기로 결심했다고 말한다. 한편 나도 마음이 뭉클해져서, 내가 그걸 훔친 일 때문에 우리의 사업이 위험한 상황에 처해 어머니까지 위태로워질 수 있다고, 그래서 미안하게 생각하며 심지어 (이제는 어머니가 그 문제로 나를 몰아붙이지 않을 것을 알기에) 북을 돌려주는 것도 생각해보겠다고 말한다. 하지만 어머니는 북을 돌려주는 것은 아예 생각지도 않을 것이며, 주잇 파커 태트로가 그 물건들을 어떻게 수중에 넣었을지 늘 궁금했다면서 어쩌면 이 특별한 북에 대해 알아내는 과정에서 그 의문까지 풀 수 있을 거라고 말한다. 그 북의 기원을 찾을 수 있게 기꺼이 나를 돕겠다는 말까지 한다.

어머니가 자신의 생각을 말한다. 어떻게 할지, 어떤 사람들과 접촉할지, 그들을 만날 계획은 어떻게 세울지를 줄줄 쏟아낸다. "지금은 저승으로 갔지만 샤와노 영감이 있어." 어머니가 말한다. "그리고 스트링 부인이 있지. 이름은 추크야. 영감과 친척인데 마이크 스트링과 혼인했어. 그 부족 사람들이 많이들 저세상으로 갔지. 그 일을 알 만한 사람들 말이야. 하지만 이런 북을 잃어버리거나 속임수로 빼앗기는 것은 사소한 일이 아니야."

우리는 평소처럼 함께 앉아 커피와 통밀 토스트로 간소하게 여자들의 아침식사를 한다. 이따금 요구르트나 과일도 곁들이지만 이번주에는 장을 보러 가지 않아서 마지막 남은 빵까지 먹는다. 어머니는 식빵을 구워 양쪽 맨 끝은 자기가 먹고 나머지 가운데 두 장은 내게 준다. 어렸을 때부터 나는 빵의 끝부분은 좋아하지 않았기에, 어머니가 보여준 관심과 작은 용서의 표시, 이 작은 배려에 감동한다. 하지만 그것을 말로 표현하지는 않는다. 이번 봄이나 여름에 일꾼을 더 고용한 뒤 우리끼리 마음에 드는 곳으로 여행지를 골라 다녀오자는 그녀의 말에 동의를 표할 뿐이다. 나는 샤와노 집안의 조상이 남쪽으로 이주했다가 돌아왔거나 원래 남쪽에서 올라온 부족이라 그 방향을 따서 성이 붙었다는 사실을 알고 있다. 스트링 부인도 기억이 나는데, 끈String보다는 매듭처럼 둥글둥글하게 생긴 여자다. 늘 생기가 넘치고, 아담하고 피둥피둥한 몸집에 피부는 까무잡잡하고 검버섯이 피었다. 하얗게 센 파마머리는 민들레의 하얀 솜털 같아 후광이 드리운 것 같다. 머리는 파마를 했다. 옷은 밝은 색깔 꽃무늬 레이온을 위아래를 다르게 하여 입는 걸 좋아했는데, 상의와 하의는 서로를 조롱하는 것 같지만 어쨌거나 조화를 이룬다. 치마에 그려진 선연한 자줏빛 아이리스와 조끼에 그려진 꽃망울을 터뜨린 장미꽃과 블라우스에 흐드러지게 핀

양귀비가 서로 신기하게 어우러져 소용돌이 같은 느낌을 주었고, 그 효과 때문에 그녀가 끊임없이 움직이는 듯 보였던 것이 감탄스러웠다. 그게 여전히 기억이 난다. 스트링 부인의 목소리는 더없이 나긋하고 오지브웨어를 쓰면서 자란 사람답게 아련하고 달콤한 억양이 묻어 있었다. 그들은 영어로 말할 때 발음을 늘 둥글려서 모든 낱말이 더 다정하게 들린다. 어머니는 이 보호구역을 두고 체결한 협정에 최초로 서명한 사람들 몇몇을 스트링 부인의 어머니가 알고 있었을 거라고 말한다. 그 어머니가 아마 딸에게 그 사람들에 대해 말해주었을 것이다. 그들은 완고하게 버텼을 테고, 땅에 대한 권리 주장은 그들의 완강한 저항에 기반을 둔다. 스트링 부인의 어머니는 나나푸시 영감처럼 보상과 관련된 서류에 서명하지 않고 버틴 것으로 유명해진 사람들도 알았을 텐데, 나나푸시가 노령으로 숨질 무렵 정부 사진사가 찍은 그의 정식 초상 사진을 보면 신중한 모습이면서도 누가 봐도 저속한 제스처가 그 특징이다. 이런저런 추측을 하는 어머니를 지켜보니 어머니가 그 북이 훔친 물건이란 사실을 벌써 잊었을 정도로 북의 기원에 몰두한 상태라는 걸 알겠다.

"그렇게 급할 거 없어요." 나는 한창 계획을 꾸미는 중인 어머니의 말을 끊는다. "한동안 기다려야 해요. 북이 태트로의 죽음과 밀접하게 관련된 채로 수면에 떠오르면 남은 가족…… 조카한테 되돌아갈 테고, 그건 곤란해요."

어머니는 알겠다고 한 뒤 뭐라고 중얼거리면서 편지와 옛날 문서를 뒤지러 간다. 하지만 내가 말하지 않은 이유가 더 있다. 그때조차 나는 알고 있다. 적어도 한동안은 내가 그 북을 가지고 있고 싶어서라는 것을. 북이 땅에 닿지 않게 내가 잘 관리할 것이다. 북 옆으로 창턱에는 벌써 나무로 만든 담뱃갑을 갖다놓았다. 잘은 모르겠지만 이것만큼은 확실하다. 적어도 당분간 그 북은 나와 함께 있어야 한다.

이 시간 동안 데이븐 아이크는 누가 애도해주는가? 그의 어머니는 휴가를 며칠 냈을 뿐 여전히 스쿨버스를 운전한다. 높은 운전석에 앉은 그녀의 어두운 안색을 볼 때마다, 나는 그녀가 데이븐 때문에 마음 아파하고 있다고 상상하지만 그녀가 담배 한 대를 간절히 원해서 그런 거라고 해도 틀린 말은 아닐 것이다. 예컨대 이 월요일 아침 태트로의 집으로 가면서 그녀를 지나칠 때처럼. 그녀는 지금 텅 빈 스쿨버스 옆에 서서 차분하고 결연하게 담배를 피우며 니코틴으로 기운을 차린다. 그녀는 피우던 담배의 불을 새 담배에 옮겨붙이더니 내가 가까워지자 손짓을 한다. 나는 길에 차를 세우고 창문을 내린다. 그렇게 하지 않으면 무례해 보일 것이다. "안녕하세요." 그녀가 인사하며 담배를 내민다. 나는 담배를 좀처럼 피우지 않지만 차에서 내려 받아든다. 그녀가 불을 붙여준다. 나는 그녀에게 어떻게 지내는지 묻는다.

"썩 잘 지내진 않아요." 그녀가 대답한다.

"교회가 도움이 되죠?" 다른 말이 떠오르지 않아 물어보는 말이다.

그 순간 그녀가 웃음을 터뜨리는데, 놀라서 웃는 건지 조롱을 하는 건지 모르겠다. 그녀의 웃음은 내가 마지막으로 들었던 데이븐의 웃음소리와 똑같다. 갈까마귀의 웃음소리. 해독할 수 없는 깍깍

소리. 나는 그녀를 망연히 바라보다가 문득 이해가 되어 고개를 끄덕인다. 푸른 담배 연기가 스멀스멀 우리를 둘러싼다. 우리는 침묵을 지킨다. 잠시 후 나는 이름을 붙일 수 없지만 강렬한 정신적 합의에 이르렀다고 느낀다. 데이븐의 어머니는 그 슬픔 속에서 매정하게도 자기 자신이 되어버렸다는 것을, 그러니 다시 그 이야기를 할 필요는 없다는 것을. 그럼에도 그녀의 마음은 완벽하게 전달된다. 그녀는 알고 있다. 아들의 죽음이 크라에와 연관되어 있다는 것을. 눈에 보이는 것이나 사실이 말해주는 것보다 더. 그녀는 나와 함께 서서 자신이 이미지로 느끼는 것이 뭐든 그것을 단어로 받아들이려고 애쓴다. 그렇다고 더 분명해지는 건 없다.

우리는 구두 끝으로 담배를 비벼 끈다. 그녀는 고개를 까딱한 뒤 버스 계단을 올라간다. 운전석에 앉은 그녀는 내게서 시선을 돌리고 시동을 건다. 그녀의 까만 눈동자는 몹시 아름답고, 턱은 커다랗고 하얀 덤플링 같아 생김새의 조합이 오묘하다. 화장은 하지 않았고, 검은 머리는 네모난 헬멧처럼 잘랐다. 그녀가 기어를 바꾸고 고개를 쭉 빼서 앞을 내다보며 울퉁불퉁한 길을 달려내려간다. 그녀는 나에 대해 모든 것을 안다. 내 조부모가 이리로 옮겨온 뒤로 이 길의 주민들이 우리 집안 내력을 잘 아는 것처럼. 무엇보다 그녀는 무슨 일이 일어났었는지 안다. 내가 왜 과수원을 돌보지 않는지, 혹은 왜 되살리려고 애쓰지 않는지 결코 그 이유를 궁금해하지 않는다. 그녀도 다른 모두처럼 막연히 나를 동정하리라 짐작할 뿐이다. 그러든 말든 상관없다.

나는 다시 내 차에 올라탄다. 태트로의 집으로 향하면서 이내 익숙하고 피곤한 염증에 사로잡힌다. 문득 나를 둘러싼 모든 것이 터무니없고 무가치하게 느껴진다. '하나님의 성회' 글자판에는 심지어 아무 말도 쓰여 있지 않다. 아이크 부인의 어두운 웃음소리와 단단히 날 선 슬픔이 내 머릿속으로 잠입하고, 크라에와 나의 불안한 관계 때문에 나는 그녀의 아들을 죽음으로 몰아간 공모자가 된 것 같은 기분이 든다. 그 사건에 아주 복잡하게 얽혀든 것 같아 곤혹스럽다. 어쩌면 그 시작은 내가 두 자작나무 사이의 V자 틈에서 아이크의 차를 빼내려고 했던 그날이었는지도 모르겠다. 혹은 내가 크라에를, 그리고 그가 나를 한참 동안 쳐다보면서 우리가 같이 자게 될 것을 알았던 그날이었는지도.

이날 나는 태트로 집의 주방에 뭐가 있는지 기록하다가 과수원을 떠올린다. 커트가 다음번에 도와주겠다고 나설 때 저지할 좀더 진지한 방법을 생각해내야 할 것 같다. 스위트맨션에서 대화를 나누었을 때 과수원의 나무를 그대로 두라는 내 말에 그가 설득됐는지 잘 모르겠다. 그래서 밤에 그에게 전화를 걸어보기로 한다. 그가 과수원에 관심을 갖는 것을 내가 바라지 않는 이유를 다시 알려주려고 몇 가지 방법을 연습해본다. 그 공간을 돌보지 않고 생산성 떨어지는 너저분한 땅으로 내버려두는 나만의 이유를 설명할 계획을 세운다. 그에게 저 사과들을 썩게 내버려두겠다는 다짐을 받아낼 것이다. 매년 얼마 열리지도 않는 사과들은 삽주벌레에 파먹혀 구멍이 숭숭 뚫린다. 나뭇가지는 강렬한 햇볕 속에서 은백색으로 변해 힘없이 죽어간다. 길게 자란 풀들이 굶주린 쥐들을 가려주면 좋겠다. 쥐들이 몰래 사과나무를 둘러싸고 그 밑둥치를 야금거려 쓰러뜨릴 수 있게. 지금 이런 생각을 해봐야 때는 이미 늦었다. 상상 속에서 대화하고 설득하는 것은 시간낭비다. 그는 이 순간 뉴잉글랜드 지역의 마초 장비인 체인톱을 켠다. 그러고는 과수원으로 성큼성큼 들어가 죽은 가지들을 맹렬한 기세로 잘라낸다. 내가 태트로의 땅을 떠날 즈음 그는 나뭇가지를 그러모은다. 내가 운전해서 집으로 돌아갈 즈음 그는 가장 잘 마른 가지에 활활 불을 붙인다. 내가 리바이벌 로드로 들어서자 흰색 연기가 솔솔 피어오르고 사과나무 타는 냄새가 난다.

몇 주 동안 따뜻하고 건조한 날씨가 계속된다. 우리 우물과 연못에는 썩 좋지 않은 날씨지만 숲속 풍경은 경이로워진다. 버드나무는 보드라운 싹을 틔우며 아롱거린다. 야생 자두꽃 향기가 동굴 같은 소나무들 사이로 퍼진다. 청개구리의 왱왱거리는 황홀한 울음소리, 전자음 같은 그 관능적인 울음소리가 시작된다. 나는 태트로의 집으로 이어지는 뒷길로 달리면서 창문을 조금 열고 촉촉한 공기를 들이마신다. 길의 마지막 4분의 1마일은 곳곳에 움푹움푹 꺼진 땅 때문에 지반이 내려앉아 이제 지나다닐 수 없을 지경이고, 양옆 늪지 풀숲과 풀이 무성히 자란 연못에서는 청개구리가 울대를 떨며 맥박 뛰는 소리처럼 울어댄다. 내가 덜컹거리며 지나가자 청개구리들은 일순간 조용해지고, 나는 그렇게 끊임없이 소리의 벽을 뚫고 간다.

과수원으로 들어가니 아래쪽은 진분홍, 위쪽은 흰색인 봉오리들이 조그맣고 서늘한 모습으로 돋아 있다. 사과나무는 나지막이 굵직한 줄기를 가랑이처럼 벌리고 있고, 몸통에서 뻗은 가지의 마디마다, 쳐낸 가지의 끝마다 새잎을 돋아냈다. 나는 눈이 쌓인 풀밭, 햇볕에 말라죽은 풀밭, 바람의 오랜 장난질에 누워버린 풀밭,

수줍은 힘의 파동에 떠밀린 새싹이 흙을 뚫고 올라온 풀밭에 앉아 오후를 보낸다. 나는 과수원을 춥고 잠자는 쇠락한 모습 그대로, 그 일이 일어나기 전의 내 것으로 기억하고 싶다.

화씨 90도, 뜨거운 5월의 오후가 그 스위치를 켠다.

보름달이 뜬 봄날의 한밤중. 유리처럼 투명한 만물 위로 달빛이 어스름한 은빛을 뿜으며 고르게 퍼진다. 창문 방충망으로 슬금슬금 들어와 북을 넘어 서서히 내게 접근하는 무언가에 나는 퍼뜩 잠에서 깬다. 과수원의 달콤한 숨결이 미끄러지듯 흘러들고, 나는 과수원이 봄마다 이렇게 꽃을 피우던 나날을 떠올린다.

그때 내 동생은 살아 있었다. 이제 사진을 보지 않으면 모습이 잘 떠오르지 않을 때도 있지만 지난 세월 동안 내 삶은 그애에 대한 기억을 맴돌며 이지러졌다. 나는 내 기억 속에 머물러 있는 그애에게—소소한 사건들에—집착한다. 내 동화책을 찢거나 내 물감을 눌러 짜거나 내 찰흙을 굳게 만들었던 순간들. 그애가 나쁜 꿈을 꾼 뒤 내 침대로 기어들어와 무슨 꿈을 꿨는지 말해줄 때면 내 얼굴에 그애의 뜨거운 숨결이 닿았다. 그애는 거미줄에 매달린 거미를 살살 건드려 떨어뜨렸고, 신발끈을 볼펜으로 파랗게 칠한 분홍색 케즈 운동화를 신고 다녔다. 그애는 나를 너무도 사랑해서 나를 위해 허무하게, 정말이지 허무하게 망설임 없이 자기를 희생한 아주 착한 동생이었다. 그 사건은 과수원에서 일어났다.

죽은 가지를 톱으로 잘라내자 나무는 다시 살아났다. 살아 있는 작은 가지들이 겨우 버틸 만큼 나무마다 한가득 꽃망울을 터뜨렸다. 나는 일어나서 창문으로 다가가 앉아 북에 손을 얹는다. 그애가 체크무늬 반바지를 입고 갈색 머리칼을 깃발처럼 나풀거리며 달려가는 모습이 보인다. 그애는 날쌔고 민첩한 몸놀림으로 나무를 탄다. 나무들의 흐릿한 형체를, 그애를 붙잡고 있는 뒤틀린 나무의 팔들을 간신히 알아보겠다. 바람은 잠잠하고, 하얀 봉오리가 내뿜는 향기는 더없이 그윽하게 공기 중에 섞여든다. 오래된 나무만이 그런 황홀을 맺을 수 있겠지만, 그러려면 아마 먼저 죽어야 할 것이다. 나무처럼, 그애처럼.

다음날 아침, 달걀 요리를 하는데 탈탈탈 잔디 깎는 소리가 들린다. 눈을 뜨자마자 울컥 화가 치밀어 나 자신을 질책하던 참이었다. 나는 내 심장을 줄에 매단 사과처럼 끌고 다녔다. 달랑달랑 매달고 다니다가 어느 무모한 남자에게 한입 베어먹히기라도 하게. 이제 거기에 깊숙이 이를 찔러넣은 크라에가, 그것을 꿀꺽 삼켜버릴까봐 몹시 두렵다. 나는 홱 돌아서서 그가 보이지 않는 곳으로 휘적휘적 걸어간다. 그런데 지금 잔디를 깎는다니! 가스불을 끄고 부리나케 밖으로 달려나가보니, 기계 뒤로 셔츠를 벗은 키트 태트로가 시야에 들어온다. 키트의 드러난 맨살. 예측하지 못한 문제다. 앙상한 그의 가슴이 비탈의 잔디를 깎으며 들썩거린다. 그가 비바람에 시달린 늙은 느릅나무 그루터기를 힘겹게 돌자 목걸이 줄에 걸린 화살촉과 부적이 뒤엉킨다. 팔뚝은 밧줄 같고 병든 것처럼 파리하다. 보드라운 피부는 나에 대한 모욕 같다. 그에게 셔츠를 입으라는 말을 하고 싶지만 감정이 상하지 않게 어떻게 말을 꺼낼지 모르겠다. 그가 내게 손을 흔들고, 나도 그에게 손을 흔든다. 그는 기계를 끄고 내게 걸어온다.

그가 내게 묻고 싶은 것이 몇 가지 있단다.

"어머니에게 물어봐요." 그의 말이 떨어지자마자 내가 대꾸한다. "문화에 관해서라면 어머니가 해박해요."

"흠, 이건 잔디 얘기인데요."

"아."

우리는 맨숭맨숭 드러난 땅에 씨앗을 다시 뿌릴 것인지, 그리고 음지에서 잘 자라는 신종 잔디는 어떤 것이 있는지 이야기를 나눈다. 자기집 마당에는 잡초가 무성해도, 고물이 널브러져 있어도 내버려두는 남자가 내 잔디밭에는 굉장히 까다롭다.

"어떤 건 그냥 개밀이던데요." 그가 말한다. "집 뒤로 돌아보니 병꽃풀이 잠식했어요. 민들레도 자랐고. 어디서부터 손을 대야 할지도 모르겠네요. 어떻게 해주기를 바라죠?"

"그냥 내버려두세요."

그는 미심쩍고 난감한 표정을 짓는다. 그의 마음을 딴 데로 돌리려고 나는 화제를 바꾼다.

"자물쇠와 열쇠를 새것으로 바꿔 달 줄 알아요?"

"물론 알죠."

그에게 내 방으로 올라가는 계단과 통하는 뒷문을 보여주자 그는 철물점에 가서 새 자물쇠를 사 오겠다고, 잔디 깎기가 끝나는 대로 당장에 바꿔주겠다고 한다. 나중에 내가 2층에서 일을 하고 있을 때 그가 자물쇠를 달기 시작했는지 드릴로 뚫고 연장을 달그락거리고 망치로 탕탕 두드리는 소리가 들린다. 한 번, 두 번, 아래로 내려가 그만하라고 말할 뻔하지만, 그저 뒤창 너머로 나무들을, 뭉게구름처럼 망울을 터뜨리는 그 꽃들을 내다볼 뿐이다.

4
물봉선화

여름이 지나간다. 나는 태트로의 수집품을 처분하여 신시내티 박물관에 모두 팔았지만 북만큼은 남겨둔다. 내 침실에 북이 있다는 사실에 점점 길들여진다. 방에 들어갈 때마다 북을 어루만지거나 지그시 쳐다본다. 북은 견줄 데 없이 강력한 유대감으로 나를 사로잡아, 내 꿈에까지 영향을 미친다. 동생이 밤중에 나를 찾아오지 않은 지 몇 년이 되었다. 그애 꿈을 꾸지 않자 그 꿈이 그리워졌다. 그애가 그저 나와 평행한 세계에 사는 것일 뿐이라고, 죽은 게 아니라 단지 다른 세상에 있을 뿐이라고 생각하는 편이 훨씬 마음 편했기 때문이다. 심지어 그애가 내게 들려준 말도 기록해두었다. 그애는 시의 형태로 말했다. 나는 지금 꿈속에서 피아노를 배워서 치는 그애를 보고 깜짝 놀란다. 동생은 민첩하고 우아하게 손을 움직이고, 나를 올려다보며 고개를 끄덕인다. 동생에게는 남편이 있는데, 까무잡잡한 그 남자가 멀리서 걸어온다. 동생은 죽었지만 완전히 성숙한 여인의 모습이다. 바흐의 〈인벤션 13번〉이 어둡고 엄격한 선율로 내 꿈을 채운다. 대위법에 따라 정확히 맞아떨어지는 음표들. 그애의 손가락들이 열정적으로 실을 잣는 거미의 발들로 보인다. 또다시 상실감에 휩싸여 진땀을 흘리고 한기를 느끼며 잠에서 깬다. 나는 그때 그곳에서 그애와 함께 나 자신도 상실했다. 잘 알고 있다. 하지만 북을 만지고 그애를 생각하면 내가 훨씬 강해지는 것 같다. 동생이 나를 도우러 돌아온 것만 같다. 그래서 이곳에서 모든 것이 그렇듯, 여름은 그애가 돌아온 소중하고 특별한 내 꿈들과 함께 순식간에 지나간다. 이 무렵 나는 늘 새삼 힘들어진다.

풀을 베지 않은 8월의 들판에 왕거미들이 터를 잡았다. 거미들은 만물이 영글어갈 때면 허물어져가는 헛간 뒤에서 풀과 물봉선화, 미역취, 아스클레피아스, 우엉 따위가 줄줄이 심어진 땅 위로 정확히 지그재그로 거미줄을 친다. 지난주에 우리는 토속적인 분위기를 흉내낸 어느 레스토랑 체인점에서 연락을 받았다. 우리의 낡고 널찍한 판자를 팔지 않겠느냐고? 왕거미도 데려간다면, 어머니가 말했다. 하지만 그들은 헛간의 판자만을 원했고, 확신하건대 어머니는 절대 헛간을 허물지 않을 것이다. 그래서 거미는 떠나지 않는다. 나는 조용히 거미줄을 치는 거미를 방해하지 않으려고 조심한다. 거미를 한 마리씩 자세히 관찰하며 곡선을 그리듯 가늘어지는 거미의 다리에 탄복한다. 거미들의 몸통은 검지만 복부에는 샛노란 해골 머리가 있다. 거미들은 엄숙한 목표를 품고 참을성 있게 움직인다. 이 우아한 거미줄을 만드는 것은 생존을 위해서고, 아름다움은 그 목적의 부산물이다. 궁금해진다. 거미의 나날처럼 보잘것없는 내 수많은 나날에서 내 목적은 뭐지? 내가 만드는 건 뭐가 아름답지? 뭐가 우아하지? 세상에 어떤 보탬이 되지?

오늘 내 작품은 블랙베리잼이다. 준비물을 챙긴다. 지금이 제철이다. 막바지에 다다른 뉴햄프셔주의 여름은 열기가 후끈거리고 초목이 울창하다. 뜨겁게 달아오른 지면에서 흘러나오는 냄새가 사방에 자욱하다. 스트로부스소나무의 곧은 뿌리가 벌컥벌컥 물을 들이켜는 소리가 들린다. 단풍나무도 물을 흠뻑 빨아마신다. 그중 최고는 블랙베리를 따는 위험스럽고도 짜릿한 기쁨이라, 나는 탐스러운 열매를 주렁주렁 매달고 있는 덤불을 보며 여름의 마지막 진드기와 물어뜯는 파리의 존재를 무릅쓴다. 우리, 그러니까 내 동생과 나는 같이 베리를 따러 다녔었다. 그 꿈 때문에 걸음을 옮기며 그애 생각에 더욱 깊이 빠진다. 왕거미 들판을 지나고 열매가 주렁주렁 열린 과수원을 통과하여 골짜기 아래로 내려간 뒤 주인이 없는 질퍽한 벌목지이자 블랙베리와 덤불이 무성한 40에이커 면적의 습지로 들어간다. 몸이 후끈거리고 땀이 줄줄 흐른다. 묶은 머리 몇 가닥이 빠져나와 등으로 내려온다. 처음 딴 베리가 바닷가재를 요리할 때 쓰는 알루미늄 냄비의 바닥을 울리며 떨어진다. 가볍고 오래된 이 찌부러진 냄비 한가득 베리를 채울 작정이다. 일단 베리가 냄비 바닥을 덮자 베리를 끝까지 따겠다는 의지가 솟는다. 나는 베리를 잔뜩 매단 나뭇가지에 대한 열망에 사로잡혀, 조심조심 결연하게 베리를 딴다. 덤불에 세게 부딪히면 베리가 떨어져 농밀한 달콤함을 풀어놓을 것이기에. 공터 가장자리에서 베리를 따는데 헬리콥터 소리가 윙윙 땅에 닿을 듯 나지막이 들리고, 그 시끄러운 기계소리에 신경이 곤두선다. 그 금속 피조물이 아주 낮게 내려오자 안에 타고 있는 남자들의 얼굴 생김새까지 다 보인다. 그 순간 헬리콥터는 방향을 틀어 단숨에 어린 단풍나무 위로 날아간다. 나는 햇볕을 잘 받아 달콤한 베리 열매가 잔뜩 맺힌 곳을 찾아, 채 마르지 않은 배설물이 흩어진 숨은 연못들을 조심조심 통과하고 이웃한 말 목장을 빙 둘러 더 깊은 숲속으로 들어간다. 어디에나 손을 대면 터지는 물봉선화가 있다. 조그맣고 표독스러우며 황금색 입술을 가진 꽃, 씨앗을 뱉어내는 가녀린 관목.

베리를 따고 돌아오는 길에 나는 바닷가재 냄비의 양 손잡이를 잡고서 물봉선화를 스치며 온다. 가벼운 씨앗들이 내 몸에 부딪혀 튕겨나간다. 혹은 오래된 싸구려 냄비의 둥그스름한 표면에 핑핑 부딪혀 떨어진다. 작은 대포알처럼, 내가 기를 쓰고 피하려는 거미줄을 찢으며 통과하는 씨앗들. 나는 당연히 걸음을 멈추고 거미들을 지켜본다. 그리고 침착하고 신중하게 그물을 복구하는 거미들을 뒤로한 채 들판을 떠난다. 긁힌 곳은 따끔거리고, 머리칼에는 잔가지가 엉켰다. 몸은 땀으로 번질거리고 나무껍질과 썩은 나무지저깨비로 까끌까끌하지만 마음만은 평온하다. 늘 그랬듯이 나는 숲속에서 깨달음을 얻었다.

부엌의 깊은 개수대에 냄비를 내려놓고 중력 급수 우물에서 끌어올린 차가운 물, 그 물로 뚫린 바위만큼 순수한 물을 틀면서 생각한다. 어쩌면 내 삶의 목적은 주의를 기울이고 기억하는 것이리라. 나는 이제 내 진짜 이야기를 하려고 한다. 내가 사랑하고 두려워한 아버지, 내가 순수하게 사랑한 동생, 잃어버린 두 사람. 남겨진 어머니와 나. 병원 입원실에서 보낸 날들, 정착하지 못한 직업들, 어그러진 사랑들. 나는 늘 되돌아왔다. 돌아올 때마다 어머니와 같이 사는 안도감이 더 커졌다. 우리의 하루하루에는 굳건하고 정돈된 삶을 구축하는 기쁨이 늘 존재했다. 우리가 하는 일은 다채롭고 종종 특이해서 생각할 거리는 늘 충분했다. 물론 지금은 커트가 있고, 그의 고통 때문에 나는 그와 위험할 만큼 가까워졌다. 하지만 내 생각에 지금 중요한 일은 어머니와 내가 서로 만들어낸 질서를 잘 지키는 것이다. 우리의 아침과 저녁식사. 소소한 일들로 짜인 우리의 그물. 우리의 감사편지. 우리의 거미줄. 우리의 일상.

이제 그것이 깨지려고 한다.

세 가지 사건이 순식간에 연달아 일어난다.

어머니가 내게 노래를 불러주기 시작한다. 타운 경찰이 우리집으로 쳐들어온다. 내가 딴 블랙베리가 자주색 거품을 내며 끓어오르더니 곧 베리를 옮겨 담았던 파란색 큰 냄비 밖으로 흘러넘친다. 그 냄비는 아주 무거운데, 모래거푸집으로 주조한 뒤 두꺼운 에나멜을 덧바른 커다란 더치오븐 같은 것이다. 하지만 그보다 먼저 어머니가 종종 불러주는 그 노래 말이다. 어머니가 실제로 내게 노래를 멋들어지게 불러준다는 말은 아니다. 어머니의 노래는 우리가 같은 방에서 각자 다른 일에 몰두하고 있을 때 흘러나온다. 오늘 오후 이 더위에도 어머니는 복잡한 문양의 아프간 편물을 뜨고 있다. 나는 베리를 들여놓고 샤워를 마친 후라 기분이 상쾌하다. 머리는 잘 쓸어넘겨 땋았다. 베리 잎사귀와 삽주벌레를 배수구로 빙빙 흘려보내고 숲의 찌꺼기를 씻어낼 때 어머니가 허밍을 시작한다. 곧 노랫말이 뒤따른다. 물론 내가 어렸을 때부터 들었던 노래인데 노랫말이 참 가슴 아프다. 〈바이-바이 블랙버드〉 〈고엽〉. 그리고 당연히 오지브웨어 노래들. 주로 할머니가 옛 언어로 불러주던 찬송가들이다. 우리 집안은 일찍이 개종했다. 어머니는 사랑 노래로 되돌아가 〈초록 들판〉과 〈초록 옷소매〉 〈은빛 단검〉을 부른다. 끝부분이 엄숙하고 비통한 노래들이다. 좋은 노래는 다 그렇다. 하지만 당신이라면 어머니더러 노래를 그만 부르라고 할 수 있겠는가? 누가 그런 말을 할 수 있겠는가?

나는 베리가 부글부글 끓는 파란색 에나멜 냄비에 설탕을 넣는다. 곧 진한 베리향이 배어든 수증기가 부엌에 가득할 것이고, 냄비 안은 검푸르게 물들 것이다. 냄비 앞에 서서 짙은 색깔로 걸쭉해진 베리를 스푼으로 계속 휘휘 젓다보니 마음이 차분해지고, 솔솔 퍼지는 달콤한 향기에 이끌려 지금 내가 쓰고 있는 이 냄비를 둘러싼 해묵은 논쟁으로 생각이 옮겨간다. 이 냄비는 어머니와 아버지 사이에 들어앉은 원한의 원인이었고, 따라서 내게는 그것이 두 사람의 끝없는 경쟁을 상징하는 기념물이었다. 부모님은 이 냄비 때문에 치열하게 말다툼을 했다. 논쟁의 대상으로는 하찮아 보이겠지만 부모님에게는 모든 것이 대단했다. 하찮은 것이란 없었다.

아버지는 어머니가 냄비 따위에 큰돈을 쓰는 걸 싫어했다. 하지만 집에서 쓰는 돈은 거의 어머니가 다 벌었다. 어머니의 사업은 그때도 잘 굴러갔다. 아버지를 만난 것도 그 일을 하면서였다. 어머니는 아버지의 모친이 살던 집의 세간을 감정하러 갔다가 아버지를 만났다. 두 분은 조용히 결혼했다. 어머니는 자연에 대해 신비한 연결감을 경험했으나 아버지는 그런 능력 없이 그것을 사랑하기만 했다. 아버지는 어머니의 그런 배경에 매료된 것 같은데, 아마 거의 확실할 것이다. 두 분은 신혼 초에 식물을 심거나, 정원을 가꾸거나, 우물과 연못을 파거나, 파티오*를 만들거나, 지금도 앉아서 깜박거리는 반딧불이를 지켜볼 수 있는 벤치를 만드는 데에서 기쁨을 찾았다. 내가 태어나 두 분을 놀라게 했고, 두 해 남짓 지나 여동생이 태어났다. 어린 동생은 내가 어디로 가든 졸졸 쫓아다녔지만 개성은 나보다 훨씬 강했다. 우리의 성격을 합해놓고 보면, 네타는 금모래빛을 뿜어내는 태양의 성격을 다 가져갔다. 그애는 뜨겁게 불타올랐다. 나와는 정반대였다. 내가 얌전하고 차분하며 끈기가 있다면 네타는 용감하고 참을성이 없었다. 그애는 조심성이 없었고 잔인하기까지 했다.

그애가 여섯 살이고 내가 막 아홉 살이 되었을 때 우리는 반딧불이를 잡아 메이슨 유리병에 집어넣었다. 우리는 랜턴을 갖고 싶었다. 그래서 유리병마다 반딧불이를 적어도 열두 마리씩 채워넣은 뒤 뒷마당으로 가져가 낡은 자동차 담요에 늘어놓고 그해 여름에 우리가 즐겨 하던 기억력 게임을 했다. 카드 세 벌을 앞면이 아래로 가게 하여 사방에 흩어놓았다. 어스름이 깔리면 우리는 반딧불이 불빛에 의지하여 각 카드의 위치를 열심히 암기해 하나씩 천천히 짝을 맞추어나갔다. 내가 뭐든 잘 기억하는 것은 어린 시절의 그 훈련 덕분인 듯하다. 불빛은 사그라지고 타오르기를 반복했고, 마침내 반딧불이도 지친 것 같았다. 우리는 카드를 그러모아 고무밴드로 묶었다. 나는 내 반딧불이를 풀어주었고 그것들이 마당의 경계에 자란 차가운 잡초와 버드나무로 너울너울 날아가는 모습을 지켜보았다. 그리고 동생이 어디 있는지 돌아보았다. 네타는 제 얼굴과 가슴에 반딧불이를 뭉개며 어둠속에서 환히 빛나고 있었다.

---

* 보통 집 뒤쪽에 만드는 테라스.

그애는 달리고 춤추었다. 영묘한 불꽃처럼 허공을 가르며.

아버지는 벌이가 시원찮은 철학과 교수였고, 미겔 데 우나무노*에 관해 쓴 논문을 신앙과 과학에 대한 책으로 펴내려고 끊임없이 고쳐 썼다. 아버지는 대학교까지 30마일을 통근했지만 일주일에 사흘만 출근했다. 아버지의 생각은 심오한 사색과 소소한 관심거리 사이를 오갔는데, 마음은 늑대라고 선언하며 죽음 이후의 삶을 향한 우리의 비논리적 갈망이 짐승의 굶주림과 어떻게 같은지 한참 설명하다 말고, 어머니의 파란색 냄비를 타박했다. 그러다 문득 나와 내 동생을 쳐다보고 말하는 것이다. 엄마는 르네상스고 아빠는 종교개혁이야. 아버지는 이어서 설명한다. 너희가 이성적인 이유가 그거야. 오늘 가장 합리적으로 행동한 사람은 누구지? 그 사람이 마지막 쿠키를 먹게 될 거다. 우리 둘 다 대답한다. 하지만 아버지는 한 사람만 고른다. 우리가 서로 등을 돌리게 하는 데 수완이 뛰어나다. 아버지는 제일 좋아하는 사람으로 나를 꼽았다가, 다음엔 동생을, 아니면 어머니를 꼽는다. 나는 아버지가 내 흘러내린 양말이나 얼굴 표정을 가리키며 껄껄거릴 때 내 얼굴에 화끈한 열기가 홍수처럼 퍼지던 것을, 동생을 희생해가며 나를 칭찬할 때 시커먼 기쁨이 미끈거리며 올라오던 것을 기억한다.

아버지는 교수풍으로 머리를 자루걸레처럼 제멋대로 길러 눈길을 끌었다. 서로 충돌을 일으키는 생각들 때문에 그렇게 되었는지 젊은 나이였음에도 머리가 셌고, 양쪽 관자놀이를 뒤덮은 머리카락은 곱슬곱슬했다. 기분이 좋으면 우리에게 당신의 머리를 빗질

---

* 스페인의 철학자이자 작가(1864~1936).

하거나 매만지게 해주었고, 어머니는 아버지의 머리에 플라스틱 머리핀을 잔뜩 꽂아 사진을 찍었다. 아버지는 자신의 모습에 준비가 되어 있는 한은, 우스꽝스럽게 보여도 신경쓰지 않았고, 상황에 대한 책임을 졌다. 하지만 당신의 실수나 어리석음 때문에 허를 찔리면 호되게 비난한다. 빽 소리를 지른다. 머리카락이 얼굴에 흩어져 휘날린다. 대학 교정에서는 감히 누구도 그 유명한 머리를 만져보지 못했다. 한번은 아버지의 연구실에 찾아갔다가 아버지가 걸어오는 모습을 높은 창문을 통해 지켜본 적이 있는데 머리카락부터 먼저 보였다. 아버지가 중앙 잔디밭 길을 황급히 달려오는 동안 그 잔뜩 부풀고 헝클어진 머리가 깐닥깐닥했다. 아버지의 신체를 보면 어깨는 학자답게 움츠려 있었고 손은 파리해서 고상해 보였다. 옷은 세상사를 잊은 수도사처럼 입었지만, 성자는커녕 솔직히 말해서 거짓말쟁이에, 내게는 두려운 존재였다. 내가 한 말이 아버지 입에서 다시 나올 때면 영 엉뚱한 말이 되곤 했다. 이런 것도 기억난다. 아버지의 바지는 깡충해 보였고, 양말은 종종 짝짝이였다. 그런 일을 방지하려고 어머니가 같은 색깔 양말을 여러 켤레 구입해두었는데도 말이다.

나는 아버지에게서 갸름한 얼굴선과 섬세한 턱과 핏기 없이 엄격해 보이는 입술을, 그리고 아마도 뭔가에 대한 설명을 어떻게든 찾아내려는 꺾이지 않는 고집을 물려받았을 것이다. 하지만 동생은 물어보는 걸 더 즐거워하고 좋아했다. 아마 그랬을 것이다. 그애는 질문을 좋아했고, 늘 대답에 목말라했다. 나도 아버지의 이목구비를 닮았지만 그 두 사람이야말로 똑같아 보였다. 그애는 머리카락도 아버지처럼 갈색이었는데 다만 그애가 더 옅었을 뿐이었다. 그애는 아버지의 표정을 전부 가지고 있었다. 손도 아버지 손이었다. 양말도 짝짝이로 신었고, 얼빠진 듯 찌푸린 얼굴도 똑같았다. 그애는 휘핏 경주견 같았고 아주 튼튼했다. 어머니는 두 사람이 골격도 같다고 말했다.

블랙베리 과즙을 물끄러미 지켜보다 문득 아버지가 나를 유심히 쳐다볼 때면 습관적으로 금속테 안경을 코허리에 걸쳐놓던 것이 떠오른다. 그런 동작은 멋져 보였지만 한편으로는 고루했다. 아버지는 한 가지 방식으로만 느낄 수 있는 사람이 아니었다. 아버지는 내 동생처럼 때로 놀라운 방식으로 잔인한 측면을 드러냈다. 또한 어머니를 어떻게든 통제하려 들었고 가끔은 그 몹쓸 관심을 우리 모두에게 쏟아 우리를 서로 등지게 만들었다. 지금 깨닫기로, 심지어 당시에도 우리는 아버지를 사랑했던 한편 어렴풋이 미워했던 것 같다. 상식적으로, 일관성 없는 부모가 당신을 간헐적 강화로 옭아매면 당신은 따뜻한 말 한마디나 애정어린 제스처를 바라고 지렛대를 천 번씩 누르는 쥐가 된다.

아버지가 돌아가셨을 때 어머니는 아버지의 연구실에 마지막 남은 클립까지 아버지의 소유물은 남김없이 처분했고, 그뒤로 그 방은 창고로 쓸 뿐 방치되어 있는 상태다. 그 방에는 절대 열어보지 않을 상자와 쳐다보기도 싫은 물건이 가득하다. 하지만 파란색 냄비는 그 숙청 과정에서 살아남았고, 나는 그 냄비를 보면 아버지가 떠오른다.

그렇게 서서 아버지를 떠올리며 블랙베리를 젓고 있는데, 우리 길로 접어드는 갈림길에서 뜻밖에도 사이렌 소리가 들린다. 이웃

집에 큰 사고가 일어났을지 모른다는 생각에 본능적으로 걱정이 되어 우리는 창밖을 내다본다. 소리는 점점 커지고, 우리는 곧 경찰차가 우리집 앞을 황급히 지나갈 것이라고 생각한다. 하지만 빙빙 도는 파르스름한 불빛과 요란한 사이렌 소리는 우리집 창문 앞에서 멈춘다. 내가 여전히 홀린 듯 블랙베리를 젓고 있을 때 우리 타운의 경찰관 로니 저메인이 차에서 내리고, 차에서는 잔뜩 볼륨을 높인 무전기를 통해 찌그러진 목소리가 흘러나온다. 왕왕거리는 소리가 알아들을 수 없는 지시를 내리고, 어느새 노래를 멈춘 어머니가 한마디한다. "저 사람 권총집에서 권총을 뽑는데!"

나는 블랙베리 과즙이 뚝뚝 떨어지는 스푼을 냄비 위로 쳐든 채 옆쪽 창문을 통해 우리집을 향해 급하게 걸어오는 로니를 쳐다본다. 우리는 목을 길게 빼고 그가 우리집으로 쳐들어오는 모습을 지켜본다. 로니는 부츠 신은 발로 문을 힘껏 걷어차지만 문이 어이없이 쉽게 열리는 바람에 입구에서 휘청한다. 그가 균형을 잡더니 경찰들이 그러듯 양손을 모아 잡은 총을 앞으로 내민 뒤 무릎을 살짝 구부리고 부엌으로 들어온다. 어머니가 헉 소리를 낸다. "맙소사, 로니, 문은 잠그지도 않았어! 총 내려놔!"

내 머릿속은 그가 온 것이 북 때문이라는 생각뿐이다. 발각됐다. 들켰다. 나는 꼼짝할 수가 없다. 로니가 우리를 보고 입을 쩍 벌리더니 총을 내린다. 그가 바보같이 중얼거린다. 바깥에서는 무전기 소리가 굶주린 거대한 새처럼 꽥꽥거린다. 나는 두려움에서 풀려난다.

"로니 저메인." 내 목소리는 깐깐한 학교 선생 같다. "설명 좀 해주겠어?"

로니는 총을 옆구리에 찬 권총집에 집어넣는다. 하얀 뺨은 당황해서 순식간에 붉으락푸르락 달아오른다. 로니는 프랑스계 캐나다 사람인데 이곳에 정착했고, 우유처럼 흰 피부에 머리색은 검다. 동그란 눈동자는 파란색이고 입은 꽃봉오리 같은 분홍색이다. 지난 세기 언제쯤에는 여자들의 가슴을 설레게 했겠지만 이 시대에는 이목구비가 강렬하긴 해도 매력적이지는 않다.

"주 경찰입니다." 그가 말한다.

나는 갑자기 범죄 드라마에 나오는 용의자처럼 버럭 소리를 지른다. "영장은 가져왔어?"

로니는 손바닥이 보이게 두 손을 들어올린다. "들어갈 때는 극도로 주의해서 경찰 절차를 따라야 한다고 그러더군요. 아주머니 집 바로 뒤쪽 숲속에 넓은 공터가 있다던데요. 이 지역에서는 가장 넓은 터라던데. 그리고 아주머니가……" 로니가 나를 쳐다보며 심각하게 고개를 끄덕인다. "아니면 다른 여자가 거기서 그걸 수확하고 있었다고요."

"뭘 심었다고? 누가 그래?"

"마리화나요! 헬리콥터에서 봤답니다."

"알았어. 그 헬리콥터는 기억나네."

"그렇군요."

"그래서 텔레비전에 나오는 경찰처럼 여기로 쳐들어온 거로군."

"뭐, 모르는 일이니까요." 우쭐해서 말하는 로니에게서 방어적인 태도는 찾아볼 수 없다.

"뭐가 모르는 일이야? 넌 어렸을 때부터 우리를 알고 지냈잖아. 우리가 마약 조직 두목으로 돌아선 것 같아?"

"벌이가 짭짤하니까요." 로니가 말한다. "게다가 거기서 분명히 여자를 봤답니다."

"그건 나였어." 내가 말한다. "블랙베리를 따고 있었거든!" 나는 과즙이 뚝뚝 떨어지는 스푼을 들어올린다. "이 잼을 만들려고!"

로니는 이제 뭘 어떻게 해야 할지 몰라 권총집에 넣은 권총을 만지작거리더니 왕왕거리는 무전기를 들고 상황을 살피러 바깥에 세워둔 차로 돌아간다. 어머니와 나는 잠시 분노와 즐거움 사이를 오간다. 나는 베리를 계속 젓고, 경찰차의 열린 창에서는 뚝뚝 끊기는 잡음 같은 말소리가 흘러나온다. 로니가 갑자기 사이렌을 켜고 급출발을 하더니 속도를 높여 저만치 빠르게 멀어진다. 짐작건대 그는 경작물 채취를 지시받은 게 틀림없다. 한 시간쯤 뒤에 우리가 정적에 익숙해져 남은 하루를 다시 시작하려는 찰나 또다시 사이렌이 울렸기 때문이다. 그는 사이렌을 켤 기회가 아주 드문 것이 틀림없다! 로니는 내리막을 날듯이 내려오고, 창문으로 달려가 보니 때마침 경찰차 트렁크를 위에서 끈으로 묶어 놓은 게 보인다. 트렁크 안에는 뭔가가 수북이 들어 있는데 틀림없이 마리화나 풀더미일 것이다. 그가 결빙으로 울퉁불퉁해진 자갈길을 덜컹거리며 내려오자 길쭉길쭉 갈라진 마리화나 잎이 깐닥깐닥 흔들리고 일부는 트렁크 옆으로 흘러내린다.

"그럼 저건 누가 심었을까요?" 내가 어머니에게 묻는다. "말해주지 않을 거예요?"

"키트 태트로 소행이지." 어머니가 대꾸한다. 어머니가 알고 있었다니 놀랍다. 어머니는 이어서 말하길, 그가 들판을 가로질러 숲속을 들락날락하는 것을 보았다고 한다.

"난 키트가 사냥을 하는 줄 알았죠." 내가 말한다.

"넌 사냥철이 언제인지도 모르는구나."

어머니 말이 맞을 것이다. 키트 태트로는 풍경의 일부로 보일 만큼 이 근처 숲속의 일부가 된 것 같아 나는 그가 들락거리는 데 큰 의문을 품지 않았다. 한숨 같은 소리와 쉭쉭거리는 소리가 조그맣게 들리더니 블랙베리가 끓어넘쳐 가스레인지의 흰색 에나멜 위로 폭포처럼 쏟아진다.

아버지가 있었다면 로니가 우리 부엌으로 쳐들어온 걸 두고 야단법석을 떨었을 것이다. 다음번 타운회의에 참석해 강력히 항의했을지도 모른다. 짜릿한 분노. 편집자에게 보내는 편지. 소송을 했을지도 모른다. 우리는 그냥 내버려둔다. 마찬가지로, 거미를 못 살게 굴지도 않는다. 나는 거미를 가만히 내버려둔다. 아버지가 살충제를 뿌려 거미들을 죽인 적이 있었지만 그것들은 금세 되돌아왔다. "잘 관찰해봐." 아버지가 거미를 가리키며 말했다. "늑대거미와 파리는—결국 같은 거야—먹히는 자가 먹는 자가 되거든." 아버지는 들판은 거미에게 내주었지만 그 이후에도 자신과 자연 사이의 경계에 선택적으로 영향력을 행사하여 처마 밑에 둥지를 트는 새를 막았고 건물 토대의 헐거워진 바위틈으로 들락거리는 고양이는 내버려두었다. 그 문제 역시 아버지와 어머니의 싸움을 유발했다. 고양이들. 어머니는 그것들의 난소를 제거했다. 아버지는 야생으로 살게 놔두었다.

하찮아 보일지 모르는 이런 문제들이 점차 커졌다. 욕구, 의무, 경쟁, 섹스에 대한 양가감정, 자존심이 혼합된 엄청난 분노가 아버지와 어머니 사이에 자리잡고 있었다. 아버지는 애처로울 만큼 속물적인 감각, 우울증 기질, 놀랍도록 다정한 면모를 이용할 줄 알았다. 말 조련사가 고삐와 채찍 모두를 영리하게 사용하는 방식과 같았다. 상대적으로 몸집이 작은 인간이 몸무게가 1.5톤이나 되는 말을 다룬다는 사실은 언제나 놀랍기 그지없다. 마찬가지로 그 이후로 드러난 어머니의 힘도 상당히 강했지만, 그 힘이 흘러가는 방향에는 거의 보이지 않는 수단들이 얼마간 작용했다. 어떤 날에 아버지는 시시콜콜한 잔소리로 어머니를 지치게 만드는 것 같지만, 또 어떤 날에는 심오한 생각으로 어머니를 당황스럽게 만들어 자신의 뜻에 굴복시킨다. 파란색 에나멜 냄비의 경우에는 반대한 이유가 돈 때문만은 아니었고, 최고의 냄비라고 하기에는 부끄러운 냄비에 돈을 쏟아부었다는 데에도 이유가 있었다. 아버지가 알기로—냄비는 어머니의 전문영역이겠지만—포르투갈 어디 작은 마을 공장에서만 만들어지는 냄비가 있다고 했다. "프랑스가 아니야" 아버지가 버럭 소리를 질렀다. 최고라고 하기에는 하잘것없는 냄비에 이런 액수의 돈을 쓰는 건 백치 같은 짓이었다.

백치 같다는 말은 라이터 점화 연료의 효과를 냈다. 정말 그랬다. 아버지가 그 단어를 내뱉으면 불꽃이 천장까지 튀었다. 부모님이 티격태격 싸울 때 쓰는 다른 단어들도 비슷한 효과를 가져왔다. 두 분은 단순히 모욕을 주려고 할 때도 늘 고상한 단어를 썼다. 멍청하다는 뜻으로는 네안데르탈인 같다, 눈앞만 본다는 뜻으로는 근시안적이다, 치사하다는 뜻으로는 졸렬하다 따위를 썼는데, 마치 싸움을 시작하기 전에 『로제 유의어 사전』이라도 훑어보는 것 같았다. 우리는 두 분의 싸움을 지켜보면서 어휘력이 엄청나게 늘었다. 유린하다, 효란하다, 환등, 점묘, 다모多毛, 진압, 위축, 겁렬, 지절대다, 금언, 포르노그래피. 초등학교 단어시험에 평범하게 나올 법한 단어는 아니었지만 나는 일상적인 글쓰기 숙제를 할 때 이런 단어들을 쓰기 시작했고 얼마 되지 않아 아주 영리한 아이로 특별한 대우를 받았다.

물봉선화 씨앗은 터지면 6피트 높이로 날아오른다. 왕거미는 거미줄 한복판까지 아주 선명하게 거미줄을 엮는다. 블랙베리는 과즙이 많을수록 가시가 더 날카롭다. 영리함과 자기보호는 뭐가 다른가? 내 생각에는 같다. 당면한 생존문제를 두려워하지 않을 만큼 안전해야 무슨 일을 하든 창조적인 지성을 보여줄 수 있다. 예컨대 우리가 편안하게 살 만큼 충분한 돈이 생기면 어머니는 아주 진귀한 러그를 과감하게 거래했고, 그렇게 우리는 웬만큼 부자가 되었다. 어머니는 러그를 찾아 쇠락한 양키 지주 후손의 푸석거리고 썩어가는 다락이나 이웃의 야드세일* 장터를 샅샅이 뒤졌다. 혹은 양의 기름이나 태운 똥 냄새가 풍기는 짐짝 속에서 바다를 건너온 러그를 놓고 흥정했다. 자선 장터에서는 악령이 침입하지 못하게 문양에 일부러 결함을 만든 나바호족 러그를 슬쩍 챙겼다. 어머니는 러그를 사고팔고 또 샀다. 어머니에게는 그것이 행복한 그림자들의 춤이었다. 이따금 돈은 관념적인 것이었고, 어머니가 그랬던 것처럼 구매자를 헷갈리게 했다. 세상에서 자기 자리를 찾아가는 것은 러그였다. 어머니가 이 말을 할 때는 아버지가 자신의 책에 대

* 개인 주택 마당에서 주인이 쓰던 물건을 파는 것.

해 말할 때와 똑같은 무게가 실려 있었다. 하지만 내게는 똑같이 느껴지지 않았는데, 그 생각이 어머니를 행복하게 해주었기 때문이다. 어머니는 파란색을 믿는 것처럼 그것을 믿었다.

그 무렵 어머니가 애타게 갖고 싶어하던 파란색이 있었는데, 심지어 지금도 탐내는 색깔이다. 어머니는 여전히 파란색에 격한 애정을 보이면서 각기 다른 파란 빛깔을 평가하고 자신이 주장하기로 창녀를 여왕으로, 왕을 바보로 만든다는 그 눈부시고 특별한 파란색과 비교한다. 쪽빛과 방사성 코발트색의 염료. 문양의 색깔인 황토색과 양모 러그의 나머지 부분을 채우는 시나몬색과 마른 피 색깔 속에서 치열한 순수함을 내뿜는 파란색. 그 파란색은 무척 강렬해서 다른 행성에서 만들어진 것 같다. 그것은 노란 불빛 속을 지나가며 눈두덩을 꾹 누를 때 아른거리는 파란색이다. 나 혼자 생각에 그 색은 엑스터시와 죽음의 파란색, 마약중독자의 파란색이다. 하지만 나는 그것을 가까이하지 않을 것이다. 고맙지만 사양한다. 나는 그 파란색에서 살아남았고 더는 쳐다보지 않을 것이다.

그랬다. 아버지도 파란 눈이었지만, 아버지의 눈은 파르스름하면서 약간 빛바랜 듯 파랬고 희뜩희뜩 호박색이 보였다.

"먹는 자와 먹히는 자는 완벽하게 동일한 거야." 아버지가 말했고, 아버지가 취해 있어 그 말은 터무니없게 들렸다. "난 그걸 수학공식으로 증명해왔어." 우리는 머리를 주억거렸다. "신념이 이성을 잡아먹어 새로운 짐승이 된다는 걸 누구 한 명이라도 이해할 수 있다면 좋겠구나. 두 명이어도 좋고."

아버지는 저녁을 먹고 나면 주로 2층으로 올라가 방에서 연구에 몰두했고, 우리는 그 방 앞을 몰래 지나가거나 아버지가 아래층으로 내려오기 전에 침대에 누우려고 애썼다. 하지만 아버지가 늘 계단 난간을 부여잡고 알아들을 수 없는 말을 쏟아내던 것이 나는 아직 기억난다. 그러던 어느 밤 우리는 아버지에게 붙잡혀 함께 맨 아래 계단에 앉게 되었다. 속으로는 기회를 틈타 달아날 마음을 먹고 있었다. 아버지는 우리에게 이야기를 하고, 우리를 칭찬하고, 우리의 외모를 비교하고, 우리의 손을 잡았다. 아버지는 손가락을 이 사이에 넣고 휘파람 부는 법을 보여주려 했지만 잘되지 않아 입에서 침이 흘렀고, 내가 그것을 지적했다. 아버지는 소년들이 그러듯 계속 새로운 방식을 시도했고, 우리는 계속 공손하게 침묵을 지키고 있었다. 마침내 그는 우리의 그런 태도에 화를 내기 시작했고, 우리는 후다닥 달아났다.

"돌아와, 못된 녀석들!" 우리가 계단을 뛰어올라가자 아버지가 소리를 질렀다. "내가 진짜 너희 아빠라면, 내가 너희 아빠가 맞는지도 모르겠지만, 이 빙충이들아, 차라리 나한테 지옥으로 꺼지라고 욕을 하지 그러니?"

"닥쳐요." 그날 어머니는 딱 한 번 고상한 단어로 싸우는 걸 잊은 채 아버지에게 강하게 대항했다.

닥쳐요라는 표현의 참신함이 아버지를 침묵시켰다. 우리는 어머니 옆을 비집고 달아났고, 우리가 빙충이로 불렸다는 사실에 짜릿함을 느꼈다. 우리는 그게 무슨 뜻인지 알고 있었다. 아버지가 불쑥 뱉은 말 때문에 우리가 깜짝 놀라 당황했거나 잠을 설쳤을 거라고 생각할지 모르겠지만 그런 일은 없었다. 아까 말했듯이 우리는 아버지를 사랑했지만 아버지가 내뱉은 말뿐 아니라 그 생각에 흥분해서 우리에게 진짜 아버지가 따로 있다는 상상에 빠진 채 한 시간 동안 속닥속닥 이야기를 나눴다. 예컨대 우리는 윗길에 살면서 단풍나무 껍질에 튜브를 박아넣고 다정하고 까무잡잡한 손으로 통을 받쳐놓는 남자를 아버지로 그려보았다. 혹은 우리 아버지는 여름에 피그미 동물원을 운영하는 사람이었는데, 관광객을 끌어들이려는 시도가 서글프게도 실패로 돌아가 입장객은 물론 한 명도 없었다. 동물원을 운영하는 남자는 작은 염소, 난쟁이 토끼, 다리가 뭉툭한 미니어처 말 등 작은 피그미 종자들을 데려다놓고 자기는 세상에서 가장 작은 것들을 사랑하는 사람이라고 했다. 나는 키가 컸지만 그 남자의 철학을 인정했다. 아버지와 어머니는 싸울 때 거인처럼 변해갔지만 나는 자꾸만 줄어들었으니까.

아버지는 자신의 연구에 점점 좌절감을 느꼈고, 연구실로 쓰는 2층 침실에서는 종종 연구에 몰두한 아버지가 중얼거리는 소리가 들렸다. 가끔은 하나의 입장에 대해 계속 논쟁을 벌이는 소리가 들렸는데, 확실한 증거를 대는 목소리가 커졌다 줄어들었다 하며 문 밖으로 새어나왔지만 우리로서는 좀처럼 알아들을 수 없었다. 또 가끔은 나직하고 애처로운 목소리로 누구에게 간곡히 사정하는 것 같았다. "양극단이라니?" 한번은 이렇게 외치는 소리를 들었다. "그건 아니야! 각각이 자신의 반대쪽에 의해 살아가는걸!" 아버지가 언성을 높여 빽빽거리면 우리는 그 시끄러운 소리를 피해 슬금슬금 달아났고 대개는 집에서 아예 나와버렸다.

우리는 그럴 때마다 멀리 달아나 베리를 따거나 물봉선화 전투를 벌이거나 도롱뇽의 습성을 조사하거나 사슴과 코요테를 추적하거나 거미를 관찰했다. 어느 날 우리가 숲속에서 빈둥거리다가 지금쯤 소란이 잠잠해졌을 거라고 기대하며 돌아왔을 때 사각팬티만 입고 나머지는 홀랑 벗은 채 부엌에 앉아 시리얼을 먹고 있는 아버지를 발견했다. 사각팬티에 흔히 쓰는 얇은 면에 적갈색 정사각형과 다이아몬드가 복잡하게 그려진 팬티였다. 아버지의 흐느적대는 골격과 흐물흐물한 가슴과 팔의 근육에 대해서는 나도 이미 알고 있었다. 하지만 오로지 사각팬티 차림으로 마디가 불거진 야윈 다리와 하얗고 보드라운 발을 드러낸 모습은 처음이었다. 나는 시선을 돌렸지만 동생은 아버지 쪽으로 돌아섰다.

"모든 것이 손에 잡히지 않고 확실한 것은 하나도 없지만 이것, 이것만은 실제다."

나는 아버지의 목소리에 깃든 경이로움을 느끼고 뒤를 돌아보았다. 아버지는 4인치 높이로 반듯하게 쌓아올린 직접 타자한 흰 종이 원고를 어루만지며 네타를 쳐다보았다. 처음에는 아버지의 작업이 비로소 끝났다는 사실까지는 생각이 미치지 않았다. 아버지가 뿌듯한 웃음을 지으며 그래, 그래 하고 고개를 끄덕이는 것을 보고서야 나도 그 사실을 깨닫고 아버지가 바라는 반응을 보였다. 하지만 한편으로는 그래, 아빠가 완전히 미쳤구나, 하는 생각에 더럭 겁이 났다.

아버지가 집필을 끝내고 강의에 쓸 내용을 준비하던 그해, 점점 이해하기 어려운 내용을 발표하던 그해, 아버지는 바로 그해에 컬트적인 인물이 되었다. 컬트는 곰팡이와 같았다. 우리 눈에는 그렇게 보였다. 아버지에게 매료된 학생들은 버섯처럼 아버지에게 붙어 자랐다. 강의실에서 아버지가 표출한 변덕스러운 기질은 일종의 카리스마가 되어갔다. 학생들이 우리집에 찾아오기 시작했는데, 그들은 낡아빠진 값비싼 옷을 입었고 깡말랐으며 미친 사람처럼 보였다. 머리카락은 뭉쳐서 엉겨붙게 내버려두거나 오일을 발라 빗어 넘겼다. 그들의 눈은 벽을 뚫고 이글거리는 것 같았다. 그들은 모든 것을 다 보았다. 그들은 우리집 마룻바닥에서 잠을 잤다. 우리는 우리 방에서 잘 나오지 않았다. 그들은 우리집 곳곳에 처박혀 책과 반쯤 끝낸 기말보고서를 흩어놓고 그것들에 둘러싸여 담배 연기를 뻐끔거리며 중얼거렸고 나는 그들 앞을 뛰어 지나는 게 점점 무서워졌다.

아버지는 너르고 아늑한 주방에서 강의를 하기 시작했다. 그들은 담배를 밥먹듯 피웠다. 꽁초가 수북한 커피잔 받침이 쌓여갔다. 그들은 쓴 블랙커피를 마시고 어머니가 만든 음식을 먹었지만 굶주린 듯 우걱우걱 먹어치울 뿐 칭찬은 하지 않았다. 나는 처음에는 어머니가 이 뜨내기들의 존재를 즐거워했고 또 불쌍히 여겼다고 생각한다. 하지만 어머니는 곧 싫증을 냈다. 그러던 차에 누가 아주 오래된 티베트산 러그를 담뱃불로 동그랗게 지진 일이 발생하자 그들 전부를 쫓아버렸다. 그들은 잠자리 삼았던 구석과 지하실 카우치에서 쫓겨났다. 다락과 차고 안 선반에서도 쫓겨났다. 어머니는 그들을 차에 태우고 대학으로 데려가 돌로 된 정문 앞에 쓰레기를 내던지듯 내쫓았다. 고양이처럼 난소가 제거되지 않은 것이 그나마 다행이었다. 하지만 그 이후 아버지는 방에 틀어박혀 어리둥절한 편집자들이 공손히 보낸 거절 편지를 헤아리는 외로운 작업을 감당해야 했고, 아버지가 그렇게 원고를 묶어 보내기를 반복할 때, 어머니도 우리를 떠나가고 있었다. 어머니는 물건을 매입하러 먼길을 떠났다가 집으로 돌아오면 혼이 나간 사람 같았고 우리에 대한 관심도 떠나 있었다. 다 느껴졌다. 어머니의 대답을 들으려면 어머니를 부르고 또 불러야 했으니까. 어머니가 우리 이야기를 들어줬으면 하고 바랄 때는 어머니를 성가시게 하고 어머니의 치맛단 혹은 원피스 자락을 잡아당겨야 했다.

아이들이 뚜렷이 기억하는 시간이 이 시기다. 부모가 모두 부재한 시기. 동생과 나를 에워싼 빈 공간. 나는 아직 그때 즐겨하던 상상이 구체적으로 떠오르는데, 그때 동생도 같은 것을 상상했는지 모르겠다. 나는 상상 속에서 나나 동생에게 어떤 아찔하고 끔찍한 일이 일어나 아버지와 어머니가 우리 침대 옆에서 서로 손을 붙잡고 앉아 있는 장면을 그려보았다. 하지만 우리는 엄밀히 말해서 버려진 것이 아니었다. 그런 건 전혀 아니었다. 아버지가 사실상 집 밖으로는 아예 나가지 않았기 때문이다. 아버지는 방에 틀어박혀 며칠이고 나오지 않았다. 그 방이 안전한 안식처였고, 잔뜩 쌓아놓은 책이나 원고, 상자나 캐비닛 안에 들어 있는 서류철이 아버지의 방패였다. 어머니는 아버지의 존재를 철저히 무시했다. 나는 감히 아버지에게 다가갈 수 없었고, 동생도 아버지 책상 옆에서 출렁대는 종이의 바다를 갈라놓지 못했다. 이따금 그 방 앞을 지나가면 종이가 바스락거리는 메마르고 차가운 소리가 들렸다. 그 소리는 물가에서 몇 피트 떨어진 곳까지 물이 얼어붙었을 때 물결이 만들어내는 소리, 방금 얼어붙은 얼음에 파도가 부딪혀 철썩이는 소리였다. 그것은 차라리 음악에 가까웠으며, 전혀 종잇장이 내는 소리 같지 않았다.

그 일은 동생과 내가 과수원에서 살다시피 할 때 일어났다. 놀기에 아주 좋은 곳이었다. 우리에게 나무는 집이자 은신처였고, 고래, 바다로 나가는 배, 하늘을 나는 거대한 생명체였다. 우리는 몇 날 며칠을 나무 위에서 살았다. 담요를 가져와 텐트를 쳤고 점심때는 부엌으로 가서 요깃거리를 뒤졌다. 밤낮으로 그곳에서 지낼 수도 있었겠지만 우리는 늘 알아서 집으로 기어들어갔다. 어느 날 땅거미가 내릴 무렵, 그해 여름 처음으로 아버지가 우리를 찾으러 과수원에 왔다. 아버지의 모습이 나타나자 우리는 갑자기 울컥 화가 나서 반항심이 일어났다. 우리는 아래를 내려다보며 여기 나무에서 잠을 잘 거라고 바락바락 소리를 질렀다. 처음에는 놀이 같았지만 우리는 점점 그악스러워져 앙칼지게 쏘아붙였다. 그리고 사과를 집어던지기 시작했다. 아버지는 옆구리에 손을 올린 채 우리를 노려보았다. 아버지가 나무를 오르기 시작했고, 우리는 위험하게 더 높이 나무를 타고 올랐다. 아버지는 우리를 달래면 더 빨리 잡을 거라고 생각했는지 두 팔을 벌리고 손바닥을 펼치며 부드럽게 말했다. "내려오렴, 얼른." 아버지 품속으로 떨어지기에는 우리가 이미 너무 높이 올라가 있었지만 아버지는 깨닫지 못한 것 같았다.

"네가 뛰어내려." 내가 동생에게 말했다.

"싫어, 언니가 뛰어내려." 동생은 그렇게 말하면서 내 가지를 흔들었다.

"알았어." 대답은 했지만 진심은 아니었다. 그러다 그만 균형을 잃어 아버지를 향해 곧추 떨어지고 말았고 그 순간 아버지는 옆으로 발을 옮겼다. 땅바닥으로 등을 향한 채 떨어지고 보니, 아버지의 다리 옆이었다. 내가 첫 숨을 토해내기도 전에, 바람 한 점 불지 않는 그 끝없는 시간에 나무를 올려다보았던 것을, 나뭇가지 사이로 그애를 보았던 것을 아직 기억한다.

나는 동생의 얼굴에서, 아버지가 떨어지는 나를 그냥 내버려둔 걸 그애가 봤음을 알 수 있었다. 그애가 나를 골똘히 내려다보다가 나뭇가지에서 발을 뗐다. 아버지는 그애를 잡으려다가 나를 덮치며 넘어졌다. 그애는 아버지 옆으로 떨어졌고, 나한테는 그애가 보이지 않았다. 아버지가 내게 소리를 질렀던 것 같다. "움직이지 마, 페이, 어디로 가기만 해봐, 죽여버릴 테니까." 그러고는 그애를 보듬어 들판을 가로질러 달려갔다. 어머니는 그날도 집을 비웠고, 차도 몰고 나갔었다. 아버지는 큰길로 나가 아이크네 집으로 달려갔다. 나는 병원에 있으면 기분이 어떨까, 의사가 침대에 조심스럽게 눕혀진 동생을 쳐다보며 고개를 가로젓고 가망 없는 표정을 지을 때 아버지는 무슨 말을 할까, 그런저런 생각을 했던 것 같다. 아버지는 내가 그애를 떠밀었다거나 나뭇가지를 흔들었다거나 그애가 무모하게 뛰어내렸다고 애써 그들을 설득할 필요는 없었을 것이다. 아버지는 그저 생각에 잠긴 듯 띄엄띄엄 말하면서 자신에게 탓을 돌리면 됐을 것이고, 그러면 사람들도 아버지가 여느 아버지처럼 나를 감싸주려 한다고 생각했을 것이다. 아무튼 나는 내 앞에 닥친 미래가 어떨지 다 알았다. 어머니와 아버지가 그때부터 나를 어떻게 쳐다볼지도 알았다. 그리고 내가 나 자신을 어떻게 보게 될지도.

어쩌면 나는 아버지의 거짓말이 일 년 뒤에 아버지의 심장을 끝까지 쥐어짜버릴 거라는 사실도 알았을 것이다. 나는 내가 그들 둘을 이미 잃은 것을, 혹은 그들 셋 모두를 잃은 것을 알고 있었다. 이제 내가 혼자라는 사실도 알았다. 태양은 가장 먼저 돋아난 잎사귀 뒤로 넘어가며 향기롭고 끝없는 8월의 붉은 기운을 내뿜었다. 물론 나는 아버지의 말을 어기고 그 자리를 떠났다. 어디로 갈지 알 수 없어 왕거미 들판으로 갔다. 처음에 나는 그것들이 도사린 거미집 사이로 들어가면서 겁이 났다. 마음은 늑대다. 그러자 날카로운 황금빛 햇살이 쏟아졌고 나는 생각에 빠져들었다. 생각이 나를 구원했다. 인식이 나를 살렸다. 나는 거미가 그저 물질인 것을 깨달았다. 나쁜 것도 아니고 좋은 것도 아니었다. 우리는 모두 동일한 물질로 이루어져 있었다. 나는 우리가 창조의 순간에 어떻게 다른 형태로 태어나는지 보았다. 나는 한동안은 이 모습으로 살지만 그다음에는 동생이 잡초 속에 벗어던진 풀밭을 짓뭉개는 신발의 끈이 되고, 어머니와 아버지의 논쟁 대상이던 파란색 냄비가 되고, 혹은 뭔가 다른 게 되는 것이다. 무無에서 뭔가가 끝없이 만들어질 뿐 다른 것은 없었다. 나는 형태가 달라지고 교체되는 것을 보았다. 지금 내 옆에서 자라는 풀이 어느 날에는 소가 되고, 우유가 되고, 송아지의 살이 되고, 그리고 내가 될 것이다.

나는 엄청난 뭔가를 피하기 위해 생각하고 또 생각했다. 하지만 생각을 멈추어도 번번이, 그 엄청난 것은 변함없이 내 앞에 놓여 있었다.

구릿빛 햇살이 어깨를 가로질러 손목까지 따끔따끔 내리쬐었다. 씨앗을 잔뜩 담은 물봉선화를 툭 건드리자 씨앗이 튕겨나가 시야에서 사라졌다. 석탄처럼 조용한 야생 거미들이 주변에서 사방으로 돌아다녔다. 나는 손가락을 내밀어 거미의 등을 최대한 살살 쓸어보았다. 얇은 풀잎으로 가장 큰 놈을 구슬려 손바닥에 얹었다. 나는 한동안 움직이지 않고 그 거미를 가만히 두었다. 거미는 햇볕에 덥혀져 따뜻했고 흙덩어리처럼 무거웠지만 플라스틱 장난감처럼 가벼웠다. 내 손바닥에 가만히 놓인 거미는 잔뜩 흥분해서 차가운 입김이 닿자 즉시 반응하여 몸을 떨었다. 그것은 허밍하고 노래하며 세상의 경계를 지워 없앴다.

제2부

후프댄스*의 북쪽

* 루이스 어드리크의 소설에 등장하는 가상의 지명.

1
손님

버나드 샤와노

먼저 내가 큰 트럭을 가지고 있다는 사실부터 말해야겠다. 그것에는 책임도 뒤따른다. 도랑에서, 물가에 떠밀려온 배에서 술 취한 사람을 끌어내야 하고 비상용 땔감도 날라야 한다. 이제 내 근무지가 병원이라는 것을 말해야겠는데, 이유는 몰라도 그 사실 때문에 사람들은 내가 의료계 종사자들의 특성에 물들어 있다고 생각한다. 의사나 간호사가 사람들을 돌보는 걸 지켜보면서 내가 익힌 게 있을 거라는 듯. 나처럼 혼자 사는 사람은 시간이 남아돈다고 생각하는지 내게 부탁을 하면서 호의를 베푼다고 여기는 것도 같다. 그래서 사람들은 친절하게도 내가 따분한 시간을 메울 수 있게끔 온갖 따분한 일을 맡기곤 한다.

그중에서도 유난히 부탁을 많이 하는 사람이 있는데, 그 여자는 모든 일에 다 문제가 생기는 것 같다. 여기 보호구역에 사는 남자 모두가 그 여자의 부탁을 받아봤을 것이다. 그 여자가 부탁을 해오기 전에 그것을 물리칠 중대한 핑계를 찾지 못하는 유일한 사람이 아마도 나다. 그래서 뻣뻣하고 숱이 없는 머리에 모자를 늘 쓰고 다녀서 추크라는 이름이 붙은 이 여자는 보호구역 전체에서 나를 제외한 모든 사람이 항상 긴급한 상태라고 생각하게 된 모양이다. 추크가 전화를 하면 사람들은 아무도 일어나기를 바라지 않는 정말로 끔찍한 일을 꾸며대며 운명을 시험한다.

"메리 선데이는 스토브가 폭발해버려서 나를 시내에 데려다줄 수 없대요." 추크가 말한다. 심지어 이런 핑계도 있다. "테디 이글은 황열병인가 뭔가 하는 병에 걸렸는데 정말 조심하지 않으면 천연두가 될 수도 있대요."

그녀가 웃는다. 그녀는 바보가 아니라서 뻔한 핑계를 들으면 알아차린다. 하지만 나는 곧이곧대로 믿어버린다.

"거 참 운이 없네요." 내가 체념하며 말한다. 그러고는 그녀가 부탁할 내용을 들으려고 기다린다. 나도 왜 늘 결국 그녀를 도와주고 마는지 정말 모르겠다. 그녀는 다른 사람에 비해 자기연민이 더 강하고 남에게 안타까운 마음을 일으키기에는 드세 보이지만 그 모든 것에도 불구하고 내가 부탁을 들어주는 건 추크가 훌륭한 어머니이기 때문이다. 어쨌거나 그녀의 짜증나는 요구와 간절한 태도는 결과적으로 그녀가 키우는 자식과 손자들에게 이득이 된다. 장성한 두 아들 모리스와 존, 그리고 훨씬 어린 사내아이와 계집아이가 있는데 그 아이들은 추크와 달리 항상 옷차림이 단정하다. 그녀는 아이들을 엄하게 키웠다. 내가 지켜봐서 아는데, 그 아이들은 공부를 잘했고, 소다수를 마시거나 텔레비전을 너무 많이 보는 것은 금지였다. 헬멧을 쓰지 않고 친구들의 ATV*를 타고 돌아다니는 것도 금지였다. 게다가 그녀는 아이들이 안전벨트를 맸는지 신경질적으로 챙기는데 어머니라면 으레 그래야 한다. 그렇다고 해서 내가 수화기를 들고 그녀의 목소리임을 확인한 뒤 짜증이 덜 나는 것도, 천장을 올려다보지 않는 것도 아니지만.

어느 날, 물론 내가 쉬는 날, 그녀가 전화를 걸어 내가 수행할 특별한 임무를 말해준다. 이따금 그녀가 병원 안쪽 사무실 벽에 붙어 있는 내 일정표를 훔쳐보는 건 아닌가 하는 생각마저 든다. 나는 하품을 한다. 이번만큼은 그냥 잠을 자겠다고 생각한다. 하지만 추크는 나를 부릴 다른 일이 있다.

"버나드." 그녀가 말한다. "곡괭이 있어요?"

이런 식으로 시작된 부탁이 허다하다. 내가 쓰던 용구와 정원용 장비는 지금 거의 다 그녀 집에 가 있다.

"네." 내가 말한다. "내 곡괭이는 나한테 있어요. 거긴 없을 텐데."

그녀가 애잔하게 살짝 소리내어 웃는다. "마이크가 죽었을 때 그이가 쓰던 장비도 싹 없어졌잖아요, 응?"

마이크는 그녀의 남편이었고, 나는 이따금 그가 추크의 괴롭힘에서 벗어나려고 죽은 게 아닐까 생각한다. 그에게는 평화와 고요가 필요했을 것이다. 그는 편안히 저세상으로 갔고, 어떤 소란도 피우지 않았다. 혼자 응급실로 차를 몰았고, 도착 후 오 분 만에 심장마비로 숨졌다. 그리고 사흘 뒤 땅에 묻혔다. 추크의 말로는, 그

---

* 험한 지형에도 잘 달리게 고안된 사륜 오토바이.

의 장비도 죄다 사라졌다. 나는 그녀가 지금 하는 이야기에 대해 알고 싶지 않다. 하지만 그녀는 말을 이어간다.

"그이가 사람들한테 이것저것 빌려 썼는데, 그 사람들이 장례식 날에 저녁을 먹으러 왔다가 남편한테 빌려줬던 장비는 물론이고 다른 것까지 싹 가져가버렸어요. 그날 밤이 지나고 둘러봤는데 가재도구 절반이 안 보이는 거예요. 하지만 난 그때 너무 정신이 없어서 뭐라고 말도 못했죠, 응? 내가, 내가 아무 말도 못했다고요. 그냥 내버려뒀어요."

"나는 오늘 할일이 아주 많아요, 추크. 그러니까 혹시……"

"그래요, 버나드? 꼭 좀 도와줄 일이 있는데!"

나는 눈을 감는다. 벌써 고단하고, 그녀의 평소 부탁들을 생각하면 이미 뭔지 알 것 같다. "들어나보죠." 하지만 그녀의 빈약한 잔고 상황을 들으며 갈 수밖에 없는, 은행까지 태워다달라는 부탁이나 복잡하게 설치된 배관이 막혔으니 그 참사를 해결해달라는 부탁 대신, 그녀는 뭔가 다른 것을 부탁하고, 그래서 나는 처음에 잘 알아듣지 못한다. 그녀는 나더러 남편 시신을 파낼 생각이니 와서 도와달라고 한다. 그녀가 같은 말을 세 번 반복하고 나서야 나는 이것이 진지한 부탁임을 깨닫는다.

"못해요! 절대 안 할 겁니다. 어쨌거나 허가를 얻거나 교회를 통해야 할걸요."

"그건 아니에요." 그녀가 말한다. "그런 건 필요 없어요. 그이는 전통주의자들이 묻히는 산마루에 묻혔어요. 기억 안 나요?"

물론 내가 잊었을 리 없다. 하지만 그가 내 집 앞 계단 아래에 묻혔다 해도 달라질 것은 없다. 내 손으로 그를 파내는 일은 절대 없을 것이다.

"그리고 마이크를 묻을 때 뭘 함께 묻었는지도 알잖아요. 기억하죠?" 추크가 나를 자꾸 들쑤셔 나는 결국 대꾸를 한다.

"곡괭이."

"아녜요, 하하! 버나드, 당신 참 재미있는 사람이에요. 아녜요!"

"그럼 뭐였죠?" 어쨌거나 그녀는 말해줬을 것이다.

"그이는 담배상자를 가지고 있었어요. 당신 할아버지가 만든 북의 모든 노래들이 기록된 두루마리도요. 사람들한테서 질병을 몰아냈던 그 북 말예요. 마이크는 그 북에 딸린 물건들도 갖고 있었는데, 당신도 기억하겠지만, 그이 아버지가 그 북을 맡아서 북 지킴이가 된 적이 있었잖아요. 마이크는 그 북이 여기로 다시 돌아올 거라고는 전혀 예상하지 못했어요."

"그래서 그걸 파내서 어디에 쓰려고요?" 그때까지도 나는 상황을 전혀 파악하지 못했다.

"북이 돌아왔어요."

나는 그 말을 듣자마자 전화를 끊어버린다. 내가 이런 적은 여태 없었다. 그 북이 아직 존재한다는 놀라운 사실과 나는 아무 연관이 없다는 듯, 그 북이 돌아온 사실에 대해서는 더더욱 그렇다는 듯 내 손이 나를 대신해서 전화를 끊은 것이다. 그녀가 다시 전화를 걸어왔다.

"전화가 끊어졌네요!"

"그러네요." 난처하다. 그것에는 훨씬 더 많은 일이 얽혀 있다. 오래전 그 시절에 직접 관련이 없던 사람들에게 밝혀진 내용보다 더 많은 일이. 그 북은 많은 사람들에게 영향을 미쳤다. 많은 사람들이 그 이야기를 부분부분 알고 있다. 하지만 나는 북에 대한 이야기를 전부 혹은 대부분 안다. 아버지가 술에 취하지 않았을 때면, 아버지의 아버지가 그랬듯이 그 이야기를 통해 구원을 받기 바라면서 끊임없이 그 이야기를 들려줬으니까. 아버지는 그 이야기를 잊을 수 없는 한 사람이었을 뿐이다. 아버지는 정신이 맑아지면 당연하게도 술을 진탕 퍼마셨을 때 저질렀던 온갖 수치스러운 행동들과 싸워야 했다. 아버지가 그 이야기를 한 것은 그런 수치심을 지워버리기 위해서였다. 그리고 이야기를 들은 사람이 나였다.

"마이크를 파내는 걸 도와주지 않을 거예요?"

"추크, 먼저…… 확인할 게 있어요."

"좋아요, 버나드. 꼭 오늘 해야 하는 건 아니니까. 내일 해도 괜찮아요."

"그 북이 돌아왔다고 했죠?"

"판사가 자기집에 갖다놨대요."

"흠, 일단은 잘됐네요."

"그 사람들이 북을 알맞은 사람에게 갖다준 거죠, 응?"

"그 사람들이 누군데요?"

"동부에서 온 두 여자요. 그 여자들이 북을 우연히 발견했다는데, 어떻게 찾아냈는지는 모르겠네요. 어떤 노인과 관련이 있대요. 제럴딘이 당신에게 계속 연락을 했다던데요. 나는 우리 아들에게 태워달라고 할 거예요."

나는 바로 그 순간, 북이 돌아온 그 자리에 내가 가야 한다는 것을 깨달았다. 추크가 실제로 다른 사람의 차를 얻어 탄다면 그야말로 대단한 사건이었다. 그리고 나는 나 자신의 이유 때문만이 아니라 그녀가 특별한 존재로 보이지 않게 만들기 위해서라도 가야 했다. 나는 전화를 끊겠다고 말한 뒤 판사의 집으로 갈 준비를 했다.

판사는 그의 삼촌 나나푸시의 옛 땅에서 산다. 어느 혹한의 겨울에 쓰러진 나나푸시의 낡은 판잣집이 있던 자리다. 아버지가 나나푸시에 대해 들려준 이야기들에 의하면 그 영감은 부족의 기록에는 있지만 보호구역을 떠난 집안들, 캐나다로 이주했으나 파우와우* 때 내려와 고향에 돌아온 기분을 느끼는 판사의 친척 같은 사람들 사이를 표류하며 살았는데, 나는 판사가 자기 삼촌을 만나기나 했는지, 나나푸시 영감이 조카가 있다는 걸 알기나 했는지 그것조차 모르겠다. 사람들이 찾아오고, 사람들이 머무른다. 끌어당기는 강한 힘이 존재한다. 장례식이 있을 때마다 오고 또 온다. 그러다가 어느 순간 떠나지 않고, 누군가가 떠난 자리에서 다시 시작한다. 북을 가지고 여기까지 먼길을 달려온 그 여자들도 마찬가지다. 내가 추크의 전화를 끊고 삼십 초쯤 지나 전화벨이 또 울린다. 판사의 아내는 두 여자가 어머니와 딸 사이라는 말을 전한다. 그녀는 한때 우리 보호구역 사람들을 무더기로 데려갔던 동부 칼라일 학교에 진학한 덕분에 이곳에 퍼진 질병을 모면했던 어느 소녀를 통해 이 모녀가 필리저 집안의 옛 지파와 연결된 것 같다는 말을 덧붙인다.

판사의 집은 쾌적하고 소박하며 아담한 조립식 신축 건물로, 작은 언덕마루에 들어앉아 지하 차고가 너르다. 내가 듣기로는 나나

* 아메리카 원주민의 집회.

푸시 영감이 그 언덕에서 지나가는 사람들을 지켜보며 앞으로 일어날 일을 예견했다고 한다. 판사도 벽면을 차지한 큰 유리창을 내다보며 똑같이 할 수 있겠지만, 내 생각에 그는 재판정에 앉아 늙은 삼촌이 보았던 것보다 훨씬 많은 걸 보는 것 같다. 좁은 진입로는 판사의 집까지 구불구불 올라갔다가 U자를 그리며 다시 내려오는데, 그 덕분에 그리로 올라갔다가도 쉽게 돌아나올 수 있다. 그것이 그 집의 장점이다. 그 집에는 좋아할 만한 특징이 많다. 나나푸시 성을 갖게 된 판사의 아내 제럴딘이 데크로 통하는 이중창 바깥에 새 모이통 여섯 개를 걸어두었는데, 작은 회색 빛깔 새들이 내가 차를 몰고 올라가자 화들짝 놀라 소리도 내지 않고 가뭇없이 사라진다. 좋은 계절이다. 진드기는 대부분 없어졌고 공기는 시원하고 나뭇잎은 사각거리며 학교는 개학을 했어도 아이들은 밖에서 뛰논다. 아직은 감기에 걸리지 않았지만 바이러스에 노출되어 실내로 들어가면 하루종일 서로 기침을 해댈 것이고 그러면 곧 병원이 북적일 것이다. 멋진 계절이다.

"핀데겐(환영합니다, 들어오세요)! 들어와요!" 제럴딘은 인상이 좋고 곱슬곱슬한 검은 머리에 피부가 하얗다. 갈색 눈동자는 고요하고 신비로우며 미소는 섬세한 곡선을 그린다. 늘 생각하는 바지만 젊었을 때 그녀에게 데이트 신청을 했다면 좋았을 것이다. 귀는 튀어나오고 얼굴은 머리로 가리고 다녀 볼품없던 그녀가 이렇게 달라질 줄 누가 알았겠는가?

나는 집으로 들어가면서 어쩐지 불안해져 이미 먼지 한 톨 없이 깨끗한 신발을 정성 들여 닦는다. 거실 한복판에 놓인 북은 천으로 덮여 있었다. 아직은 북을 직접 쳐다보지 않아도 된다는 사실에 마음이 놓인다. 나는 자기소개도 간단한 일이 아닐 만큼 사교활동에 불편함을 느끼는 사람인데, 다행히 제럴딘이 나서서 엘시 트래버스와 그녀의 딸 페이를 소개해준다. 나는 소파와 잘 어울리는 의자에 앉는다. 두 여자는 소파에 앉아 있다. 대화의 물꼬는 쉽게 트이지 않는다. 두 여자 모두 머리가 긴데, 어머니는 틀어올렸고 딸은 하나로 묶어 큰 핀을 꽂았다. 그들 모두 호리호리한 체격에 옷은 검정색과 크림색을 매치하여 입었고 소박한 금속 장신구—묵직한 목걸이, 보석 없는 반지, 둥근 단추형 귀걸이—를 했다. 무늬가 있거나 장식적인 옷은 좋아하지 않는 것 같았고, 구두도 리본이나 술 장식이나 화려한 굽이 없이 아주 단순하다. 그것이 어우러져 어딘지 고급스러우면서 수도승 같은 분위기를 자아낸다. 어떻게 보면 장의사 같기도 하다. 여기 사람들과는 사뭇 다르다. 젊은 여자는 딱딱하고 의심이 많은 듯한 억양 없는 목소리로 변호사처럼 말한다. 이목구비는 날카롭고 또렷하며 치페와족*처럼 약간 처진 눈이 퍽 강렬하고 아름답기까지 하다. 그렇지만 또 한편으로 보면 평범하다. 그리고 나이 많은 부인, 그녀 역시 순간순간 달라 보인다. 먼저 그녀는 잔뜩 흥분해서 불안한 모습인데, 곧바로 몸을 돌려 깊숙이 앉더니 공격하기 직전의 작은 회색 새매처럼 모두를 쳐다본다. 제럴딘이 말한 것처럼 북을 찾아낸 이 여자들은 필리저 집안과 어찌어찌 연관돼 있는데, 그 집안사람들 대부분이 죽어 없어진 터라 이들이 다시 수면 위에 나타났다는 사실이 상당히 흥미롭다. 특히 제럴딘은 부족사를 수집하고 정리하는 사람이라 그런지 흥미를 보

* 오지브웨족을 치페와족이라 부르기도 한다.

이며 유쾌하고 상냥하게 질문한다. 모녀가 잠시라도 주춤하면 머그컵에 차를 채워주며 다른 질문을 한다.

"어떻게 그 북을 가지고 오게 되셨어요?"

"한동안 제가 가지고 있었어요." 젊은 여자가 생각에 잠긴 듯 말한다. "이제 돌려줘야 한다고 생각했어요."

그녀가 북 가까이에 담배를 놓고 북을 신경써 보살폈다고 설명할 때 나는 고개를 끄덕인다. 그녀는 북이 다뤄져야 하는 대로 할 일을 잘 해냈다.

바로 그때 추크와 그녀의 잘생긴 아들 존이 차를 타고 도착한다. 그녀가 중요한 내용을 놓치는 일이 없게 우리는 잠시 입을 다문다. 존이 그녀를 계단 위까지 데려다주고, 그녀가 안으로 들어온다. 순무처럼 둥글둥글한 추크는 오늘은 까만 일본풍 꽃무늬가 퍼진 강렬한 분홍색의 레이온 상의를 입었다. 치마는 사방에서 덤불처럼 물결친다. 몸을 숙여 자세히 쳐다보니 작고 노란 장미와 녹슨 붉은빛 잔가지가 전체적으로 수놓여 있다. 머리는 뒤에서 파란 머리띠로 묶었다. 그녀는 담배를 피우고 있다가 절반쯤 피운 뒤에 불을 끄고 지갑 속에 넣는다.

"이제 담배도 예전 같은 맛이 안 나네요." 그녀가 지켜보는 사람들에게 말한다. "혈액 응고를 막는다는 그 처방약 때문인가봐요. 그럼 이제 내 남편이 예전에 보살폈던 그 북에 대해 말할 시간이로군요."

추크는 선 채로 그 북을 쳐다본 뒤 큼직한 캔버스 가방에 손을 집어넣는다. 그녀는 가방에서 쿠키 상자와 가위를 꺼내 쿠키를 덮은 셀로판지를 가위로 깔끔하게 오려낸다. 그러고는 투명한 포장지에서 쿠키가 담긴 플라스틱 용기를 반쯤 꺼내, 제럴딘이 네모나게 자른 갓 구운 커피케이크를 옆으로 민 뒤 그것을 제럴딘의 커피테이블 한복판에 놓는다. 지금 우리가 제럴딘의 집에 모인 것은 다행스러운 일이다. 추크네 집에서 차를 마시는 건 상당히 위험할 수 있기 때문이다. 그녀는 코멧 세제로 머그컵을 문질러 씻는데, 희미한 세제맛이 늘 컵에 껄끄럽게 남아 있다. 제럴딘은 추크의 컵에 새로 차를 따라주고, 추크는 동부에서 왔다는 두 여자에게 말한다.

"그 오래된 북은 명성이 자자했어요. 그 주변에서는 소란을 피우면 안 되고—일단 북을 관리하게 되면 존경하는 마음으로 대해야 해요." 그녀는 작고 동그란 눈을 깜박이며 우리 모두를 둘러본 뒤 가져온 쿠키 쪽으로 고개를 까딱하는데, 하필이면 내 주치의가 입에도 대지 말라고 했던 치명적이고 달콤한 분홍색 와플웨이퍼 쿠키다.

"여기는 버나드." 그녀가 말한다. "이 사람이 북에 대한 이야기를 해줄 거예요. 이이가 아주 잘 알거든요. 정말 잘 알아요. 북이 그 집안 손에서 빠져나가자 사람들은 그 집안에 대해 잊어버렸죠. 아무도 관심을 주지 않았어요. 하지만 알다시피 치유가 일어나는 건 이따금 그런 방식이기도 하니까. 내 생각에 이이는 지금 그 북이 오래된 슬픔을 되살려내는 걸 바라지 않는 것 같네요, 응?"

그녀는 탐색하는 시선으로 나를 살피지만 나는 아무 말도 하지 않는다.

"우리 모두 슬픔을 간직하고 살아요." 추크는 구부정하게 앉아 뼈마디가 굵은 두 손을 들어올린다. "우리에게는 슬픔이 있지요. 우리가 슬픔을 어떻게든 다루지 않으면 슬픔이 우리를 놔주지 않아요." 그녀는 내 쪽으로 소리가 나게 쿠키 상자를 밀지만 나는 사양한다.

"슬픔과 북은 어떤 연관성이 있죠?" 필리저 혈통의 두 여인 중 나이 많은 쪽이 말한다. 그녀는 정중하지만 아무도 그녀와 말을 섞으려 하지 않는다. 추크가 나서서 그녀의 질문에 답한다.

"나를 예로 들면 말이죠." 추크가 말한다. "아버지 부시 대통령이 여기 존의 형을 사막의 폭풍*에 보냈죠. 그때 숨쉬면서 뭔가를 들이마셨는데 그게 몸을 망가뜨려서 지금 그애는 죽어가고 있어요. 그렇다고 훈장을 받지도 못했고요. 아무튼 내가 말하고 싶은 건, 우리는 우리가 가진 것으로, 혹은 우리 손에 들어온 것으로 그 슬픔을 누그러뜨린다는 거예요. 우리는 슬픔에 대해 말하고 그것을 헤쳐나가야지, 가슴속에 둬서는 안 돼요. 그래서 북이 필요한 거예요. 그 슬픔을 밖으로 꺼내려고. 북의 노래가 슬픔을 멀리 실어가게 하려고."

그녀가 차를 마시고는 눈을 깜박이며 거실 안을 둘러본다.

"하지만 북이 힘을 얻느냐는 그걸 다루는 방식에 달려 있어요." 추크가 말을 잇는다. "북은 보호를 받아야 해요. 누가 북이 있는 곳으로 다가오면서 욕설을 내뱉었다면 북을 밖에 내놓아야 해요. 하지만 먼저, 북을 얻는 방법부터 말할게요. 우선 올바른 안내를 받아 북을 만드는 방법이 있어요. 그게 아니라면 북이 당신에게 주어져야 해요. 누군가가 북을 그냥 줘야 해요. 북은 돈으로 살 수 없어요. 훔칠 수도 없고요."

* 1991년 걸프 전쟁 때 다국적군 작전명.

그녀는 그 순간 말을 멈추고 젊은 여자를 빤히 쳐다본다. "북을 어떤 노인에게서 샀다고 했나요?"

젊은 여자는 차를 마시며 마음을 가다듬지만 누구와도 눈을 마주치지 않는다. "노인의 이름은 주잇 파커 태트로였어요." 젊은 여자가 말한다.

제럴딘은 부엌에서 가져온 딱딱한 의자에 앉는다. 빰이 둥글둥글하고 지적으로 생긴 판사가 그녀 가까이에 앉는다. 그가 빳빳한 인디언 수염을 만지작거리며 말한다.

"예전에 그런 이름의 인디언 보호관이 있었던 것 같군요. 오래된 공증 서류에서 그의 이름을 봤어요."

태트로는 아버지가 털어놓아야 했던 수치스러운 일화에 등장하는 사람이기에 나는 당연히 그가 누군지 안다. 비양심적인 인디언 보호관 태트로는 그 직업이 역사에서 사라졌을 때 술집 주인이 되었다. 보호구역에는 여러 해 동안 금주령이 내려져 있었지만 그 경계 내에서 술을 판매해 수익을 올리려고 술을 허용하는 것으로 방침이 바뀌었다. 어쨌거나 어마어마한 수익금이 태트로의 손에 들어갔는데, 그가 술집을 연 첫번째 사람이었던데다 나중에는 이 지역 공급자와 독점거래를 했기 때문이었다. 아무튼 태트로는 수집가였거나 자연스럽게 수집가가 되었던 것 같다. 어떤 사람은 필요하면 자기 할머니도 판다. 아니면 할머니의 옛날 모카신이나, 손자를 위해 구슬을 꿰매 만든 인디언 요람, 혹은 징글 드레스*까지. 한때 태트로의 술집 벽에는 이런 물건들이 잔뜩 있었는데, 어떤 것은

* 파우와우에 참가하는 여자들이 입던 옷으로, 치마에 금속 장식이 달려 있다.

그 북처럼 아름답고 신성했다.

"북에 관해 우리가 아는 건 이게 전부예요." 젊은 여자가 말한다.

"북의 역사가 어디서 끝났는지." 여자의 어머니가 덧붙인다. "그 북이 어떻게 태트로 손에 들어갔는지, 전에는 어디에 있었는지, 누가 가지고 있었는지 그런 건……"

여자가 말끝을 흐린다. 그 순간 추크가 즐겁게 기다리고 있음이 느껴진다. 제럴딘의 시선이 내게 머무는 걸 느끼며 내가 여기 온 이유를 제럴딘도 알고 있다는 것을, 처음부터 줄곧 알고 있었다는 것을 나는 깨닫는다. 그녀는 북이 어떻게 탄생했는지 웬만큼 알고 있지만 그 기원이나 그것에 얽힌 핏줄에 대해서는 완전히 알지 못한다. 그것이 우리 집안과 어떻게 얽혀 있고 우리 할아버지가 그것을 존재하게 만든 이유가 무엇이었는지 그녀는 모른다. 나는 판사의 거실에 단정하게 앉아 있는 진지한 표정의 두 여자를 본다. 손을 무릎에 포개 올렸지만 그녀의 손가락이 긴 것은 알 수 있다. 발은 보이지 않지만 아마 크고 폭이 좁고 둘째 발가락이 길 것이다. 두 사람은 자신들이 누구인지, 자신들이 필리저 혈통이라는 사실이 어떤 의미인지 모른다. 자신들이 사이먼 잭의 후손이란 것도 모르고, 그 사이먼 잭이 우리 할머니 아나퀫에게, 그 이름을 결코 부를 수 없었던 나의 고모에게, 심지어 자기 자신에게 어떤 짓을 했는지도 모른다. 그들은 북이 그에게 어떻게 했는지, 북이 무엇을 알고 있는지, 혹은 북 안에 무엇이 들어 있는지도 모른다. 그 북이 많은 사람을 치유해주었지만 아버지가 그것을 팔아야 했던 이유도 그들은 모른다. 그들은 아무것도 모르지만 나는 안다. 그래서 나는 이야기를 들려준다.

2
숄

내가 사는 길의 아니시나벡(인간) 사이에서 남편이 아닌 사내를 사랑한 여자가 숲속으로 들어가 그 사내의 아이를 낳았다는 이야기가 전해진다. 여자의 이름은 아나퀏, 구름이라는 이름의 뜻처럼 여자는 시시때때로 변덕을 부려 한순간에 기분이 안 좋아져 뿌루퉁한 얼굴로 아랫입술을 내밀고 눈빛을 번득이며 폭풍이 몰려올 것처럼 위협적인 분위기를 자아냈다. 그런가 하면 어느 한순간 머리카락을 흔들어 얼굴을 가렸다가 입바람을 후 불어 자식들을 까르르 웃게 만들었다. 그녀와 남편 샤와노 사이에서 두 아이가 태어났다. 하나는 바라는 것 많은 다섯 살 소년이고 또하나는 아홉 살 된 재주 많은 딸이었다.

그 옛날 그녀가 늦가을에 숲에서 아기를 데려왔을 때 소녀는 자기가 어머니인 듯 심지어 밤중에도 일어나 아기를 깨끗이 닦아주고 어머니의 가슴에 안겨주었다. 아나퀏은 아기가 울어대도 좀처럼 깨지 않았다. 아나쿼이 아기를 사랑하지 않았다는 말은 아니다. 오히려 그 반대였다. 그녀는 아기를 몹시 사랑했다. 남편이 아니라 그 아기의 아버지를 사랑한 것처럼. 그 열정이 그녀를 갉아먹었고, 그 감정은 참을 수 없는 것이 되었다. 그녀가 사랑을 내던질 수 있었다면 그랬겠지만, 호수 건너에 사는 그 사내는 그녀의 마음에서 한시도 떠나지 않았다. 그녀는 잿빛 하늘이 되어 멍하니 벽만 응시했고, 이따금 손바닥에 얼굴을 묻고 몇 시간을 내리 울었다. 결국 그녀는 일어나 요리를 하거나 오두막을 치우는 일도 할 수 없어졌다. 그것은 아직 꼬마인 딸아이에게는 너무 벅찬 일이라서, 딸아이는 매일 밤 지칠 대로 지쳐 갈색과 빨간색 격자무늬 숄로 몸을 감싼 채 웅크리고 잠을 잤다. 소녀가 잠을 자고 있으면 아나쿼의 남편이 딸아이의 어머니를 깨우기 위해 소녀를 깨웠다. 그가 그런 것은 아나쿼이 성질을 부릴까봐 무서웠기 때문이다. 그녀가 화를 내는 이유는 오로지 그가 다른 사내가 아니라 그 자신이라는 이유 하나였다.

그는 아나쿼을 사랑했지만 마침내 두 사람이 더이상 같이 사는 것이 좋지 않겠다는 결론에 도달했다. 그래서 그 다른 사내의 촌락에 전갈을 보낸 것은 다름 아닌 그였다. 그 시절에 우리 부족은 넓게 퍼져 물가에, 섬에, 심지어 평야에까지 가서 살았다. 도로라고 부를 만한 것은 없고 그저 오솔길뿐이었지만 우리에게는 말과 마차가 있었고, 겨울에는 썰매가 있었다. 그 다른 사내의 친척 남자가 아나쿼을 데려가려고 아래쪽에 썰매 날을 붙인 마차를 타고 나타났을 때, 그녀와 남편은 그 순간까지 자식들 문제로 옥신각신하고 있었다. 격렬한 논쟁 끝에 마침내 남편이 포기했다. 그는 벽 쪽으로 고개를 돌려버렸고, 보물처럼 애지중지하는 딸이 격자무늬 숄을 두른 채 마차 바닥에 어머니와 나란히 앉은 모습을 돌아보지 않으려고 애썼다. 그들은 발을 덥히는 데 쓰는 돌멩이를 데울 틈도 없이 짐 꾸러미와 보따리만 챙겨 허둥지둥 떠났다. 남편은 귀까지 닫아버려, 자기는 함께 갈 수 없다는 걸 깨달은 아들이 별안간 와락 울음을 터뜨린 것도 듣지 못했다.

친척 남자가 말을 고삐로 때리자 비틀비틀 앞으로 나아갔고, 소년이 마차에 뛰어오르려고 했지만 어머니는 게고(그러지 마, 그만.), 게고, 소리치며 바닥 판자에서 소년의 손을 잡아뗐다. 소년은 쿵 나자빠졌지만 어머니가 자기를 버리고 떠나는 걸 보고도 그대로 있을 수는 없었다. 소년은 얇은 옷만 입은 채였지만 벌떡 일어나서 마차를 뒤쫓아 다져진 눈밭을 내달렸다. 말이 속력을 냈다. 가슴이 타들어가듯 아팠지만 소년은 멈추지 않았다. 소년은 여태 그렇게 빠르고 악착같이, 그렇게 미친듯이 달려본 적이 없었다. 소년은 어떻게든 따라잡으리라 결심했을 만큼 아주 필사적이었기 때문에, 어느새 자신과 마차와의 간격이 벌어지고 있다는 사실을 믿을 수가 없었다. 소년은 그들이 마차를 세우고 기다려줄 것처럼 계속 달렸다. 숨이 막힐 때까지, 얼굴이 붉으락푸르락해질 때까지, 얼음 같은 공기 속에서 폐가 닫힐 때까지. 이윽고 소년은 판자처럼 딱딱한 눈밭에 쓰러졌고, 고개를 들었다. 조그맣게 멀어지는 마차의 뒷모습과 어머니와 누나의 모습을 지켜보는 동안 소년의 내면에서 뭔가가 빠져나갔다. 뭔가가 허물어졌다. 소년은 내면의 뭔가가 부서지는 것을 느꼈다. 그 순간 소년은 자신이 죽었는지 살았는지 진심으로 상관하지 않았다. 그래서 저멀리 길 양옆의 나무숲에서 그림자 같은 회색 형체들이 사뿐히 튀어나오는 것을 보았지만 소년은 무섭지 않았다.

소년이 정신을 차리자 아버지가 담요에 감싸안은 자신을 흔들며 집으로 데려가고 있었다. 샤와노는 가슴이 넓었고, 결핵에 걸려 삶의 끝을 예고하는 피를 쏟곤 했지만, 여전히 강인한 남자였다. 그에게 죽음이 찾아오는 건 한참 많은 시간이 지난 뒤일 것이다. 그 시간 동안 그는 이 부분을 완전히 잊어버린 아들에게 말할 것이다. 처음에 소년이 그 형체들에 대해 말했을 때 그는 아들에게 마니두그(정령)가 찾아온 줄 알았다고. 하지만 소년이 그림자들의 형체를 묘사하자 아버지는 몹시 꺼림칙한 기분이 들어 총을 꺼내들고 그리로 가보기로 했다고. 그래서 그는 오두막 안에 불을 피운 뒤 소년을 그 옆에 눕혀놓고 다시 눈밭으로 나갔다. 그 이야기는 아마 우리 촌락 전역에 퍼져나갔을 것이다. 소년의 아버지가 자신의 눈으로 본 것을 기억에서 지워버리기 위해 그 이야기를 하고 또 했으니 말이다. 어쩌면 모든 무서운 꿈, 즉 아마니소윈에 대해서처럼 그는 자신이 본 것의 힘을 부수기 위해 이야기를 계속해야 했으리라. 하지만 이 경우에 그 힘은 사라지지 않고 실재했다.

그림자가 남긴 자취는 늑대들의 것이었다. 우리가 모피와 가죽을 취하려고 늑대의 모든 먹이를 빼앗아버린 그 시기에 늑대들은 최초의 인간들과 맺었던 오래된 합의를 과감히 깨버렸다. 우리가 상황을 깨닫고 그것들의 먹잇감이 증식하게 내버려둘 때까지 늑대들은 한동안 우리를 사냥했다. 샤와노는 그것들의 발자국을 보고는 펄쩍펄쩍 뛰며 쫓아갔다. 그는 늑대 무리가 말의 다리 힘줄 어디를 필사적으로 물어뜯으려고 했는지 보았다. 그다음으로 그것들이 어디에서 마차 뒤쪽으로 뛰어올랐는지 확인하자 그 흔적을 따라 넓고 텅 빈 호수의 빙판으로 달려갔다. 그는 거기에서 보았다. 조각조각 흩어져 있는 그것을. 갈까마귀만이 늑대가 남긴 얼마 안 되는 그 비통한 흔적을 쪼아먹고 있었다.

한동안 소년은 무슨 일이 일어났는지 전혀 몰랐다. 그 첫해만큼은 소년의 아버지도 자신이 확인한 사실을 입 밖에 내지 않았고, 아들이 누나의 갈색 격자무늬 숄이 갈가리 찢어진 채 집에 있는 이유를 물어도 대답하지 않았다. 소년이 누나가 춥지 않겠냐고 하자 그는 흐느껴 울었다. 사와노는 병으로 쇠약해진 뒤부터 그 이야기를 하기 시작했다. 그것도 너무 자주, 늘 똑같은 이야기만 했다. 늑대가 가까이 다가왔을 때 아나퀫이 어떻게 딸을 던져줬는지에 대해.

소년은 아버지가 해준 이야기를 듣고 말없이 생각에 잠겼다. 누나는 무엇을 느꼈을까? 무엇이 누나의 가슴을 찌르고 그 속으로 들어갔을까? 누나의 내면에서도 뭔가가 부서졌을까? 막대기가 부러지듯, 소년의 내면에서 뭔가가 부서진 것처럼? 소년은 이미 그때 뭔가 지독한 방법을 쓰지 않는다면 자신의 부서진 가슴이 고쳐지지 않을 것을 알았다. 소년은 어머니가 아기를 내려놓고 여전히 억센 팔로 누나의 허리를 움켜잡는 장면이 자꾸만 떠올랐다. 소년은 아나퀫이 누나를 가볍게 들어 마치 옆으로 내던지는 장면을, 빨간 선이 그어진 갈색 숄이 공중으로 날아오르는 장면을 보았다. 썰매날을 단 마차가 저멀리 영원히—소년도, 아버지도 아나퀫을 다시는 볼 수 없었기에—사라질 때 늑대들, 그 그림자들이 떼 지어 득달같이 달려드는 장면을 소년은 보았다.

어렸을 때, 아버지가 술을 마시고 돌아오면 우리는 겁이 났다. 어머니를 잃은 뒤부터 시작된 일이다. 그전에는 아버지와 어머니가 이시코드 와보(불의 물, 술)를 입에 댔다는 사실을 내가 알아차리는 유일한 때가 이따금 두 분이 늦게 집에 돌아오는 주말이나 우리가 덤불숲으로 가서 다른 사람들과 천막생활을 하는 베리 철이었다. 어머니가 죽은 뒤부터 아버지는 술을 들이붓듯 퍼마셨고, 아버지가 끊임없이 술을 마셔대는 동안 우리는 며칠씩 우리끼리만 집에 남겨졌다. 그러다가 아버지가 돌아오면 창밖으로 뛰쳐나가 숲속에 숨었고, 아버지는 고함을 지르며 사방팔방 우리를 찾아다녔다. 아버지가 죽은 듯 잠에 빠지면 우리는 그제야 돌아왔다.

내 형제는 나를 포함해 모두 셋이었는데, 맏이인 나는 열 살, 쌍둥이 여동생과 남동생은 겨우 여섯 살이었다. 나는 나 자신이 대견스럽게 느껴질 만큼 동생들을 잘 돌봤던 것 같다. 그리고 우리는 아버지가 술을 퍼마시던 시기에 함께 생존하는 법을 배웠기 때문에 늘 사이가 가까웠다. 동생들의 이름은 도리스와 레이먼드로, 둘은 어떤 남매와 차례로 결혼했다. 지금은 트윈시티에 살아서 시간이 허락하면 다 같이 모이는데, 그렇게 모여 대화를 나누거나 카드놀이를 하고 이따금 가볍게 맥주라도 한잔하는 날에는 우리 모두 그 시절을 떠올린다. 대부분의 사람들은 그 사연을 안다. 우리 이야기가 그리 특별한 것은 아니다. 하지만 우리로서는 우리가 본 것들을 서로 비교하면 도움이 된다.

예컨대 내가 아버지의 벨트를 감추는 장면을 레이먼드가 봤다는 걸 내가 어떻게 알았겠는가? 아버지가 고주망태로 취했을 때 나는 아버지가 입은 바지의 벨트를 빼내 숲속에 묻었다. 그뒤로 매번 그랬다. 시내에서 술을 마시고 돌아올 때마다 번번이 벨트를 도둑맞는 이유를 아버지가 알아차리지 못하는 것에 대해 우리는 비웃었다. 아버지는 심지어 슈크웨비(술에 취한) 친구들이 도둑질을 했다고 비난했다. 하지만 나로서는 그럴 만한 이유가 있었다. 아버지는 그런 일이 있고 나면 나갈 때 바지를 밧줄로 동여매야 해서 창피해했다. 그뿐 아니라 분노한 상태에서 벨트를 뱀처럼 휘두를 수 없었고 버클이 달린 쪽을 허공에서 탁 내려칠 수도 없었다. 그것으로 우리를 때릴 수도 없었다. 물론 아버지는 꾀가 많아 다른 것들을 이용했다. 우선 판자가 있었다. 버드나무 지팡이도 있었다. 자신의 몸을 쓰기도 해서 손이나 주먹을 휘두르거나 부츠나 물건을 집어 던졌다. 아버지는 기억하지 못할 것이다. 아버지는 길길이 화를 내며 우리를 족치고 물건을 깨부수고, 그런 뒤에 어머니에 대해 이야기했다. 하지만 아버지를 피해다니는 것이 아주 손쉬운 일이 되었고, 얼마 뒤에는 멍이 들거나 생채기가 나는 일도 없어졌다. 우리는 숲속에 우리만의 장소가 있어 추운 밤에는 모닥불도 조그맣게 피웠다. 또한 기회가 생길 때마다 아버지 돈을 슬쩍하기도 했다. 아버지는 우리가 찾아내지 못하리라 생각하고 구두 속에 돈을 숨겼다. 우리에게 아버지는 탈취해도 좋은 대상, 피해다녀도 좋은 대상, 꾀를 부려 속여먹어도 좋은 대상, 이용해도 좋은 대상이었다. 우리는 언제 사고가 터질지 모르는 위험한 일에서 살아남듯 아버지로부터 살아남았다. 두 해 뒤에는 아버지를 더는 인간으로 생각하지 않았고, 적어도 아버지로는 확실히 그랬다.

나는 지쳐 있었다. 열세 살 때 나는 또래 사내아이들보다 조숙한 편이었다. 어느 밤 도리스와 레이먼드와 함께 둘러앉아 아버지가 팔아버리지 못하게 내가 숨겨둔 오트밀이나 분말우유 말고, 다른 것을 달라는 소원을 빌고 있는데 아버지가 길에서 걸어오는 소리가 들렸다. 아버지는 늘 집에 다다르기 전에 대뜸 소리부터 질렀다. 그 소리가 들리면 우리는 불을 꺼버렸는데, 아버지는 그것을 결코 알아채지 못했던 것 같다. 아버지는 집으로 걸어오는 내내 버럭버럭 소리를 지르며 소란을 피웠고, 도리스와 레이먼드는 나를 쳐다보고는 뒤쪽 창문으로 뛰어갔다. 그러다가 내가 달아나지 않는 것을 보고 걸음을 멈추었다. 얼른, 암베(이리 와), 빨리빨리, 동생들은 나를 끌고 가려고 했다. 나는 동생들을 밀어내며 얼른 달아나라고 하고는 나 자신은 움직이지 않았다.

이제는 맞설 수 있을 것 같아, 나는 그렇게 말했다.

동생들이 겁을 집어먹은 것은 나도 알 수 있었지만, 그 아름다운 고백에 그들은, 오, 희망과 신뢰를 담뿍 담은 표정으로 나를 쳐다보았다. 그래서 아버지가 문을 열고 들어왔을 때 나는 아버지에게 맞섰고, 두렵지 않았다.

하지만 아버지는 덩치가 컸고, 아직은 술이나 묵은 질병으로 쇠약해지지 않은 상태였다. 코는 싸우다가 한쪽을 얻어맞아 삐뚤어졌지만 다시 반대쪽을 얻어맞아 이제는 똑발랐다. 치아는 절반이 빠져 있었고, 닷새나 술을 퍼마셔 술에 찌든 냄새가 났다. 아버지가 문을 열고 들어오다가 잠시 멈칫했는데, 눈은 핏발이 서고 퉁퉁 부어 길게 찢어진 구멍 같았다. 기다리고 있는 나를 보자 아버지는 사악한 미소를 지었다. 아버지가 내게 달려들었다. 내가 첫 주먹을 날리자 아버지가 움찔 놀랐다. 건초를 채운 포대로, 다음에는 패드를 댄 판자로 계속 연습하여 내 주먹은 단단해져 있었다. 내 동작이 어찌나 빠른지 불꽃처럼 번득였다. 하지만 아직 아버지만큼 힘이 세지 않았고, 아버지는 나보다 몸무게가 10킬로그램은 더 나갔다. 그러나 단언컨대 나도 아버지에게 상처를 입혔을 것이다. 나와 맞붙어서는 안 된다는 것만큼은 아버지도 깨우쳤으리라. 내가 예상하지 못했던 것은, 싸움이란 게 어떻게 내 가슴속을 파고드는지, 그것이었다.

아버지와의 싸움이 끔찍한 일이 될 수 있다는 사실을 나는 단연코 몰랐다. 두번째 주먹질, 공포와 희열이 뒤섞인 그 주먹질과 함께 나는 갑자기 깨달았다. 가슴 한복판에서 돌연 힘이 솟구쳤고, 나는 정의감에 도취되어 아버지 앞에서 가볍고 어지럽게 춤을 추듯 움직였다. 문제는 이것이었다. 나는 아버지의 힘을 깡그리, 남김없이 빼놓고 싶었다. 아버지를 후려쳐서 그 안에 살아 있는 그 몹쓸 것을 뽑아내고 싶었다. 죽여야 한다면, 아버지를 죽일 것이다. 아버지가 죽는다면, 죽으라지. 내가 죽는다면, 나는 죽지 않는다! 이 주먹은 도리스를 위해. 내게 한 방이 날아왔지만 나는 아픔을 느끼지 못했다. 이 발길은 레이먼드를 위해. 그러는 내내 나는 나를 행복과 절망에 동시에 빠뜨린 그 분노 속에서 침묵했다가 소리를 질렀다가 다시 침묵하면서 나 자신으로부터 분리되어 있었던 것 같다.

아버지가 이미 부서진 의자를 다시 부수어 그 파편을 내게 집어던졌지만 가볍게 튕겨나갔고, 나는 의자 다리 하나를 집어들어 아버지의 고개가 홱 꺾이도록 사정없이 귀를 후려쳤다. 나는 지켜보았고, 아까 말했듯이, 분리되어 있었다. 나는 후려치고 또 후려쳤다. 그렇게 하면서 내가 무엇을 하고 있는지 나도 알았지만, 정말로, 일반적인 의미에서 알았던 것은 아니었다. 마치 내가 우리 둘 모두를 불쌍히 여기며 팔짱을 끼고 벽에 가만히 기대서 있는 것 같았다. 나는 소년을, 의자 다리를, 허리가 꺾여 넘어진 남자를, 그 남자가 애원하듯 손을 쳐든 것을 보았다. 또한 덩치 큰 남자가 한동안 다시 덤빌 생각조차 하지 않는 것을 보았다.

거기 피를 흘리며 누운 그 남자는 다시 내 아버지였다. 그리고 그 옆에 무릎을 꿇은 나는 다시 그의 아들이었다. 나는 손을 뻗어 가장 가까이에 있는 누더기 조각을 집어들었는데, 이유는 모르지만 아버지가 늘 잠자리 옆에 두는 찢어진 담요였다. 나는 찢어진 담요를 집어 아버지 얼굴에 흐른 피를 닦아주면서 코가 또 휘었다고 말해주었다. 그러자 아버지가 평생 한 번도 술을 마시지 않았던 사람처럼 나를 찬찬히, 어리둥절하고 말간 표정으로 쳐다보았다. 아버지는 나를 풀리지 않는 의문이자 새로운 존재인 것처럼 빤히 쳐다보았고, 나는 그 얼굴을 나달나달한 담요 조각으로 다시 닦아주었다. 사실 그것은 숄이었다. 여자가 쓰는 유행 지난 가벼운 블랭킷 숄. 처음에는 아마도 격자무늬였을 것이다. 흔적처럼 희미한 붉은 선이 보였고 바탕은 빛바랜 갈색이었다. 아버지는 그 누더기 같은 조각이 당신 얼굴에서 멀어졌다가 그것을 쥔 내 손이 다시 다가오는 것을 뚫어져라 쳐다보았다. 그때 나는 내가 너무 세게 치는 바람에 아버지가 정말로 무너져버렸고, 이제는 기회조차 없으리라고 확신했다. 그러니까, 어떤 기회? 아마도 아버지를 되찾는 기회일 것이다. 나는 내가 그것을 원한다는 사실조차 알지 못했다.

하지만 아버지가 살며시 내 손목을 거머잡았다. 다른 손으로는 그 찢어진 숄을 채갔다. 그러더니 그것을 뭉쳐 자기 이마 한복판에 댔다. 마치 기도를 하는 것 같았고, 찢어진 숄에 생각을 모으려는 것 같았다. 아버지는 한동안 그렇게 누워 있었고, 나는 아버지를 굽어보며 가만히 두었다. 나는 숨조차 제대로 쉴 수 없었다. 뭔가가 내게 거기 가만히 앉아 있으라고 말하는 것 같았다. 그리고 마침내 아버지가 입을 열었다. 그 순간부터 내가 계속 듣게 될, 취하지 않은 진지하고 새로운 목소리로. 나한테 누나가 있었던 거, 알고 있었니?

정부가 모든 사람들을 보호구역의 가장 먼 경계 바깥으로, 길로, 시내로, 주택지로 이주시키던 시절이 있었다. 처음에는 괜찮은 듯했지만 곧 일이 어그러지기 시작했다. 얼마 지나지 않아 중요한 인물이었던 사람들이 숨지거나 술꾼이 되거나 살해당하거나 자살에 가까운 행위를 하거나 자기몰락의 길을 걷는 듯 보였다. 나이 많은 사람들, 연장자라고 부를 수 있는 사람들은 하나도 남지 않은 것 같았다. 앞서 말했듯이 어머니가 세상을 떠나고 아버지가 우리를 아프게 한 것은 그 무렵이었다. 하지만 지금은 절망이 어느 정도 걷혀 그 시간을 넘기고 살아남은 자들이 드러났다. 우리에게는 여전히 지난 시대로부터 내려온 슬픔, 우리 세대의 그것 말고도 다루어야 할 슬픔, 우리가 잊을 수 없는 곳에 박혀 있는 잔인한 사건들이 있다. 우리는 망각하려는 욕구가 있다. 나는 우리의 열병 같은 망각이 그쳤는지 아직 모르겠다. 우리는 늘 망각의 언저리를 걷는다.

어떤 사람들은 조용히 살아가는 내 동생들처럼 그것에서 놓여났다. 나는 파고로 떠난 내 아내가 그립고 이따금 나를 찾아오는 자식들이 그립지만, 나 자신도 어느 정도 그것에서 놓여났다. 아버지는 죽기 전에 한 여자와 같이 살았다. 나는 아버지가 몇 해나마 행복한 시기를 보냈을 거라고 생각한다. 그 기간 동안 아버지가 내게 이야기를 해주었다. 한번은 옛 시절 이야기가 또 시작되었고, 나는 그 이야기를 처음부터 다시 듣게 되었다. 그때 내가 마음속에 담아두고 있던 두 가지를 마침내 말했다.

한 가지는 아버지가 누나의 숄을 간직하는 것은 잘못된 행위라는 것이었다. 우리는 죽은 사람의 옷은 절대 간직하지 않는데, 그 사실은 아버지도 잘 알았다. 내가 말했다. 이제는 그분의 정령에 옷을 입히기 위해 그것을 태워 보내줄 때예요. 아버지는 그러겠다고 했다.

또 한 가지는 질문처럼 말했다. 아버지의 누나가 그렇게 다정하고 용감한 사람이었다면 그 상황을 전체적인 그림으로 봤을 것 같지 않나요? 아버지의 누나는 늑대들이 단지 굶주렸을 뿐인 것을 보았고, 그것들의 욕망은 그저 욕망일 뿐인 것을 보았다. 아버지의 누나는 아버지가 거기 눈밭에 다시 홀로 나온 것을 알았다. 그녀는 자신이 사랑했던 아기가 어머니 없이 자랄 수는 없다는 것을, 길을 아는 사람은 그 친척 남자뿐이라는 것을 알았다. 그녀는 마차에 탄 누군가가 자신을 바쳐야지 그러지 않으면 모두가 죽게 된다는 사실을 뚜렷이 깨달았다. 그것을 깨달은 순간, 그녀가 그런 마음씨를 가진 사람, 다른 사람들의 행복을 먼저 생각하는 옛 아니시나벡 핏줄이었다면, 내 아버지, 엔데이데이(내 아버지), 그 어린 여자아이의 동생이여, 당신은 그녀가 일어나 숄을 들고 날아올랐을 거라고 생각하지 않느냐고.

3
늑대

우리 아버지는 샤와노 집안이고 나는 늑대가 사는 지역에서 자랐지만 오랫동안 늑대와 우리 집안 사이에 어떤 연관성이 있는지는 당연히 몰랐다. 여름이 되면 늑대 무리는 저 먼 육지로 사라지는데, 그곳의 호숫가는 황폐하고 전혀 개발되지 않았다. 그 무렵에는 늑대 소리를 좀처럼 들을 수 없다. 하지만 겨울이 되면 늑대들은 빙판이 된 호수에 나타나 섬들을 돌아다니며 사냥한다. 늑대들의 울부짖음이 얼어붙은 공간으로 퍼져나가면, 그 소리가 젊은 시절에 내 가슴에서 들끓던 온갖 소란을 되살린다. 그 소리만 들으면 왜 그렇게 되는지 나도 모르겠다. 어쩌면 내 존재를 뚫고 들어오는 갈망, 그런 욕망이 늘 내 안에 있었기 때문일 것이다. 뭔가를 넘어오지 못하게 만드는 경계이지만, 그 뭔가가 무엇인지는 나도 모른다. 모른다는 사실에 나는 대체로 편안해졌지만 늑대 울음소리를 들으면 그런 마음이 사라진다. 불안이 나를 덮친다. 내가 알 수 없는 것을 알고 싶어 안달이 나고 숨겨져 있는 것을 보고 싶은 마음에 애가 타서, 어쩔 수 없이 밤중에 집에서 나와 산책을 한다.

옛날에 늑대들을 찾아가 그것들의 생각을 알아내려고 했던 노인이 있었다. 그는 빙판으로 나가 늑대들에게 노래를 불러주면서 자신의 심장을 이빨로 깨물라고 했다. 내 추측에 그가 사흘 밤낮을 버틴 것은 노래를 부른 덕분에 체온이 떨어지지 않아서였을 것이다. 나흘째 되던 날 마침내 늑대들이 그에게 다가왔다. 아니, 그가 줄곧 늑대들을 쳐다보고 있었고, 늑대들은 이만하면 됐다는 생각이 들어 그제야 모습을 드러내기로 한 것이다. 내가 그 노인에 대해 알게 된 것은 몇 년 전에 병원에서 같이 시간을 보냈기 때문이다. 나는 야간 근무를 하면서 그와 이야기를 나누었다. 나는 그의 침대 옆으로 의자를 당겨 앉았다.

"늑대들의 호기심이 발동한 거지." 그가 말했다. "누구라도 그러지 않았겠나. 도대체 이 젊은 놈은—그때는 젊었거든—어쩌자고 여기 빙판에 버티고 앉은 거지? 녀석들이 접근한 건 내가 위험한지, 미쳤는지, 먹잇감으로 괜찮은지 알아보기 위해서였어. 심지어 그때도 나는 억세고 건장해서 놈들은 내가 미쳤다고 결론을 내렸던 것 같아. 몇 시간 동안 내 행동을 주시하더니 얼마 뒤에 가버리더군."

나는 노인에게 그가 늑대들에게 배우려고 했던 것을 배웠는지, 뭐라도 알아냈는지 물었다.

"물론이지." 그가 말했다. "늑대들도 우리처럼 생각을 한다는 걸 알아냈다네. 녀석들이 나를 지켜봤지만 나도 녀석들을 지켜봤거든. 나는 놈들보다 더 굶주려 있었어. 놈들은 방금 배를 불린 뒤였어. 속이 든든했지. 한 마리가 하품을 했어. 또 한 마리는 얼음 조각으로 하키를 하더군."

나는 믿어지지 않았다.

"정말이라네." 노인이 굳건하게 말했다. "그들도 놀이를 할 줄 알아. 그 검고 커다란 갈까마귀와 노는 걸 좋아했어. 이따금 갈까마귀가 늑대에게 먹이를 잡아달라고 부탁했지. 갈까마귀가 돌아와 늑대에게 어디로 가면 잡아먹을 먹잇감이 있다고 일러주는 것을 내가 봤어. 갈까마귀와 늑대가 사이좋게 지낼 수 있다면, 어쩌면 인간과 늑대도 그럴 수 있겠다고 나는 생각했지. 하지만 그걸 시험해볼 만큼 거기서 오래 버틸 수는 없었어."

"늑대의 생각이라. 늑대의 생각을 알아내셨어요?" 내가 물었다. "어르신이 찾고 있던 것을 알아내셨어요?"

노인은 내가 대답을 꼭 듣고 싶어한다는 걸 알았지만 털어놓을지 말지 망설이는 것 같았다. 노인은 침묵을 지키며 마음속으로 이것저것 따져본 뒤 마침내 큰맘 먹고 내게 말해주기로 한 것 같았다. 그 무리 중에 특별한 늑대, 회색 늑대 한 마리가 있었는데, 그 놈이 몇 번이나 돌아와 그의 앞에 앉았다. 갑자기 그 늑대가 늑대의 얼굴에 인간의 눈빛을 하고는 그를 뚫어져라 쳐다보았다. 노인은 언제부터 자신이 늑대를 쳐다봤는지 깨닫지 못한 채 늑대와 서로 마주보고 있다가, 문득 자신이 이 특별한 늑대와 시선을 주고받고 있었다는 사실을, 한참 동안 그러고 있었다는 사실을 깨달았다. 늑대는 그에게 질문을 했고, 그는 좀더 쳐다보다가 그 질문이 무엇이었는지 알아냈다. 노인이 말을 멈추었다.

"뭐였어요?" 나는 궁금해서 조급해졌다.

"오." 노인의 생각이 다시 내게로 돌아왔다. "일반적인 거였어. '죽고 싶나?' 하지만 그런 걸 물어보는 건 그저 늑대의 관행이야. 난 그 이상의 다른 걸 알아내고 싶었거든. 그래서 나 자신의 질문을 찾았고, 늑대를 계속 쏘아보면서 내가 찾은 질문을 던졌지. 늑대야, 내가 말했어. 너희 족속은 공중에서는 사냥감이 되고, 땅에서는 독살되고, 눈에 띄면 그 자리에서 죽임을 당했어. 게다가 다른 종과 교배되고 우리에 갇혀 지금은 사라지다시피 했구나. 너희는 어떻게 그런 슬픔을 끌어안고 계속 살아갈 수 있니? 우리 아니시나벡은 비슷한 상황에 처했을 때 대부분 등을 돌리고 자신을 파괴하며 살았는데 너희는 어떻게 그러지 않고 살아갈 수 있니?"

"그러자 늑대가 대답했어. 물론 말로 대답한 게 아니라, 뚫어져라 쳐다보는 시선으로. '사니까 사는 거야.' 늑대는 질문을 하지 않았어. 이유를 대지도 않았어. 나는 그때 늑대를 이해하게 됐다네. 늑대는 삶을 주어진 대로 받아들이지. 그들은 주위를 둘러보며 다른 삶을 바라지 않아. 인간에게 분노하며 자신들의 생명을 단축시키거나, 더욱이 어느 정도 이상으로 인간을 두려워하지도 않지. 아주 슬기로워. 난관에 부딪히면 처리하고 나아간다네. 매 순간, 하루하루. 그래서 말인데, 벗이여, 내가 그리로 찾아가서 알아내고 싶었던 답을 나는 알아냈어. 이제 말해주지. 나는 나 자신을 죽이지 않는 법을 알고 싶었어. 그것이 내가 알아내고 싶었던 것이고, 그렇게 몇 주를 보낸 터라 달리 방도가 없었어. 나는 혼돈이, 죽음 같은 끝나지 않을 의문이 살아 있는 것들에게 어떤 영향을 미치는지 알고 있었지. 하지만 난 그런 것에 신경을 쓰는 단계는 지나 있었어. 체념하고 죽어버릴 생각이었으니까 내 인생은 아무 의미가 없다고, 하찮은 것이라고 말할 수 있었어. 그래서 결딴을 내기 전에 늑대들과 한자리에 있기로 결심한 거였다네."

"자살하지 않은 것만큼은 확실하네요." 내가 말했다. "하지만 혹시도는 해보셨어요?"

노인은 직접적인 대답은 하지 않았다. 그가 몸을 똑바로 하고 앉았다. "이 환자복 뒤쪽 끈을 풀어보게." 노인이 말했다. "보게나."

윗도리 끈을 풀자 등과 어깨를 가로질러 보랏빛이 도는 깊은 갈색 흉터가 보였다. 버펄로 두개골을 끄는 선댄스* 춤꾼에게서 주로 보이는 흉터였다.

"대신 그걸 했지."

이따금 나는 그것이 우리가 가야 할 길이라고 생각한다. 나는 그 노인을 이해할 수 있었다. 추운 밤에 밖으로 나가 빙판에 서서 늑대 울음소리를 들을 때마다 노인을 떠올린다. 늑대는 병들고 나이 든 동족을 돌본다. 먹을 것을 가져다준다. 이따금 늑대가 인간의 아기도 키워준다고 들었지만 사실인지는 모르겠다. 그것들은 대체로 굶주려 있는데 아나쿳이 달아났을 때도 그랬다. 그날 살아남은 아기는 자라서 오래오래 살았고, 젊었을 때 나는 이따금 그녀를 찾아가 같이 시간을 보내곤 했다. 그녀의 이름은 플뢰르 필리저였다. 나는 이제부터 그 이야기의 다음 부분을 말하려고 한다. 이 필리저 여인이 늙었을 때 들려준 것이다. 그녀는 그 일이 자신에게 일어난

---

* 아메리카 원주민 부족들 가운데 평원에 거주하던 여러 부족들이 초여름마다 모여 행하던 의식.

것처럼 자세히 들려주었는데, 그때는 그녀가 어머니의 숄에 감싸인 작고 무력한 아기였으나 그녀 또한 그 일을 경험했다고 해도 틀린 말은 아닐 것이다.

사랑이 너무 뜨겁게 타오르면 뭐든 닿기만 해도 타들어가지. 우리 늙은 여자들은 그런 사랑이 저주란 걸 알아. 그래서 우리 어머니 아나퀏도 저주를 받았지. 연인의 친척이라는 남자가 연인의 집으로 가는 갈림길에서 그녀를 버리고 떠나자 아나퀏은 어리둥절했어. 그 남자는 길을 알려주지 않았고 그녀를 없애버리고 싶어서 안달이 난 것 같았는데, 그녀는 어쩌면 그가 늑대의 소행을 당장에라도 잊고 싶어 그런 거라고 생각했지…… 그가 등을 돌리고 있어서 볼 수는 없었지만. 그는 사실 그 일을 몰랐어. 그 일이 일어나는 걸 못 봤으니까. 아나퀏도 그 일은 잊어버리는 편이 더 쉬웠어. 그녀는 벌써 잊어버렸지. 다만 그 이야기가 그녀를 잊지 않았어. 따스한 모피가방 안에서 아기가 빠끔 올려다봤을 때 그녀는 아기가 기억하고 있다는 걸 알아차렸어. 그 기억은 그 작고 까만 눈동자 안에 쓰라린 별들처럼 선명하게 담겨 있었지.

그녀는 아기를 보듬은 채 연인의 집 앞 눈 쌓인 공터에 서서, 작은 난로의 연통 굴뚝에서 연기가 구불구불 피어오르는 걸 지켜봤어. 한 여자가 문을 열었지. 인상은 좋았지만 근심이 어려 있었고 호수 건너 사람답게 이목구비가 강렬했어. 거기 여자들은 젊을 때는 생김새가 소박하지만 나이가 들면서 이목구비가 점점 또렷해지고 매력적으로 변하거든. 점점 아름다워지지. 여자의 미소는 온화했지만 어쩐지 지나치게 총명한 감이 있었어. 여자는 꽃무늬 드레스와 가슴과 골반을 덮는 단정한 앞치마를 입고 있었지. 자식들을 물러서게 하면서 아나퀫에게 들어오라고 손짓을 하는데 여자의 몸에서, 혹은 집에서 고기 굽는 진한 냄새가 났지. 아나퀫이 감사를 표하며 따뜻한 오두막으로 들어가려는데 어떤 손이 어깨를 잡아당기는 느낌이 들었어. 그녀를 뒤로 잡아끌어 경고를 하려는 것 같았는데, 뒤를 돌아봤을 때는 아무도 없었어. 그녀의 발자국이 집까지 이어진 텅 빈 눈밭뿐이었어.

시간이 흐른 뒤 그녀는 자기 발자국과 나란히 걸어온 또다른 발자국을 상상해봤을까? 종종걸음으로 남긴 앙증맞고 조심스러운 발자국을? 그녀는 그 집으로 들어가던 순간을 떠올릴 때면 늘 자신이 방금 눈이 내린 텅 빈 마당을 통과할 때 누가 따라오는 것을 본 것 같다고 생각했어. 하지만 그곳에 도착해서 벌어진 극적인 장면 때문에 그 순간은 까맣게 잊혔지. 그녀는 따뜻한 집안으로 들어섰어. 아나퀫은 여자를 연인의 여동생이나 사촌일 거라고 생각했는데, 그 여자가 아나퀫에게 자식들을 보여줬어. 모두 셋이었지. 방금 티키나간(원주민 요람) 시기를 끝내고 걸음마를 떼기 시작한 어리둥절한 표정의 사내아이가 있었어. 그 아이의 누나는 입매의 곡선이 매우 또렷한 게 탐욕스러워 보였는데, 아나퀫의 아기를 뱀처럼 싸늘한 눈빛으로 흥미롭게 쳐다봤지. 그 아이의 형은 튼튼했고 쑥쑥 크는 중이었는데, 눈빛이 그윽해서 그녀가 사랑하는 연인의 눈빛과 같아 보였다네.

그렇다면 그이는 어디에 있을까?

어쨌거나 그녀는 물어보고 싶지 않았어. 단서를 찾아낼 수 있을 거라 생각했거든. 아마 그는 밤이 되면 돌아오겠지. 그녀가 그의 물건이 없는지 주위를 둘러봤지. 그녀가 기억하는 구슬 꿰맨 오기치다(의식 주도자) 조끼라든가 여름용 마키지난(신발, 모카신), 파이프, 담배 같은 것 말이야. 하지만 벽에 걸어둔 흰 사슴뿔 위로 반짝이는 라이플총 한 자루뿐 성인 남자의 존재를 알려주는 물건은 어디에도 없었어. 게다가 그것은 그 여자의 총일 수도 있었어. 아나쿼은 알 도리가 없었지.

"나마다빈(앉아요)!" 여자는 앉으라는 손짓을 했고, 아나쿼은 먼저 흰 헝겊에 손을 깨끗이 닦은 뒤에 아기를 담아 온 가방의 모피를 반듯하게 폈어. 그리고 여자의 얼굴을 쳐다봤지. 아기는 곤히 잠들어 있었고 우둘투둘하고 보들보들한 아기 잇몸을 드러내며 신뢰의 표시인 것처럼 입을 살짝 벌렸어. 장밋빛이 도는 갈색 뺨은 어머니의 젖을 먹어 볼통했고, 완벽한 모양새의 머리와 얼굴은 줄기같이 가느다란 목에 붙어 아직 불안해 보였어. 감은 눈은 살짝 처져 있었고. 아기는 그림처럼 평화로워 보였지. 하지만 그 순간 아기가 눈을 뜨자 작은 불꽃이 방안에 들어온 것 같았어. 어쨌거나 아기는 배신과 짜릿한 쾌락의 결과물이었어.

아기를 낳는 게 아무리 고통스러운 일이더라도, 아나쿼은 기꺼이 받아들였어. 그걸로 그녀의 가슴속 번민과 불만은 가려졌어. 그러면서 이 상황에 익숙해지려고 애쓰는데, 문득 예전 일이 떠올랐어. 아기를 낳고 출혈이 심해서 죽을 뻔했는데도 아무렇지 않았던 것이. 그녀는 그 정도로 깊이 빠져 있었던 거야. 그 기억이 그녀를 강하게 만들었어. 곧 연인을 만나게 된다는 사실에 가슴이 부풀어 올랐어. 그녀는 양철 머그컵에 입술을 대기 전에 손으로 입술 닿는 부분을 쓸었지. 그의 입술도 여기 닿았을까? 아침에 차를 마시면서? 이걸 키스라고 해도 될까?

"아니인 이치니카조얀(이름이 뭐예요)?" 아나쿼이 여자에게 유쾌한 목소리로 물었지. 여자는 환대의 표시로 이름을 먼저 밝혔어야 했는데도 그러지 않았어. 아마 그렇게 어린 아기를 보고 정신이 팔려서 깜박 잊어서 그랬을 거야. 심지어 지금도 여자는 듣지 못한 것처럼, 혹은 바로 그 순간에 여자의 아이가 뭔가를 해달라고 하는 바람에 때를 놓친 것처럼 대답하지 않았어. 여자가 손을 바삐 움직여 식지 않게 헝겊으로 싸둔 배넉(빵)을 꺼냈지. 여자는 아나쿼에게 그 빵을 주고는, 찍어먹을 투명한 기름 약간과 작은 그릇에 담은 스튜를 건넸어. 그러고는 서둘러 구석으로 가더니 담요를 깔고 아나쿼이 아기와 함께 쉴 자리를 만들어줬어. 여자가 그런 일을 하는 동안 아나쿼은 얼굴 옆쪽이 자꾸 따끔거리는 것 같았어. 이어서 어깨뼈 사이로 등이 따끔거리는 것 같았고. 그녀는 계집아이가 자신을 빤히 쳐다보는 걸 알아차렸지. 그녀는 물론 뒤돌아보았고, 아니나 다를까 진흙처럼 불투명한 계집아이의 눈동자가 얼른 시선을 피했다네. 아나쿼은 몸을 바르르 떨었고, 소녀가 스멀스멀 뿜어내는 생생한 증오심을 느끼지 않으려고 애썼어.

"저 아이 잠자리를 빼앗을 것까진 없어요." 아나쿼이 말했지. "저 아이 담요도 필요 없어요. 내 것을 챙겨 왔거든요."

"당신이 가져온 담요는 아껴두세요." 소녀의 어머니가 말했지.

그때 난데없이 어떤 목소리가, 어떤 작은 속삭임이 메아리처럼 들려왔어.

자신을 구하세요.

실오라기 같은 목소리였어.

"아웨고넨(뭐라고)?" 아나쿼은 목소리가 들린 곳을 돌아보며 말했어. 여자는 아나쿼을 의자에서 일으켜 구석으로 데려갔다네. 아나쿼은 담요에 풀썩 주저앉아 몸을 가린 채 그 은밀한 어둠 속에서 아기에게 젖을 먹였고, 자신이 지쳤다는 걸, 쓰러질 만큼 지쳤다는 걸 깨달았어. 하지만 아기는 아직 아주 어려서 추위 때문에 졸음이 오면 자칫 위험해질 수도 있었어. 그녀는 자신의 체온으로 덥혀주려고 셔츠 안에 아기를 보듬어 안았고, 그러자 아기의 긴장도 서서히 풀렸다네. 정신이 아물아물해지며 깊은 잠이 들려던 찰나 아나쿼은 뭔가 날카로운 것에 찔리는 듯한 선명한 느낌이 들었어. 정신이 확 든 그 순간에 그녀는 그것이 단지 피곤함 때문만은 아니라고 깨달았어. 그러고는 까무러쳤어. 이야기가 그녀의 목덜미를 잡았거든. 그녀는 소스라치게 놀라며 아기를 보호하려는 듯 감싸안았지만 잠은 아기와 어머니를 모두 어둠 속으로 밀어넣어 빙판 위에 흩어놓았어.

그녀는 깊은 잠에 빠져 자신이 어디에 있는지, 누구인지조차 잊어버렸어. 아기가 있다는 사실도, 사랑에 빠졌다는 사실도 잊었지. 지나간 삶도, 자신의 딸도, 두고 온 아들과 남편도, 그 친척 남자도 잊어버렸어. 기억나는 거라곤 그 집의 문을 열고 그녀를 맞아준 여자의 얼굴뿐이었어. 그래서 램프 불빛 속에서 여자의 강렬한 갈색 얼굴이, 근심어린 일자 눈썹과 미소 속에서 반짝거리는 이가 그녀의 눈앞에서 어른거리자 그녀는 미소를 지었어. 그랬지. 아나쿼이 감탄할 만큼 여자의 이는 새하얬지만, 아나쿼은 금세 더 깊은 망각으로 빠져들었고, 그녀가 깨어난 것은 새벽녘이 다 되어 오두막 안에서 수런거리는 목소리가 들릴 무렵이었어.

그녀는 깨어 있었지만 주변 상황이 어떤지 도무지 알 수가 없어서 눈은 뜨지 않았지. 아기를 꼭 끌어안은 채 다시 젖을 빨리면서 담요 밑에 숨어 있었다네. 아기는 밤새 젖을 빨았을까? 아기가 굶주린 듯 젖을 빠는 리듬에 그녀는 마음이 편안해졌고 모든 것이 다시 현실로 느껴졌지. 푹 덮어쓴 담요 밖에서 많은 사람들이 작별인사를 나누고 있는 것이 뚜렷이 느껴졌어. 그들은 우르르 몰려나가면서 그녀를 깨우지 않으려고 낮은 목소리로 잘 가, 잘 있어, 인사를 나눴어. 그녀는 어쩌면 그녀의 연인이 같이 사냥하러 떠났던 무리를 데리고 돌아왔으리라고 생각했지. 아마 모두 각자 바닥에서 담요를 덮은 채 웅크리고 밤을 보낸 뒤 지금은 다시 담요를 어깨에 둘러메거나 둘둘 말아 등에 메고 떠나는 거라고 생각했어. 그녀는 귀를 쫑긋 세우고 한 사람씩 떠나는 장면을 마음의 눈으로 쳐다보다가 오두막 안이 조용해지자 가만히 미소를 지었어. 연인이 모두를 돌려보냈으리라 생각했지! 곧 그가 그녀에게 다가올 것만 같았어. 담요 위로 그의 묵직한 손이 느껴지겠지. 그가 무거운 양모 퀼트 밑을 파고들어와 그녀를 뒤에서 끌어안을 거야. 그러고는 그녀의 어깨에 내려온 머리카락 속에 얼굴을 파묻겠지. 그녀는 숨을 깊이 들이쉬었어. 아기가 움직였어. 하지만 아무 일도 일어나지 않았어. 그녀는 얼굴까지 덮어쓴 담요를 천천히 내리고 밖을 쳐다봤어. 그는 없었지만 여자는 그대로 있었지. 여자는 창문으로 들어오는 햇빛 웅덩이 속에 앉아 조용히 벨벳 천에 구슬을 꿰매고 있었어.

"기위 미니퀜 아니비샤보 이나?" 여자는 돌아보지 않고 아나큇에게 차를 마시겠는지 물었지.

아나쿼은 밤새 걸음을 옮긴 사람처럼 고단하고 욱신거리는 몸으로 담요를 치우고 일어났어. 아기를 담요 안에 두고 나왔더니 묘하게 가벼워진 것 같았지. 낮과 밤, 그리고 아침까지 아기를 품에서 떼지 않고 있었으니까. 그녀는 필요한 소지품 말고도 가방 속을 바꿀 때 쓸 부들도 한 뭉치 챙겨 왔어. 이제 그녀는 아기에게 채운 바시퀘긴(가죽) 조각에 고정해둔 부들을 갈았어. 아기를 다시 누이고 담요를 덮어준 뒤 더러워진 부들은 난로에 넣고 태웠다네. 그 난로는 교역상인의 가게에서 파는 비싼 철제난로여서, 연인의 집안이 부유하다는 사실에 아나쿼은 마음이 뿌듯했지. 그녀는 양철 컵에 자기가 마실 차를 따랐어. 어젯밤에 썼던 컵에 차를 따라 마시면서 그것이 연인의 컵일 거라고 상상했어. 그리고 가방을 찾아 주위를 둘러보았는데 밤새 덮고 잤던 담요 옆에 그녀의 물건이 가지런히 정돈되어 있었지. 먼길에 아기를 담아 오기에는 날씨가 너무 추워서 그냥 챙겨만 왔던 티키나간이 벽에 세워져 있었어. 공들여 구슬을 꿰맨 물건이었어. 옷가지나 소소한 소지품은 여름 원피스 치마폭에 싸서 동그랗게 말아 묶어 들고 왔지. 하얀 선이 길게 그어진 손북도, 빨간 오리나무 껍질 손잡이가 달린 손수 만든 북채도 챙겨 왔는데, 손북과 북채는 끈을 졸라 묶는 뜨개 가방에 넣어왔어. 손북은 그녀가 챙겨 온 것 중에서 가장 귀중한 것이어서 무엇보다 그것을 보자 안심이 되었어. 어쩐지 뭔가 없어진 것 같았거든. 확실했어. 하지만 머리가 지끈거려 그게 정확히 뭔지 알아낼 수가 없었지.

아나쿼이 컵을 담요 쪽으로 가져왔어. 여자가 웃어주었지만, 햇빛이 드는 창가로 와서 같이 앉자는 말은 하지 않았지. 아나쿼은 차를 홀짝이다가 문득 없어진 것이 무엇인지 알아냈어. 그녀의 딸도 치마를 보따리 삼아 짐을 싼 걸 들고 있었는데 그건 어디로 갔을까? 딸에 대해 생각할 때 뒤에서 사부작거리는 소리가 들려서 그녀는 무슨 소리인지 알아보려고 컵을 내려놓았어. 하지만 아무것도 보이지 않았어. 저만치 걸음마를 배우는 사내아이가 따스한 난롯가에 앉아 솔방울 인형을 가지고 놀고 있었어. 아마 솔방울 하나가 여기 담요 쪽으로 굴러온 거라고 아나퀏은 생각했어. 아이의 형과 누나는 어디에도 보이지 않았지. 그녀는 손을 내려 다시 컵을 들고 차를 한 모금 홀짝인 뒤 아기를 흔들어주었어. 그녀는 벨벳에 구슬을 꿰매는 여자의 어깨를 가로질러 햇살이 옮겨가는 것을 지켜보았지. 여자는 일을 하면서 노래를 불렀다네. 좀 거친 듯 달콤하고 낭랑한 목소리였어. 노랫가락은 구슬펐지. 아나퀏은 스르르 잠이 오면서 생각이 흩어지고 온몸이 나른해졌어. 그녀가 마지막으로 본 것은 그녀에게 다가와 햇빛을 가리는 여자의 모습이었지. 아나퀏은 여자가 자신을 굽어보는 것을 보았고, 긴장이 풀어진 그녀의 품에서 아기를 데려가는 것을 느꼈어.

아나퀏은 무능한 여자가 아니었어. 사랑에 있어서는 변덕스럽고 나약했지만 자신을 보호하는 일에는 남달리 강인했지. 더욱이 누군가가 그녀를 도우러 왔으니까 그녀는 발견될 거야. 어떤 존재가 그녀에게만 보이는 발자국을 남기며 옆에서 같이 걸어왔으니까. 지금 그녀는 어두운 호수에 빠지듯 잠 속으로 풍덩 빠지는 것 같았어. 그녀가 다시 수면 위로 올라오려고 안간힘을 쓸 때 누군가가 그녀를 끌어올려줬어. 물속에서 허우적거리는 사람처럼 그녀는 망각의 경계 바로 위에 간신히 떠 있었어. 그녀는 눈을 살짝 떠보려 했지만 눈꺼풀이 돌덩이 같았어. 여자의 형상이 아기를 보듬은 채 다져진 흙바닥을 걸어가는 게 어렴풋이 보였어. 이제 여자의 노랫소리가 들렸는데, 이번에는 노랫말도 함께였지.

울버린*의 이 쓸개즙을
나는 네 혀 밑에 넣네,
네 엄마의 욕망을 죽이려고.

아나퀫이 몸을 앞으로 쑥 내밀려다 컵을 쳤고, 그 바람에 남은 차가 바닥에 쏟아졌어. 여자는 친절하게도 아나퀫의 부주의한 동작을 보고서도 거기에 눈길을 주지 않으려 애쓰면서 아기를 다시 데려와 눕히고 담요로 포근히 감싸주었지. 그리고 담요에서 차를 닦아내며 아나퀫에게 뭘 좀 먹겠느냐고 물었어.

그 여자가 나눠주는 배넉에는 나쁜 것이 없겠지만 스튜는 직접 냄비에서 떠와야 해요. 누군가가 아나퀫의 귀에 속삭였어. 아나퀫은 무진 애를 써서 간신히 정신을 수습한 뒤에 여자에게 감사하다는 말을 하며 일어섰어. 하지만 그 노래는 듣지 못한 척했지. 이제 아기는 곤히 잠들었고 아기들의 숨소리가 그렇듯 호흡은 빠르고 얕았어. 이따금 아기가 잠 속에서 칭얼대거나 가르랑거렸지만 걱정할 건 없었어. 아나퀫은 굶주린 듯 먹어치우는 동안 여자가 벨벳 가방에 계속 구슬을 꿰매는 것을 지켜보았다네. 가운데를 끈으로 묶게 되어 있어 처음에는 아기 것이라고 생각했는데, 맨 위와 맨 아래가 똑같은 모양새라 아기 머리가 세상을 내다볼 공간이 없

* 족제빗과에 속하는 북미산 오소리.

었어. 더 자세히 들여다봐요. 작은 목소리가 말했어. 아기를 저 안에 집어넣는다면 저건 장례식 때나 쓰겠다는 건데, 아나큇은 생각했지. 생각이 거기에 미치자 아나큇은 그 친절해 보이는 여자가 지금 무엇을 하고 있는지를 정확히 알 것 같았어. 여자가 아기의 혀 밑에 독을 묻혔어. 아기가 젖을 빨면 아나큇도 가슴을 통해 죽음의 물질을 흡수하게 될 테고. 그 독이 끝내 아기도 죽이겠지. 여자는 아기를 땅에 묻는 순간을 고대하고 있어.

이유를 모르겠어, 아나큇은 생각했지. 가슴이 미친듯이 쿵쾅거리고 머릿속이 빙빙 돌았지만 그 다른 목소리가 말해준 걸 다행히 들키지는 않았지. 도저히 모르겠어! 그녀는 아기를 돌보는 척 부산스럽게 움직이며 궁리하고 또 궁리한 끝에 마침내 연인의 눈에서 답을 찾았다네. 여자의 큰아들에게서 연인의 눈을 본 거야. 그이의 아들이로구나. 그렇다면 이 여자는 여동생도, 손위 친척도, 사촌도 아닌, 그이의 아내로구나.

아나큇은 그제야 지금껏 일어난 모든 일을 분명히 알 수 있었어. 아나큇의 남편이 보낸 전갈을 여자가 가로채서 모든 사실을 알아낸 거야. 여자는 자기 오빠를 마차에 태워 빙판이 된 호수를 건너게 했지. 그래서 연인의 친척이라고 생각했던 남자가 그녀에게 그토록 냉랭하고 쌀쌀맞게 굴었던 거야. 여자는 남편이자 아나큇의 연인이었던 그가 덫사냥을 떠난 시기를 골랐어. 그런 방법으로 아나큇과 아기를 죽여, 그가 모피 가죽을 한가득 짊어지고 돌아올 때 집밖에서 그들의 뻣뻣한 시체를 보게 하려는 거였어. 아나큇은 두려움과 공포와 분노를 누르기 위해 눈을 감고 여자가 계획한 장면을 생생히 그려봤어. 연인이 가죽을 한가득 실은 터보건 썰매를 끌며 눈을 헤치고 돌아오는 거야. 그는 아기를 품에 안은 그녀가 오두막 앞에 서 있는 것을 보고 깜짝 놀랄 테지! 그가 거리를 좁혀오면서 그녀의 몸이 얼음처럼 굳어 있는 것을, 그녀의 시선이 장님처럼 공허한 것을, 그녀의 입이 말을 뱉으려다 말고 벌어져 있는 것을 알아차리는 데 시간이 얼마나 걸릴까? 그가 얼마만큼의 발걸음을 옮긴 뒤에 반가운 외침이 공포의 울부짖음으로 바뀔까? 정적은 얼마나 길 것이고, 그의 아내가 천천히 문을 열고 밖으로 나올 때 그의 미소는 얼마나 굳어 있을까?

내가 잘못했다는 건, 내가 나쁜 짓을 했다는 건 나도 알아, 아나큇은 생각했어. 하지만 죽을 만큼은 아니잖아! 이제 그녀가 자신을 도와주는 정령이라고 생각하게 된 작은 목소리가 그녀에게 비아냥거리듯 속삭이며 대꾸했어. 죽을 만큼은 아니라고요? 그렇다면 당신의 어린 딸은?

어린 딸? 아나큇은 생각했지. 내 품에 안은 이 아기 말하는 거야?

속삭이는 웃음소리가 잦아들더니 이윽고 말했어. 아니, 엄마, 날 기억하지 못해요? 엄마 대신 목숨을 버린 아이.

그 순간 아나큇은 여기로 오는 도중에 일어났던 일이 홍수처럼 밀려드는 것 같았어. 얼음, 늑대, 그녀의 딸. 그것을 떠올리자 그녀의 마음은 균열이 일어나면서 허물어져버렸어. 그녀가 지금껏 누구보다 딸을 사랑한 건 그녀 자신도 알고 있었지. 그애 남동생보다, 그애 아버지보다, 지금 품에 안은 이 아기보다, 심지어 그녀의 연인보다 더 많이 사랑했지. 하물며 그녀 자신보다 더 사랑했어.

그녀의 마음은 갈피를 잡을 수 없었지. 지금 그 사실을 있는 그대로 가슴에 받아들인다면 그녀는 죽고 말 거야. 그래서 초라하게 앉아 마음이 어디로 가든 흘러가는 대로 내버려뒀지. 그녀가 그렇게 앉아 있는데 그 목소리가 되돌아왔어. 그 목소리를 듣자 희망이 되살아났어.

내 물건들이 엄마 소지품 안에 있어요. 내 꾸러미는 엄마의 꾸러미 안에 무사히 있어요. 엄마가 나를 무사히 삶의 세계로 데리고 나왔을 때 내가 엄마 안에 있었던 것처럼.

아나퀫은 챙겨 온 소지품을 뒤적거리며 부산스럽게 움직였어. 여자가 아나퀫의 아기에게 입힐 수의를 짜는 동안 아나퀫은 치마에 싸 온 짐을 풀었지. 아니나 다를까, 그녀의 붉은 장밋빛 치마 속에 딸의 작은 보따리가 있었어. 그녀는 그것을 풀어서 살펴봤다네.

거기에는 딸의 아버지가 만든 작은 도끼가 있었는데, 장난감 도끼였지만 날이 예리해서 놀이집을 만들 때 쓰는 가느다란 막대기를 자르는 것도 가능했어. 또 나무껍질로 만든 작은 상자가 있었는데, 그 안에는 송곳 세 개, 산사나무 바늘 세 개, 동물의 힘줄에 왁스를 발라 공처럼 감아놓은 것, 실 꾸러미 하나가 들어 있었어. 호루라기를 만들 때 쓰는 새의 뼈들을 묶어둔 것도 있었는데, 뼈는 속이 비었고 표백되어 있었지. 약재 꾸러미도 함께 있었어. 아나퀫은 딸에게 그걸 챙겨 주면서 사용법을 가르쳐주었던 것이 기억났어. 그 약재를 보면서, 또 나무껍질 상자 안에 넣어준 뿌리 가루와 실뿌리를 살펴보면서 아나퀫은 자신이 항상 나쁜 엄마는 아니었다고 깨달았지. 그럴 리가. 걷잡을 수 없이 불타오르는 사랑에 눈이 멀기 전까지만 해도 그녀는 자상하고 살뜰한 엄마였는걸. 딸을 사랑했고, 딸에게 바느질을 가르쳐줬고, 알고 있는 질병은 모두 고치는 약재를 줬으니까. 작은 깃털 파우치를 열자 기름이 담긴 주머니가 나왔는데, 기름의 양은 아기의 혀 밑에 묻은 독을 이겨낼 꼭 그만큼이었어. 하지만 그녀 자신을 독에서 지킬 방법은 전혀 떠오르지 않았어.

약을 먹이자 아기는 몸을 파르르 떨더니 버둥거렸어. 그러더니 고개를 들고 그녀를 쳐다보며 젖을 달라고 보챘지. 곧 아기의 굶주림은 건잡을 수 없어졌고, 아기는 처음에는 작은 소리로 칭얼대다가 나중에는 절망한 듯 악을 쓰며 울어댔어. 아나퀫은 더 버틸 수 없었어. 여자가 묻힌 독약이 자신을 해치리라 믿었지만 아나퀫은 어쩔 수 없이 젖을 물렸지.

그러자 곧 아기의 절박한 허기를 해결해준 기쁨이 느껴졌어. 그러고는 깊은 숨과 함께 그들은 한몸으로 녹아들었어. 그녀가 눈을 감자 아기와 자신이 합쳐져 한 점의 빛처럼 보였어. 이윽고 둘은 점점 커지더니 경계가 완전히 허물어졌고 무한히 도는 수레바퀴의 빛나는 중심이 되었다네.

너무 기이한 환시라 더럭 겁도 났지만 눈을 뜨자 변함없는 평범한 오후였고 그녀와 아기도 변함없이 그곳에 있었지. 독에 대해서는 그녀가 잘못 판단했을 수도 있겠다는 생각이 들었어. 하지만 그 생각을 떨쳐버릴 수는 없었어. 비스듬히 들어오는 겨울 햇살이 창문으로 강하게 쏟아져 들어왔어. 불그스름한 금빛 햇살이 구석에 놓인 파란색 찬장과 식탁, 난로, 따로 쌓아둔 담요, 나무 침대, 여자가 어린 아들을 데리고 앉아 손가락을 헤아리고 또 헤아리는 의자 위로 찬란히 빛났어. 베치그, 니치, 니쉬, 니윈, 나난(하나, 둘,

셋, 넷, 다섯). 어머니와 자식 간의 이런 헤아림은 숫자의 탄생 이전에 이미 시작됐지. 햇빛이 더욱 찬란하게 쏟아졌어. 햇빛은 그녀의 심장을 태워 총알이 지나간 자리처럼 깔끔하게 구멍을 냈고, 여자의 노래에 담긴 뜻처럼 그녀의 욕망을 없애버렸지.

그녀는 연인의 부재를 점점 더 뚜렷이 인식하게 됐어. 해는 뉘엿뉘엿 저물어 나무 뒤로 숨어버렸고, 집은 점점 추워졌지. 여자는 구석에 앉은 어린 아들에게 질긴 사슴고기를 건네 씹어먹게 한 뒤 배넉이 고르게 익도록 불을 조절했어. 아나큇은 여자의 주의깊고 꼼꼼한 동작을 지켜보며 여자가 가족에게 먹일 음식을 수천, 수만 번은 만들었을 거라는 걸 깨달았지. 여자 옆으로 구석에는 물이 가득 담긴 우유 깡통 여러 개가 보였는데, 짐작건대 여자가 강에서 길어 왔거나 막 내린 눈을 녹여 만든 물일 테지. 집안 구석구석에 고생한 흔적과 살뜰한 관심이 넘쳐났지. 통나무를 쪼개어 차곡차곡 쌓아두었고, 퀼트 담요는 하나같이 깨끗한데다 뜯어진 곳도 없었어. 어린 아들은 두툼한 플란넬 셔츠와 사슴 가죽으로 만든 작은 바지를 입었어. 지금 여자와 딸이 같이 앉은 침대에는 토끼 가죽 담요가 놓여 있었고. 담요는 벽에 걸린 갈대 매트나, 지금 아나큇의 눈에 뜨인 구슬 조끼, 그날의 마지막 햇살 속에서 수선을 기다리는 그 조끼처럼 오랜 기간 공을 들이고 솜씨를 발휘해야 하는 거였어.

그녀가 기억하기로 연인이 입었던 조끼가 바로 그거였어. 지난여름 새로 돋은 무성한 나뭇잎이 드리운 그늘 아래 그녀는 그와 도란거리면서 구슬을 꿰어 만든 꽃과 단풍잎, 구불구불한 덩굴을 눈으로 좇았거든. 지금 그 조끼를 보니 새로운 감정이 밀려왔어. 갈망이 아니라 슬픔의 감정이. 그의 아내는 구슬을 하나씩 꿰매면서 얼마나 힘들었을까. 장미꽃 송이마다 그 중심을 화려한 색깔로 장식하면서 얼마나 많은 희망을 꿰매 넣었을까. 지금도 여자는 허리를 숙여 바느질을 하고 있었고, 오롯이 집중하는 여자의 모습은 조끼를 입을 사람에 대한 사랑을 고스란히 드러냈지. 아나쿼은 그걸 봤던 거야. 그런 생각을 하면서 주위를 둘러보자 여자가 지금까지 해온 모든 것, 여자가 지켜야 하는 것 전부가 보였어. 아나쿼은 독약 때문에 여자를 탓할 수는 없었어.

"하지만 아기에게 독을 먹일 것까지는 없잖아요." 아나쿼이 분명하게 말했어. 그녀는 담요를 힘껏 젖히며 일어났어. "해야 할 일이 있다면 뭐든 할 준비가 됐어요."

여자는 바늘을 내려놓은 뒤 식탁에 손을 포개 올렸고 아나쿼이 맞은편에 앉자 얼굴을 찡그렸어. 아나쿼이 이름을 묻자 이번에는 여자가 대답했어. 울버린 정령의 이름을 땄다고. 지그완아게(울버린)는 진정한 독살가, 아니, 가장 위험한 약재를 다루고 그것에 대한 깊은 지식을 쌓은 사람이었어. 여자는 온갖 식물의 특성과 그 작용에 대해, 특히 죽은 자의 음식인 버섯에 대해 잘 알았어. 여자는 독을 얻으려면 어떤 물고기에서 등뼈를 발라내야 하는지 알았고, 해마다 두 번씩 뱀독을 구하려고 서쪽으로 다녀왔어. 여자는 여태 사악한 목적으로 약재를 쓴 적은 없었지만 지금은 이유가 있었어.

"이제 깨어났군요." 여자는 이렇게만 말했어.

"깼어요." 아나쿼이 말했어. "모든 면에서."

지그완아게는 그녀의 다음 말을 조용히 기다렸어.

"당신이 그 사람과 자식들에게 품은 사랑은 알겠어요. 여기로 나를 데려온 이유도 알 것 같아요. 이해해요. 그 사람만 없었다면 사실 우리가 적은 아닐 텐데요."

여자는 처음으로 약간 흔들리는 것 같았어. 아나큇의 직설적인 태도 때문이었는지, 눈동자에 어린 단호한 확신 때문이었는지, 동작에서 드러나는 은근한 힘 때문이었는지. 지그완아게가 아나큇처럼 여러 생각을 짜맞춰보지 않았기 때문에 그랬을 수도 있어. 어쩌면 여자는 남편을 사랑하고 믿고 싶어서 남편이 아니라 아나큇에게 모든 책임을 뒤집어씌웠을 수도 있거든. 이유야 어찌 됐건 지그완아게는 방금 아나큇한테서 들은 말이 솔깃했어. 계속 듣지 않을 이유가 딱히 없어서 여자는 아나큇에게 계속하라고 손짓을 했지.

"그 사람은 아내가 있었지만 버렸다고 했어요." 아나큇이 말했어.

지그완아게의 시선이 일순간 아나큇의 얼굴로 향했고 그것이 사실인 것을 깨닫자 입꼬리가 굳었지.

"자식이 있다는 말은 하지 않았어요." 아나큇이 말했어. "그런 이야기는 못 들었어요."

이 말에 지그완아게의 몸이 경직됐어. 여자는 아나큇에게서 시선을 거두었어. 여자의 응시가 그들 둘을 둘러싼 공기를 누렇게 그을려놓았지. 두 사람은 한참 동안 침묵을 지키며 오후의 햇빛이 완전히 사라질 때까지 앉아 있었어. 그리고 동시에 일어나 한 사람인 것처럼 일을 하기 시작했는데 둘이 태어날 때부터 자매였던 것처럼 매끄럽고 자연스럽게 움직였지. 가끔은 서로 미워할지도 모르는 자매. 하지만 손발이 무척 잘 맞아 일이 척척 진행됐지.

학교 수업을 마친 두 아이가 춥고 허기가 질 텐데도 깔깔거리며 돌아왔어. 아이들은 빈 도시락을 탕탕 두들기며 난로를 뚫어져라 쳐다봤지. 그러다 집에 온 여자가 어머니의 스튜에 넣을 냉동고기 연골을 자르는 걸 보고 아이들은 입을 꾹 다물었어. 손님이 오기도 전에 어머니의 태도에서 그 손님이 위협적이고 못 믿을 사람이라고 생각했었거든. 그런데 둘이 아무렇지 않게 도란거리며 나란히 일하는 모습을 보고는 깜짝 놀랐던 거야.

아이들은 뭔가가 달라진 것을 이런 식으로 알게 됐어. 다만 뭐가 달라졌는지는 알 수가 없었지. 두 여자에게 엄청난 변화가 일어나고 있다는 것을 아이들이 무슨 수로 알았겠나. 아나퀫과 지그완아게는 함께 일하는 동안 미심쩍어하면서도 불쑥불쑥 마음이 움직여 서서히 가까워졌고, 그들이 사랑했던 사이먼 잭이라는 남자에게서 그렇게 돌아섰지.

사이먼 잭은 똑똑한 머리와 다소 어리석은 가슴을 가진 사람이었어. 좀 모순적이었지. 의식과 절차만큼은 철저히 기억하는 걸로 유명했거든. 노래의 순서나 뭔가를 만드는 순서, 정령에 대한 설명이 필요하면 그를 불렀어. 도박 같은 잡기에도 능했고 썩 잘생기지는 않았지만 외모에 자신감이 있었지. 아내는 길고 튼튼한 그의 머리카락을 제 머리카락보다 더 좋아해서 기름을 발라주고 빗질도 해줬지. 그는 셔츠와 바지를 고르는 취향이 까다로웠고 흰색 조가비로 만든 귀걸이를 하고 다녔어. 한편 그는 세상 일을 완전히 내려놓고 숲속으로 들어가 음식을 입에 대지 않고 지내면서 영원한 존재의 신비 앞에서 겸허하게 몇 날 며칠을 보낼 때도 있었다네. 그는 아내보다 열 살 위였고, 아나퀫은 여자보다 몇 살 아래였어. 그도 인생을 겪을 만큼 겪은 터라 아나퀫과의 사랑이 결국 파국으로 치달을 것을 잘 알았지. 그는 그들의 강렬한 사랑이 아기를 잉태하는 것으로 이어지기를 바라지는 않았어. 당분간 가족을 떠나 덫사냥을 해서 먹고살면, 아내의 이름이 뜻하는 그 동물처럼 그도 모습을 숨기고 사라지면 가슴속 폭풍을 헤쳐나갈 수 있을 것 같았지. 그는 아나큇의 마음도 자기와 같기를 바랐지만 한편으로는 정말로 그럴까봐 겁도 났어. 그가 집에 돌아왔을 때 그의 피는 여전히 끓어넘쳤고, 할 수 있는 거라곤 그저 시커먼 갈망은 가슴속에 묻어둔 채 아내에 대한 서먹함을 숨기는 것이 전부였어. 아내는 어쨌거나 다른 여자들로부터 전해들어 그런 사정을 속속들이 알고 있었지. 그 상황을 어떻게 할지 고민하던 여자는 결정을 내리기 위해 그를 다시 내보냈다네.

한편 지그완아게는 결코 단순한 여자가 아니었어. 그녀가 태어난 건 새끼 울버린들이 굴에서 기어나와 돌아다니는 거라면 뭐든 이빨로 깨물고 다니던 봄이었지. 그녀는 제 핏줄인 아니시나벡이 거대한 재앙의 파도에 맞서서 싸우기 시작하던 무렵에 성장했어. 여자로서 지닌 모든 힘이 오로지 자식을 살리는 데만 쏠리던 시기였어. 지그완아게는 질병이 자기네 정착지로 찾아올 때 신경을 온통 곤두세우고 주시했지. 위험한 낌새가 조금만 보여도 자식들을 바깥에 내보내지 않았고 다른 손님도 들이지 않았어. 아이들이 허약해지면 필요한 약초가 있는지 확인했고 약초를 채집할 때도 효력이 가장 강한 시기를 골랐지. 아침마다 아이들의 눈과 혀를 살폈어. 아이들의 입냄새를 맡았고, 가끔은 바깥에 내보내도 될 만큼 아이들이 건강한지 확인하려고 얼굴을 찡그리며 아이들의 대변을 내려다봤지. 그녀에게 숲은 약재 사전이었고, 혹시라도 아이들이 병에 걸릴 조짐이 보이면, 그러니까 흐리멍덩한 시선, 허여스름한 혀, 시큼하게 올라오는 뜨거운 숨결이 눈에 띄면 필요한 약초를 채집하거나 모아둔 약재를 뒤져 필요한 것을 찾아 차를 끓였고, 아이들의 코밑에서 가루를 태우거나 면봉에 팅크를 묻혀 잇몸에 발라줬어. 그녀는 빈틈이 없었고 실수를 용납하지 않았어. 한눈을 파는 것도 허용하지 않았지. 그래서 다른 여자들에게서 들은 이야기를 통해 익히 알고 있는 행동을 남편이 하자 그 어처구니없는 행동을 일찌감치 끊어버리기로 결심했어. 한시가 급했어. 참을 수가 없었어. 아이들의 목숨이 자기 손에 달려 있을 때와는 달랐어.

지그완아게는 그 여자를 없애버리는 것이 가장 손쉬운 방법이라고 생각했지만 아기를 살려서 직접 키울지 말지는 아직 마음을 정하지 않았어. 그런데 아나큇의 말을 듣자 정신이 번쩍 들어 다시 생각해보게 됐지. 아나큇은 지그완아게에게 무시무시한 적이었지만, 좋게 생각하면 막강한 동맹자이기도 했거든. 두 사람이 사이먼 잭을 어떻게 할지 실제로 결정을 내렸다는 말은 아니야. 그의 운명은 이렇게든 저렇게든 그들 둘이 양쪽에서 당기는 실에 달려 있었지. 이따금 둘은 서로 이야기를 나누면서 속이 훤히 들여다보이는 그의 태도를 비웃었어. 그가 두 사람에게 한 말과 약속이, 심지어 사랑을 속삭이는 말마저 비슷하다는 사실에 어이가 없었어. 그들은 주저 없이 그의 행동을 낱낱이 파헤쳤어. 두 사람 모두 그에 대한 연민이나 끌림에서 완전히 벗어날 때까지 계속했어. 그들에게 남은 환상은 없었지만, 물론 두 사람 다 잘 알고 있었어. 사이먼 잭을 머리로 사랑하지 않는 것이 몸으로 사랑하지 않는 것보다 훨씬 더 쉽다는 것을.

이것과 관련해서, 지그완아게는 가족이나 친척이 주위에 산다는 이점이 있었어. 노모와 언니, 동생, 친척 어른, 의지가 되는 오빠까지 모두 근처에 살았고, 끝없이 연결되는 숲길들을 통해 서로 왕래했지. 아나퀏이 그날 아침 하룻밤 묵고 일찍 떠나는 무리라고 추측했던 게 바로 그 사람들이었어. 그들은 사이먼 잭을 훔쳐가려 했던 여자를 구경하려고 모인 거였어. 아나퀏이 수면제에 취해 잠든 사이, 그들은 다 같이 모여 붙잡혀온 그녀에 대해서는 통쾌해했지만 아기에 대해서는 감탄했지. 다음날 동이 트자 그들은 푸른 대기 속으로 눈 녹듯이 사라졌는데, 어찌나 가뭇없이 사라졌는지 아나퀏은 그들이 사실은 정령이 아니었을까 의심했을 정도였어. 이제 그녀는 그들이 엄연히 실재한다는 걸 알게 됐어.

그 무리는 그날 밤에 다시 모였고 함께 조용히 앉아 있거나 자기들 문제에 대해 의견을 나눴어. 그들은 돌아가면서 아기를 안고 감탄하거나 손가락을 세어보거나 깊은 눈동자와 활처럼 생긴 입매에 탄복했지. 귀의 굴곡과 머리카락의 감촉을 살폈고, 심지어 발가락 길이가 전부 같은지 확인하려고 발싸개까지 벗겨봤어. 그들이 아기를 조심조심 살펴보는 동안 아나퀏의 위치는, 그녀 자신에게는 보이지 않는 방법으로, 그들 모두의 바깥에 있으면서 안을 보는 것이었다가 그들 무리의 가장자리에 섞여들어 합쳐지는 것으로 변해갔어. 지그완아게는 그들끼리만 알아볼 수 있는 미세한 몸짓으로 결국 아나퀏을 죽이는 대신 받아들이기로 했다고 전달했고, 그들은 차츰 아나퀏이 곧 죽음을 맞이할 여자라는 생각을 버리게 됐지. 누구 하나 말해준 사람은 없었지만 아나퀏은 이제 그녀와 아기가 그 준엄하고 잘생긴 사람들, 어깨 언저리에서 머리카락이 물결

치고 잠시도 손을 쉬지 않는 그들의 보호를 받게 되었음을 깨달았어. 또한 그녀는 어떤 일이 있어도 그들의 손에서 벗어날 수 없을 거라고 깨달으면서 깊은 불안에 빠졌어. 그녀가 떠나는 건 허락되지 않는 일이었지. 아나퀏이 지켜보니 저마다 뭔가 하나씩 가져와 만들고 있었어. 말을 하는 동안에도 그들의 손은 부지런히 광을 내고 구슬을 꿰매고 깃털을 다듬고 나무를 깎았어. 그녀도 뭔가 몰두할 것을 찾아 구슬을 집어들었어. 스스로 필리저라고 일컫는 이 무리에게 받아들여지려면 침묵을 지키며 그들의 행동을 따라야 한다는 것을, 살아남는 데 도움이 된다면 뭐든 관찰하고 주목해야 한다는 것을 그녀는 깨달았어.

그녀는 아기의 고개가 나올 구멍이 없는 자루를 사이먼 잭의 아내가 바느질하고 있는 걸 봤기 때문에 뭔가를 알려줘야 하는 상황이 오면 매우 조심했어, 아는 것은 곧 힘이니까. 그녀는 지그완아게에게 아기의 이름은 알려주지 않았어. 늙은 프랑스인 상인이 자신에게 붙여준 별명으로 아기의 이름을 대신해서 불렀지. 플뢰르. 그래서 아기는 말을 배우기도 전에 진짜 자신을 감추게 됐어. 거짓말로 숨겨진 거야. 밑에 숨어서 지켜보는 거지. 기지도 못하고 손뼉도 못 치고 숟가락질도 못하는 아기에게 벌써 너무 많은 일이 일어났어. 아기의 언니는 아기를 위해 목숨을 버렸어. 아기의 어머니는 남편을 버리고 다른 남자의 아내, 자신을 중간에서 빼돌린 아내에게로 갔어. 아기를 둘러싸고 있었던 것은 서슬이 퍼런 불화와 오락가락하는 슬픔과 약삭빠른 무리였지. 고통과 진실. 정령이 세상에 들어오면 사물의 흐름을 어지럽힌다네. 사랑의 흐름을 바꾼다네. 목숨을 빼어간다네. 질서를 뒤집으려 한다네. 아나퀫이 보기에는 이 연약한 아기를 둘러싸고 그런 일이 일어날 것 같았지. 그녀는 아기를 지켜내려고 그 어느 때보다 마음을 독하게 먹었어. 정령들이 그 아이를 만들 때 큰 뜻을 품은 것 같았거든.

아나퀫은 사이먼 잭의 아내이자 강력한 이름을 가진 그 여자 옆에서 바느질을 하거나 음식을 만들 때 의도적으로 자신을 낮췄어. 아나퀫이 겸손하게 행동하면서도 애초에 그녀의 목숨을 구했던 솔직함을 꿋꿋이 내보인다면 지그완아게의 자존심도 지켜주고 아나퀫 자신도 보호할 수 있었어. 아나퀫은 지그완아게의 말은 절대 거역하지 않으리라고 다짐했어. 다른 사람들이 있을 때는 더더욱. 사이먼 잭이 있을 때는 말할 것도 없었지. 아나퀫은 그 집안 사람들한테 미묘하게 무시를 당하더라도 그냥 넘겨버렸고 정말로 무시하면 모르는 척했어. 결정적인 순간에도 그녀는 꿋꿋이 버텼어. 지그완아게의 식구들이 아나퀫을 받아들이기로 의견을 모았다고 해도 그들이 그녀 편이 될 수 없다는 건 너무도 잘 알았으니까. 그 집을 들락날락하는 여자가 셋 있었는데, 모두 사이먼 잭의 누이들이었어. 그들은 오래전에 지그완아게를 식구로 받아들였지. 아나퀫에겐 그런 희망이 없었어. 마찬가지로 지그완아게의 어머니나 시어머니도 그녀를 매섭게 대할 뿐 연민은 조금도 보여주지 않았어. 친척 아저씨들, 할아버지, 심지어 증조부도 있었지만 아나퀫은 남자들과의 연합은 위험을 부른다는 사실을 잘 알고 있었지. 오직 한 여자 두시만이 살며시 연민을 내비쳤어. 두시는 지그완아게와 친자매 사이였지. 두시는 행동이 굼뜨고 좀 맹했지만 중립적인 입장에서 아나퀫에게 잘해줬어. 아나퀫은 묵묵히 버텼지만 온갖 사촌과 씨족 사람들, 게다가 이런 친지들까지 신경을 쓰고 살펴야 해서 무척 힘이 들었지. 갈등을 더 심하게 만들고 이 복잡한 상황을 더 부각시킬 사이먼 잭이 없다 해도 힘들긴 마찬가지였어.

어느 날 사이먼 잭이 사냥용 미끼 냄새를 풍기며 돌아왔을 때, 상황이 정말로 복잡하고 통제할 수 없는 수준이 되었다는 사실이 명확해졌어. 그가 아나퀫을 제대로 쳐다보지도 않은 걸 보면 아마 친척 남자를 통해 그녀가 왔다는 걸 미리 들어 알고 있었을 거야. 하지만 뱀눈을 한 그의 딸이 그에게 아기를 안겨줬을 때 그는 플뢰르를 겨드랑이 밑으로 잡고 그의 팔 길이만큼 거리를 두고 한참 뜯어본 뒤에 딸에게 아기를 어머니에게 돌려주라고 말했지. 아버지와 아기 사이에 뭔가가 오갔을까? 서로를 알아보는 뜨거운 순간이 흘렀을까? 통통 튀는 기쁨이 오갔을까? 사이먼 잭은 왜 그토록 환하게 웃었을까? 그는 아기를 돌려주기 전에 아기에게 키스했고 곧 음식을 먹기 시작했어. 깊은 밤 아나퀫은 잠에서 깨어 그가 오두막 저만치에서 아내와 뒹구는 소리를 들었어. 그러자 음식을 먹어치우던 사이먼 잭의 미소가 떠오르면서 가슴이 후벼파는 듯 아팠어. 그녀는 모욕감과 분노에 북받쳐 숨을 죽이고 울었어. 머릿속에 그들이 섹스를 하는 몸서리쳐지는 장면들이 쉼없이 떠올랐고, 그녀는 상상 속에서 튼튼한 밧줄을 만들어 잭을 가차없이 묶고서야 가까스로 마음을 가라앉히고 쿵쾅거리는 심장을 진정시켰지. 그녀는 상상의 밧줄로 꽁꽁 묶은 그를 번쩍 들어서 나무에 매달았어. 애벌레 같은 형체가 한들한들거리는 모습을 보며 마음을 달랬지. 하지만 암흑이 그녀를 휘감을 때 그녀의 마음에 마지막으로 떠오른 장면은 아기를 본 사이먼 잭이 숨김없이 보여준 환한 웃음이었어. 그는 적어도 플뢰르를 사랑했고 그 마음을 감출 수는 없었다고 아나퀫은 확신했지.

그녀는 또한 가슴속 깊은 곳에서 두 가지 사실을 확신했어. 사이먼 잭도 그녀를 사랑한다는 것, 적어도 그녀와 자고 싶어한다는 것. 그가 그녀를 외면하는 방식이 너무 작위적이어서 오히려 그의 유약함을 고스란히 보여주는 것 같았거든. 그가 허점을 보이는 순간을 이용하려면 그녀는 인내심을 길러야 했어. 또하나 확실히 깨달은 것은 여자의 딸이 냉랭하고 악의를 품었다는 점이었어. 소녀는 위험인물이었지. 아나퀫은 소녀를 없앨 방법을 궁리했어.

사이먼 잭은 두 여자를 침대로 끌어들일 만한 매력이 처음부터 뚜렷이 느껴지는 사람은 아니야. 등까지 내려와 제멋대로 자란 머리는 벌써부터 하얗게 셌고 가슴과 어깨도 매우 빈약한데다 안짱다리에 걸을 때는 약간 구부정해서 실제보다 훨씬 나이들어 보였거든. 길고 가는 코밑수염은 휘어져 입가로 내려왔고 말할 때는 상대와 시선을 절대 맞추지 않으면서 머리 위쪽을 쳐다보는 습관이 있었어. 그가 사람들을 대할 때는 늘 그런 식이란 게 나중에 밝혀졌지. 그 버릇 덕분에 그는 다른 사람을 휘어잡을 수 있었다네. 그가 갑자기 눈도 깜짝하지 않으면서 빤히 쳐다보고 쌀쌀맞고 싸늘하면서 한편 친밀하고 과잉된 표정을 하면, 사람들은 종종 흠칫 놀라서 입을 다물거나 그의 말에 굴복했지.

아나퀫이 그를 처음 만났을 때도 그랬다네. 사이먼 잭은 이미 여러 이유로 널리 알려진 인물이라 존경의 대상인 동시에 두려움의 대상이기도 했어. 그래서 아나퀫은 그의 관심을 오롯이 받게 되자 전율했지. 그녀는 서서히 상사병이 들었어. 이제는 더욱 안달이 났는데, 사이먼 잭과 같이 살기 위해 결혼생활을 파투 놓고 아들을 버리고 온데다 딸까지 죽음으로 몰아넣었으니 그럴 수밖에. 그녀는 그의 힘이 그녀에게 오롯이 쏟아져 그녀 주변을 채워주지 않으면 살아갈 수 없겠다는 생각까지 했어. 하지만 사랑이 시작된 이래 여자들이 깨달아온 대로 그녀도 살아갈 수 있다는 걸 알게 됐지. 그리고 그러기로 결심했어. 아나퀫은 그가 없다고 속였던 아내와 자식들이 버젓이 있는 것을 본데다 그가 주도면밀하게 가장한 무관심이 철저한 모욕으로 느껴져 그에게 기대고 싶은 마음이 싹둑 잘려버렸어. 그녀는 고통과 두려움의 소용돌이 속에서도 꿋꿋이 버틸 수 있는 자리를 찾았지. 너무 많이, 그녀는 너무 많이 줘버렸던 거야. 하지만 그녀는 올라설 수 있는 바위, 튀어나온 암초 하나를 발견했어.

다음날 그녀는 아기를 안고 암초에 올라서서 참을 수 없는 모든 것들의 소용돌이에 자신을 내맡겼어. 사랑과 미움이 충돌하여 빚어낸 지그완아게의 분노, 그 여자의 딸이 가슴에 품은 영악한 목적, 사이먼 잭에게 볼일이 있어 찾아온 사람들의 이런저런 요구나 부탁, 그 여자의 어린 아들이 보여주는 활기와 천진난만함, 그녀 자신의 아기가 지닌 욕구. 그녀는 일정한 규칙도 없는 힘들고 빡빡한 일에 몰두한 채 그 일을 차분하고 침착하게 해나갔지. 그녀는 일부러 동작을 천천히 해서 자신의 몸 전체가 오롯이 부재하는 것처럼 느껴지게 했어. 그녀는 자신을 철저히 통제해야 한다는 생각에 골몰한 나머지 그런 행동이 사람들에게 사이먼 잭과 비슷한 영향력을 미친다는 사실은 알아차리지 못했지. 지그완아게는 자기도 모르게 아나퀫에게 관심을 쏟게 되었고 그것은 소녀의 얼어붙은 영혼도 마찬가지였어. 사이먼 잭은 불편하고 궁금한 마음을 애써 감췄지. 하지만 애초에 자신이 속하지 않은 곳에 불쑥 들어온 여자, 그럼에도 전혀 불편한 기색 없이 그 공간을 빈틈없이 차지한 여자 때문에 그들의 마음도 혼란스러웠어. 아나퀫은 기분을 맞춰주려는 것 같지도 않았고 기분을 상하게 할까봐 안달하는 것 같지도 않았지만 그 두 가지를 모두 하고 있었지. 그게 얼마나 힘든 일인지는 아무도 모를 거야. 아나퀫은 행동 하나하나를 고민했고 말 한마디를 하더라도 먼저 깊이 생각했어. 그녀는 자신이 매우 신중한 사람이라는 걸 알게 됐지. 그녀의 통제력은 오로지 그녀 자신에 대해서만 발휘됐지만 그것이 종종 다른 사람들로 하여금 통제력을 잃게 만든다는 사실을 그녀는 깨닫지 못했어.

어느 밤 사이먼 잭이 그녀의 담요 속으로 파고들었던 이유도 그거였다네. 경솔한 행동이었어. 그동안 사이먼 잭은 필사적으로 버티고 있었거든. 아나퀫은 그가 자신을 찾아올지 모른다고 생각은 했지만 정말로 그의 손이 몸에 닿자 정작 자기가 하고 싶었던 것은 하지 못했어. 대신 자기 목숨을 구하는 행동을 했지.

"썩 꺼져요! 혼자 하지 그래요! 나는 내버려둬요!" 그녀가 그를 세게 떠밀며 씩씩거렸고, 그러자 아기가 울며 깨어났어. 다른 사람들도 잠을 자다 깨어났어. 사이먼 잭을 거부한 건 그녀에게 가장 힘든 일이었지만 결과는 그녀가 바란 대로였어. 지그완아게는 물론 깨어 있었지. 그녀는 오두막 안의 얼어붙을 듯한 검은 공기만 올려다보았고 그녀의 얼굴에는 천천히 미소가 퍼졌어. 남편이 돌아온 뒤로 그녀는 아나퀫을 죽이고 싶은 유혹에 계속 시달렸어. 사이먼 잭은 가장 추운 구석자리로 기어가 혼자 담요를 덮고 웅크렸지. 다음날, 그는 온종일 단단하고 분명한 분노를 끌어안은 채 장작을 팼어. 지그완아게는 요리를 하면서 노래를 불렀지. 아나큇은 음식을 차려 그녀가 오두막에 온 뒤 처음으로 아무 두려움 없이 실컷 배를 불렸다네.

두 여자가 자신들의 남자가 가진 힘을 빼앗아 나눠 가지려면 어떻게 해야 할지 의논한 적은 없었어. 하지만 그날 밤 이후 여자들이 램프를 끄기 전에 사이먼 잭은 저녁마다 가벼운 현기증을 느끼며 구석자리에 있는 자기 담요로 기어들어갔고, 두 여자가 식탁에 앉아 일하는 동안 잠이 들었어. 여자들은 구슬을 꿰매 뭔가를 만들고 있었지. 그게 뭔지, 그들 손에서 어떤 형체가 탄생할지는 알 수 없었어. 여자들은 그저 구슬을 하나씩 벨벳에 꿰맸고, 구슬들은 꽃잎이 넉 장인 꽃을 이루어 자기들만의 이야기를 풀어내며 더 큰 의미를 만들어갔어. 꽃들은 벨벳 위로 뱀처럼 구불구불 뻗어나간 흰색 넝쿨과 나란히 피었고, 세상에 없을 법한 모양새로 여기저기 뻗은 넝쿨과 잎사귀에는 뿔이 돋았어. 두 여자들이 만들고 있던 그것에서 놀라운 생명력이 솟아났지. 그들 손에서 그것은 점점 자라났어. 하지만 그들이 무엇을 만들고 있는지 깨달은 건 어느 날 사이먼 잭이 집에 돌아와서 그것이 그에게 입힐 춤옷이라는 걸 알아본 뒤였어. 춤옷일 수도 있었고 결국에는 땅속에 묻힐 정교한 한 벌의 옷일 수도 있었지만, 춤옷이라고 하는 편이 훨씬 나아서 사이먼 잭은 그렇게 말한 거였지.

"정말 그러네." 한 사람이—그들은 그게 누구였는지 결코 기억하지 못했어—말했어. "당신은 이 근사한 옷을 입고 춤추게 될 거예요. 가슴이 터지도록 춤을 추겠죠, 미련한 남편."

마지막 말은 우물거려서 그는 듣지 못했지만 또다른 여자는 미소를 지었고, 그들의 바늘은 쉴새없이 번득이며 구슬을 꿰어 천에 꿰맸지. 그렇게 옷은 형태를 갖춰나갔어. 뿔 달린 흰색 넝쿨은 두 개의 앞판 위로 뱀처럼 구불구불 내려오게 해서 뒤쪽을 휘감는 형태로 만들었어. 그들은 가끔 실이 떨어지면 풀잎이나 늑대 힘줄을 썼고 심지어 자신들의 머리카락까지 썼어. 오로지 필요했기 때문에 그렇게 한 것뿐이야. 그를 사악한 방법으로 그들에게 묶어두려고 했던 건 아니야. 사악한 짓을 할 마음은 전혀 없었으니까. 그저 그들은 이야기가 이끄는 대로 따라갔을 뿐이었지. 이야기를 시작한 사람은 사이먼 잭이었어. 손목과 팔을 휘감는 우아한 띠, 레깅스, 허리에 두르는 지나치리만치 장식이 화려한 브리치클라우트에 누구라도 책임을 져야 한다면 그 사람은 사이먼 잭이었어. 애도하는 과부가 죽은 남편의 마키지난 밑창에 구슬을 꿰매듯, 두 여자 중에서 누가 그의 마키지난 밑창에 구슬을 꿰맸다면 그 또한 사이먼 잭 탓이었지. 톱니처럼 예리한 지그완아게의 심장을 가지고 놀았던 사람은 그였으니까. 아나퀫이 이성을 잃고 애당초 일어나서는 안 될 일을 일어나게 내버려둔 것도 그의 시선이 그녀의 가슴을 할퀴고 그가 불붙인 열기가 그녀의 모든 감각을 핥았기 때문이었으니까. 그래서 두 여자는 그 의상이 어떤 옷이 될지 모르면서, 또한 그 의상을 차려입은 사이먼 잭에게 어떤 일이 닥칠지 모르면서 바느질을 했다네. 그들이 그 일을 즐겼고 그것을 사랑의 행위로 여겼다고 말할 수도 있겠지만, 그렇다고 그 사랑이 엄밀히 말해 사이먼 잭을 향한 것은 아니었어.

두 여자는 바느질을 하며 서로 더 가까워졌고 진정한 자매가 되어갔지. 가족을 떠나온 아나쿼은 끈끈한 유대감을 갈망했어. 지그완아게는 가족들에게 둘러싸여 있었지만 격정적인 기질과 약재 지식 때문에 가족들과는 거리가 있었어. 지그완아게는 아나쿼의 진가를 알아보자 아나쿼에게 의지하기 시작했어. 아나쿼의 일솜씨도 그녀만큼 매끄럽고 능률적이었지. 그들 손에 사슴 사체가 들어가면 덫에 걸린 다른 짐승처럼 순식간에 부위별로 해체됐어. 가죽도 순식간에 벗겨내서 틀에 대고 솜씨 좋게 잡아당겼어. 지그완아게는 다른 일을 할 여유가 생겼고 심지어 자기만의 시간도 즐겼지. 아나쿼도 마찬가지였어. 그들은 시내로 갈 때 두시를 데려갔어. 그리고 물물교환을 했지. 찜찜할 때도 있었지만 행복할 때도 있었어. 아나쿼은 번번이 두시에게 리본이나 끈 모양으로 생긴 감초 캔디를 사줬어. 어느 날 그들은 가게에서 선교학교 교사를 만났지. 그 교사는 백인보다 더 좋은 교육을 받을 수 있는 곳으로 아이들을 데려갈 거라고 말했어. "당신 딸은 똑똑하니까." 아나쿼은 지그완아게에게 이렇게만 말했다네. 하지만 두시는 니빈아게, 눈빛이 매서운 그 소녀를 꼭 보내야 한다는 뜻을 굽히지 않았어.

그들은 집으로 돌아왔어. 굴에서 겨울잠을 자다가 사냥당한 곰을 함께 손질했지. 얼마 지나지 않아 따스한 난로 앞에 완벽하게 무두질된 두툼한 모피코트가 놓였어. 보통 육 개월 무렵 아기들은 깜짝 놀란 표정으로 빤히 쳐다보며 까룩거려 모두를 웃게 만드는데, 아나쿼의 아기도 그 위를 구르며 까르륵거리고 놀았어. 때는 바야흐로 봄이었어. 머지않아 눈이 녹아 똑똑 떨어질 테고, 지그완아게는 이제 아이들에게 곰 기름을 발라주지 않고도, 두툼하고 까끌까끌한 양모 속옷을 입히지 않고도 아이들을 내보낼 수 있었어. 호수면의 우중충한 잿빛 얼음은 구멍이 숭숭 뚫려 깨질 것 같았어. 이제 아이들은 등교할 때 호수를 질러가지 못하고 그 언저리를 빙 둘러 숲속으로 다녀야 했어. 지그완아게가 아이들을 데려다줬지. 아나퀏의 존재가 소중했던 이유에는 그것도 있었어. 아나퀏은 아기와 지그완아게의 어린 아들을 데리고 집을 봤고 지그완아게는 나머지 아이들에게 탈이 생기지 않게 함께 걸어갔지. 소녀가 기숙학교로 가면 매일 걸어다닐 일은 없겠다고 아나퀏은 생각했어. 봄 날씨는 이물스러웠고, 짐승은 굶주려 수척했지. 지그완아게는 늘 총을 들고 다녔어.

어느 날 지그완아게는 아이들을 학교로 데려다주고 돌아오면서 나무껍질과 넝쿨을 엮어 즉석에서 만든 터보건에 죽은 늑대를 실어왔다네. 그렇게 큰 늑대를 본 건 두 여자 모두 처음이었지. 윤기가 흐르는 잿빛 털에, 북슬북슬한 꼬리는 어른 남자의 팔보다 더 길었어. 그 피조물의 얼굴은 고요하고 마치 미소를 띤 것 같았지. 아나퀏은 늑대의 목과 네 발에 담배를 올렸어. 딸을 앗아간 늑대일 가능성도 컸지. 그 부근에는 늑대가 무리 지어 돌아다녔는데 색깔은 대체로 잿빛이었어.

"어떻게 죽였어요?" 그녀가 지그완아게에게 물었어.

"저 바위를 지나 모퉁이를 도는데 우리 앞에 서 있었어. 그래서 쐈지. 적중했어."

총알이 심장을 꿰뚫었어. 아나퀏은 꿰뚫린 자리에 손가락을 집어넣었다가 자기도 모르는 사이에 피 묻은 손가락을 입으로 가져갔어. 늙은 여자들은 늑대의 피맛을 보면 사물의 형상을 알게 된다지만 아나퀏은 그 말을 사실로 여기지 않았어. 맛은 여느 피와 다르지 않았는데 톡 쏘는 맛이 더 강했어. 그들은 못 먹는 게 없었으니 아마 늑대도 먹었겠지만 고기는 물에 넣어 일곱 번 끓이고 양념을 강하게 쳐야 했을 거야. 둘이서 늑대 가죽을 벗길 때 아나퀏은 누가 노래 부르는 소리를 들은 것 같았어. 이윽고 나직한 목소리가 그녀의 귀에 속삭였지.

내 심장을 먹은 게 이 늑대예요, 엄마.

아나퀏은 기이한 비명을 지르며 칼을 떨어뜨렸어. 지그완아게가 그 칼을 집어올렸지. 하지만 아나퀏은 손이 부들부들 떨려 더는 일을 할 수 없었어.

"무슨 일이야?" 지그완아게가 물었어.

"내 딸이 내게 말을 해요." 아나퀏이 대답했어.

지그완아게는 누구를 말하는지 대번에 알아채고 칼을 내려놓은 뒤 아나퀏의 옆에 앉았다네.

"자네가 여기 왔을 때 다른 누가 함께였다는 걸 알았지." 지그완아게가 말했어. "그애가 줄곧 여기 있었던 게로군."

아나퀏은 고개를 끄덕였어. "하지만 그애는 달이 두 번 모습을 바꾸는 동안 아무 말이 없었어요. 떠났다고 생각했는데."

"영원히 떠날 것 같지 않은데." 지그완아게가 말했어.

두 사람은 늑대의 사체를 바라봤지. 잠시 뒤에 아나퀏이 말했어. "아이들에게 줄 두건과 벙어리장갑을 만들어야겠어요. 안에 따뜻하게 모피를 대서." 둘 다 더는 말이 없었고, 늑대를 깔끔히 손질한 뒤 그 뼈를 난로 위에 올려 끓였어. 그날 밤 그들은 늑대를 먹었고, 고기는 쓴맛이 났다지.

4
소녀 북

우리는 지금 아나큇이 떠난 남자가 눈밭에서 슬퍼하고 있다는 사실을 잊어서는 안 된다. 상심에 빠진 남편이자 내 할아버지인 샤와노 영감. 가끔 아버지와 어머니가 술을 마시고 잔뜩 취한 날에 할아버지가 나를 맡아줬기 때문에 나는 할아버지와 친했다. 어렸을 때 할아버지는 나를 바짝 끌어안고 북에 대한 모든 것을 알려주었다. 하지만 할아버지가 아닌 다른 사람들을 통해 알게 된 것도 많았다. 나는 할아버지와 친한 다른 할아버지들과도 친구처럼 지냈고 할머니들과도 마찬가지였다. 나는 늘 스스로 나이들었다고 생각하는 소년, 더 자라서는 청년이었는데, 아마 아버지에게 맞고 자란 탓이리라. 청춘은 고통을 의미하기에 나는 한 번도 청춘을 기다린 적이 없었다. 언제나 노인들의 이야기를 듣는 것이 좋았다. 아나큇이 떠나고 흩어진 딸의 뼈를 거둔 뒤 할아버지가 어떤 상태였는지 알게 된 것도 그분들을 통해서였다.

그 무렵 상심과 슬픔이 샤와노 할아버지를 덮쳤고 할아버지는 방황하기 시작했다. 그 사건의 슬픔에 대해 말해야 하는 절박함은 감기 같은 통증으로 시작되어 마침내 그의 가슴을 쥐어짜고 목구멍을 따끔따끔 쑤셔댔다. 그럴 때마다 그는 겁에 질려 집을 떠났다. 어린아이였던 내 아버지를 혼자 내버려둔 채 훌쩍 떠나버렸다. 그는 가만히 있을 수가 없었다. 그렇게 몇 주나 며칠 동안 중얼거리며 헤매고 나면 녹초가 되어 오두막으로 돌아와 쓰러졌다. 하지만 아들이 보이지 않으면 괜스레 화가 치밀었다. 그러나 번번이 몸져누운 탓에 아들을 찾아야겠다는 생각은 잊었고, 머릿속이 불덩이가 된 채 무기력하게 누워 있었다. 조금만 건드려도 머리카락이 바스러질 것만 같았다. 바람이 스치고 지나가는 것조차 싫었는데, 바람이 온몸에 열기를 퍼뜨려 피를 토하는 기침이 한번 시작되면 며칠 동안 멎지 않았기 때문이었다. 그는 집안에 틀어박혀 침대에서 거의 벗어나지도 못한 채 아픈 몸을 부들부들 떨며 절망의 한때가 지나가기를 기다렸다.

그 무렵 할아버지는 혼자 있는 날이면 그 자신도 실재하지 않는다고 알고 있는 것들의 소리를 듣거나 형체를 보곤 했다. 나지막하고 어두운 오두막은 삼면에 작은 창이 하나씩 난 단칸집이었다. 그 집이 아직 내 집 뒤쪽 숲속에 있고 지금은 닭장으로 쓰기 때문에 내가 잘 안다. 나머지 한 면에 문이 있었다. 절대 문을 내서는 안 된다는, 죽은 자들이 떠나는 서향이었다. 날씨가 좋으면 오두막 문을 열고 간이침대에서 숲속을 내다볼 수 있었지만 대체로는 유령이 들어오지 못하게 문을 닫고 있었다. 그렇게 해두어도 어떤 유령들은 창문 밑을 비집고 들어오거나 문틈을 통과해 스르르 들어왔다. 유령은 하나같이 낯설었다. 왜 그런지는 알 수 없었다. 샤와노가 딸에 대해 계속 물었지만 어떤 유령도 관심을 보이지 않았다. 유령 대다수가 호수 건너에서 왔고, 그는 악마 같은 필리저 놈이 아내를 훔쳐간 뒤로 그쪽 출신은 무조건 피하자고 마음먹었다. 딸도, 친척도 아닌, 모르는 유령들이 왔다는 사실은 실망스러웠다. 우리 집안, 즉 내 조상은 똑똑했지만 그 낯선 유령들은 그다지 똑똑해 보이지 않았다고 한다. 그는 그토록 너그럽고 인자했던 조부모나 몇 년 전에 돌아가신 부모가 보고 싶었고, 그들이 그의 슬픔을 치유하러 올 수 없다는 걸 알고 실의에 빠졌다. 심지어 그들이 그에게 도움을 줄 수 있었을 거라고 확신했다. 다만 오지 못한 것뿐이었다.

그를 찾아온 유령은 해골만 남은 작은 꼬마들이었고, 가늘고 기다란 박쥐처럼 천장을 휙휙 멋대로 누비고 다녔다. 아니면 그림자 같은 흐릿한 형체로 구석에 앉아 느긋이 쉬거나 흠집 난 녹색 흔들의자에 앉아 천천히 몸을 흔드는 것처럼 보였다. 그것들은 대체로 한숨을 쉬거나 꿍알거리기만 해서 무슨 말을 하는지 알아들을 수는 없었다. 그는 그들이 무슨 이야기를 나누는지, 무슨 불평을 늘어놓는지, 이렇게 찾아와 그에게 무슨 말을 하려고 하는 건지 종잡을 수가 없었고, 그것을 알아들을 수 없다는 사실에 점점 화가 났다. 딸을 죽게 내버려뒀다고, 아들이 집을 나가게 했다고 따지고 자신을 나무라는 것 같았다. 그들의 시선이 그를 할퀴었다. 그의 얼굴을 쏘아보며 조롱했다. 샤와노는 더는 견디기 힘들어지면 침대에서 뛰쳐나와 칼이든 막대기든 판자든 벨트든 손에 잡히는 대로 들고 오른쪽 왼쪽 미친듯이 휘둘렀다. 그들을 내쫓으면 괴로움을 토해내고 싶은 욕구도 대체로 가라앉아, 그는 눈을 끔벅이며 비칠비칠 변소를 다녀와 저무는 햇살 속에서 문 옆에 자리를 잡고 앉았다. 그 지옥 같은 순간이 잦아들면 그는 늘 기분이 한결 나아져 애당초 그들을 왜 두려워했는지조차 의아해질 때가 있었다. 마찬가지로 공포와 갈망으로 심장이 벌렁거려 침대에 웅크리고 있으면 평온했을 때의 느낌이 기억나지 않았고 그 고통이 영원히 지속되리라고 굳게 믿었다.

밖으로 나와 햇볕 속에 앉으면 샤와노는 회한에 잠겼고, 오싹한 적막감에 눈물이 차오르려고 했다. 아들이 보고 싶었다. 아들에게 알려주고 싶은 것이 정말 많았다! 내 할아버지는 모든 것을 주의깊게 보는 사람이었다. 찢어져 못쓰게 된 어망에 라즈베리가 어떻게 뿌리를 내리는지, 고물이 된 마차나 쌓아놓은 덫을 어린 나무들이 어떻게 뚫고 자라는지 보았다. 마부석의 나무에서, 잡아 죽이는 데 쓰는 도구들의 죔쇠와 고리에서 쑥쑥 돋아난 까끌까끌한 엽상체는 황홀한 신호였다. 부리에 작은 벌레를 물고 잠시 멈춘 박새, 붉은 깃찌르레기가 평화롭게 꾸르륵거리는 소리, 호숫가에서 들리는 물결소리. 뭐든, 어떤 것이든 샤와노에게는 모든 것이 거의 고통만큼 견디기 힘든 행복을 안겼다. 그러했기에 그렇게 약해진다는 것 또한 그에게는 힘들었다. 예전에는 아무리 약한 햇빛이나 작은 기쁨도 거리낌없이 찬양했고, 그런 것이 아무렇지 않게 느껴졌다. 지금은 아름다움과 마주하는 것도, 그 속에서 조그맣게 존재하는 것도, 향긋한 공기를 들이마시는 것도 종종 그 자체의 고통을 낳았다. 얼마간 시간이 지난 뒤 그는 이것에 죄의식이라는 이름을 붙였다.

할아버지는 고통이 마구 날뛰던 그 처음 시기에 자신을 사악한 사람이었다고 말했다. 그는 남부끄러운 행동을 많이 했다. 떠올리기조차 두려운 일들을. 당연하게도 가장 나빴던 일이 그의 머릿속을 뚫고 들어와 환하고 강한 빛 속에 내던져졌다. 그 일은 싸움도, 말다툼도, 섹스도, 어리석은 도둑질도 아니었다. 생생하고 선뜩하게 되살아난 그 장면은 그가 검은 만족을, 심지어 목구멍을 타고 올라온 짜릿한 기쁨을 느꼈던 그 잔인한 순간들, 그가 아들의 마음에 상처를 주었던 그 잔인한 순간들이었다. 그는 소년이 굶어도 그냥 내버려두었고, 어머니를 잃고 슬퍼할 때는 비아냥거리기까지 했다. 그는 아들의 영혼을 함부로 대했고, 이제 그 소년은 그를 떠나버렸다. 보다 못한 누군가가 소년을 자기집으로 데려간 뒤 샤와노가 오지 못하게 막았다. 소년은 이미 마음을 다쳤고, 세상에는 되돌릴 수 없는 일이 있다. 늑대와 함께 시작된 사건이 운명 같은 일들로 이어진 긴 끈을 풀어놓은 것 같았다. 남은 것은 죄의식뿐이었다. 샤와노는 자신이 미쳐서 저지른 일을 용납할 수가 없었다. 자신에 대한 지독한 혐오감에 시달린 나머지, 유일하게 위안을 찾을 수 있는 방법은 과거로 돌아가 그때의 자신을 무참하게 공격하는 상상에 빠지는 것뿐이었다. 그는 마음속으로 자신을 죽이고 또 죽였다. 하지만 피가 낭자한 상상을 할 만큼 하고 난 뒤에도 샤와노는 늘 샤와노였다. 주먹 한 방도 되물릴 수 없는 남자.

그래서 그는 결국 그렇게 존재했다. 먹고살기 위해 소나무 막대로 가구를 만들기 시작했다. 막대를 깎고 잇대어 간단하게 의자나 탁자를 만들고, 붉은 버드나무 가지를 휘어 좀더 복잡한 형태의 물건들을 만들었다. 그는 이런 일로 시간을 보냈다. 자신의 보잘것없어진 삶, 그 파도의 마루와 골 사이에서 심하게 부대끼면서. 그가 기도를 한다면 한 손이 다른 손을 자르지 않고 침착하게 용구를 쓰며 작업할 때 오는 무감각한 평화를 얻기 위해서였다. 정말이지, 그는 손을 잘라버리고 싶었다. 이따금 그는 제 손이 저지른 일을 증오하면서 손목에 톱을 갖다대는 장면을 상상했다. 하지만 어느 손이 어느 손을 자를 것인가? 어느 쪽을 죽일까, 어느 쪽을 살릴까, 어느 쪽을 선택할까? 단연코 가장 몹쓸 가해자는 오른손이었기 때문에 그는 오른손을 자르고 싶었다. 그러자 그 교활한 손은 살아남으려고 했다. 그 손은 실제로는 그렇지 않으면서 더 약한 척, 더 서툰 척했다. 그는 그렇게 예기치 않게 날아간 주먹, 속임수를 쓰는 손, 그를 완고한 슬픔 속에 남기고 어머니를 따라 마차에 올라탄 딸을 끌어내렸어야 하는 그 손가락과 함께 남겨졌다.

"바로 그거야." 어느 오후 또다시 자기 손을 미워하는 몽상에 빠져 있던 그가 불쑥 내뱉었다. 그는 자기 손을 쳐다보았고 손가락도 구부려보았다. 넓적한 손바닥, 고된 일로 못이 박여 뭉툭하고 굵어진 손가락, 문득 그는 그것들이 결백해 보였다. 샤와노가 시킨 일을 했을 뿐인데 왜 그것들이 고통을 받아야 하는가? 그 순간 그는 일말의 안도감을 느끼며 총알로 머리를 뚫어 진짜 범인을 없애버려야겠다고 생각했다.

"바로 그거야." 그가 또 한번 말했다. 샤와노의 머리가 그에게 모든 것을 시켜 어느 겨울날 그의 아내를 필리저에게 가서 살라고 보낸 것이다. 샤와노의 머리가 아내를 보내지 말라고 고집을 부렸다면 아나퀫은 떠나지 않았을 것이고, 그러면 그녀의 빗나간 열정도 사그라들었을 테고, 결국 그녀도 호수 이쪽에서 자신의 자리를 받아들이지 않았겠는가. 그랬다면 귀엽고 사랑스러운 어린 딸도 그의 곁에서 자랄 수 있었을 것이다. 하지만 딸의 우아한 뼈는 갈까마귀들에게 말끔히 쪼아먹혔다. 그는 딸의 뼈를 거두었고, 그러는 동안 흘러내린 눈물이 얼어붙어 그의 얼굴은 얼음 가면을 쓴 듯했다. 딸의 뼈는 혼자만 아는 장소에 묻었다.

이제 그는 턱이 가슴에 닿게 고개를 떨구고 머리를 감싸쥐었다. 화끈거릴 만큼 눈을 꾹 누른 순간에도 아나큇을 떠나보낸 것이 그의 머리가 아니라 가슴이었음을 알았다. 자존심을 내세운 가슴, 아내의 가슴이 멀어지는 것을 견디지 못한 가슴. 그때 샤와노의 가슴은 도저히 참아내지 못했고 오히려 충동적이고 절망적인 분노에 따라 행동했다. 그의 가슴은 열심히 버텼지만 결국 무너졌다. 그의 가슴이 온갖 핑계를 둘러대는 머리를 굴복시켰다. 그랬다. 그를 엉망으로 만든 것은 그의 완고한 가슴이었다. 칼로 가슴을 깔끔하게 도려내면 된다. 깔끔하게. 그는 자신의 죄많은 가슴을 "여기, 이것도 먹어라" 하고 외치며 갈까마귀에게 던져주고 싶었다.

그 일은 계속되었다. 할아버지는 처음에 몸의 한 곳을 심판대에 세웠지만, 곧 다른 곳이 심판대에 올라갔다. 각각이 처음에는 유죄였으나, 곧 다른 곳을 범인으로 지목했다. 그는 자신의 팔다리, 눈, 귀, 뼈, 피를 심판했다. 각각에 유죄의 증거를 찾아내 따져보았지만, 결국에는 어떻게 적당한 벌을 내릴지가 늘 떠오르지 않았다. 그래서 머리에서 손끝까지 모든 곳을 다 지목한 뒤에 범인은 자신의 내면이 아니라 외부에 있다고 인정해야 했다. 범인은 어떤 힘 혹은 형태가 없는 그의 또다른 자아로 이루어진 것이었는데, 그는 그것을 그저 혼이라고 부를 수 있었을 뿐이다.

죽여버려! 그는 스스로를 다그쳤지만 그렇게 외치는 순간에도 자신이 이미 그렇게 한 것을 알고 있었다. 그는 자기 혼을 독살하고, 그 혼을 교묘하고 잔인하게 익사시키고, 목을 졸라 숨통을 끊으려고 애썼다. 술이 그 도구였다. 그는 처음으로 정말 술을 진탕 퍼마셨던 날에 들이켰던 첫잔을 떠올렸고, 술잔에서 호박색으로 일렁이던 불꽃을 쳐다보며 울었던 것을, 몸속에서 퍼져나가는 온기와 망각이 그의 슬픔을 달래주었던 것을 기억해냈다.

"바로 그거야!" 그가 또다시 말했다. 삶의 고통이 시작되었다는 건 잊어야 할 것이 생겼다는 말이었다. 이제는 그의 몸에서 더이상 탓할 곳도 없어, 할아버지는 영혼의 폐허 속에서 기억을 되살렸다.

그는 베리 철에 불가에 둘러앉아 두런거리는 노인들의 이야기를 들을 때 자신의 품에 포근히 안겨 있던 딸의 모습을 떠올렸다. 아이가 바짓가랑이에 매달려도 그는 밀쳐내지 않았었다. 아이가 보채면 눈높이로 쭈그리고 앉아 아이의 눈을 들여다본 뒤에 아이를 안아올렸다. 서로 눈을 쳐다볼 때면 그는 남몰래 사랑을 주고받는 것 같았다. 둘만의 오롯한 순간이었다. 그의 첫아이, 그의 딸. 그의 심장은 딸을 가슴께에 안아올릴 때마다 두근두근 벅차올랐다. 그는 목숨을 걸고라도 아이를 지켜내고 싶었다! 그런데 어쩌다 그러지 못했는가? 이제 그는 딸이 목숨을 잃은 날에 실제로 일어났던 일을, 그리고 어떤 문제가 커져서 결정을 내려야 하는 중요한 순간이 왔을 때 그가 아나큇을 설득하는 데 번번이 실패하여 그녀의 뜻을 꺾지 못한 사실을 다시 또다시 떠올렸다. 그러다 그 견딜 수 없는 광경을 보게 된 것이었다. 늑대가 무고하게 저지른 그 짓거리가 생각나면 할아버지는 심장으로 피가 쏠리는 것 같았고 숨이 제대로 쉬어지지 않았다. 머릿속에 얼어붙은 그 장면을 도저히 녹일 수 없어 정신이 아물아물해진 할아버지가 꿈 비슷한 것을 꾼 것이 바로 그때였다.

그는 자신의 어린 딸을 보았다. 소녀는 다시 온전한 몸으로 살아 있었다. 소녀는 서쪽으로 난 문을 통해 샤와노의 집으로 들어와 술이 달린 갈색 격자무늬 숄을 걸친 채 그의 앞에 서 있었다. 살짝 처진 눈꼬리는 아름다웠고 새까만 눈동자는 그의 눈동자로 곧바로 흘러들 것 같은 격한 사랑으로 반짝거렸다. 그의 가슴속에서 얼어붙었던 고통과 두려움이 녹아서 물이 되었다. 이윽고 소녀가 말했다.

“그 사람들이 북을 만들 나무를 어디 뒀는지 알아요.” 딸이 말했다. “그 사람들이 오래전에 통나무를 잘라 베리 곶 근처 물속에 넣어뒀어요. 백 년이 지난 뒤에 그걸 다시 꺼내 말려서 파도가 부서지는 벼랑 밑 바위에 올려놨고요. 이제 나무는 준비를 마쳤어요.”

“무슨 준비?” 샤와노가 말했다.

“북이 될 준비요.”

소녀는 가만히 서서 그를 한동안 물끄러미 바라봤는데, 샤와노는 소녀가 그에 대한 모든 걸 읽어냈음을 알 수 있었다. 소녀는 침착하게 서서 그의 비열하고 초라한 진실을 읽어냈다. 소녀는 슬픈 사연을, 사악하고 잔인한 것들, 기이하고 사소한 죄들까지 알아내고 천천히 고개를 주억거렸다. 소녀의 얼굴에 믿을 수 없다는 듯 슬픈 표정이 잠시 어렸지만 내 할아버지가 딸이 돌아서서 떠날 거라고 생각했던 바로 그 순간에, 소녀는 더 가까이 다가왔다.

“우린 아빠와 함께 노래할 날을 기다려요.” 소녀는 그가 사랑했던 부드러운 목소리로 말했다. 그는 고마움과 부끄러움이 뒤범벅된 마음으로 고개를 숙였고, 고개를 들자 소녀는 떠나고 없었다.

내 할아버지는 정신을 차렸을 때 자신이 거칠거칠한 바닥 판자에 누워 있다는 걸 깨달았다. 얼마나 그렇게 누워 있었는지 몰랐다. 눈물이 샘솟아 눈가에 고였다가 얼굴을 타고 귀에서 웅덩이를 이루었다. 딸은 저세상에서 왔고 그는 딸을 따라가고 싶은 마음이 간절했다. 하지만 딸이 그에게 아직 죽어선 안 될 분명한 이유를 주기 위해 찾아왔다는 것을 그는 알았다. 딸이 그에게 이 땅에서 죽지 않고 살아갈 과제를 주었다.

하지만 그가 곧바로 그 일에 착수한 건 아니었다. 먼저 자신에게 일어난 일이 마음속에 오롯이 가라앉게 가만히 기다렸다. 커다란 삼나무를 몇 세대가 지날 때까지 어딘가에 둔다는 이야기를 들은 적이 있었다. 이 나무는 특별한 장소에 보존되어 힘과 공명을 얻는다고 했다. 각 세대마다 선발된 남자와 여자들이 나무를 보살피고, 나무에게 말을 걸고, 지역 역사에 그 소식을 보태고, 나무와 함께 그 옆에서 파이프로 담배를 피웠다. 그 임무는 누구보다 친절하고 끈기 있으며 모두의 신임을 받는 사람이 맡았다. 내 할아버지가 생각한 자신의 모습처럼 고주망태이거나 비열하거나 죽고 싶을 만큼 울분과 괴로움에 시달리는 사람이 맡을 일이 아니었다. 그런 이들은 자식이 죽거나 늑대 같은 짐승에게 잡아먹히게 두지 않았다. 집에서 반기는 사람이 없다는 이유로 숲속에 들어가 몇 주를 지내는 샤와노 같은 사람은 아니었다. 제 머리가 다음에는 어떤 일을 시킬지 두려워서 드러누워만 있는 사람은 더더욱 아니었다. 말다툼을 즐기는 유령들 외에는 말 붙일 존재가 없는 그런 사람은 단연코 아니었다. 그래서 그의 세대에 속한 모든 사람들 중에서 다른 누구도 아닌 그가 오랜 세월 부족 사람들이 헌신적으로 보살펴온 나무를 사용하는 사람이 된다는 것은 가당치 않은 일이었다. 자신이 북을 만드는 사람이 되다니, 샤와노는 믿을 수가 없었다.

그 사실을 누군가에게 말해야 했다. 하지만 그 나무를 보살펴온 사람들은 모두 죽었다. 그의 할머니와 할아버지를 찾아와 함께 시간을 보냈던 사람들은 오래전에 그의 딸이 있는 정령들의 세계로 가버렸다. 그와 연배가 비슷한 사람들은 믿음이 가지 않았다. 그는 너무 많은 방황을 했고, 그도 그들의 면면을 알았다. 그는 이를 악물고 머리에서 김이 올라올 때까지 늪의 차*를 들이켰지만 단 한 명의 얼굴도 떠오르지 않았다. 그러던 어느 날 그는 지친 몸을 이끌고 장작더미로 걸어가다가 나이가 그리 많지 않은 한 여자가 떠올랐다. 그녀는 한쪽 다리를 질질 끌고 다녔다. 그녀는 누구와도 결혼하지 않았는데, 뻣뻣한 다리 때문은 아니었고 다른 이유가 있었다. 그녀가 친절하지 않은 건 아니었지만 사람들과 어울리는 걸 내켜하는 것 같지는 않았다. 그녀에 대한 다른 기억도 맴돌았는데, 할아버지는 정확히 집어내지 못했다. 그러다 어느 순간, 아, 그거, 하고 기억해냈다. 누가 말을 걸면 그녀는 당황해서 얼굴을 가리거나 고개를 돌려버렸다. 그는 그녀가 왜 그랬는지를 알아냈다. 그녀는 수줍음을 아주 많이 탔던 것이다.

그녀가 결혼하지 못한 건 수줍음 때문이었다! 그렇지. 이름은 카카기시콕이었다. 어느 노파가 너무 늙어서 그 이름을 더는 쓸 수

* 흔히 '래브라도 차'라고 부르는데, 보호구역 사람들이 즐겨 마신다. 여기서는 원문을 살려 '늪의 차'로 옮겼다.

없게 되었을 때 그녀에게 주었다. 카카기시콕은 영원한 하늘이라는 뜻이었지만, 그녀는 그냥 기식, 하늘로 불렸다. 이름처럼 늘 배경에 머물렀고, 끝없이 인내하는 여자로 보였다. 그녀는 혼자 살았다. 그녀가 아무도 성가시게 하지 않는데다 살림살이도 넉넉지 않아서—훔쳐갈 것이 없었다—사람들도 그녀를 성가시게 하지 않았다. 그녀가 사람들에게 말을 걸지는 않았지만, 내 할아버지가 기억하기로 그녀는 노인들이 둘러앉아 이야기를 나눌 때 언제나 그 원 바깥에 있었다. 늘 오두막 안에 앉아 묵묵히 노인들의 가르침에 귀를 기울이며 일어난 모든 사건들을 흡수했다. 그녀는 있어도 없는 듯한 존재였지만 항상 있었다. 기식이 스스로 나서는 일은 없었다. 그 순간 샤와노는 그녀에 대한 기억이 몇 가지 떠올라 빙그레 웃었다. 중요한 누군가가 그녀의 자리에 엉덩이를 들이밀면 기식은 늘 일어나 비켜주었다. 돌려 먹을 음식이 넉넉지 않을 때 빈 그릇이 주어지는 사람도 늘 기식이었다. 아이들은 그녀를 좋아했다. 아이들 모두 어느 정도 나이를 먹을 때까지는 그녀의 주변에서 뛰놀았다. 그러고 나면 그녀를 잊었다. 그녀는 나쁜 사람들이 괴롭힐 만한 대상도 못 되었다. 기식. 그는 그녀를 생각하자 어쩐지 희망이 샘솟는 것 같았다. 그녀가 아직 살아 있을까? 근처에 살기는 할까?

처음에는 아무도 그녀가 사는 곳을 몰랐다. 하지만 그녀가 저 멀리 빽빽한 덤불숲에 살았던 적은 한 번도 없었고, 타운 동쪽, 중심도로를 벗어나면 바로 있는 탁 트인 벌판에 살고 있었다. 그녀의 집은 그녀의 존재만큼 쉽게 망각되었고 소리소문 없이 풍경의 하나로 녹아들어갔다. 풀이 무성한 마당이 딸린 집, 회반죽을 바른 작은 오두막이 그녀의 집이었다. 문짝은 소박한 널빤지였고, 손잡이는 사슴뿔이었다. 그녀가 그 문으로 드나드는 걸 본 사람도 없었고 그녀가 어디론가 가는 걸 본 사람도 없었지만, 중요한 행사가 있으면 그녀는 언제든 참석하여 벽에 기대앉은 채 뒤에서 지켜보았다. 그녀가 눈에 전혀 띄지 않는 방식으로 존재했기 때문에 할아버지는 그녀가 정말로 존재하지 않았던 것인지도 모른다고 생각했다. 이미 자기집에서 죽어버렸는지도 몰랐다. 그가 알아내야 하리라. 그리로 가봐야 하리라. 하지만 한편으로 그러기가 두려웠는데, 자신이 지금까지 뭔가를 두려워했던 다른 어떤 때만큼 두려웠다. 마음속에서 한 가지 생각이 떠나지 않았다. 그녀의 집에 들어가는 순간 죽은 회색 거미처럼 바짝 마르고 쪼그라들어 꼼짝하지 않는 그녀를 발견하게 되리라는 생각이었다. 그녀가 살아만 있다면. 눈이 올챙이처럼 까맣고 번질거리더라도. 그녀는 오래된 씨앗 주머니처럼 사락사락 소리를 내며 그에게 굴러올 것이다. 그녀가 그를 부를 것이다. 그의 이름을 부를 것이다.

그래서 그는 그녀의 집으로 찾아가 문을 쾅쾅쾅 두드리고 사슴뿔 손잡이를 달캉달캉 세게 흔들면서 그녀의 이름부터 불렀다. 기식! 그리고 기다렸다. 땅딸막한 나무들이 오두막 근처 여기저기에서 자라고 있었다. 바람이 나뭇잎을 살랑살랑 흔들었다. 다시 한번 문을 두드려봤다. 그는 나무문으로 몸을 기울이며 그녀의 이름을 또 한번 불렀다. 기식! 순간 희미하게 흰곰팡이와 시나몬 냄새가 풍겼다. 이어서 집안에서 부드러운 목소리, 속삭이는 목소리가 말했다. "잠깐만요."

물론 그녀의 모습은 전혀 무섭지 않았다.

그녀는 그가 누군지 알아챘고 목소리 또한 알고 있어서 대번에

문을 열어주었다. 할아버지가 보니 그녀는 살결이 곱고 몸피가 얄캉하며 묘하게 어려 보이는 여인이 되어 있었다. 그녀는 그림자 같고 자그마했다. 눈동자는 검지도, 사납지도 않았다. 그녀가 크게 뜬 눈을 깜박거렸다. 그는 그녀를 보자마자 여리고 자그마한 올빼미가 떠올랐다. 그녀가 그의 발을 향해 손을 파닥이자 그가 신발을 벗었다. 흙바닥에는 가죽과 깨끗한 담요를 깔아놓았다. 그리고 진짜 유리로 된 창문이 하나 있었다. 그녀는 바깥세상에서보다 자기 집에서 훨씬 당당했고 눈에도 더 잘 띄었다. 그녀는 자신감에 넘치는 얼굴로 고개를 끄덕였고 사뿐사뿐 집안을 돌아다녔다. 이제는 몸의 틀이 잡혔는지 어렸을 때 표나게 절뚝거리던 것이 없어지고 골반과 등만 조금씩 씰룩거렸다. 그녀가 앉으라며 의자로 쓰는 그루터기를 가리켰다. 그녀는 갈색 도기 주전자에서 우려낸 차를 예쁜 흰 잔에 따라 그의 앞에 놓았다. 그가 잔을 잡았다. 그녀도 자기 찻잔을 들고 맞은편에 앉았다. 그리고 기다렸다. 그녀는 아무 말도 하지 않았다. 내 할아버지는 찻잔을 어찌나 열심히 쳐다보았는지 그 잔에 대한 것은 모두 다 외울 정도였다. 분홍색과 라벤더색 꽃이 그려진 잔이었다. 백인 여성이 쓰던 것을 자선행사에서 구입한 것 같았는데, 오래된 것도 새것도 아니었고, 크지도 작지도 않았다. 여자라면 찬장 속에 특별히 보관하거나 어쩌면 한 번도 쓰지 않고 아껴뒀을 물건이어서 그는 그녀가 그런 잔을 꺼내 온 사실에 감동했다. 한 모금 홀짝이자 입구에서 맡았던 시나몬 향이 났다. 차는 자신이 우려내는 것처럼 늘 써서 삼키기 힘든 종류가 아니었다. 그는 자신이 먼저 말을 꺼내야 한다는 걸 알았다. 하지만 서두를 필요가 없다는 것도 알고 있었다. 그녀는 어쨌거나 신경쓰지 않는 것 같았다. 자신을 대하는 그녀의 태도를 보니, 이 아담한 여인의 존재를 문득 떠올리고 찾아온 사람이 그가 처음은 아닌 것 같았다. 그가 어른이 되어 아내와 자식들을 잃고 슬픔에 빠져 지내는 동안, 자신을 폭발시키며 많은 것을 잊어가는 동안, 그녀는 느리고 한결같은 태도로 살면서 자신의 모습을 지키고 있었다. 보호구역의 상황은 달라졌지만 그녀는 자신의 자리에 남아 있었다. 늘 보여주던 모습 그대로였다. 그녀의 재능은 돋보이지 않는 데 있었다. 언제나 그곳에 있으면서 자기집 문을 두드리는 이에게 문을 열어줄 사람이었다. 꽃무늬가 그려진 하얀 잔에 차를 내올 사람이었다. 그녀는 침묵을 지켰지만 그 침묵이 하도 친절하고 평온해서 샤와노는 즐거운 마음으로 느긋이 차 두 잔을 마신 뒤에야 비로소 이야기를 시작해야 한다는 압박감을 느꼈다.

처음 그녀를 찾아간 그날에 그는 전부 털어놓았다. 아내가 딴 남자의 아이를 임신한 사실을 처음 알게 된 날부터, 아들을 떠나보낸 뒤에 남았던 분노의 찌꺼기, 최근에 그가 꾸었던 꿈 혹은 환시, 의문, 망설임까지 전부. 그리고 자신은 북을 만들 자격이 없는 사람이라는 말도 덧붙였다. 그가 이야기를 마쳤을 때 진짜 유리창으로 바라보이는 하늘은 이미 어둑해져 있었다. 또다시 편안한 정적이 흘렀고, 그 고요 속에서 그는 기식이 아직 한 마디도 하지 않았다는 걸 깨달았다. 마침내 그가 마음속에 담아둔 질문을 했다.

"왜 나일까요?"

기식이 너무 조용히 앉아 있어서 그는 그녀가 이야기를 듣기나 했는지 궁금했다. 그녀가 의자에 앉은 채 조금 움직였다. 그러고는 조용히 속삭이는 목소리로 또박또박 말했다.

"그애가 시키는 대로 하세요."

"하지만 난 그런 건 할 줄 모릅니다."

"그냥 그애가 하라는 대로 해요. 당신이 할 수 있는 건 그것뿐이에요."

내 할아버지는 어안이 벙벙하여 절박한 심정으로 그녀를 쳐다보았다. 그녀는 그를 쳐다보며 눈을 깜박였고 다시 한 모금 차를 홀짝였다. 그것은 엄청난 일이었다. 오래된 신성한 나무, 꿈에서 내려온 지시. 그의 아버지도 북을 만드는 사람이었지만 그것은 한 세상 전의 일이었다. 게다가 그것은 손북이었다. 내 할아버지는 자신의 아버지가 물푸레나무를 쪼개고 물에 푹 담갔다가 구부려 둥근 틀을 만들었던 것을 기억하고 있었다. 할아버지는 그때 북의 틀에 생가죽을 대고 잡아당겨 형태를 잡는 일을 도왔었다. 하지만 그런 북들과는 달랐다. 그런 북들은 한 사람을 위한 북이었지, 딸이 말한 북은 아니었다. 아니, 그 특별한 나무로 만들게 될 북은 할아버지로서는 생각할 수도 없고 생각하고 싶지도 않았던 강력한 교감 속에서 정령들을 불러모을 그런 북이었다.

"이건 못하겠습니다." 그가 머리를 흔들며 기식에게 말했다. "나는 그런 일에 적합한 사람이 못돼요."

기식은 고개를 끄덕이며 미소를 지었다. 아주 희미한 미소. 유리창으로 비스듬히 비쳐드는 햇빛이 반질반질하게 낡은 식탁을 덥혔다. 저멀리서 누군가가 도끼로 나무를 패고 있었다. 일정한 박자로 높게 탕탕 울리는 소리가 났다. 할아버지가 눈을 감자 나무 패는 사람의 모습이 보였다. 그의 움직임은 한결같았고 노련했으며 달관한 듯 보였다. 그루터기에 놓여 찍히고 또 찍힌 나무가 마침내 쪼개져 양쪽으로 갈라져 나갔다. 나무 패는 사람은 쪼개진 절반을 하나씩 도끼날로 간단히 들어올린 뒤에 힘껏 내리쳤고, 그 한 번으로 나무는 난로에 들어갈 길이로 알맞게 쪼개졌다.

"그렇게 하면 돼요." 기식이 말했다. "한 번에 내리치는 거예요." 내 할아버지가 마음의 눈으로 본 것을 그녀도 본 것 같았다. 그는 그녀가 그 말을 한 시점이 언제였는지 되짚어보았다. 그녀는 나무를 훌륭하게 쪼개는 사람이 되려면 도끼를 수월하게 내리찍어야 한다는 것과 자연스럽게 흘러나오는 품위가 있어야 한다는 말을 하려고 했을 것이다. 어쩌면 그에게도 그런 기술이 있다는 말을 하는 것인지도 몰랐다. 아직 밖으로 드러나지는 않았지만 나올 준비를 마친 그런 기술이 그의 안에 존재한다는 말을. 내 할아버지 샤와노는 암담한 심정으로 실의에 빠져 앓는 소리를 냈다. 그는 두 손을 들어올려보고는 가만히 있다가 다시 내렸다. 공연한 몸짓이었다. 하물며 그는 어떻게 시작해야 하는지도 몰랐다.

"그애가 하라는 대로 다 하세요." 기식이 말했다.

할아버지는 자신의 아버지가 담배를 두던 곳에 담배를 두기로 했다. 할아버지의 오두막 근처 공터 한쪽으로 자작나무 그루터기가 있었다. 지난 세월 동안 그곳에는 늘 담배가 무더기로 쌓여 있었다. 할아버지가 어렸을 때 할아버지의 아버지는 할아버지의 손에 담배를 쥐여주고는 그 작은 손을 잡고 매일 아침 행복한 삶을 달라고 기도했다. 샤와노는 더 자랐을 때 이따금 직접 담배를 말아서 바치려고 그루터기에 쌓인 담배를 치워냈다. 지금 생각하면 그도 자신의 삶을 파괴하기 전까지는 그럭저럭 괜찮은 삶을 살았던 듯했다.

"난 그 일에 적합한 사람이 아닙니다." 샤와노는 그 말을 내뱉은 뒤 어쩐지 바보가 된 것 같은 기분이 들어 작게 웃었다.

"언제 또 찾아와요." 그녀가 일어서면서 말했다. 그만 가달라는 뜻이 분명했다.

할아버지는 전혀 나아지지 않은 기분으로 집으로 걸어 돌아왔다. 그리고 잠자리에 들었고 깨어나서 기지개를 켰지만 기분은 여전히 나아지지 않았다. 그래도 어쨌거나 자리를 털고 일어나서 하루를 시작했다. 그는 먼저 침대 틀 두 개를 주고 농부와 맞바꾼 철제 장작난로를 고쳤다. 니켈 도금이 찍혀나가 보기 흉했지만 작은 난로의 훈기는 서늘한 아침을 기분좋게 만들어주었다. 냄비에서 물이 끓었다. 그는 죽을 끓일 다른 냄비에 물을 절반 채우고 재료를 두 움큼 집어넣은 뒤 다시 난로에 올리고 끓였다. 먼저 늪의 차를 만들려고 물을 끓여놓은 찌그러진 양철 냄비에 가죽처럼 질긴 잎사귀를 넣다가 문득 담배가 떠올랐다. 그는 경질수목 막대로 죽을 저은 뒤 바지 주머니에 손을 닦고 문 옆 선반에서 잘게 부순 담배 주머니를 집어들었다. 그러고는 그것을 가지고 마당으로 나갔다. 특별한 느낌이 드는 날은 아니었다. 구름이 조금. 바람은 산들산들. 할아버지 샤와노가 그 자작나무 그루터기를 찾아낸 뒤 살펴보니 생각했던 것만큼 썩어 있지는 않았다. 그는 주머니를 열어 담배를 조금 꺼낸 뒤 살랑거리는 포플러 잎에게, 누군가에게, 아무도 아닌 이에게, 혹은 창조주에게 말했다. "저를 존재하게 해주셔서 감사합니다."

그는 담배를 그루터기에 놓고 무슨 일이 일어날지 기다렸다. 멀리서 딱따구리가 나무를 시험해보듯 톡톡 쪼더니 잠시 멈췄다가 금세 다른 나무로 날아갔다. 그러더니 이번에는 더 세게 쪼았다. 산들바람이 불자 약한 물결이 찰랑거리며 호숫가에 부딪혔다. 할아버지는 뭔가 다른 것을 기다린다는 사실은 잊어버렸고 차의 첫맛을 봐야 한다는 생각만 났다. 그는 다시 집으로 들어갔다.

매일매일이 이렇게 지나갔다. 담배를 밖에 내놓는 것으로 하루를 시작해 차와 죽으로 아침 끼니를 때웠다. 하루는 계속 흘러갔고 그는 소나무 막대를 자르거나 늪지로 버드나무를 구하러 다녔다. 이제 잘 드는 대패를 새로 장만해서 의자나 식탁 같은 것도 만들 수 있었다. 늦여름이 가을이 되고 겨울이 왔다 가는 동안 할아버지는 하루도 거르지 않고 담배를 밖에 내놓았다. 그는 비몽사몽간에 담배를 챙겨 밖으로 나가서 담배를 내려놓고 중얼거렸다. 그럴 때마다 뭔가가 보였다. 눈밭을 종종거리며 지나간 깨알 같은 쥐발자국, 나무가 타는 짙은 냄새, 잎을 다 떨어뜨린 나무 위로 몰려오는 구름. 그런 것이 눈에 선연한 순간에도 그는 처음 방황을 끝냈을 때 무서울 만큼 강렬하게 자신을 찾아왔던 벅찬 환희를 느끼지는 못했다. 두려움이나 슬픔이 그를 삼킨 것도 아니었고, 그가 죽은 자의 꿈을 꾼 것도 아니었다. 정령들이 찾아오긴 했지만 자기들끼리만 놀았다. 그는 숱한 시간을, 하루의 대부분을 일에 몰두했고, 눈앞에 놓인 일 말고는 모두 잊었다. 손에 잡히는 용구의 느낌, 균형, 쇠못이 아니라 나무못을 이용해 조각들을 짜맞출 때의 조이는 느낌. 만들어진 물건이 흔들림 없이 서 있는 데 중요한 깎고 다듬는 과정. 그는 마차로 물건을 실어가는 상인에게 만든 것을 죄다 팔았지만 하나를 만드는 데 시간을 너무 잡아먹어 돈은 전혀 모으지 못했다. 이따금 오트밀—자시 마누민, 미끈한 쌀—을 먹을 수 있을 뿐이었다. 거무죽죽한 오트밀을 담은 그릇에 단풍시럽을 듬뿍 넣어 먹을 수 있도록, 봄이 되면 주변 단풍나무에 구멍을 뚫어 그 즙을 받아야겠다고 생각했다. 그는 수액을 받으려고 나무를 깎아 수도꼭지 비슷한 것을 만들고 자작나무 껍질로 바구니, 즉 마카쿡을 만든 뒤에 물푸레나무로 테두리를 둘렀다. 스스로에게 번번이 놀랐다. 예전의 그는 무엇을 할지 말만 끝없이 늘어놓고 행동은 하지 않았지만, 이제는 무엇을 할지 생각하고 나면 그 생각에 말을 붙여주기 전에 행동으로 옮겼다. 먹파리떼가 미처 알을 까기 전, 모기가 극성을 부리지 못할 만큼 아직 밤이 추운 늦봄의 어느 날, 할아버지는 문득 꿈에서 딸이 말해준 나무가 그 장소에 있기나 한지 직접 가봐야겠다는 생각이 들었다.

다음날 아침 그는 일어나자마자 점심 도시락을 준비했다.

최근에 그는 땅콩버터라는 새로운 식료품을 사서 동물기름 대신 배넉에 발라 먹었다. 세상에 그렇게 맛좋은 것은 없었다. 그는 식은 배넉에 땅콩버터를 펴 바르고 그 위에 배넉을 하나 더 올려 주머니에 쑤셔넣었다. 그러고는 걸음을 옮기기 시작했다. 자신이 가려고 하는 곳에 걸어서는 갈 수 없다는 걸 알고 있었으니, 자신을 거기까지 배로 데려다줄 누군가를 찾아야 했다. 그곳은 옛 시절에 사람들이 살았던 곳이다. 인디언 보호관이, 선교사가, 모피상이, 심지어 럼주가 들어오기 전부터 사람이 살았다. 그 시절에도 삶은 여전히 팍팍했고 간사한 술수가 만연했지만, 적어도 씨족과 가족은 한데 모여 있었다.

할아버지는 숲을 똑바로 통과하며 한동안 걸음을 옮겼다. 힘들지 않았다. 그의 집에서 어디로 가든 백 가지 길은 알았다. 어렸을 때부터 숲속을 걸어다니는 것이 좋았다. 길을 잃은 적은 없었다. 술에 잔뜩 취했어도 엉뚱한 방향으로 간 적이 없었고 어느 곳에 가 있더라도 어떻게 거기까지 갔는지 몰랐던 적이 없었다. 사람들은 대부분 주위가 컴컴하면 어디가 어딘지 잘 몰랐지만 할아버지는 장소에 대한 감각을 제외한 자신의 전부가 소리를 지르며 미친듯이 날뛸 때에도 그 감각만큼은 정확히 유지하는 것 같았다. 그래서 숲을 빠져나오면 누구의 오두막이 나타날지 정확히 알았다. 그는 그 근처 어부들이 그물을 놓으러 나간 무렵에 도착했다.

앨버트 루즈, 아키웬치, 모턴, 닌가뱌농, 아무도 그를 지마난(카누나 보트)에 태워주지 않으려 했고, 그에게 빌려줄 여분의 보트나 카누, 낡은 목욕통을 가진 사람도 없었다. 그들은 그가 어떤 사람인지 알았다. 혹은 안다고 생각했다. 그래서 어떤 배를 빌려주든 원래대로 돌려받을 수 없을 거라고, 혹은 이 세상에서는 그럴 수 없을 거라고 생각했다. 모두가 떠나려던 찰나 앨버트가 돌아보며 자기집 뒤쪽 덤불숲에 낡은 위과시지만, 즉 자작나무 껍질로 만든 카누가 있으니 완전히 못쓸 상태가 아니라면 가져가 손을 봐서 써도 좋다고 소리쳤다.

알았어, 알았어, 자네가 그런 식으로 나온다면 내가 상대해주지, 할아버지는 생각했다. 그는 젊은 날의 투지가 불끈 솟는 걸 느끼며 앨버트의 집으로 저벅저벅 걸어갔고 거기서 부서진 선체를 찾아 등에 짊어진 채, 앨버트의 늙은 아내나 놀라서 입을 쩍 벌린 자식들에게는 한마디 설명도 없이 다시 숲으로 들어갔다. 숲을 지나는 동안 그는 그 우라질 물건을 잠시도 내려놓지 않았다. 그리고 마침내 집에 도착하자 문 앞 양지바른 땅에 내려놓았다.

"상태가 엉망은 아니로구먼." 그는 중얼거린 뒤 용케 원래 형태를 유지하고 있던 매끈하게 흰 삼나무 늑재를 쓸어만졌다. 물론 나무껍질들을 꿰매 붙이는 데 썼던 방크스소나무 뿌리로 만든 끈은 여러 군데가 끊어져 있었고, 자작나무 껍질은 여기저기 갈라져 있었다. 손볼 곳이 많았다. 할아버지는 오래된 마칵(자작나무 상자)과 손도끼를 들고 숲으로 갔고 일차적으로 손을 보기 위해 역청을 충분히 그러모았다. 잿더미에서 숯덩어리를 꺼내 빻은 뒤 그 가루를 역청과 섞었다. 어둠이 짙어져 사물을 분간하기 어려운 시간이 되었을 때는 이미 벌어진 틈을 메우고 막대기와 노끈을 써서 카누 측면을 고정시킨 뒤였다. 그리고 배넉 반죽을 새로 하면서 내일이 되면 방크스소나무 뿌리를 더 파내고 땜질용으로 쓸 자작껍질도 더 쳐내야겠다고 생각했다. 그날 밤 그는 그의 할머니가 그랬던 것처럼 혈액순환에 좋다는 삼나무 차를 강장제 삼아 마셨다. 그는 불이 꺼지지 않게 잘 돌본 뒤 퀼트 담요를 덮고 누워, 강장제의 도움으로 깨끗해진 피가 심장으로 밀려왔다 밀려나가는 것을 느꼈다. 잠들기 직전에 그는 앨버트를 떠올리며 크게 껄껄거렸다. 앨버트는 늘 유쾌한 농담을 즐겼고 스스로에 대한 농담도 했다. 할아버지는 그물을 던지는 어부들 옆으로 자신이 일정한 속도로 깊숙이 노를 저으며 지나가는 장면을 그려보았다. 앨버트의 눈이 휘둥그레질 때 그는 고개를 끄덕이며 손동작으로 내 꽁무니나 좇아와보시지, 하고 말해줄 것이다. 어쩌면 그러지는 않을 것이다. 그저 아름답고 완전한 형태를 되찾은 낡은 고물 카누를 타고 유유히 지나가면서 앨버트의 놀란 표정과 감탄하는 눈빛만 즐길 것이다.

그 카누 덕분에 할아버지는 호수 반대편에 나가보기도 전에 제법 유명세를 탔다. 시험삼아 처음 카누를 띄워본 일에 대한 소문을 들은 앨버트가 자신의 담배 파이프를 들고 그를 찾아왔다. 샤와노가 한번 더 카누의 이음새에 역청을 덧바르고 있는데, 앨버트가 숲속에서 그를 부르더니 곧 공터로 걸어나왔다. 열다섯 살쯤 된 아들도 따라왔고, 그들 부자는 카누를 보자 할아버지의 완벽한 솜씨에 탄복하며 흥분을 감추지 못했다. 휜 물푸레나무로 만든 뱃전 부분도 방크스소나무 뿌리 끈을 이용해 꿰매 붙였고, 그 뒤에 생가죽 띠를 대서 그것이 마르면서 그 부분을 조여들게 했다. 모든 것이 야무지고 단단했다. 뱃머리에는 진홍색 원 두 개를 새로 그렸다. 그리고 다시 땜질을 하고 청소를 했다. 그 모든 일이 일주일 만에 이루어졌다. 앨버트가 크게 탄성을 지르며 기뻐하자 샤와노는 그가 카누를 돌려달라고 할까봐 슬슬 불안해졌다. 하지만 그는 그런 요구는 하지 않았다. 앨버트는 술꾼이었던 적이 없었다. 가족을 성실히 먹여 살렸고 아내에게 충실했다. 훌륭한 어부였지만 내 할아버지 같은 손재주는 없었다. 그는 역청을 어떤 나무에서 구했고 어떻게 배합했는지 등 샤와노의 작업 과정을 전부 듣고 싶어했다. 내 할아버지 샤와노는 오랫동안 말을 하지 않고 살았기 때문에 자신의 아버지와 친척 어른들에게서 주워들은 지식과, 카누를 고치는 과정 하나하나가 서로 어떤 의미로 맞물리는지 자기도 모르게 주절주절 늘어놓았다. 그들은 한참 동안 이야기를 나누었다. 그리고 마침내, 앨버트가 자신의 파이프를 꺼냈다. 그는 파이프를 끼워 맞춘 뒤 담배를 채워넣고 불을 붙였다. 그가 한 모금 피운 뒤에 아들에게 건넸고, 아들도 똑같이 한 모금 피운 뒤에 샤와노에게 건넸다. 샤와노도 그들이 하는 대로 했다. 그가 앨버트에게 다시 파이프를 건네자 앨버트는 한 모금 빨아들인 뒤 이렇게 물었다. "북은 어쩌기로 했나?"

할아버지가 어떤 연관성을 깨달은 건 그때였다. 앨버트는 카카기시콕의 사촌이었다.

"기식이 말해줬군."

"누가 나한테 말했다고?"

그런 일은 전혀 없었다. 앨버트가 농담처럼 내 할아버지에게 낡은 카누가 있는 곳을 일러준 날, 밤중에 어린 소녀가 꿈속에서 앨버트를 찾아왔다. 고맙다는 말을 하러 온 것이었다. 소녀는 좋은 일이 생기게 해주겠다고 했다. 소녀가 말할 때마다 북소리가 들렸다. 북소리는 점점 커졌고 마침내 그가 잠에서 깼다. 앨버트가 꿈의 수수께끼를 풀기까지는 시간이 좀 걸렸다. 그날 할아버지에게 준 낡은 카누를 떠올린 뒤에야 그 꿈의 의미가 명확해졌다. 그러자 그는 내 할아버지, 북, 카누, 소녀 사이에 어떤 연관성이 있다는 확신이 들었다. 앨버트는 말을 멈추고 할아버지가 이야기를 이어받기를 기다렸다. 파이프에서 나오는 연기가 줄어드는데도 신경쓰지 않으면서.

샤와노는 목을 큼큼 풀었다. 목이 콱 메었던 것이다. 얼마나 예의바른 딸인가! 그의 딸은 정령들의 세계에 가서도 어른을 대하는 예의를 기억하여 앨버트에게 감사인사를 한 것이다.

"엔도니스(내 딸아)." 그는 자랑스러운 듯 고개를 끄덕이다가 다시 가로저었다. 그러고는 두번째로 그 이야기 전부를 털어놓았다. 앨버트가 몰랐을 리 없는 아나퀏에 대한 이야기, 분노와 방황이 이어졌던 길고 음울했던 세월, 마침내 꿈속에 딸이 찾아와 무엇을 부탁했는지까지.

"카누가 필요한 건 오래된 나무가 있는 곳에 가기 위해서야." 할아버지가 마지막으로 이야기를 정리했다. "그날 그리로 찾아갔던 건 거기에 갈 방법을 찾기 위해서였고."

앨버트는 혼자 우스운 생각이 났는지 껄껄거리기 시작했다. 그가 아들의 옆구리를 쿡 찌르며 말했다. "너도 알지?"

"뭘요?" 아들이 옆구리를 문질렀다. "뭘 말예요, 엔데이데이?"

"그 노인 말이다." 앨버트가 더 크게 껄껄거렸다. "내 할아버지."

"뭔가?" 샤와노가 물었다.

"벗이여." 앨버트가 말했다. "이 이야기를 들어두면 좋을걸세. 그 노인, 그러니까 내 할아버지가 옛날에 그 카누를 만들어 죽는 날까지 소중히 보살폈지. 그분이 그 나무를 지키는 사람이었네. 나무와 함께 담배를 피우셨어." 앨버트가 자기 파이프를 들어올리며 말했다. 기다란 파이프의 매끄러운 오키지(담배 파이프 자루)는 금빛이 도는 붉은색이었다. "바로 이 파이프야. 할아버지가 영원의 나무들과 함께 담배를 피운 파이프."

저녁 시간이 끝나갈 때쯤 결론이 났다. 앨버트와 내 할아버지와 그 소년—앨버트가 선교학교에 보냈지만 자꾸만 집으로 되돌아와서 앨버트가 직접 옛날 방식으로 최선을 다하여 키우고 있었다—이 함께 가서 그 오래된 삼나무를 찾아보기로 했다. 앨버트가 기식에게 소식을 알려주기로 했다. 할아버지의 상상 속에서 그녀는 고개를 끄덕이며 동그란 올빼미 눈을 그윽하게 깜박이고 남몰래 미소를 지었다. 그녀는 모든 것을, 어쨌거나 모든 것을 알고 있었다고, 예전에 겸손하게 말없이 구석에 앉아 있으면서 알아야 할 모든 것을 알게 되었다고, 앨버트가 말했다.

"그녀는 자네가 여기까지 이르는 길을 찾게 되리라는 걸 알았던 거야." 그가 할아버지에게 말했다. "이번이 사 대째니까 때가 됐지. 어린 소녀가 북을 우리에게 가져올 거라는 말이 나돌지 않았나."

"영광이지." 잠시 후 할아버지가 말했다. "하지만 난 내 귀여운 딸이 자라나 자신의 인생에서 가장 아름다운 모습으로 지금 내 앞에 서 있다면 좋겠어."

앨버트는 내 할아버지 샤와노의 어깨에 손을 올렸고 그들은 그렇게 함께 서 있었다.

"이렇게 해도 그애가 자네에게 돌아올 수 없다는 건 나도 알아. 그럼에도 이건 중요한 일이야."

"그럼, 중요한 일이지." 할아버지가 말했다.

내 할아버지와 앨버트, 그리고 별명이 치키였던 그의 아들이 나무를 보러 간 날에는 새잎들이 오므렸던 잎사귀를 폈다. 살랑거리는 바람은 아무런 방해가 되지 않았다. 햇볕은 포근했고 하늘은 맑았다. 무엇보다 자기멕(모기)도 없었고 물어뜯는 파리도 없었다. 세 사람은 오전 내내 노를 저었고, 납작한 회색 바위 위에 앉아 기름과 배넉과 차로 끼니를 때웠으며, 오후에도 내내 노를 저어 마침내 그들이 나무가 있다고 생각했던 장소에 다다랐다. 어렸을 때 앨버트는 친할아버지와 함께 그곳에 간 적이 있었지만 기억이 가물가물했다. 내 할아버지가 짐작하는 장소도 꿈을 통해 짐작한 것이라 정확하지 않기는 마찬가지였다. 세 사람은 숲속을 저벅저벅 걸어갔고 곧 사물이 잘 분간되지 않을 만큼 날이 어두워졌다. 그들은 밤을 보내기 위해 불을 지피고 차를 더 끓였으며 앨버트가 여기로 오는 길에 쏘아 죽인 오리를 구워먹었다. 다 먹고 나서는 이런저런 문제에 대해 이야기를 나눈 뒤 담요로 몸을 감싸고 누웠다.

그들이 잠들려는 찰나 할아버지의 귀에 먼 데서 늑대들이 목청껏 울부짖는 소리가 들렸다. 늑대들은 그날 무얼 보았고 느꼈고 먹었는지 한참 동안 이야기를 주고받았다. 샤와노는 그 소리를 들으며 깨어 있었다. 그는 늑대들이 한 짓 때문에 그것들을 비난한 적이 없었다. 늑대들과 싸우러 가지도 않았었다. 늑대들은 결국 본성에 따랐을 뿐이니까. 오로지 인간만이 의지로 자기 자신을 변화시킬 수 있지만 변화란 기만적인 것이다. 심지어 그 순간에도 샤와노가 처음 받아들인 그 최초의 술은, 그가 인생에서 받은 다른 최초의 술—그 술은 거부했었다—이 그런 것처럼, 그를 쫓아다니고 있었다. 아우우 늑대 울음소리가 깊어지는 가운데 그는 찰랑거리던 술잔, 신비한 체험 속에서 자신이 예전에 밀어버린 그 술잔을 보았다. 오래된 큰 나무들 근처, 신성한 어둠 속에서 이번에는 술잔을 밀어버리는 대신 손을 내밀어 잡고 입술에 가져가는 꿈을 꾸었는데, 술잔의 불이 몸안으로 들어오자 그는 한숨을 토하며 흐느껴 울기 시작했다.

나무들이 쓰러진 것은 번개에 맞아서라고 했다. 그 나무들에 백인의 도끼날은 닿지 않았다. 날이 밝자 그들은 함께 숲으로 들어갔고, 걸음을 옮긴 지 얼마 되지 않아 이상한 일이 일어났다. 눈앞에 갑자기 빈터 같은 공간이 나타났다. 그들이 서늘한 숲 그늘에서 나와 눈이 아플 만큼 환한 햇빛에 적응해갈 때 벌거벗은 그곳에서 본 것은 파괴된 땅이었다. 나무들은 성냥개비처럼 분질러지고 산산조각난 채 흩어져 있었다. 그 나무들의 파편 사이에서 가장 끈질긴 식물들만 자라고 있었다. 거인의 거대한 발꿈치에 짓밟혀 모든 것이 뭉개진 듯했다.

"무슨 일이 있었던 걸까요?" 소년이 소스라치게 놀라며 말했다.

"회오리바람이 불었던 게지." 앨버트가 말했다.

"회오리바람이 북을 만들 나무도 이렇게 만들었을까?" 내 할아버지가 물었다.

"여기서 파이프 담배를 피우는 게 좋겠네." 앨버트가 말했다.

그들은 아롱거리는 햇볕 속에 앉았고, 앨버트는 그의 할아버지가 피우던 파이프를 꺼냈다. 내 할아버지는 그때까지 파이프를 가져본 적이 없었다. 그것을 받을 만한 인물이 못됐기 때문인데, 이제는 자기 잘못 때문에 받지 못했던 것이 오히려 다행스러웠다. 그 불행했던 시절에 파이프에 무슨 일이 생겼다면 그는 다른 모든 일과 함께 그 일이 계속 꺼림직하게 남아 있었을 것이다. 앨버트가 간직하고 있던 파이프를 피운 것이 좋은 효과를 냈다. 세 사람 모두 불안이 줄어들고 감탄과 경이의 감정이 솟아나는 걸 느꼈다. 여기 우연하고 의도되지 않은 힘의 증거가 있었다. 그것은 창조의 힘이자 파괴의 힘이었다. 그 힘은 나무를 자라게 했고 또한 작살냈다. 그 힘은 인간에게 생명을 주었고 인간이 지상에서 허락된 시간을 살아내는 동안에는 물러서 있었다. 내 할아버지가 파이프를 들고 기도를 하는데, 저만치 앨버트와 치키 뒤로 움직이지 않고 반짝거리는 뭔가가 눈에 띄었다. 기도하는 동안 그는 그 반짝이는 곳을 물끄러미 쳐다보았고 이윽고 그 형체를 알아보았다. 잎사귀들 속에 숨어, 커다란 회색 늑대 한 마리가 그들을 지켜보고 있었다. 노란 눈동자는 고대의 고요를 불태우며 이글거렸고, 혀는 개가 때때로 그러듯 이빨 사이로 축 늘어져 있어, 뭔지 모를 적의가 느껴지면서도 좀 얼빠져 보였다. 내 할아버지가 웃었다. 나머지 두 사람이 할아버지가 웃은 이유를 알아내려고 돌아보았지만 늑대는 가버린 뒤였고 그 자리에는 나뭇잎 몇 장만 흔들렸다. 샤와노 할아버지는 그 잎사귀들 사이로 그들이 가야 할 방향을 보았다.

"나무는 저 벼랑 아래쪽 어딘가에 있어." 할아버지가 사람들이 쳐다본 곳을 가리키며 말했고, 늑대가 있던 자리와 나무들로 둘러싸인 파괴된 빈터 너머 솟아오른 바위에 조용히 속으로 입을 맞추었다. "그 나무를 만날 때까지 저 아래를 돌아다녀야 할 것 같아."

"긴 이고(자네가 하자는 대로)." 앨버트가 파이프에 남은 재를 후 불며 말했다. "난 어떻게 하든 괜찮아."

"저도 준비됐어요." 소년이 말했다.

벼랑 아래를 절반쯤 걸었는데도 세 사람의 눈에는 아무것도 보이지 않았다. 실의에 빠진 샤와노는 두 손으로 얼굴을 비볐다. 그가 눈을 뜨고 찡그리며 바로 앞을 바라보자 뒤엉켜 자란 버드나무 옆으로 통나무가 그의 예상보다 더 높은 곳에, 아무것도 뿌리내리지 못할 넓적한 바위 위에 놓여 있었다. 세 사람은 파도가 씻어내린 갈라진 바위들이 많은 곳을 기어올랐고, 점점 넓어지는 험한 길을 따라 조심조심 그쪽으로 다가갔다. 이윽고 넓적한 바위가 나타났다. 거기에는 삼나무 네 그루가 나란히 놓여 있었다. 할아버지는 그중 하나의 옆에 앉아 통나무에 기댔다. 만을 가로질러 저멀리 해협의 들목이 보이고, 그곳을 지나 저멀리 섬이 하나 보였는데, 그 파란 빛깔이 구름에 가려 꼭 신기루 같았다. 하지만 그 섬은 실재하는 섬이었고, 그는 그 사실을 뚜렷이 기억하고 있었다. 그와 아나퀏은 그들의 오두막 촌을 떠나 그 섬으로 달아났고, 황홀한 사랑을 나눈 그 처음에 딸이 잉태되었다. 그들이 그곳으로 떠난 것은 다른 사람 없이 둘만 지내면서 탁 트인 무한의 하늘 아래 서로에게 베리를 먹여주고 서로의 몸을 맘껏 만지고 싶어서였다.

어쩌면 그 커다란 나무들은 두 사람이 서로를 더듬는 손길을, 그 지극히 인간적이고 더없이 짧았던 행복의 순간을 지켜보며 그들을 불쌍히 여겼을 것이다. 나무들은 아마 줄곧 알고 있었을 것이다. 그 나무들이 어린아이 같던 그 연인들에 대해, 연인들의 딸에 대해 무엇을 할지 결정했을 것이다. 살과 뼈처럼, 북의 몸은 영혼을 담는 그릇이다. 남녀의 사랑은 변하고 틀어지고, 제 꾀에 넘어가고, 의심의 먹이가 되지만, 북은 계속 살아간다. 북은 생명 없는 사물이 지닌 인내심으로 기다리지만, 생명 자체의 힘으로 치유된다.

5
화려한 옷을 입은 남자

할아버지가 이 방에서 여기 우리 부족 사람들 앞에 앉아 북을 만들기 시작했을 때 나는 아직 태어나기 한참 전이었다. 할아버지를 버린 아내, 그녀와 친구가 된 지그완아게, 두 사람은 서두르지 않고 천천히 사이먼 잭을 무너뜨리는 일을 함께 해나갔다. 할아버지가 북을 만들던 시기에 내 아버지는 가고 싶은 곳에는 어디든 갈 수 있었다. 아버지는 가만히 앉아 있을 만할 때는 할아버지 옆에 앉아, 추운 집에 자기만 두고 떠나버린 사람의 아들로서 할 수 있는 최선을 다했다. 하지만 어떤 일은 가장 잔인한 방법에 의해서만 극복된다. 아버지가 이시코드 와보에 빠져버린 것이다. 아버지는 할아버지를 두고 나가 술을 마시는 일이 잦아졌다. 하지만 아버지는 북을 만드는 과정을 지켜보았다. 거의 전부를 보았다. 도울 일이 있으면 도왔다. 술을 마시러 나가서 들리는 이야기는 죄다 듣고 왔는데, 주변 사람부터 먼 곳 사람들까지 근황을 두루 들었고 심지어 호수 건너편 소식도 얼마간 알게 되었다. 그의 어머니 아나쿼에 대한 소문도, 어머니가 쫓아간 남자의 아내에 대한 소문도, 누나의 죽음에 관여됐다는 이유로 무고하게 그의 미움을 받은, 그와 절반의 피를 나눈 여동생 플뢰르에 대한 소문도 들었다. 아버지는 내게 그런 이야기를 이런저런 때에 해주었고, 앨버트 할아버지처럼 그 일과 깊은 관련이 있는 사람들도 내게 이야기를 들려주었다. 나무를 보살피는 일과 아버지를 찾아온 꿈, 비극적인 사건과 그 근원을 둘러싼 놀라운 구원의 사건을 생각해보면 대충 알겠지만, 근방에 사는 아니시나벡들은 북을 만든다는 말을 듣고 호기심과 희망을 동시에 품었다. 사람들이 할아버지를 찾아왔다. 얼마 지나지 않아 할아버지는 감당할 수 있는 만큼보다 더 많은 도움을, 믿을 수 있는 만큼보다 더 많은 조언을 받게 되었다.

할아버지는 자신의 용구를 카누에 옮겨 실었고, 얼마나 걸릴지 몰라도 그 시간만큼 그 나무들 옆에서 캠프를 치고 지내는 데 필요한 물품을 챙겼다. 그 장소에 다다라 캠프를 세운 뒤에는 나무들이 썩지 않았는지 하나씩 살폈고, 그중 하나를 골라 가장 매끈하고 가장 대칭이 잘 맞는 나무의 몸통에서 가지를 쳐냈다. 그 몸통 부분에 빙 둘러 조심스레 선을 긋고, 도끼와 톱, 쐐기를 써서 북의 몸체가 될 부분을 잘라냈다. 그는 잘라낸 부분을 굴려 캠프로 가져온 뒤 속을 파냈다. 미리 피워놓은 불 속에서 반드러운 돌들이 뜨겁게 달궈지고 있었는데, 불을 더 세게 때서 더 뜨겁게 달구었다. 돌들이 마침내 발갛게 변하자 할아버지는 경질수목의 나무막대로 돌을 굴려냈다. 그러고는 사슴뿔 두 개로 돌을 집어 각각 원하는 곳에 정확히 내려놓았다. 나무의 심장인 자리였다. 돌은 저 혼자 타올라 그 안에 야트막하게 그을려진 구멍을 만들었다. 식은 돌멩이는 다른 돌멩이와 바꿔주었다. 지루하고 고된 과정이었다. 끝이 없을 것 같은 시간이었지만 할아버지에게는 그때 그런 시간이 필요했다. 북은 머리로 미리 계획을 짜고 만들 수 있는 것이 아니었기 때문이다. 각 부분을 만드는 과정은 꿈에서 알아내야 했다.

할아버지는 밤에 잠이 들 때면 혹시라도 북의 구조나 특징이 밝혀지지는 않을까 고대했다. 양모 담요를 포근히 덮고 얼굴은 얇은 헝겊으로 가린 채 할아버지는 편안히 잠 속으로 빠져들었다. 그렇게 편히 쉬어본 적이 없었다. 정령들이 찾아왔지만 괴롭히려고 온 것은 아니었다. 정령들도 인간, 아니시나벡처럼 호기심이 동해 샤와노 영감이 무엇을 하는지, 그 북이 어디까지 만들어졌는지 알고 싶어했다. 비몽사몽간에 할아버지는 중얼중얼 말하는 소리, 조그맣게 논쟁하는 소리, 잘랑거리는 종소리, 발소리를 들었다. 이전에는 이런 소리에 겁을 집어먹었지만 이제는 마음이 고요했다. 그는 어른들이 난롯가에 둘러앉아 나지막이 이야기를 나누며 웃는 동안 오두막 구석에 포근히 누워 있는 아이처럼 안심이 되었다.

할아버지는 북의 몸체를 만드는 작업을 끝내자 그것을 카누에 옮겨 잘 묶은 뒤 노를 저어 집으로 향했다. 북을 어떻게 장식할지에 대한 환시는 아직 완성되지 않았다. 북이 요구하는 장식의 색깔, 상징, 종류는 여전히 그의 꿈을 피해다녔다. 마음속에 뚜렷한 그림이 떠오르지 않았다. 하지만 돌아오는 길에 어떤 일이 일어났다. 할아버지가 앞으로 숱하게 들려주게 될 어떤 일이. 해가 붉은 빛을 벗어던지고 뉘엿뉘엿 넘어가던 무렵 할아버지는 잔잔한 물결이 이는 만에 다다랐고, 그 건너에 할아버지의 오두막이 있었다. 커다란 구름 하나가 할아버지 뒤로 다가와 물위로 푸른 그림자를 드리웠다. 구름이 끝나고 맑고 붉은 하늘이 시작되는 바로 그곳에, 선 모양의 찬란한 공간이 나타났다. 노란 선이 땅과 호수를 가로지르며 눈부신 빛을 발하고 있었다. 할아버지가 노를 저어 그 황홀한 순간 속으로 들어가는데 호숫가에서 어린 소녀의 목소리가 들려왔다. 남쪽에서 천둥이 쳤다. 서쪽에서 거센 바람이 불었다. 할아버지가 바람이 어떤지 보려고 손을 들자 햇빛이 환히 비쳐 손을 빨갛게 물들였다. 할아버지는 늑대들을, 특히 자신을 지켜보던 그 늑대를 생각했다. 할아버지에게 그림들이 보였다. 그림들이 거기에 있었다. 어린 소녀. 손. 늑대. 빛의 노란 선에 의해 그릇 모양으로 두 쪽으로 갈라져 빛을 반사하는 호수, 그것이 북의 머리를 만드는 도안이 될 것이다. 사방의 모든 것이 잔잔했다. 할아버지의 마음속에 그 전체의 모습이 보였다.

베리를 따러 갔던 치키가 무스를 끌고 나타났다. 어찌된 일인가 하면, 치키가 납작한 바위에 앉아 샌드위치를 먹고 있을 때였다. 발치에 베리를 담은 들통 두 개가 있었고, 어린 여동생은 물가에서 가재를 집적거리고 있었다. 가재를 수초에 들러붙게 해서 확 낚아챌 생각이었다. 소녀는 퍽 조용했다. 치키도 그랬다. 소년은 시끄럽게 윙윙거리는 엄청난 수의 등에떼가 성가셨고, 그 순간 문득 친척 할머니가 친척 아저씨에게 등에떼가 우글거리는 걸 보니 근처에 무스가 있는 모양이라며 총을 가져오게 했던 기억이 떠올랐다. 치키는 베리를 따러 갈 때는 곰이 나타날까봐 늘 총을 챙겨 다녔다. 그는 샌드위치를 주머니에 넣고 총을 꺼냈다. 바로 그때 숨어 있던 무스 두 마리가 뛰쳐나왔다. 등에떼의 습격에 혼비백산한 무스는 미친듯이 날뛰며 우당탕 물을 향해 달려갔다. 대체로 무스는 편집증에 가까울 정도로 수줍음을 탄다. 하지만 등에떼에 쫓길 때에는 전혀 그렇지 않다. 치키는 그렇게 무스를 잡았다. 그가 그 거대한 짐승을 쏘아 죽였다. 치키와 앨버트 할아버지는 함께 고기를 손질한 뒤 집으로 끌고 왔다. 가죽은 털이 잘 빠지게 용액에 담가 산패시킨 뒤 찌꺼기를 깨끗이 긁어내고 짐승의 뇌를 끓인 물로 무두질을 했다. 할아버지는 그 가죽에서 북의 양쪽 면, 그러니까 위와 아래에 댈 가죽 두 장을 동그랗게 잘라냈다. 이제 곧 북에 그 가죽을 대서 팽팽하게 고정할 작정이었는데, 그 일을 앞둔 바로 전날에 어린 딸이 찾아왔다. 딸은 종 모양으로 퍼지는 원피스를 입고 아버지 앞에 서서 말했다. "제가 북소리를 조율할 거예요. 북 안에 저를 넣어주세요, 데이데이. 그러면 저는 만족할 거예요."

할아버지는 어리둥절했지만 딸이 찾아온 사실이 몹시 소중해서 누구에게도 얘기하지 않았다. 할아버지는 그 환시를 아껴두었다. 그것에 대해 시간을 두고 생각하고 싶었다. 하지만 도무지 무슨 뜻인지 알 수가 없었다. 북 안에 넣어달라니. 무슨 뜻으로 그 말을 했을까? 소리를 아름답게 만들려고 북 안에 작은 종을 다는 일은 더러 있었다. 다른 것을 넣기도 했다. 북 안쪽에 한복판을 가로질러 갈매기 뼈를 매다는 방법은 샤와노 할아버지도 알았다. 딸은 리본을 좋아했다. 그래서 할아버지는 북의 스커트에 리본을 장식하기로 마음을 먹었다.

하지만 딸은 북 자체가 되고 싶어하는 것 같았기 때문에 그것만으로는 부족했다. 마침내 할아버지는 딸을 찾아가 어떻게든 말을 걸어보기로 했다. 딸의 뼈를 묻었던 곳으로 가보는 것이다. 다음 날 아침에 할아버지는 연기가 지붕을 통과해 곧장 빠져나가는 작은 난로에 불을 지피고, 분노가 들끓던 옛 시절에 걸핏하면 벽에 집어던졌다가 정신을 차리면 망치로 두들겨 원상태로 되돌리곤 했던 짜부라진 주전자에 물을 끓였다. 또다른 냄비에 잎사귀 몇 장과 발삼나무 바늘잎을 넣은 뒤 물을 붓고 우려낸 찻물을 컵에 따랐다. 할아버지는 컵을 들고 밖으로 나가 숲을 바라보며 차를 마셨다. 어쩌면 할아버지는 그렇게 자신의 영혼에 힘을 불어넣었을 것이다.

마차들이 숲속을 지나 호수로 내려갈 때 다니던 길에는 수풀이 우거져 있었다. 숲속으로 20피트쯤 들어가면 자작나무가 무리 지어 자라는 곳이 나왔다. 한 뿌리그루에서 몇 개의 자작나무가 자라면 그 한복판에 우묵한 곳이 만들어져 그 안에 나뭇잎과 솔잎이 떨어져 쌓인다. 오래전, 이 아름답고 고요한 장소에 할아버지는 딸의 뼈를 묻었다. 끌로 나무를 파내고 묻은 뒤 뼈가 흩어지지 않게 둥글넓적한 돌로 그 우묵한 곳을 막아두었다. 그는 자작나무들이 함께 자라나 딸을 포근히 감싸주기를 바랐다. 우묵한 곳은 그대로 있었고, 나무 네 그루는 여전히 하나의 중심에서 자라고 있었지만 그 돌을 단단히 붙들고 있었다. 할아버지는 돌 위에 담배를 내려놓은 뒤 나뭇가지와 썩은 낙엽과 나뭇잎이 수북이 쌓인 곳에 주저앉았다. 옛 노래가 할아버지를 찾아왔다. 할아버지는 눈을 감고 노래를 불렀다. 그리고 자장가를 불렀는데 아나쿼이 늘 부르던 노래였다. 자장가를 부를 때는 눈물이 나서 목이 메는 것 같았지만, 눈물은 안에서 사라질 뿐 밖으로 흐르지는 않았고, 시간이 좀 지나자 기분도 더 좋아졌다. 할아버지는 예쁜 헝겊과 막대사탕을 챙겨 왔다. 할아버지가 그것을 돌 위에 올려놓았다.

샤와노 할아버지는 샌드위치와 물병도 가져왔다. 할아버지는 돌멩이 위에 물을 조금 붓고 샌드위치도 조금 떼어 올렸다. 그러고는 그 북과 그동안 일어난 모든 일에 대해 생각했다. 딸이 꿈속에 처음 찾아온 뒤로 하나의 의문이 풀리면 또하나의 의문이 생기는 것 같았다. 할아버지는 하나씩 해결해가며 북을 완성하기 위해 온 정성을 쏟았다. 할아버지는 녹초가 되도록 일하는 것이 좋았다. 할아버지에게는 몰두할 일이 필요했다. 방황을 끝낸 뒤로 할아버지의 마음속에서는 생명력, 초조함, 움직이고 생각하고 뭔가를 완성해야 할 필요성이 점점 커졌고, 그 모든 것이 북을 완성하는 것에 오롯이 쏠렸다. 지금은 아무것도 하지 않으면서 숲속에 앉아 있는 것이 좋았다. 생각을 자유롭게 풀어놓는다. 소금과 후추를 친 무스 고기 기름을 배넉에 펴 발라 한입씩 베어먹는다. 숲속에는 퍼쿤(견과류)도, 버섯도, 베리도 자랐다. 그날은 사냥을 하고 베리를 따며 보내기로 했다. 그런데 할아버지가 머리를 기대고 있던 자작나무 뒤쪽에서 바스락거리는 소리와 속삭이는 소리가 들렸다. 그리고 뼈가 딸깍하는 소리가 들렸다. 할아버지가 돌아보자 어느새 뼈를 묻었던 곳에서 길게 굽은 우아한 뼈 두 개가 튀어나와 있었다.

어쩌면 짐승이 밀어냈겠지만, 아까까지는 그 뼈가 보이지 않았다는 사실만큼은 확실했다. 할아버지가 뼈를 집어 손으로 부드럽게 감쌌다. 그러자 딸이 했던 말이 무슨 뜻이었는지, 자신을 찾아온 이유가 무엇이었는지 알 것 같았다. 할아버지는 무엇을 해야 할지 깨달았다.

그것이 지금 이 방에 놓여 있는 북이 어린 소녀의 뼈로 만들어지게 된 이유다. 뼈는 동서 방향으로 고정한 짐승의 힘줄에 매달려 있었다. 북에는 방향이 있고, 결정을 내리는 자의 뜻에 따라 방향이 잡힌다. 소녀의 뼈가 북의 목소리가 되었다. 북에 관해서는 그 사실을 뺀 모든 것, 눈으로 볼 수 있는 모든 것이 오래도록 음미되었고, 북의 노래를 배우고 북을 보살핀 모두가 그 의미를 토론했다. 하지만 뼈만큼은 할아버지의 비밀이었다. 심지어 할아버지는 자신의 아들에게도 말하지 않았다. 북이 마지막으로 사용된 뒤 한참의 세월이 지났을 때 마침내 할아버지가 그 비밀을 털어놓았던 대상은 나였다.

나는 북이 생명을 얻고 많은 시간이 흐른 뒤에 태어났지만, 할아버지, 그리고 끝내는 아버지까지도 그 이야기를 아주 많이 들려주어서 북은 내 최초의 기억의 일부처럼 느껴진다. 어머니가 아버지와 함께였을 때, 어머니는 어떤 의식이든 그 북을 쓰는 의식에는 아버지를 반드시 참석하게 했다. 할아버지는 아버지를 북 근처 다른 남자들 바로 뒤쪽에 앉히고 막대기로 무릎을 두드리며 북의 노래를 배우게 했다. 아버지가 술에 빠져 허우적거리던 시절에도 할아버지는 아버지를 데리고 다녔다. 아버지가 술에 취해 곯아떨어지더라도 할아버지는 그 노래들이 제 역할을 하기 바라면서 아들을 계속 북 가까이 앉혔다. 그것이 훗날 할아버지가 돌아가신 뒤 아버지를 지켜주었을 것이고, 어쩌면 나도 지켜주었으리라. 틀림없이 그랬으리라. 아버지가 술을 마시고 길길이 날뛸 때 나를 살아남게 해준 것도 어쩌면 그 노래들일지 모른다. 술에 취하지 않은 흔치 않은 시간에 아버지가 그 노래들을 부르며 내게 가르쳐주었기 때문이다. 훗날 나는 아버지가 나를 학대했던 일을 잊기 위해 망각을 간절히 바랄 필요가 없었다. 뭔가가 나를 진정시켰다. 뭔가가 내 마음을 바로잡아주었다. 뭔가가 내게 내면의 평화를 주었다.

그 북의 힘은 강력했다. 사람들이 북을 찾아다녔다. 북은 퍽 친절해서 어떤 질병도 다 고쳐주었다. 우리 집안 사람들이 북을 지켰기 때문에 사람들이 우리를 찾아왔다. 북 근처에 살았거나 꿈에서 북의 노래를 들은 사람들, 어떻게든 북을 도와준 사람들—고쳐주거나 선물을 주거나 심지어 구경하러 온 사람을 도와준 사람까지—모두 강한 힘을 얻었다. 북은 그런 것이다. 북이 사람들을 한데 모으고 붙잡아준다. 사람들을 돌봐준다. 하지만 인간과 마찬가지로 아무리 보살핌을 잘 받아도 북은 삐뚤어질 수 있다. 북은 그 자체의 역사와 슬픔이 있다.

내가 북의 노래를 부르면서 자라는 동안 북에 대해 이런저런 이야기가 오갔다. 노인들이 이러쿵저러쿵 쑥덕거리는 말이 들렸다. 어떤 이야기는 몇 달, 심지어 몇 년 동안 이어졌다. 그중에서 노인들이 늘 다시 돌아가는 이야기, 끊임없이 재미를 느끼며 화제로 삼는 이야기가 있었다. 예전에 희한한 망상에 사로잡혔던 사이먼 잭이라는 남자가 있었다고 했다. 이야기는 그가 자신이 두 여자의 남편이라는 사실을 은근슬쩍 흘리고 다니면서 시작되었다. 교회도, 법도 그것을 허락하지 않았지만 그 시절에는 그것이 영리한 사냥꾼의 특권이었다. 두 여자를 유혹하여 데리고 살면서 먹여 살리는 남자는 힘있는 남자로 여겨졌고, 부러움과 추종의 대상이었다.

사이먼 잭은 우쭐해하며 두 여자가 자신의 모든 욕구를 들어준다는 말을 흘리고 다녔지만, 노인들이 그의 오두막을 찾아가자 웬걸, 상황은 반대였다. 여자들은 사이먼을 쥐고 흔들고 따돌리고 무시했다. 그는 여자들의 뜻에 따라야 하는 노예였다. 여자들이 명령하는 대로 뛰어다녔다. 하지만 시내에 나가면 두 여자의 온순함에 대해 자랑하면서 그들이 자신을 두려워하고 흠모한다는 말까지 떠벌렸다. 어쩌면 자기가 한 말을 진심으로 믿었을 것이다. 사이먼 잭의 집에 찾아간 사람들이 알려주기로는, 예컨대 그가 지그완아게에게 차를 끓여오라고 시킨다. 하지만 그녀는 아예 무시한다. 시간이 얼마간 흐르면 그가 직접 난로로 가서 주전자에 담긴 찬물을 컵에 따라 손님들에게 건넨다. 아나퀏, 배넉이 어디 있지, 그가 소리친다. 아나퀏은 그의 머리에 둥근 빵 덩어리를 던진다. 그는 그녀가 그것을 공손하게 갖다준 것처럼 집어들며 비굴하게 느껴질 만큼 고맙다고 말한다. 늘 그런 식이었다. 그는 "아내들"이 자기에게 입힐 아름다운 구슬옷을 만든다고 주장했지만 그 말이 사실이라고 해도 다른 남자들은 그 여자들이 구슬을 꿰매는 방식에서 왠지 모를 불편함을 느꼈다. 결국 모두 아나퀏과 지그완아게가 여러 해 동안 겨울만 되면 그 옷을 만들고 있다는 사실을 알게 되었다. 두 사람의 바느질은 끝나지 않았다. 어쩌면 이미 끝내놓고서는, 다시 풀고 다시 꿰매는지도 몰랐다. 어떤 일이 일어나고 있었을까? 어쩌면 두 사람 역시 미쳤던 것일까?

그러던 어느 날 남자들은 옷이 완성되었다는 말을 들었다. 사이먼 잭이 숲속에 나타나면 저멀리에서도 찬란한 구슬이 반짝거리며 빛났다. 그는 꽃이 달린 넝쿨을 칭칭 감은 광대 같았다. 그 옷에는 빈틈없이 구슬이 꿰매져 있었다. 조끼에도 구슬이 꿰매져 있었고 수달 모피를 덧댄 반바지에도 구슬이 가득했다. 누가 보더라도 가장 특별한 옷이었고, 그는 언제나 그 옷을 입고 다녔다. 잘 때도, 가장 지저분한 일을 해야 할 때도 옷을 벗지 않았다. 때가 끼어 뻣뻣해지고 악취가 났지만 사이먼 잭은 옷을 벗지 않았다. 덫사냥을 떠난 겨울에도 한철 내내 입고 다녔다. 봄이 돌아와 숲에서 한 짐 가득 모피를 싣고 나왔을 때에도 그 옷을 입고 있었다. 이제 사람들은 그를 불쌍히 여겼다. 냄새가 견딜 수 없을 만큼 고약해지자 사람들도 그를 피해다녔지만 그가 먹을 수 있게 개들이 넘볼 수 없는 그루터기에 음식을 내려놓고 갔다. 그는 갈 곳이 없었다. 자기 오두막에도 들어가지 못했고, 지그완아게가 젊은 남자와 같이 쓰는 텐트에서도 쫓겨났다. 농가 마당에서 잠을 자고 개울을 헤맸다. 사람들이 모이는 곳이면 어디든 나타나 먹을 것이 없는지 기웃거렸다.

생각해보면, 노인들의 말마따나 그는 한때 부러울 것이 없었다. 원하는 것은 모두 손에 넣었었다. 아내, 자식들, 지식, 강력한 노래들. 하지만 이제 그에게 남은 것은 몸에 걸친 옷뿐이었다.

냄새는 지독했지만 옷은 끄떡없었다. 집게발처럼 자란 손톱이 부러졌지만, 모자 밑으로 헝클어져 내려온 머리는 덕지덕지 뭉쳤지만, 셔츠 목둘레로 각질처럼 때가 잔뜩 끼었지만, 피부에는 윤이 날 만큼 새까만 때가 눌어붙었지만, 그럼에도 옷은 전혀 망가지지 않았다. 구슬이 빈틈없이 꿰매져 있는 띠나 어깨 장식, 레깅스에서 구슬은 단 한 알도 떨어져나가지 않았다. 풀어진 올도 없었다. 색깔도 그대로였다. 구슬은 여전히 꽃송이 한복판에서 반짝거렸다. 마니두미넨삭, 작은 영혼, 그것이 우리 언어로 구슬을 부르는 말이다. 구슬은 단순한 장식 이상이다. 구슬에는 저만의 삶이 있다. 한때 사이먼 잭은 두 여자를 복종시킨다고 으스댔지만, 여자들이—그가 아이를 배게 한 젊은 여자와 첫번째 아내였던 봄의 울버린—그 일을 할 때 어떤 것이 만들어질지 알고 있었다는 사실이 확실해졌다. 여자들이 그를 덫에 가둔 것이다. 어쨌거나 그는 제 손으로 그 옷을 입었다. 세상 사람들에게 아내들의 순종과 헌신을 보여주는 예가 되리라 생각했을 그 옷. 하지만 그것은 내가 말한 대로, 그냥 꽃도, 그냥 넝쿨도, 그냥 구슬도 아니었다. 그 작은 영혼들이 그의 오만함을 만천하에 알렸다. 더러움과 찬란함. 그것이 사이먼의 안과 밖이었다.

아호(들어보게)! 노인들이 말했다. 그 일은 이렇게 일어났다. 이른 여름의 어느 오후 그는 춤의 원 안으로 들어가 내 할아버지 옆에 앉았다. 비를 조심해야 합니다! 그는 턱짓으로 맑은 하늘을 가리켰고, 남자들은 비는 당연히 오지 않을 거라 생각하며 그의 지독한 냄새만큼 많은 것을 떠올렸다. 그들이 알고 있다고 생각하는 그만큼을. 비가 오려면 구름이 있어야 했다. 하지만 내 할아버지는 그 가여운 인간이 뭐라고 했건 상관하지 않고 그에게 씹는담배가 담긴 깡통을 내밀었다. 사이먼 잭은 담배를 조금 집어 똘똘 뭉친 뒤 아랫입술 안쪽에 붙였다. 그의 이빨은 죄다 초록색이고 송곳니 모양으로 생겨 있었다. 길고 좁다란 턱이 여우의 턱처럼 벌어졌다 닫혔다. 사람들은 길게 휘어진, 거북의 회색 등껍질처럼 우둘투둘한 그의 손톱에 넋이 빠졌다. 물론 그의 몸 어디에서나 흘러넘칠 듯한 화려한 구슬 장식도 시선을 모았다. 그가 멘 탄약대 두 개도 흰 바탕을 구슬로 촘촘히 장식한 것이었다. 책상다리로 앉은 발에 신은 마키지난 밑창에도 구슬이 보였다. 그런 마키지난은 죽은 자들이 신는 거라고 노인들이 말했다. 할아버지가 북 옆에 가서 앉으려고 몸을 일으키는데 사이먼 잭이 트집을 잡으려는 듯 고개를 흔들며 할아버지를 쳐다보았다.

"노래들 순서가 뒤집혔는데요." 그가 말했다. "그렇게 부르면 안 되는데."

다른 남자들은 그가 잘못 알고 있다고 생각했다. 지금 트집을 잡는 이가 어떤 사람인가? 하지만 결과적으로 사이먼은 제대로 알고 말한 것이고, 할아버지는 지금 벌어지려는 일 때문에 애가 말랐다. 할아버지는 그 북이 존재하게 된 뒤로 사람들의 마음에 들어온 노래들을 알고 있었는데, 그 노래들을 안다는 것은 숨쉬는 방법을 아는 것과 같았다. 한데 갑자기, 사이먼 잭이 원 안으로 들어가자 뭔가가 변한 것이다. 훗날 내 할아버지 샤와노는 그 사건에 대해 그 순간 누가 자신의 귀에 대고 무슨 말인가를 속닥거려 생각을 할 수 없는 상태와 같았다고 묘사했다. 남자들은 혼이 나갔다. 노래들은 뒤죽박죽이 되었다.

우리가 간절히 바라는 것은 단순한 질서다. 어느 날, 그리고 다음날, 그리고 그다음날, 우리가 운이 좋다면 우리의 하루하루는 다르지 않을 것이다. 슬픔은 혼란이다. 죽음과 질병은 세상을 제대로 움직이지 못하게 한다. 북의 질서는 세상의 질서다. 그 질서 속에서 살아나가고 그 질서를 지키는 것은 절박하게 희망을 갈구하는 몸짓이다. 우리를 보호하소서. 우리를 구원하소서. 우리의 마음에서 슬픔을 걷어가 순수한 마음으로 세상을 찬미하게 하소서.

노래들의 순서가 뒤집힐 때, 노래들이 제자리를 지키지 않을 때, 북 치는 박자가 일그러질 때 상황은 멈출 수밖에 없다. 우리는 그 사건을 곰곰이 짚어보아야 한다. 훗날 할아버지는 일이 걷잡을 수 없이 잘못되어갈 때 자신이 무엇을 했어야 했는지 생각을 정리해 보았다. 하지만 그날이 오기 전까지 그는 질서를 잃어본 적이 없어 그것을 마음의 힘으로 이겨낼 수 있을 거라고 생각했다. 그래서 남자들은 계속 북을 치며 노래를 불렀다.

사이먼 잭은 일어나 제자리에서 춤을 추기 시작했고, 계속 춤을 추면서 원 안으로 들어가 북 주위를 빙글빙글 돌았다. 처음에 그의 행동에는 이상한 점이 전혀 없었다. 그는 존중을 보이고 있었다. 하지만 그 춤에는 멈춤도, 휴식도 없었다. 노래는 곧바로 다음 노래로 이어졌고 북 치는 사람, 노래하는 사람, 춤추는 사람 모두, 심지어 북 자체도 쏟아져나오는 어둠의 힘에 사로잡힌 것 같았다. 원 안의 사람들은 불안에 휩싸였다. 그들은 지금 자신들이 무엇을 듣는지, 무엇을 보는지 몰랐지만, 자신들의 몸에 일어나는 감각은 알았다. 한 남자가 자기 안에서 숨이 쪼개지는 것 같다고 말했다. 남자들의 심장이 멈추었다가 다시 질주했다. 어떤 남자는 속이 메슥거리다가 곧 배가 아프기 시작했다. 누구는 춤추고 싶어 다리가 근질거렸지만 자신은 춤을 추면 안 된다는 것을 알았다. 그들에게는 사이먼 잭이 바로 거기서 지독한 무아지경에 빠져 발을 구르고 고개를 흔드는 것을, 죽은 자의 마키지난을 신은 발로 풀밭을 짓뭉갤 듯 좁은 보폭으로 스텝을 밟는 것을 보는 것만으로 충분했다. 지금 북으로 다가가는 건 실수라는 것을 아는 것만으로 충분했다. 원 안의 사람들은 자신들이 무엇을 느꼈는지도, 자신들이 뭔가에 홀렸는지 아닌지도 몰랐다. 하지만 북 치는 사람을 말리는 이도, 춤추는 사람을 말리는 이도 없었다. 그들은 그 상태로 얼어붙은 것 같았다. 그 장면의 어떤 것도 움직이지 않는 것 같았다. 하지만 모든 것이 움직이고 있었다. 심지어 더 빨라졌다. 박자도 그랬다. 남자들도 그랬다. 그들의 고조된 목소리도 그랬다. 모든 것이 빨라지는 가운데 마침내 그가 돌아섰다. 구슬과 털과 천 자락들이 휙 움직였다. 할아버지는 사이먼 잭을 계속 주시하고 있어서 그 순간을 볼 수 있었다. 그가 잘못된 방향으로 걸어가기 시작했다. 그는 북을 빙 돌아 정령들의 세계가 있는 쪽으로 가버렸다. 노인들은 그 일이 일어나는 것을 보았다. 사이먼 잭의 낯빛이 잿빛으로 변했고 안구가 돌아가 흰자위가 드러났다. 그들은 바로 그 순간 그가 원을 완전히 다 돌지 못하리란 것을 알았고, 정말로 그렇게 되고 말았다. 그는 반쯤 돌다가 쓰러져 죽었다.

그 사건이 일어난 뒤에 할아버지는 북을 치웠다. 물론 북은 땅에 닿지 않게, 북이 있어야 할 자리에 두었다. 다른 북들을 보러 갈 때 할아버지는 이따금 그 북을 꺼냈다. 북에게 담배와 물을 바쳤고, 북이 욕설을 듣거나 나쁜 광경을 보는 일이 없도록 주의를 기울였다. 치명적인 병에 걸린 사람들이 애원하고 친지들이 병자를 낫게 해달라고 매달려도 할아버지는 절대로 북을 꺼내지 않았다. 앞서 말했듯이 할아버지는 내게 그 이유를 말해주었다. 나를 믿고 모든 것을 털어놓았다. 북을 더는 믿을 수 없다고 했다. 그 북 안에 딸의 뼈가 있다고 했다. 딸도 보통의 어린아이들처럼 자제력을 잃고 울분을 터뜨릴 수 있다고, 그날 그 원 안에서 일어난 일도 딸이 일으킨 거라고 할아버지는 확신했다. 어머니를 데려가고 자신의 목숨을 잃게 만든 그 남자에게 딸이 화가 난 거라고 했다. 할아버지의 딸은 가엾은 사이먼 잭에 대해서는 전혀 연민을 느끼지 않았다.

비록 사이먼 잭이 할아버지의 삶을 거의 파괴하다시피 했지만, 결국 그를 불쌍히 여긴 사람은 할아버지가 유일했다. 남자들은 죽은 사이먼 잭을 원 안에서 할아버지의 집 마당으로 옮겨 솔가지로 누울 곳을 만들어 그 위에 눕혔다. 죽은 자를 돌보는 여자들이 불을 지피고 사흘 동안 꺼지지 않게 지켰다. 그의 영혼이 떠나는 길에 그 불이 빛을 밝혀줄 것이다. 그들은 사이먼 잭을 묻으려고 몸을 씻겼다. 그러는 사이, 죽은 이가 예견한 대로 맑은 하늘에서 비가 흩뿌려 그들의 머리 위로 곧장 떨어졌다.

어렸을 때 나는 사람들이 그 일을 두고 수군대는 것을 들었다. 필리저 집안이 어떤 집안이었는지 혹은 왜 많은 사람들이 지그완아게를 두려워했는지 잊힐 즈음 그 이야기가 사람들 입에 더 공공연히 오르내렸다. 사이먼 잭을 묻을 준비를 하면서 사람들은 그가 옷을 벗지 않은 이유를 비로소 알아냈다. 이유는 간단했다. 벗을 수 없었기 때문이었다. 옷은 바로 몸에 꿰매져 있었다. 바늘땀과 구슬 주변에 살이 부풀어오른 부분도 있었다. 또 어떤 부분은 옷이 몸에 딱 맞게 틀이 잡혔다. 여자들은 사이먼 잭의 몸에서 조심스레 옷을 잘라낸 뒤 유리구슬이 녹을 만큼 뜨거운 불에 태웠다. 그들은 그의 몸을 자작나무 껍질로 묶은 뒤 그를 알몸으로 묻었다. 두 여자가 시내로 갈 때 그를 넘어다닐 수 있게, 그는 필리저 촌락으로 가는 길목의 들머리에 묻혔다.

여자가 남자에게 속한 뭔가를 넘어다니는 것은 대체로 올바르지 않은 일로 여겨진다. 과거에는 확실히 그랬다. 그러면 여자의 힘이 남자에게 주어진다고 한다. 그래서 나는 여자들이 어떤 생각에서 사이먼 책을 그 길목에 묻었는지 잘 모르겠다. 어쩌면 경고의 의미로, 혹은 잊지 않게 상기시켜주려고 그랬을 것이다. 혹은 오래된 금기가 죽은 자에 대해서는 반대로 작용하는지도 모르겠다. 사이먼 책을 묻은 위치가 아나퀏이나 지그완아게의 마음을 괴롭혔는지, 혹은 그의 죽음 이후 두 사람의 심경에 조금이라도 변화가 생겼는지 나는 정말로 모르겠다. 두 사람은 우리 부족을 뒤흔든 소름끼치는 질병에 걸려 죽었다. 그 아이, 내 아버지의 씨 다른 여동생 플뢰르만이 혼자 살아남았다. 그리고 물론 그 무렵 동부로 가서 소식이 끊긴 니빈아게도 살아남았다. 이미 말했듯이, 북은 계속 극진한 보살핌을 받았으나 두 번 다시 사용되지는 않았다. 할아버지는 마음속으로 북을 어떻게 할지 갈등했을 것이다. 한번은 내게 어느 동굴의 비밀 장소를 알려주며 당신을 거기 묻어주되 북도 반드시 함께 묻어달라고 부탁했다. 또 한번은 북을 불에 태워야 한다고 말했다. 몇몇 노인과 함께 북의 노래들을 기록해두었으니 겨울이 마흔 번 지나면 북을 되살려야 한다는 말도 했다.

할아버지는 돌연 세상을 떠났다. 내게 알려준 방법들 중 어떤 것을 따를지 확실해지기 전이었다. 할아버지가 떠난 뒤 노인들이 모여 할아버지의 노래는 누가 맡을 것이며, 할아버지의 수호 정령은 누가 먹일 것이며, 어린 딸의 영혼이 담긴 소녀 북은 누가 돌볼 것인지 의논했고, 모든 일은 노인들이 옳다고 생각한 방향으로 진행되었다. 북은 내 아버지가 맡았다. 아마 그분들은 북의 힘이 아버지를 치유하여 정신을 차리게 해주기를 바랐을 것이다. 아버지가 럼주와 맥주를 받는 대가로 주잇 파커 태트로라는 상인에게 북을 넘기리라는 사실을 어쩌면 그분들이 알았을지도 모르겠다. 일이 그렇게 될 줄 미리 알고, 북이 동부로 가서 좀더 성장한 뒤에 여기로 돌아와야 한다고 생각했으리라. 할아버지가 말했던 마흔 해가 지났다. 그 북으로 말미암아 고통받았던 사람들, 괴로워했던 사람들, 치유받았던 사람들, 건강을 되찾은 사람들은 이제 모두 가고 없다. 그저 노래만이 남았을 뿐이다.

제3부

소녀 북

1

쇼니는 어린 남동생을 앉혀놓고 그 포동포동한 손이 꼭 쥐고 있는 크레용을 빼앗았다. 크레용은 자주색이었는데 아기가 보기에는 먹어도 될 것 같았고, 이름마저 심지어 '포도'였다. 그 낱말을 혀끝에 올려놓고 소리를 내면 입안에 침이 고였다. 소녀는 식료품점에서 파는 포도주스가 몹시 마시고 싶었다. 그 느낌이 어찌나 강하던지 그 시원하고 달콤한 맛이 상상으로 느껴질 정도였다. 소녀의 남동생 아피치의 표정이 뿌루퉁해지며 입을 쑥 내밀더니 곧 입을 벌리고 바락바락 악을 쓰며 울었다. 하지만 쇼니는 동생을 다루는 요령을 알았다. 소녀는 아기의 입으로 손가락을 가져가 혀를 부드럽게 간질였다. 대개는 자지러지게 놀라 울음을 그치고 까르르 웃었는데. 이번에는 배가 고파도 너무 고팠던데다 크레용은 먹어도 된다고 생각했던지 아기는 그것을 빼앗기자 몹시 분한 모양이었다. 그래서 있는 힘껏 악을 쓰며 성질을 부렸다. 쇼니는 어쩔 수 없이 손으로 귀를 막았고 다른 방에서 웅크린 채 담요를 덮고 잠들어 있던 앨리스를 데려왔다.

걸음마 시기는 한참 전에 지나간 여섯 살배기 앨리스는 맨살이 드러난 다리가 비쩍 말라 있었다. 입은 옷이라곤 달랑 엄마의 운동복 티셔츠뿐인데, 손가락과 무릎 길이를 넘겨 홀쭉한 몸 위로 헐렁하게 내려와 있었다. 티셔츠에는 'University of Phuk U'라는 문구가 붉은색 블록체로 쓰여 있고, 바탕색은 운동복 색깔로 흔한 회색이었다. 앨리스의 숱 많은 검은 머리는 귀밑에서 일직선으로 깎았고, 〈스타워즈〉에 등장하는 다스베이더의 헬멧처럼 양옆으로 뻗쳐 있었다. 한동안은 그 영화 비디오테이프가 집에 있었고, 작고 검은 텔레비전도 있었다. 텔레비전 아래쪽에 있는 구멍에 비디오테이프를 넣으면 화면으로 영화가 나왔다. 하지만 텔레비전을 팔아야 했고 그때 그 영화 테이프도 딸려갔다. 텔레비전을 팔기 전까지 쇼니와 앨리스는 그 영화를 수도 없이 보았다. 대사를 달달 외울 정도였다. 앨리스는 얼굴을 비벼 잠을 쫓아내고 아피치가 악을 쓰고 우는 모습을 쇼니와 함께 지켜보았다. 아기가 이런 식으로 울면 어떤 수를 써도 듣지 않는다는 걸 잘 알아서 둘은 그저 지켜보기만 했다.

"나도 배고파." 앨리스가 말했다.

"안 돼, 넌 배고프면 안 돼." 쇼니가 말했다. "먹을 게 없으니까."

앨리스는 고개를 끄덕이고는 손가락을 빨았다. 앨리스도 다 아는 사실이었다. 어머니가 레인지에 올려놓고 간 오트밀은 이미 냄비 바닥까지 박박 긁어먹었다. 그들은 전날도, 그 전날도 배가 고팠다. 그들은 손가락으로 냄비를 싹싹 훑기까지 했다. 앨리스의 배는 쑥 꺼져서 뱃가죽이 등에 붙은 것 같았고 푹푹 찌르는 통증까지 느껴졌다. 담요를 둘러쓴 채 앨리스는 벽에서 페인트를 뜯어내 사탕처럼 씹었다.

"추워." 그녀가 말했다.

"안 돼, 넌 추우면 안 돼." 쇼니가 말했다. "엄마가 난방을 하면 안 된다고 했거든. 엄마가 돌아올 때까지 기름이 간신히 버틸 만큼만 남았어."

그것도 잘 아는 사실이어서 앨리스는 담요를 덮어쓴 채 잠들기를 기다렸다. 그들이 거실 겸 부엌 바닥에 끌어다 둔 매트리스 위에 두껍고 낡은 곰 가죽이 깔려 있었는데, 먼지가 많고 냄새가 조금 나긴 해도 그 털가죽이 그 집에서 가장 따뜻한 곳이었다. 쇼니도 엄마가 돌아올 때까지 앨리스와 함께 곰 가죽 위에 웅크린 채 누워 있고 싶었지만, 아피치는 온 집안을 헤집고 돌아다니며 모든 것에 손을 댔다. 높은 곳에 기어오를 줄도 알았다. 먹어도 될 만한 것이 발견될 때까지 돌아다닐 것이다. 쇼니는 아피치가 독극물 같은 것이라도 찾아낼까봐 겁이 났다. 쇼니가 지금 생각하니 아기가 크레용쯤은 먹었어도 큰 탈이 나지 않았을 것 같았다.

"그냥 놔둘걸 그랬어." 소녀는 악을 쓰며 우는 아기의 얼굴을 보며 다정하게 말했다. "뭔가를 정말로 먹었다는 생각이 들었을지도 모르는데."

그 순간 아피치가 다시 고함을 질렀다. 소녀의 손이 자기도 모르게 홱 뒤로 젖혀졌고, 어느새 앞으로 쑥 나아갔다. 그 손이 되돌릴 새도 없이 빠르게 아기의 뺨을 찰싹 때렸다. 소리가 허공을 날카롭게 갈랐다. 아피치는 계속 울면서 쇼니에게 등을 홱 돌렸다. 그러더니 맞은편으로 달려가 축 늘어진 커튼을 움켜잡았다. 아기가 하나뿐인 커튼을 잡아당기자 갈색과 흰색 체크무늬 커튼이 기어코 풀썩 떨어졌다. 아기는 이 벽 저 벽 쉴틈없이 뛰어다니며 울었다. 아기의 신발이 벗어졌다. 얼굴은 콧물범벅이 되었지만 금세 말라 번질거렸다. 쇼니는 긴 머리를 뒤로 넘기고 레인지 옆에 서서 아기를 지켜보았다. 소녀의 얼굴은 하트 모양이었고 사랑스러운 검은 눈동자에 눈꼬리는 살짝 처져 있었다.

먹을 것을 찾아 이미 한바탕 뒤진 다음이었지만 쇼니는 혹시라도 놓친 게 없는지 봉지나 상자 할 것 없이 집안을 구석구석 살펴보기로 했다. 방은 두 개, 욕실은 하나였다. 쇼니는 욕실부터 시작했다. 치약은 이미 먹었다. 쇼니는 구석에 뭉쳐져 있는 줄무늬 수건들을 하나씩 떼어낸 뒤 탁탁 털어 반듯하게 폈다. 욕실은 얼음장같이 차가웠다. 창문이 꽉 닫히지 않아 바람이 솔솔 들어왔다. 이따금 수도관이 얼어서 엄마는 얼지 않게 밤에도 똑똑 떨어지는 정도로 수돗물을 틀어두라고 했다. 쇼니는 수납장을 열고 얼마 남지 않은 샴푸통과 금이 간 플라스틱 장난감, 망가진 헤어무스 튜브, 샛노란 꽃무늬가 가득한 엄마의 화사한 비닐 헤어캡을 꺼냈다. 빗과 브러시는 한쪽으로 치웠다. 수납장 저 안쪽에 체리맛 시럽 기침약이 1인치 정도 남은 병이 보였다. 소녀는 물약을 거의 다 마신 뒤 수돗물을 틀어 물을 넣고 흔들었다. 그러고는 그것을 부엌으로 가져가 아피치에게 주었다. 잠잠해진 아기는 훌쩍거리며 분홍색 물약을 탐욕스럽게 마시기 시작했다. 쇼니는 욕실로 돌아가 버릴 물건을 조심스럽게 바닥에 쏟았다. 손가락으로 그것들을 뒤적거린 뒤 플라스틱 쓰레기통에 꾹꾹 쑤셔담았다.

소녀는 이제 부엌 겸 거실로 쓰는 공간을 샅샅이 뒤졌다. 물론 이미 구석구석 다 뒤진 뒤였지만, 욕실에서 뭔가를 발견하니 새로 의욕이 생겼다. 찬장 문부터 하나씩 열어보았다. 말이 쉽지, 텅텅 비었을 것은 당연했다. 소녀의 기억에는 없지만 예전에 누가 아래쪽 선반에, 지금은 노랗게 변하고 얼룩이 졌지만 흰 종이를 깔아놓았다. 혹시 하고 소녀가 종이를 걷자 부스러기가 나왔는데 설사 바스러진 벌레라 할지라도 소녀는 개의치 않았다. 소녀는 부스러기를 플라스틱 그릇에 손으로 조심스레 쓸어담은 뒤 그것을 작은 커피잔들에 나누어 담았다. 앨리스와 아피치가 소녀의 동작을 지켜보았다. 그들은 부스러기가 공평하게 나눠진 잔을 받아들자 담요가 깔린 곳으로 가져가 조심스레 앉았다. 그리고 말없이 집게손가락에 침을 묻혀 열심히 부스러기를 찍었다. 그러고는 손가락을 입에 가져갔다. 동생들이 부스러기를 찍어먹는 동안 쇼니는 뭐가 더 없는지 계속 찾았다.

한동안 켜지 않은 냉장고에는 접시나 시리얼, 빵을 넣어두었다. 지금은 접시와 컵뿐이었고, 나사못 상자와 병뚜껑이 몇 개 보였다. 쇼니는 가구 서랍까지 모조리 뒤졌는데, 엄마가 아이들에게 먹이려고 과자 같은 것을 산 뒤에 한꺼번에 먹어치우지 못하게 숨기거나 가끔은 그녀 혼자 먹으려고 사 온 특별한 뭔가를 숨겼기 때문이었다. 쇼니는 뭔가를 넣어두고 어디에 뒀는지 잊어버리는 엄마의 습관에도 기대를 걸었다. 냄비도 열어보고, 빈 깡통도 뒤집어보고, 개수대 밑과 레인지 뒤쪽의 오스스한 공간에 손도 집어넣어보았다. 옷걸이 하나를 펴서 사용했고, 오븐 바로 밑 경첩문 고리를 문이 열릴 때까지 잡아당겨도 보았다. 조리대에 올라서서 보이지 않는 맨 위 선반까지 손으로 훑었다. 살펴볼 옷장 같은 것은 없었지만, 문 옆에 코트와 스웨터를 두는 선반이 있었다. 부츠, 구두, 양말, 슬리퍼가 여기저기 포개져 있었다. 소녀는 그것을 옆으로 치운 뒤 호주머니를 뒤졌는데, 바로 거기에서 굉장한 것을 발견했다. 손이 초콜릿바에 닿자 소녀는 몸이 얼어붙는 것 같았다. 포장지가 바스락거리는 소리가 나지 않게 조심했다. 앨리스와 아피치는 웅크린 채 담요를 둘러쓰고 있었다. 쇼니는 초콜릿바를 천천히 꺼내 소매 안에 고이 넣었다. 아피치가 다시 바락바락 울고 앨리스가 제 머리카락을 잘근거렸다면 소녀는 그것을 혼자 먹으려고 숨겼을 것이다. 하지만 뒤를 돌아보자 그들은 막연한 희망을 품은 채 소녀를 쳐다보고 있었다. 그래서 소녀는 천천히 그것을 내밀었다.

그들은 기름이 떨어진 것을 금세 알아챘다. 집안이 삽시간에 얼음장처럼 추워졌기 때문이다. 쇼니는 아피치에게 입힐 만한 옷은 죄다 꺼내 입혔고, 앨리스에게는 레깅스를 입히고 양말 세 켤레에 방한복도 찾아 입혔다. 쇼니도 따뜻한 옷을 있는 대로 껴입었다. 매서운 추위가 그들을 쉼없이 공격했지만 아직 늦은 오후밖에 되지 않았다. 전기요금만 냈다면 오븐을 켤 수 있었을 텐데. 예전처럼 오븐 문을 열어놓은 채 둘러앉을 수 있었을 텐데. 아니면 장작난로를 썼거나. 장작난로를 버리지 말았어야 했다. 그들이 난로를 내다버렸을 때 쇼니의 할아버지는 화를 냈다. 지금 난로는 집 뒤쪽에 버려져 눈에 덮여 있었다. 벽에 남아 있는 연통 구멍은 알루미늄 파이 접시로 막아놓았다. 쇼니가 알기로 그때 썼던 연통은 뒷문 옆에 기대어두었다. 소녀가 밖으로 나가 눈밭에서 그것을 끌고 들어왔다. 금속판을 둥글게 말아 속이 비어 썩 무겁지는 않았다. 소녀는 의자 두 개를 놓고 올라가 벽에서 파이 접시를 떼어냈다. 그리고 앨리스에게 연통을 잡으라고 한 뒤 그 한쪽 끝을 벽의 구멍에 끼워넣었다. 연통이 벽에서 두 번이나 빠져나오자 쇼니는 아래쪽에 의자를 하나 더 끌어다놓아야겠다고 생각했다. 의자로 받쳐두자 연통은 더는 떨어지지 않았다.

이제 남은 일은 연통 밑에서 의자를 태우지 않고 불을 때는 것이었다. 오래된 철제 의자였지만 깔고 앉는 곳과 등받이는 플라스틱이었다. 한쪽 구석에 시멘트 블록과 합판으로 만든 선반이 있었다. 쇼니는 블록 네 개를 가져와 연통 밑에 놓았다. 블록은 무거웠다. 준비가 다 끝나자 옷을 껴입은 쇼니의 몸은 더워졌지만 머리는 조금 어지럽기도 했다. 소녀는 숨을 깊이 들이쉰 뒤 오븐으로 가서 가운데 있는 석쇠 선반을 빼냈다. 오븐 밑에 있는 쿠키 판 두 개도 가져왔다. 블록 위에 석쇠 선반을 놓고 그 위에 쿠키 판을 놓았다. 그리고 말했다. "이제 종이나 나무를 찾아보자." 소녀는 제 목소리에 놀랐다. 까칫하고 공기처럼 차가웠다.

먼저 소녀는 오래된 종이와 영화배우들이 실린 잡지를 구겼다. 그 위에 잘게 찢은 판지와 작은 나무막대 같은 것을 올렸다. 소녀는 엄마가 아피치의 손이 닿지 않게 조리대 위에 올려둔 그릇에서 성냥갑을 꺼냈다. 구겨진 종이에 불을 붙였고, 불꽃이 치솟을 때 판지 조각과 문밖 눈밭에 놓여 있던 굵은 나뭇가지를 넣었다. 하지만 눈이 너무 깊어 더 큰 장작은 구하러 갈 수 없었고, 해묵은 장작은 여름에 다 써버렸다. 쇼니는 낡은 스툴을 쪼갰고, 교회 사람들이 준 알록달록한 나무블록이 가득 담긴 빨래바구니를 끌고 왔다. 불이 활활 타오르자 소녀는 먼저 불꽃 속에 부순 의자 파편들을 넣었고, 이어서 나무블록을, 그리고 또 나무블록을 던져넣었다. 나무블록은 아피치의 것이어서 소녀는 아기가 울지도 모른다고 생각했지만, 아피치는 마음이 아픈지 입을 벌렸지만 울음을 터뜨리지는 않았다. 그저 앨리스에게 꼭 달라붙어 있었다. 연기는 연통을 타고 올라갔지만 일부는 머리 위로 고였다. 그래도 숨은 쉴 만했다. 블록은 많았고, 의자도 하나 더 있었고, 램프 밑판도, 엄마가 팔려고 만들었지만 아직은 미완성인 자작나무 껍질 바구니도, 또다른 땔거리도 있었다. 쇼니는 태울 만한 것은 죄다 주변에 끌어다 놓은 뒤 동생들과 함께 담요를 덮고 누웠다. 불을 때자 집안이 따뜻해졌고, 곰 가죽은 그들 모두를 덮어주기에 꼭 알맞았다.

2

“오늘밤 여기선 죽은 자들이 술을 마시나봐요.” 아이라가 남자의 옆자리에 앉으며 말했다. 그들은 술꾼들이 즐겨 찾는 시내의 어느 술집에 있었는데, 얼음장같이 추운 거리에서 누가 문을 열고 들어올 때마다 모두 일제히 눈길을 주는 험악한 분위기의 장소였다. 문이 열렸다 닫히며 매서운 바람이 훅 들어와 후끈한 열기와 뒤섞인 뒤에도 술꾼들은 시선을 거두지 않았다. 그들은 그저 죽은 자의 시선처럼 멍하니 쳐다보았다. 아이라는 그들을 돌아보며 눈살을 찌푸렸다.

“집에 가기 싫어.”

“나랑 같이 가고 싶은가보군.” 술에 취하지 않은 남자가 말했다. “그런데 그럴 수는 없어. 그랬다가는 당신이 내 아내 반대편에 누워 자야 할 테니까.”

“아내는 예뻐요? 아니면 당신처럼 못생겼나?” 아이라는 이렇게 묻고는 그가 못생기기는커녕 오히려 정반대라는 의미로 미소를 지었다.

사람들은 다시 고개를 돌리고 대화를 계속하거나 술을 마시거나 논쟁을 벌였다. 칸막이 자리나 테이블에 흩어져 앉은 사람이 서른 명은 넘었는데, 지퍼를 잠그지 않은 스노모빌 복장이나 사냥할 때 입는 카무플라주 파카 차림인 사람들이 더러 보였다. 아이라가 여기 앉은 건 지금 그녀 옆에 앉은 남자만이 따스한 표정으로 그녀를 바라봤기 때문이었다.

"말해봐요." 아이라가 웃으며 말했다. "당신처럼 못생겼어?"

남자는 수줍은 듯 마지못해, 아내는 아름답지만 입술에 흉터가 있다고 했다. 그는 손가락을 입에 대고 비스듬히 선을 그었는데, 아이라는 그가 말한 여자를 기억해냈다. 사람들은 그녀의 이름을 소리 대신 동작으로 말했고, 그러면 모두 누구를 가리키는지 알았다.

"나도 그만큼 예쁜데." 아이라가 말했다. "이 안에 든 것만 빼면 아마."

그녀는 심장이 있는 쪽의 가슴을 툭툭 치며 남자가 방금 사준 맥주를 마셨다.

"그건 씻어낼 수 있을 거야." 남자는 아이라가 가리킨 곳을 향해 고개를 까딱하며 말했다.

"안 그래도 그럴까 해요." 아이라가 말했다. "알코올은 세균을 죽이니까."

그녀는 술을 벌컥벌컥 들이켜고 손가락으로 얼굴을 톡톡 쳤다. "이 안은 지금 소독중이야. 나한테서 나쁜 병균이 옮겨가진 않을 거예요."

"그런 일이 생겨도." 남자가 말했다. "아내가 고쳐줄걸. 아내는 옛 시절에 쓰던 약재를 많이 알거든?"

그는 아이라에게 질문이라도 하듯 목소리를 높였고, 아이라는 그의 질문에 진지한 대답이라도 하듯 고개를 끄덕였다. 그녀는 맥주를 한 잔, 또 한 잔 마셨고, 그리고 한 잔을 더 마셨다. 지금 그녀는 적당히 취한 상태였다. 더 취하고 싶지는 않았지만 술이 깨는 것도 싫기는 마찬가지였다. 아직은 아무튼 그랬다. 이미 말했지만, 그녀는 아직 집으로 돌아갈 마음이 없었다. 그녀가 처음보다 더 아련하고 나긋한 목소리로 다시 말했다. "아직은 집으로 돌아갈 준비가 안 됐어요."

"아무한테나 그런 말 하고 다니지 마." 남자가 다정하게 나무랐다. "여긴 나쁜 남자들이 수두룩하니까."

"어디, 어디." 아이라는 이제 술을 마시는 사람들을 노골적으로 쳐다보았다. 그들이 쳐다보는 모습은 어딘지 모르게 우스꽝스러웠다. "난 나쁜 남자가 좋아."

"하지만 저치는 싫어." 그녀는 술을 사준 그 남자가 턱짓으로 가리킨 쪽을 쳐다보며 말을 이었다. "저치랑 자봤는데 하나도 안 좋았거든. 저치 아내가 돈을 주고 누구, 아마 당신 아내한테 약을 사서 남편 위낙(성기)에 발랐다던데. 그래서 저치는 자기 아내가 아닌 다른 여자를 생각하면 그게 흐물거린대요." 그녀가 깔깔거리더니 손가락 하나를 들었다가 천천히 접으며 슬픈 표정을 지었다.

"집에 가고 싶지 않아요. 하지만 그것도 하고 싶진 않네."

"뭘 하고 싶어?" 남자가 물었다.

"뭔가 다른 것." 아이라가 말했다. "단연코 뭔가 다른 것."

"어쩌면 당신은 영적인 도움이 필요한 것 같군." 남자가 말했다.

아이라는 고개를 숙인 채 눈만 치켜 그를 쳐다보며 고개를 가로저었다.

"그런데 당신 같은 사람이 여기 술집엔 왜 왔어요?" 그녀가 말했다. "영적인 도움은 또 뭐야? 술 마실 때 영적인 이야기 따윈 하지 않잖아."

"난 해." 남자가 말했다. "난 그런 사람이니까. 난 술을 마셔도 그만 마실 때를 아니까 좀 다르다고 할까. 그러니까 술집에서 평범한 사람처럼 그런 이야기도 할 수 있고."

"그거 알아요?" 아이라가 말했다. "당신은 평범한 사람이 아냐. 당신은 윈디고(굶주린 겨울 짐승)야. 당신 내면은 얼음으로 되어 있지. 뱃속에 술이 들어가면 질척하게 녹을 테고, 그러면 나한테 영적인 도움을 주겠다고 하면서 자기 아내는 입술에 흉터가 있지만 얼굴이 예쁘고 약재를 다룰 줄 안다고 하겠지. 이런 대화는 어딘지 잘못됐다니까."

아이라는 술잔에서 입술이 닿는 부분을 손가락으로 꾹 눌러 한 바퀴 돌린 뒤 거품을 조금 찍어올렸다. 그러고는 그 손가락을 입안에 넣었다. 그녀는 그를 호기심어린 눈으로 바라보다가 말을 이었다. "내 말뜻 알아요? 뭔가 이상하다고요."

"난 그런 걱정은 안 해." 남자가 말했다. "당신은 예쁜 여자야. 남자들이 같이 자려고 할걸."

"내가 원한다면 언제든 가능하죠." 아이라는 머리카락을 홱 넘겨 매만지며 옛날 영화배우처럼 풍성하게 부풀렸다. "나도 거울은 봐요, 당연히. 당신이 내 알몸을 봐야 하는데. 하지만 절대 볼 수 없을걸. 벗으면 너무 예뻐서 나를 쳐다보기만 해도 마음에 상처를 입을걸요. 나는 몸매가 굉장히 예뻐서 남자들이 개처럼 애걸복걸하거든요. 하지만 당신은 절대 못 볼거야."

"맥주 한 잔 더." 남자가 손짓을 했다.

"고마워요." 아이라가 말했다. "그래도 절대 못 봐. 한번 상상해봐요. 당신이 요양원에 가게 된 거야. 당신이 이빨 빠진 늙은 새처럼 입을 벌리면 그들이 깔때기를 끼워 당신의 식도에 수프를 부어주겠지. 그럼 혼자 이런 생각을 하겠죠? '그 여자 몸을 보기만 했더라도. 그 스웨터, 그 파카, 그 청바지에 감춰진 모습은 어땠을까. 그걸 보기만 했더라도 지금 체념하고 깔때기로 수프를 받아 마실 수 있을 텐데.' 하지만 꿈도 꾸지 말아요. 당신은 끝까지 궁금해하기만 할 테니까."

"난 당신을 정말로 그런 식으로 볼 이유가 없어. 정말이야." 남자가 말했다. "그건 확실해. 자식을 키우는 일에는 외모가 중요하지 않은 건 물론이고."

"옳으신 말씀." 아이라는 엉덩이를 살짝 옮겨 앉더니, 얼굴을 찡그리고 검은색 플라스틱 재떨이를 트집 잡으려는 듯 이쪽저쪽 기울였다. "자식들이라, 그애들은 뭐, 어쨌거나 엄마를 예쁘다고 생각할 테니까. 이제 집에 가야겠어요. 집에 애들이 있으니까. 지금은 자고 있겠지만."

"그러길 바라는 거겠지."

"하지만 춥잖아요. 이런 추위에는 집밖으로 못 나갈 거예요."

"아주 건조하고 추운 날씨야."

"기온이 더 떨어진다던데."

지금 두 사람은 각자 추위에 대한 걱정과 생각에 빠져 잠시 말이 없었다. 남자는 아내가 차를 가져간 것을 떠올리며 아내가 밤중에 잊지 않고 시동을 걸어주기 바랐다. 자칫하면 배터리가 방전될 것이다. 이렇게 지독한 추위에는 플러그를 꽂을 만한 마땅한 장소가 없다면 네 시간이나 여섯 시간마다 시동을 걸어줘야 한다. 그는 미리 대비를 했다. 그는 정말로 직장에 다니기 때문에 차에 히터도 미리 마련해두었다. 이따금 바람을 막기 위해 차의 보닛에 담요를 덮어두는 것도 도움이 되었다. 아내는 차에게도 말을 시켰는데, 차를 동물처럼 여겨 휘발유를 줄 때도 먹이를 주는 것처럼 말했다. 가끔은 장난 같았지만 가끔은 매우 진지했다. 멀고 험한 길을 달려야 하면 이따금 바퀴 옆에 담배를 내려놓기도 했다. 아내는 술은 입에도 대지 않았다. 얼굴에 난 흉터는 어렸을 때 생긴 것이었다.

"나도 모르겠어." 아이라가 다시 말했다. "이유가 있을 텐데. 그냥 지금 집에 돌아가고 싶지 않아요. 어떻게 숲을 통과해야 할지도 모르겠고. 여기 시내까지는 차를 얻어 탔는데, 그때만 해도 이렇게까지 추워질 줄은 몰랐어."

"내 집에 같이 가야 할 것 같은데." 남자의 목소리에 뻔한 거짓말이 묻어났다. "아내에 대한 건 죄다 빈말이었어."

"아니, 정말이었다는 거 다 알아요."

"흠, 아내는 아이들을 데리고 언니 집에 갔을 테고, 이렇게 날씨가 추워져서야 오늘밤 돌아올 수나 있을까 모르겠어. 내가 집에 전화를 해보는 게 좋겠어?"

"내가 좀 취해서 지금 당장은 판단이 서지 않아요. STD* 있어요?"

"그게 뭐지?"

"아, 맞다. 부인이 약재를 쓸 줄 안댔지. STD가 있었대도 고쳐줬겠네." 아이라가 말했다. "그런데 어디 살아요?"

아이라는 그가 사는 곳을 알 것 같았고, 그에 대한 소문도 들어본 것 같았다. 그의 아내에 대해서도 흉터 말고 알려진 이야기가 더 있었는데 다만 기억을 짜맞출 수가 없었다.

"시내를 빠져나가면 바로 있어. 난 발전소에서 일해. 집은 주택위원회를 통해 구한 거고." 남자의 목소리가 꿈결처럼 들렸다. "방이 세 개인데, 우리가 넘겨받았을 때 절반은 이미 조립돼 있었지. 집을 반쪽씩 비닐로 덮어서 집터로 운반해줬어. 그런 다음 비닐을 벗기고 반쪽을 각각 내려놓은 뒤 서로 짜맞추더군. 안으로 들어갔더니 수납장이나 변기 같은 건 이미 다 마련돼 있었고. 기적이나 다름없었지."

남자는 집이 운반된 날을 떠올리자 숙연해졌다. 아이라가 웃었다. "싸구려 기적. 조립식 주택. 아버지는 우리가 살 집을 손수 지었어요."

"수도, 전기, 가스만 설치하면 그 사람들 일은 끝이었지."

"그 집에 만족하나봐요." 아이라가 말했다. "나라면 안 그럴 거예요. 난 뭔가 색다른 걸 찾으니까."

젊은 남자가 웃었다. "언제부터 그런 말을 하고 다녔지?" 그가 물었다. "술집에서 사내놈에게 몇 번이나 그런 말을 했어? 난 좀 다른 편인데. 주량을 지켜 마시려고 하거든. 당신 점점 취하는 것 같은데."

---

* 성병(sexually transmitted disease).

"당신이 날 도와줄 텐데, 뭐." 아이라가 손가락으로 그를 가리킨 뒤 눈을 가늘게 뜨고 손가락이 향한 방향을 쳐다보았다. "당신은 잘해주는 척 남의 인생 망치는 사람이야. 당신은 그런 사람이에요."

"우리 왜 이러고 있지, 오, 우리 왜 이러는 거지." 남자가 짐짓 비애감을 담아 말했고 그의 목소리에 두 사람은 약간 격앙된 듯 웃었다. 그것은 두 사람 다 서로 매력을 느끼고 있고, 앞으로 어떻게 될지 생각하고 있다는 의미였다. 두 사람 다 그것을 알았다.

"당신 부인 말예요. 약재에 대해 많이 아니까, 그 근거에 대해 나름의 이론이 있지 않을까?"

"맞아, 있어. 품격 있는 이론이지. 아내는 사회복지사라서 사람들이 하는 일은 뭐든 다 알아. 아내의 이론? 순수한 어리석음이라고 할 수 있지."

"둘이 술집에서 만났어요?"

"아니. 의식에 참가했다가."

아이라가 테이블을 가볍게 쳤다.

"술집에서 또 영적인 이야기를 하네. 당신은 술꾼일 수도 있고 영적인 사람일 수도 있죠. 인디언이라면 둘 다 될 수는 없어. 미안해요. 그게 그렇다네요."

"누가 한 말인데?"

"모르는 척은." 아이라는 누가 듣는 것처럼 주변을 둘러보았다. "예언자 쇼니. 예언자 쇼니라고, 들어봤어요? 그 말을 한 사람인데."

남자는 자기 손을, 자기 맥주잔을 내려다보았다. 맥주를 너무 빨리 비워버렸다.

"당신보다 내가 더 나을 것도 없단 말이로군."

"내가 하려는 말이 그거예요." 아이라가 말했다. "당신이 여기 있는 건 당신이 선택한 결과예요. 그 선택은 영적인 사람이 되는 게 아녜요. 나처럼 되는 거지."

남자는 고개를 들고 그녀를 물끄러미 쳐다보았다. 그는 삼십대 초반, 그녀는 이십대 후반이었다. 머리는 칙칙한 검은색에 곱슬머리로 똑같았다. 다르다면 남자의 머리가 더 긴데 검은색 고무줄로 하나로 묶었고, 그녀의 머리는 더 탄력이 있고 숱이 많았다. 그녀의 작고 납작한 귀 뒤로 넘긴 머리카락이 억센 넝쿨처럼 얼굴에 자꾸 흘러내렸다. 그런 얼굴로 태어난 것이 행운인 것은 그녀도 알았다. 운이 더 나빴을 수도 있었다. 동그란 얼굴에 오종종하고 똑똑해 보이며 살짝 들려 올라간 이목구비. 누구는 그녀의 입에 대해 열정적인 입이라고 했는데, 자기나시(백인)처럼 입술이 도톰하고 커서가 아니라 윗입술이 일자였기 때문이다. 하지만 윗입술의 아치 부분은 남자가 이로 꾹 깨문 것처럼 쏙 들어가 있었다. 자식은 셋이었고 싸구려 탄수화물과 지방을 먹고 살지만 몸매는 아직 젊고 날씬했다. 검은 눈동자는 깊고 아련했으며 어딘지 상처 입은 것 같은 빛을 담고 있었다. 맥주를 마신 탓에, 그리고 집으로 돌아가는 것이 내키지 않아서 그녀의 마음은 어지러웠다. 그녀가 바라는 바들이 갈등을 일으켰다. 이 남자가 자신을 데려다주면 좋겠지만 집은 20마일이나 떨어져 있어 그녀는 그가 차를 가져와 데려다줬으면 했다. 하지만 그녀는 먹을 것부터 사야 했다. 연료는 집에 배달시켜놓았지만 내일이나 돼야 올 것이다. 한편으로 그녀는 여기 이대로 유예된 상태로 있고 싶었다. 기념품으로 파는 플라스틱 속에 갇힌 벌레처럼. 따뜻한 색깔의 맥주에 빛이 어른거리는 것을 바라보며 그녀는 생각했다. 영원히 어중간하게 취한 상태로 산다면 어떨까. 아직 질척거리지도 않지만 완전히 술이 깨지도 않은, 무채색의 어스레한 지대에서 정지된 상태. 그녀는 자신이 지금 절박해서 이러는 게 아닌가 생각했다.

"객관적으로 말하면," 그녀의 말을 들으려고 남자가 허리를 숙이자 그녀는 일부러 속삭이듯 말했다. "이 추위에 아이들을 두고 온 건 잘못이에요. 하지만 돈을 구하려면 시내에 나오는 수밖에 없었어요."

"어떻게." 남자가 말했다. "어디서?"

"여기로 온 건," 그녀가 조용히 말했다. "몸값을 가장 높게 쳐주는 사람한테 몸을 팔기 위해서였어요. 솔직히 아이들은 먹을 게 필요하고 집은 불을 땔 기름이 필요해요. 큰아이가 아홉 살이니까 잠시는 괜찮을 거예요. 그러니까 니지(친구), 들어봐요. 가진 돈이 없으면, 나한테 줄 돈이 없으면 지금이라도 말해요. 시간을 허비할 순 없으니까."

그는 입을 약간 벌리고 그녀를 물끄러미 쳐다보았다.

"농담이에요." 아이라가 말했다. "맥주 잘 마셨어요."

하지만 그녀의 말은 농담이 전혀 아니었기에, 그녀는 일어섰다. 그리고 장갑을 손가방에 쑤셔넣었다. 그녀는 얇은 검은색 파카의 지퍼를 올리고 끝이 뾰족한 후드를 뒤집어썼다. 그녀의 얼굴이 뻿뻿한 싸구려 검은색 털로 둘러싸였다.

"기다려." 남자가 말했다. "그렇게 보낼 순 없어. 주유소로 가서 먹을 걸 좀 사지. 그만큼은 있으니까." 그는 한쪽 주머니에서 10달러 지폐를, 다른 쪽 주머니에서 5달러 지폐를 꺼냈다. "게다가 난 당신의 매끄러운 알몸을 보지 않아도 괜찮아. 주유소에 가서 우유하고 빵을 좀 사지. 땅콩버터도. 당신 말이 사실이라면, 당신 아이들이 정말로 거기에 있다면 우리 형한테 당신을 태워달라고 부탁해야겠어. 거기 가서 먼저 아이들을 재우고 우리 욕망을 풀어보자고."

아이라가 그를 쳐다보며 눈썹을 치키자 검은 눈썹 두 개가 아치처럼 또렷이 치솟았다.

"농담이었어." 젊은 남자가 말했다.

"이름이 뭐예요?" 아이라가 물었다.

"존." 그가 말했다.

"형은?"

"모리스." 그가 오지브웨어로 다시 말했다. "마인간 이지니카조. 늑대라는 뜻이야."

"그 이름은 쓰면 안 되는데." 아이라가 그를 따라나서며 말했다.

그녀는 앞서 걷는 남자를 지켜보았다. 그의 머리카락은 등뒤로 길게 내려왔다. 그가 벨트에 매단 가죽 벗기는 칼을 바로잡았다. 그의 파카는 그녀의 것보다 더 묵직했고 부츠도 가죽으로 만든 좋은 것이었다. 그러니 그가 직장에 대해, 두 쪽으로 만들어진 집에 대해, 아내에 대해 한 말은 모두 사실이었으리라. 그녀는 부족 사회복지관으로 가서 비상용 난방유 신청서를 작성하느라 하루를 보냈다. 그날 아침 집에서 나올 때 오트밀 한 냄비를 끓여놓았다. 그녀는 딸을 생각했다. 딸의 이름은 그녀의 사촌이나 종조모, 많은 일가붙이가 그랬던 것처럼 예언자 쇼니에게서 따왔다. 아이라는 쇼니가 얼마나 야무진 아이인지 생각했다. 쇼니는 동생들을 침대에 눕힌 뒤 그 옆에 누워 서로의 체온으로 몸을 덥힐 것이다. 아이들은 지금쯤 퀼트와 담요를 있는 대로 꺼내 덮고 그 위에 아이라의 아버지가 쏘아죽인 곰 가죽을 덮고 웅크린 채 잠들었을 것이다. 그녀는 아이들이 깨기 전에 먹을 것을 들고 돌아가야 할 것이다. 배달 트럭도 오는 중이었다. 그래서 그녀는 마인간이라는 이름의 형을 둔 그 남자를 따라갔다.

3

한동안 불꽃을 쳐다보던 쇼니는 갑자기 나른해지는가 싶다가 까무룩 잠이 들었다. 꿈속에서는 방금 일어난 모든 일이 꿈이었고, 어머니가 소녀를 흔들며 "일어나, 일어나" 하고 소리치고 있었다. 쇼니가 눈을 뜨자 임시로 만든 벽난로 옆에서 만들다 만 바구니들이 불타고 있었다. 불은 이미 창문 아래 쓰레기통까지 번져 있었다. 삽시간에 커튼에 불이 옮겨붙는 걸 보고 쇼니는 눈을 깜박거렸다. 이제 불은 혀처럼 날름거렸다. 앨리스가 일어났고, 두 소녀는 컵에 물을 담아 불을 끄려고 했지만, 물은 수도꼭지에서 똑똑 떨어질 뿐 수도관은 이미 얼어서 막혀 있었다. 하지만 아직 여유가 있었다. 두 아이는 손에 집히는 세간을 모조리 문밖으로 가지고 나왔다. 불길은 벽을 삼키고 지붕에 닿을락 말락 멈칫거리다가 이윽고 허공을 향해 활활 타올랐다. 두 아이는 뒤로, 더 뒤로 물러서다가 다시 담요를 덮고 곰 가죽 밑에 옹송그렸다. 불꽃이 펑펑 터지며 혀를 날름거렸고, 곧 불길은 일정하게 포효했다. 담요 안은 따뜻했다. '나는 잠들면 안 돼.' 쇼니는 생각했지만, 어느새 아피치를 꼭 끌어안은 앨리스를 감싸안은 채 눈을 감았다.

그들이 눈을 떴을 때 불길의 기세는 수그러들었지만 하늘은 아직 어두웠다. '틀림없이 누가 봤을 거야.' 쇼니가 생각했다. '여기 이대로 있으면 사람들이 우리를 찾아낼 거야.' 아이들은 더 가까이, 더 바싹 붙었지만 집은 싸늘히 식어갔고 날은 여전히 어두웠다. 이제 훈기도 느껴지지 않았다. 그들은 잿더미 속에서 시커먼 검댕을 온몸에 묻힌 채 서 있었다. 아피치는 체념한 듯 들릴락 말락한 소리로 새가 지절거리는 것처럼 칭얼댔다. 앨리스는 말이 없었다. 동그란 눈동자는 검은 성에가 낀 듯 어룽거렸다. 몸이 따뜻해지지 않았다. 가장 가까이 사는 이웃이 포장도로에서 6마일 떨어진 곳에 살았다. 숲을 질러가면 3마일이었다. 방금 눈이 내렸지만 전에 내렸던 눈이 그들을 버텨줄 만큼 얼어 있었다. 쇼니는 곰곰 생각했다. 긴 니트 스카프로 아피치를 업었다. 그러고는 숲속으로 걸어갔다. 발이 눈 속으로 3인치 쑥 들어가니 딱딱하게 얼어붙은 눈에 닿았다. 쇼니가 길을 냈다. 앨리스는 쇼니의 발자국을 따라갔다.

처음에 그들은 눈에 반사된 별빛에 의지했다. 곧 울창한 소나무 숲에 이르렀고, 이제 쇼니는 앞이 보이지 않았다. 아이들은 나무에 부딪히거나 전나무 가지를 탁탁 부러뜨리며 검은 얼음이 질퍽하게 녹은 땅을 걸어갔다. "앨리스, 내 파카를 잡아." 쇼니가 말했지만, 동생의 손에서 점점 힘이 빠져나갔다. "내 파카를 잡아." 소녀는 앨리스를 흔들며 소리를 질렀다. 꼭 잡은 손에서 절박함이 느껴졌다. 소녀의 등에 업힌 아피치는 시멘트블록 같았다. 균형을 잡으려면 아기를 계속 고쳐 업어야 했다. 소나무 밑은 눈이 더 폭신해서 그들은 이따금 허우적거리며 넘어졌지만 결국 균형을 잡고 앞으로 나아갔다. 하지만 힘은 더 풀리고 날은 더 추워졌다. 이렇게 조금씩 더 힘들어지다가 결국은 못 일어나겠지, 쇼니가 생각했다. 그 생각에 쇼니는 다리를 더 힘껏 움직였고, 앨리스를 잡아당겼으며, 그렇게 하면서 계속 나아가고 있다고 생각했다. 그 이상은 알 수 없었다. 소녀는 집에서 지내는 다른 아이들과는 달랐다. 밖에서 보내는 시간이 많았다. 하루종일 숲속에서 놀아도 길을 잃지 않았다. 하지만 이런 어둠과 이런 추위 속에서는 아니었다. 소녀의 발이 동상에 걸린 것 같았다. 감각이 없었다. 앨리스의 부츠는 좋은 것이었다. 소녀는 아피치가 얼어죽었을지 모른다는 생각도 들었다. 하지만 걸음을 멈추지 않았다. 소녀의 마음속에 살아남겠다는 강한 의지가 솟아났다. 어둠 속에서 뭔가가 소녀를 스쳤지만 그것 또한 어둠이었다. 소녀는 걸음을 늦추지 않을 것이고 동생들을 버리지도 않을 것이다. 걷다가 딱 한 번 깜박 잠이 들었지만 다시 깨어나 앨리스의 재킷을 잡아끌며 계속 걸었다. 동생들과 떨어져서는 안 된다. 나는 멈추지 않는다. 소녀는 그 생각만 계속했지만 결국 그들은 눈밭에 쓰러지고 말았다.

4

불 켜진 주유소에서 아이라는 식료품을 15달러어치 샀다. 빵과 땅콩버터, 우유, 애플소스, 마카로니. 남자는 돈을 냈고 아이라는 식료품 봉지를 챙겨 들었다. 그들은 다시 밖으로 나와 걸으면서 살을 에는 추위에 어깨를 움츠렸다.

"기시나(추워)." 그가 말했다.

"이제 집에 가야겠어요." 아이라가 말했다. "당신이 데려다줘요."

"그럴 수 없다고 했잖아. 형에게 가서 태워달라고 하기로 했는데, 잊었어?"

"기억하고 있어요." 아이라가 말했고, 그들은 길가로 붙어 걸으면서 추위에 어깨를 움츠렸다. "하지만 가능하다면 난 당신이 데려다주는 게 더 좋겠어요. 난 형은 만나본 적도 없고 잘 알지도 못하잖아. 나한텐 낯선 사람이라고요."

"모리스는 괜찮은 사람이야." 그의 목소리에 어딘지 석연치 않은 데가 있어서 아이라는 신경이 쓰였다.

"어떤 점에서요?" 그녀가 말했다.

어느새 그 집 앞이었다. 주유소에서 금방이었다. 남자의 형은 시내에 살았는데, 아이라는 거기에 그런 집이 있는 줄은 전혀 몰랐었다. 아주 좁은 지역이라 뭐든 봐도 숱하게 봤을 텐데 그 집을 몰랐다니, 그 사실이 오히려 이상했다. 지금 눈앞에 갈색 판자로 된 단층집이 서 있었다. 아이라는 그 집이 꿈에서처럼 갑자기 나타난 것만 같았다. 두 사람은 아무도 밟지 않은 눈밭을 걸어 문 앞에 다다랐다. 문짝에는 짐승이 할퀸 자국과 지레로 손잡이를 딴 흔적이 남아 있었다. 남자의 형이 문을 열어주기를 기다리는 동안 아이라는 목이 잠기면서 그렇게 추운 날씨에도 진땀이 났다. 이마에 송골송골 맺힌 땀이 얼어붙어서 반질거렸다. 그녀는 뒤돌아서서 달아나고 싶었지만 존의 손에 식료품 봉지가 들려 있었다. 그래서 어쩔 수 없이 문 앞에 서 있었다. 꼼짝하지 않던 문이 흔들리더니 마침내 덜컹 열렸다. 그녀는 움찔 놀라 뒤로 물러섰다. 그녀는 곧 밀폐된 어둠 속으로, 퀴퀴한 냄새를 풍기는 소굴 같은 공간 안으로 순식간에 빨려들어갔다. 두 남자가 다른 방으로 가서 뭔가 거래를 하는 것 같았고, 존이 돌아와 아이라에게 식료품 봉지를 넘겨주었다.

"이제 정말로 가봐야겠어. 아내가 나를 찾을 거야."

"제발 가지 마요."

"내가 어떤 사람인지 말했잖아. 내가 말한 그대로야. 난 나쁜 사람이 아니라고."

"하지만 당신 형은."

그가 시선을 피했다.

"늘 그런 건 아니야." 그가 말했다. 아이라는 이제 형과 단둘이 남게 되었고, 형은 희미한 어둠 속에서 여기저기 부딪히며 옷을 입었다.

"모리스." 그녀가 불렀다. "날 아이들에게 데려다준다니 치 미그웨치(정말 고마워요). 애들끼리만 거기 두면 안 되니까요."

"그래서는 안 되지." 그가 대꾸했다. 그의 목소리는 걸걸하고 귀에 거슬렸지만 적어도 그녀에게 뭐라고 말은 했다. 그는 나갈 준비를 하고 있는 것 같았다. "난 괜찮지만. 트럭에 시동을 걸어야 할 텐데 이런 추위에는 차가 지랄같이 굴어서 말이지."

"알겠어요." 아이라가 식료품 봉지를 움켜잡으며 말했다. 그녀는 기운이 좀 났고 마음도 더 편안해졌다. 여전히 형을 똑바로 쳐다보지는 못했지만 희미한 불빛 속에서 슬금슬금 훔쳐볼 수는 있었다. 그는 키가 크고 팔다리가 길었다. 홀쭉하고 굶주려 보이는 얼굴에 다부진 어깨, 빼대가 굵고 툭 튀어나온 코. 하지만 그의 눈은 쳐다볼 수 없었다. 문밖으로 나와서야 마침내 흘끗 쳐다보았는데, 차라리 보지 말걸 그랬다고 대번에 후회했다. 커다란 눈은 퉁방울처럼 튀어나와 노려보는 것 같았고, 홍채의 검은 동공 주위가 전부 흰자위였다. 그는 영원히 넋이 나간 채로 두려움에 떠는 사람 같았다.

"신경쓸 거 없어." 그는 아이라가 트럭에 올라탄 뒤 말이 없어지자 이렇게 말했다. "눈이 감기지 않아서 이런 병이 생긴 거야."

그는 얼굴을 찡그린 채 열쇠를 살살 돌려보다가 운전대로 허리를 숙여 시동을 켜는 일에 온 정신을 쏟았다. "자, 자, 말 좀 들어." 그가 말했다. "니니모시(내 사랑), 어서, 베이비." 그의 노력에도 불구하고 차는 번번이 휘발유만 찔끔찔끔 흘렸다. 하지만 그는 얼어붙은 고철덩이를 요령껏 서서히 살려냈다. 시간이 제법 걸렸는데, 그러는 동안 아이라는 어떤 예감이 들기 시작했다. 마음속에서 점점 커가는 그 느낌은 아이들이 지금 무사하지도, 잠들어 있지도 않을 거라는 예상이었다. 그리고 아이들은 굶주려 있었다. 그것은 그녀가 이미 아는 사실이었다. 그녀는 아이들도 시내에 데려왔어야 했다고, 그러면 다 같이 어디 누군가의 소파에서 신세를 질 수 있었을 거라고 생각했다. 지금 아이들의 상황은 좋지 않았다. 그녀는 그것을 직감하고 그 스멀거리는 느낌 때문에 애가 말랐다. 그녀가 손을 내밀어 모리스를 만졌다. 나중에 그 일을 아주 많이 후회하지만, 그 순간에조차 그녀는 이 행동이 잘못이라는 것을 알고 있었다. 엔진이 부릉거리며 시동이 걸릴 때 그가 그녀를 쳐다보았기 때문이다. 얼굴에 그림자가 져서 잘 보이지 않았지만 번질거리는 흰자위 때문에 어딘지 모르게 섬뜩했다.

"게가, 게가(거의 다 됐어)." 그가 소리를 질렀다. 마침내 커다란 모터 소리와 함께 시동이 걸리자 앞좌석이 몸서리를 치듯 흔들렸다. 모리스는 함성을 지르며 운전대를 탁 쳤다. 마약이라도 한 것처럼 몹시 흥분한 것 같다고 아이라는 생각했지만, 어쩌면 그의 눈 때문인지도 몰랐다. 혹은 복용하는 약 때문인지도 몰랐다. 모리스는 눈 쌓인 마당에서 차를 뒤로 빼며 말했다. "어느 쪽이지?"

"예전에 조약을 체결할 때 나눠진 경계에 살아요."

"아주 먼데!" 모리스는 도로로 나가면서 감탄한 듯 말했다. "당신들이야말로 살아 있는 진짜 숲속 인디언이로군."

"제 아버지는 그랬죠. 일 년 내내 사냥하고 덫을 놓았지만 잡을 짐승이 없어졌어요. 그뒤로 시름시름 앓다가 돌아가셨어요."

"직장은 있나?" 모리스가 그녀를 홱 돌아보며 싱긋 웃었는데, 계기판에 반사된 불빛으로 본 그의 치아는 큼직하고 날카로웠다.

"아버지가 돌아가실 때까지는. 그뒤로는 아이들을 돌봐줄 사람이 없어서요. 그럭저럭 먹고는 살았어요. 구슬 공예품이나 그런 걸 팔아요. 시내로 이사하면 제법 잘해낼 수 있을 것 같아요."

"아무렴 그렇겠지." 하지만 아이라는 자신을 곁눈질하는 그를 보면서 그가 다른 뜻으로 받아들였다는 생각이 들었다.

"그런 게 아니라요." 그녀가 정색을 하며 말했다. 이제 그녀는 그를 만진 것이 후회되기 시작했다.

모리스가 피식 웃는 소리를 냈다. 히터를 켜자 운전석 쪽에서 피 냄새 같은 게 올라오기 시작했다.

"당신 사냥해요?" 아이라가 물었다.

"내가 나를 사냥하냐고?" 모리스가 물었다. "그런 거라면 나도 구경하고 싶은데."

"아니요, 사냥하냐고요. 그냥 사냥요."

모리스가 대답하지 않자 아이라가 말했다. "정말로 눈이 감기지 않아요?"

"그래. 감기지 않아. 안약을 넣어야겠어. 운전대를 잡아봐."

그가 운전대에서 손을 뗐고, 아이라는 차가 도랑에 굴러떨어지지 않게 그의 옆으로 붙어 앉아 운전대를 잡았다. 그가 윗옷 주머니에서 작은 플라스틱 약병을 꺼낸 뒤 고개를 뒤로 젖혔다. "아." 그는 뚜껑을 닫아 약병을 다시 주머니에 집어넣고는 한 손으로 운전대를 잡았다. 다른 손으로는 아이라를 안고 바짝 끌어당겼다. "좋은데." 트럭의 방향이 홱 꺾였다.

"운전할 때는 두 손을 다 써야 해요." 그녀가 어깨를 감싼 그의 팔을 떼어내며 말했다. 그러고는 다시 원래 자리로 옮겨 앉았다. "봐요. 여긴 얼음이 꽁꽁 얼었잖아요. 아주 위험하단 말예요." 최근에 제설을 한 탓에, 새로 내린 솜털 같은 눈 밑으로는 길이 단단하게 얼어서 미끄러웠다. "길이 정말 엉망이네요. 저기요." 그녀가 분위기를 바꿔보려고 말했다. "잠은 어떻게 자요?"

"안 자." 모리스가 말했다. "그래서 이렇게 미친 거지."

"미친 것 같진 않은데." 아이라가 말했다.

"보훈부에서 날 보내지 않은 곳이 없었지. 온 세상을 다 돌았을 거야. 싱가포르까지 갔다 왔으니까. 젠장, 그들이 할 수 있는 건 전혀 없었어. 난 햇빛을 볼 수 없어. 다른 빛도 마찬가지고. 주로 집 안에서 텔레비전 소리를 들으며 지내지. 그리고 테이프를 들어. 백만 개는 있을 거야. 카세트테이프. 이제 카세트테이프를 듣는 사람은 없어. 교회에서 넘겨받은 것들이야. 다른 사람들한테 받은 것도 있고. 집에 앉아서 그걸 들어. 그래서 모르는 게 없는 거야. 알아야 할 모든 것이 테이프에 있거든. 그게 여기 내 귀로 들어오지." 그가 머리 옆쪽을 톡톡 쳤다.

그의 귀는 정상적으로 보인다고 아이라는 생각했다.

"내 동생은 말을 잘하지. 여자를 홀리는 놈이야. 그 녀석이 당신에 대해 전부 말해줬어."

"테이프는 어떤 거예요? 어떤 내용이에요?"

"온갖 종류의 음악, 믿지 않겠지만. 가사를 도통 못 알아먹는 오페라 테이프도 있어. 머틀리 크루, 조지 마이클. 컨트리웨스턴 노래도 요즘 거 옛날 거 다 있어. 고전음악도 있지만 눈이 아파서 라벨을 안 읽으니 어느 게 누구 건지 이름으로는 몰라. 내가 늘 듣는 테이프가 있는데 그 사람 연주는 손에 불이 붙은 것 같지. 그리고 낭독 테이프가 있어. 없는 책이 없지. 공포소설에서 영성 메시지까지. 방금 전까지 들었던 테이프가 그건데, 지혜란 지혜는 다 담겨 있어. 한번 들어봐." 모리스는 천천히 정성껏 낭독했다. "'누가 천 살 넘은 목숨에게 왜 사느냐고 묻는다면? 가능한 유일한 대답은 이것, 살기 위해 산다. 생명은 그 자체를 기반으로 하여 살고, 그 자체에서 비롯하여 일어선다.' 어때?"

차는 덜컹거리며 나아갔고, 모리스는 천천히 조심해서 트럭을 몰았다.

"기원후 12세기 사람이 쓴 거야."

"누가 천 살 넘은 내게 묻는다면." 아이라가 가슴속에서 오싹한 한기를 느꼈다. "아이들에게 내가 필요하기 때문에 산다고 하겠어요."

"그렇군." 모리스가 말했다. "내 동생이 그랬어. 전부 말해줬어. 돈이 아주 급하다고."

"이제는 그렇게 급하지 않아요." 아이라가 말했다. "내일까지 버틸 만큼은 있으니까."

"나한테 돈이 있어." 모리스가 말했다. "제법 많아. 전부 내 돈이지. 게다가 난 여자랑 같이 있을 기회가 좀처럼 없거든. 술집에 갈 수 없으니까."

이제 아이라는 목이 잠기는 느낌이 든 이유를, 겁이 났던 이유를 알게 됐다. 존이 그녀를 마인간 형에게 데려다준 이유를 깨달았다.

"돈이 그렇게 많으면," 그녀의 목소리가 지나치게 높아졌다. "CD를 사지 그래요?"

"그것도 있어. 플레이어는 물론이고. 하지만 어쩐지 테이프를 듣는 게 더 좋아. 선택의 폭도 더 넓은 것 같고, 게다가 공짜잖아. 집에 온갖 테이프가 다 있어. 파우와우 테이프, 시 낭송 테이프. 언어로 표현된 가장 아름다운 이야기들. 아이라, 이걸 들어봐." 모리스가 목소리를 높였는데 거의 울부짖는 것 같았다. "'인간이 활짝 열려 있어 살짝 건드리는 것만으로도 시들어 죽거나 치유되는 흔치 않은 순간을 아는 것은 우리 인간에게 주어진 능력이 아니다.' 이건 어때? 피츠제럴드 작품이야. 트럭을 세웠으면 싶은데." 모리스가 말했다. "당신한테 키스하고 싶거든."

"안 돼요." 아이라가 말했다. "아이들에게 돌아가야 해요."

"흠, 지금이 흔치 않은 치료 기회 같은데. 게다가 키스는……" 모리스가 속도를 늦추자 트럭은 엉금엉금 기다시피 나아갔다. "몇 초도도 안 걸릴 거야. 키스는 효과가 뛰어난 약이지. 내 운명이 바뀔지도 몰라." 트럭이 유유히 멈추었다. 모리스가 그녀를 향해 돌아앉았다. 불빛에 자극을 받은 그의 눈은 희번덕이며 타들어가는 것 같았다. "부탁이야." 그가 기어를 P로 바꾸었다. 아이라는 움직이지 않았다. "트럭이 다시 달리면 좋겠지?" 그들은 가만히 앉아 숨만 내쉬며 서로 바라보았다.

"당신은 예뻐." 모리스가 말했다. 나지막했다. 목소리가 잠겨 있었다. "트럭이 다시 달리면 좋겠지?"

"네." 아이라가 말했다.

"그럼 이리 와."

그녀는 겁이 났지만 뭔가에 크게 홀린 사람처럼 그에게 다가갔다. 하지만 그는 그녀 쪽으로 몸을 옮기지 않고 가만히 앉아 있을 뿐이었다. 그러자 뭔가 다른 일이 일어났다. 그녀가 손으로 그의 눈을 가렸다. 그는 지금 숨을 참는 것 같았고 심지어 조금 떨기까지 했다. 그가 그녀를 다치게 할 마음이 없다는 것을 그녀는 깨달았다. 그녀가 그의 입술에 키스했고, 그의 발이 저도 모르게 가속페달을 밟자 트럭이 사람처럼 그르렁거렸다. 그가 수줍게 웃으며 말했다. "이 소리가 내 기분을 말해주는 것 같은데." 그의 숨결은 뜻밖에 굉장히 달콤했고, 얼굴에서는 비누 냄새가 났다. 하지만 트럭 운전석 아래쪽에서는 피냄새가 올라왔다. 그는 약간 현기증이 나는지 뒤로 기댔다. 그녀가 다시 그에게 키스했다. 그러고는 그의 눈을 가린 손을 떼고 원래 있던 자리로 되돌아왔다. 그는 다시 똑바로 앉아 앞을 보며 천천히 가속페달을 밟았고, 덜컹하는 것도 없이 기어를 부드럽게 바꾸었다. 그들은 서로 침묵을 지켰다.

"당신은 자식들을 정말 사랑하는군, 그렇지." 이윽고 그가 말했다.

"그럼요." 아이라가 말했다.

"하지만 두번째 키스는," 모리스가 말했다. "혹 개인적인 감정이 실린 거였나?"

아이라는 대답하지 않고 그저 길에 소복한 작은 눈더미들을 가리켰다. 모리스는 정신을 바짝 차리고 속도를 늦추어 조심조심 트럭을 몰았다. 운전이 좀 수월해지자 그가 주머니에 손을 집어넣어 뭔가 꺼내더니 그녀의 자리로 밀어주었다.

"받아."

돈뭉치였다.

"싫어요." 아이라가 말했다. "난 아무것도 한 게 없는데요."

"받아주면 좋겠어." 모리스가 정중한 목소리로 말했다. "어쩐지 창피하거든. 아무튼 당신 집에 갔다가 난 해가 뜨기 전에 돌아와야 해. 아침 햇살은 내 눈에 취약이야. 진통제 따위 잘 안 먹지만 필요할지도 모르겠어. 해가 높이 뜨면 눈이 정말 아플 테니까. 완전히 멀어버릴지도 모르고. 요새 일이 잘 안 풀려. 어제는 거울에 머리를 박았어. 파편이 나뒹구는 자리에서 움직이다가 발을 심하게 다쳤지. 그러고는 수프에 넣을 양배추를 자르다가 칼로 손마디를 그었어. 그래서 응급실로 달려가 싹 꿰맸어. 여기 안에 피가 얼어붙은 곳이 수두룩할걸. 아마 나 자신을 사냥하려 한 것 같아."

"붕대를 하지 않았네요."

"그건 하고 싶지 않아."

그가 손을 올리자 희미한 계기판 불빛에 손가락 사이로 길게 꿰맨 검은 바늘땀이 보였다. 그의 손이 꼭 짐승의 발 같았다.

"거울에 얼굴을 들이받으면 안 돼요." 그녀가 말했다.

"거울을 보면 소름이 돋아. 중국인은 침대와 마주보게 거울을 놓으면 안 된다고 믿지. 그러면 혼이 밤중에 몸에서 빠져나가 거울 속으로 들어간다나."

"그렇군요." 아이라가 놀라며 말했다. "나도 그런 건 믿는 편이에요." 그녀가 주위를 살폈다. "갈림길에 거의 다 왔어요. 속도를 줄여요." 그녀가 옆에서 운전대를 같이 잡았고, 그들은 눈이 제대로 치워지지 않은 길을 덜컹덜컹 달려 마침내 아이라의 집이 있는 장소에 이르렀다. 어둠이 아주 살짝 걷혔을 뿐이라 처음에 그녀는 헤드라이트의 불빛이 미치는 곳 이상은 잘 보이지 않았다. 트럭이 가느다란 검은 연기가 피어오르는 집터 가까이로 가서야 그녀는 무슨 일이 일어났는지 알아차렸다.

5

쇼니는 자신의 몸에서 빠져나와 나무 위로 올라갔다. 처음에는 몸이 가볍게 붕붕 떠다닌다는 사실이 놀랍고 무서웠다. 동생들을 꼭 붙잡고 있었기 때문에 그들도 같이 따라 올라왔다. 아이들은 재와 검은 갈대, 검댕, 외로움의 가루, 연기로 만들어졌다. 서로 꼭 붙어 있었지만 말을 할 수도, 울 수도 없었다. 더없이 깊은 어둠 속에 빠져, 그 어둠이 어디서 끝나는지도 자신들이 어디에서 출발했는지도 알 수 없었다. 깨알 같은 푸른빛이 반짝거렸다. 전류가 흐르는 선들이 허공에서 팽팽히 당겨지더니 툭 끊어졌다. 청각은 변함없이 살아 있었지만 소리와 사물의 관계가 아슴아슴했다. 무거운 가지를 들고 서 있는 소나무를 파고드는 바람. 올빼미의 숨죽인 질문. 그리고 그 소리. 새 우는 소리는 아니었다.

아이들이 나뭇가지를 따라 사뿐사뿐 옮겨다닐 때 마른 나뭇가지들이 삐걱거리는 소리가 났다. 아이들의 머리는 그릇처럼 우묵했다. 휘어진 검은 갈빗대 속으로 공기가 통과했다. 움푹 들어간 눈구멍에 얼음 파편이 반짝였다. 누구 때문인지 몰라도 나뭇가지가 휘청하는 바람에 아이들은 나무에서 떨어졌고, 그 순간 자신들이 허공에 떠 있을 수 있다는 사실을 깨달았다. 서툴지만 서서히 기술을 터득하면서 아이들은 이 나무에서 저 나무로 옮겨가는 요령을 익혔다. 처음에는 흠칫 놀라고 멈칫거렸지만 곧 더 능숙하고 수월하게 돌아다녔다. 하지만 자꾸 그 나무로, 그 아래 형상들에게로 되돌아왔다. 그 형상들이 아이들을 끌어당겼다. 아이들이 검은 머리를 뒤로 젖히자 눈구멍에 들어앉은 얼음이 순수한 호기심으로 반짝거렸다.

쇼니는 어둠 속에서 눈을 떴다. 잠을 자고 싶었지만 북소리 때문에 잘 수가 없었다. 소녀는 마침내 마음이 아주 편안해졌다. 소녀의 꿈은 어둡고 환상 같았다. 아픈 곳도 없었다. 북소리는 크고 끈질겼으며 몸안이 들썩거릴 만큼 요란했다. 소녀가 고개를 들고 머리를 흔들어 눈을 털어냈다. 소리는 개울 바깥에서 들려왔다. 빠르게 몰아치는 박자였다. 그 소리에 소녀는 휘청휘청 걸음을 옮겼다. 등에 업은 어린 남동생은 나일론과 거위털의 보호막 안에 포근히 감싸인 채 몸을 뒤척였다. 앨리스가 꼼짝하지 않았지만 쇼니는 어찌어찌 앨리스를 일으켜세운 뒤 후드와 머리카락을 잡아당겨 간신히 끌고 갔다. 북소리는 점점 크게 울려퍼지며 깜깜한 어둠 속에서 나무와 바위를 돌아 단단한 땅으로 아이들을 안내했다. 걸음을 멈추고 싶을 때마다 북소리가 쇼니를 깨웠고, 쇼니는 계속 나아가다가 마침내 어떤 벽에 세게 부딪혔다. 벽을 따라 걸음을 옮겼다. 창문이 손에 닿았다. 소녀는 장갑을 끼고 있었지만 꽁꽁 언 주먹으로 창문을 힘껏 쳐서 유리창을 깨뜨렸고, 문밖에서 작은 개처럼 미친 듯이 소리를 질렀다.

6

모리스가 담요 뭉치를 발견하고는 집이 있던 자리에 나뒹구는 잿더미와 파편 속으로 걸어들어갔다. 그는 아이라를 보듬어 차에서 내려주었다. 그러고는 그녀를 계속 흔들며 말을 시켰다. 마침내 그녀의 귀에 그의 말소리가 들렸다. 그녀가 그의 손을 잡았다.

"버나드 아저씨네 집." 그녀가 말했다. 모리스가 발견한 아이들의 흔적이 의미하는 바가 그것이었다. "숲길로 갔을 거예요."

아이라와 모리스가 버나드의 집에 다다랐을 때 날은 이미 밝았고, 제설작업이 된 진입로에는 부족 구급차가 벌써 도착해 있었다. 두 사람은 허둥지둥 달려갔다. 따뜻한 전기 담요를 덮은 아이들이 구급차 뒤칸에 누워 있었다. 구급대원이 아이라에게 아이들을 보여주었지만, 그녀를 보는 아이들의 시선은 얼어붙은 것 같았다. 그녀는 구급차 안에서 무릎을 꿇고 아이들이 눈을 깜박이거나 움직이기를 기다렸다. 아이들이 스르르 눈을 감자 그녀가 아이들을 와락 붙잡았다. 아이들은 그냥 잠이 들려는 것일 뿐 괜찮았다. 구급대원은 모리스의 눈 상태를 보고는 구급차의 앞에 타라고 했고 아이라에게는 아이들과 같이 타고 갈 수 없으니 버나드의 차로 뒤따라오라고 했다. 구급차에는 그녀가 앉을 자리도 없거니와 아이들에게 안정을 취하게 해야 한다면서, 그래도 아이들 모두 위기를 넘긴 것 같다는 말도 덧붙였다.

"아이들이 옷을 겹겹이 껴입어서 다행히 목숨을 구한 것 같네요. 손이나 발을 잃는 일도 없을 것 같고요."

"귀나 코도 괜찮아 보이고요. 중심체온도 잘 유지되었네요. 저런 말은 넘겨들으세요. 다른 어떤 곳도 잃는 일은 물론 없을 겁니다." 다른 대원이 그 말을 받았다. "버나드 어르신에게 히터를 빵빵하게 틀어달라고 하고, 우리를 따라오세요. 우리가 속력을 내지는 않겠지만, 혹시라도 누가 끼어들지 모르니 비상등과 사이렌도 켜두겠습니다."

모리스가 앞에 앉았다. 눈에는 붕대가 감겨져 있었고, 거즈를 댄 곳에서는 식염수가 뚝뚝 떨어지고 있었다.

"붕대 안으로 안약을 넣어요, 뽀빠이*." 운전사가 말했다.

"뽀빠이?" 아이라가 말했다.

"별명이야." 모리스가 말했다.

차가 출발했다. 아이라는 버나드의 트럭을 타고 따라갔다. 그녀가 고개를 푹 숙였다. 겁에 질린 사람처럼 숨을 쉬었고 숨을 쉴 때마다 끙끙거렸다. 버나드는 장갑을 벗은 쭈글쭈글하고 거친 손으

* pop eye, 통방울눈.

로 운전대를 잡고 구급차를 천천히 따라갔다. 그는 격자무늬 파카를 입고 패드를 덧댄 귀마개가 달린 회색 모자를 쓰고 있었다. 그는 집중하느라 얼굴을 찡그린 채 구급차 꽁무니만 뚫어져라 쳐다봤다. 한바탕 바람이 불자 길 위에 내려앉은 눈이 뱀처럼 회오리쳤다. 이윽고 트럭 앞좌석이 따뜻해졌다.

"추크의 아들이지, 모리스 말이야." 그가 구급차를 턱짓으로 가리켰다. "마인간. 그애는 앞을 전혀 못 봐. 법적으로도 장님이지."

"음, 그 사람이 저를 차에 태워 집까지 데려다줬어요. 집이 홀랑 불에 타 있었어요. 잿더미만 남아 있었죠."

버나드가 그녀를 흘끗 쳐다보았다. 그가 몰랐던 사실이었다.

"아이들이 숲을 통과한 이유가 그거였군."

"인디언보호사무소에 가서 비상연료랑 식료품을 구하려고 제가 집을 비운 사이에요."

버나드는 옛 벗의 딸에게서 매캐한 탄내와 시큼한 술냄새를 맡았다. 술을 마시고 노닥거린 모양이었다. 하지만 그는 그것에 대해 묻지 않았고 말을 꺼내지도 않았다. 그저 그녀가 하는 말을 들어주었다. 사무실에서 일하는 사람들 이야기, 이따 오전 중에 연료 트럭이 오겠지만 와봤자 연료통도, 난방할 집도 없을 거라는 이야기. 일용품 박스는 오늘 중 아무때고 가서 실어 오면 된다고 했다. 어제 실어 와도 됐겠지만 타고 올 차가 없었다고 했다.

"내가 대신 가져와서 병원에 보관해둘게. 아이들이 거기 며칠 있어야 할 거야. 그런데 왜 나한테 전화하지 않았니? 내가 태워줄 수도 있었을 텐데."

"전화기가 없었거든요. 무작정 길에 나가서 지나가는 차를 얻어

타는 방법밖에 없었어요. 거기 간 뒤에는 아저씨 생각을 못했어요. 제가 병원으로 가서 기다리다가 아저씨가 퇴근할 때 부탁드려도 됐을 텐데요."

네가 술을 마시지 않았다면 그랬겠지, 버나드는 속으로 생각했지만 그저 어깨만 으쓱했다.

"글쎄, 이번이 마침 주간근무였는데 운이 좋았어. 그래서 집에 있었거든. 여하간 모리스가 널 그리로 데려다줬고. 아이들도 무사히 도착했고."

아이라의 얼굴은 젖어 있었다. 눈물이 줄줄 흘러내렸고 콧물까지 범벅이 되었다. 얼었던 손발이 녹으면서 생기는 통증 때문은 아니었다.

"난 나쁜 엄마가 아니에요. 몇 잔 마신 것뿐인데." 그녀가 말했다. "난 그저…… 모리스의 동생이 먹을 걸 좀 사줬어요. 그리고 모리스에게 나를 맡긴 건데. 뭔가 예감이 안 좋았어요."

"아슬아슬했다는구나." 버나드가 말했다. "아이들이 우리집에 다다랐을 때는 체온이 뚝 떨어져 있었어. 구급대원들이 곧바로 따뜻하게 데운 링거액을 주사해서 아이들 체온을 정상으로 되돌렸지. 네 딸 쇼니 말이다. 강한 아이야."

"바로 보셨어요." 아이라가 말했다.

"그것 말고도 뭔가 더 느껴져." 버나드가 말했다.

"어떤 거요?" 아이라가 말했다. 그녀의 몸에 온기가 돌자 손발에 더운 피가 몰려오면서 통증이 느껴졌다. 그녀는 잠과 씨름했다. 하지만 결국 안전벨트에 몸을 기대고는 스르르 잠이 들었다. 그러다 머리가 툭 꺾이자 화들짝 놀라 고개를 들었다.

“그애가 북소리를 들었다고 했어.” 버나드가 말했다. “북이 방향을 알려줬다더구나. 숲속은 칠흑같이 어두웠고. 우리집은 불이 꺼져 있었는데. 용케 나를 찾아냈어.”

“깜깜한 밤에 북을 치면서 아저씨만의 파우와우를 하고 있었군요.” 아이라는 잠에 빠져들며 웅얼거렸다. 그녀가 쌔근거리기 시작했다.

“아니야.” 버나드가 잠시 후 혼잣말을 했다. “아니, 그건 아니었어. 그 북은 덮개로 가려서 구석에 놓아두었으니까. 늘 있던 자리에 그대로. 아이들이 창문을 깨뜨렸을 때 나는 자고 있었어.”

7

병원의 낮과 밤은 세상과 동떨어져 저만의 규칙에 따라 흘러갔다. 아이라가 병원에서 지낸 건 예전에 아이들을 낳았을 때 그 잠깐씩뿐이었다. 아버지가 몇 주 동안 입원했었지만 임종은 집에서 맞았다. 입원한 아버지 곁에서 밤을 보낸 적은 없었다. 그래서 그녀는 인디언보건병원의 방식이 생소했다. 첫날은 아이들을 안정시키고, 곁에서 지켜보고, 의사와 면담하고, 아이들의 회복 수준을 수치로 확인하면서 보냈다. 그날 밤 아이라는 딸의 병실에서 플라스틱 리클라이너에 누워 잠들었다. 딱딱하고 몸이 자꾸 미끄러졌지만 등받이 각도는 괜찮았다. 더 열악한 곳에서 잔 적도 있었다. 다음날 아침 일어났을 때는 몸이 뻐근하고 쑤셨지만 눈 덮인 숲속을 달린 탓일 수도 있었다. 쇼니와 앨리스는 2인실을 썼는데, 앨리스는 여전히 손등에 반창고로 비닐관을 고정한 채 링거를 맞고 있었다. 화장실에도 못 갈 만큼 기운이 없어서 간호사들이 채워준 일

회용 기저귀를 하고 있었는데, 앨리스는 그것이 창피했다. 말도 하고 싶지 않았다. 눈을 꼭 감고 가만히 누워 의식이 없는 척했다. 밤시간 동안 아이라는 간호사들이 아이들을 체크하러 올 때마다 일어났다. 그들은 손가락에 끼우는 측정기를 이용하여 호흡수와 산소수치를 읽었다. 맥박과 체온, 혈압도 쟀다. 간호사들의 표정이 만족스러워 보이면 아이라는 아피치의 병실로 갔다. 아피치는 열이 있었다. 그녀는 베개와 담요를 들고 아피치의 병실로 가서 딸들의 병실에 있는 것과 똑같은 의자에 앉아 밤의 절반을 보냈다.

아이라는 인디언보건서비스 특별 장학금을 받으며 공부를 마친 뒤 고향으로 돌아온 간호사 몇 명을 알았다. 그중에는 친척도 있었다. 허니라는 이름의 사촌은 늘 수녀가 되겠다고 말했지만 결국 간호사가 되었다. 허니는 독실한 가톨릭 신자였다. 허니나 다른 간호사들이 아이들을 간호할 때 아이라가 거들자, 그들이 그녀에게 말을 붙였고 그녀의 사연에 대해 알게 되었다. 그녀를 대놓고 비난하는 사람은 없었다. 하지만 인디언아동복지 부서가 그녀와 면담을 실시하리라는 건 확실했고, 그 이후 아이들과 한 명씩 만나 이야기를 나눌 것이었다. 그 부서의 수장이 사회복지사를 병원으로 보내는 일정을 이미 잡아두었다.

허니가 깨끗한 옷을 가져왔고, 아이라는 쇼니의 침대 옆쪽에 있는, 타일이 깔린 화장실에서 샤워를 했다. 몸에 물을 적시자 시커먼 게 씻겨나갔는데, 아이라는 그제야 검댕이 생각나면서 그 일이 아주 오래전에 일어난 것처럼 느껴졌다. 그녀는 물의 온도를 견딜 수 있을 만큼 최대한 뜨겁게 해놓았다. 샤워기가 달린 벽에는 샴푸가 담긴 커다란 플라스틱 통이 고정되어 있었다. 샴푸를 듬뿍 짜서 온몸을 씻어낸 그녀는 뜨거운 물방울이 떨어지는 샤워기 밑에 서 있었다. 그녀는 자신의 모습이 고마워하는 개 같다고, 그저 고마워하는 짐승 같다고 생각했다. 그녀는 수증기 가득한 욕실에서 작고 얇은 수건으로 몸을 닦았는데, 큰 목욕수건을 달라는 말은 굳이 하지 않았다. 머리의 물기를 짜내고 하나로 묶은 뒤 손가방을 뒤적거렸지만 화장은 하지 않기로 했다. 수수해 보이는 것이 좋을 듯했다. 이제 다시는 예쁘게 보일 수 없을 것이다. 잠시도 아이들끼리만 내버려두지 않을 것이다.

몸이 깨끗해지자 그녀는 이제 정말로 병원에서 생활하는 것 같았다. 아직은 머릿속이 어지러웠다. 너무 많은 일들이 일어났다. 그녀는 커피를 마셨으면 좋겠다고 생각했다. 한 여자가 딸들의 병실로 들어왔다. 서류가방과 클립보드를 들고 있었다. 발목까지 내려오는 거위털 코트에 머클럭스*를 신고 세인트제임스베이 양모장갑을 낀 차림이었다. 아이라는 그녀를 똑바로 쳐다보았고, 그 순간 심장이 벌렁거렸다. 입술 위로 하얀 흉터가 선명한 여자, 존의 아내였다. 아이라는 퍼뜩 그녀의 이름이 생각났다. "세러핀!"

"맞아요, 부주(반가워요)! 오늘 눈보라가 칠 거라네요." 그녀가 알려주었다. "그게 어제가 아니어서 우리에게 정말 행운이었죠."

그녀가 우리에게라고 말해서 아이라는 기뻤다. 당신에게라고 했다면 비난이 될 수도 있었다. 세러핀이 병실에서 나왔고, 아이라도 생각에 잠긴 채 묵묵히 그녀를 따라나왔다. 그들은 복도를 걸어가 작은 사무실로 들어갔다. 벽면을 따라 회색 선반과 캐비닛, 서류

* 물개가죽 방한화.

뭉치, 압설자와 고무장갑 박스가 보관되어 있는 곳이었다. 못쓰게 된 컴퓨터와 인조 화초가 책상 위에 놓여 있었다.

"비좁지만 여기서 시작해볼까요. 비공개로 해야 하니까요." 세러핀이 말했다.

앉는 자리에 깔개를 댄 책상용 의자와 철제 접이의자가 보였다. 세러핀은 의자 두 개를 손으로 털더니 아이라에게 고르라고 했다. 아이라는 철제 접이의자를 골랐다.

"이제 차근차근 해나갈까요." 세러핀이 말했다. 클립보드 위쪽에 펜 하나가 달려 있었다. 그녀의 목에는 옅은 분홍색 캔버스 끈이 걸려 있었고 거기에 부족 신분증이 달려 있었다. 돌 색깔 같은 회색 원피스에는 작은 회녹색 꽃 무늬가 퍼져 있었다. 더없이 아름답고 섬세한 세러핀의 얼굴은 고고한 미치프* 사람의 얼굴이었다. 피부색은 백인들이 태닝기계로 일부러라도 태워 만드는 옅은 황금색이었다. 존의 말이 맞았다고 아이라는 생각했다. 그의 아내는 아주 예뻤다. 그는 또 아내가 약재를 잘 안다고 했는데 아이라는 그녀가 모든 면에서 영적인지도 궁금했다. 하지만 세러핀은 조용히 사무적으로 일을 처리해나갔다.

"우선 질문할 것은," 아이라의 기본정보를 확인한 뒤 그녀가 말했다 "지금은 어떤 일을 하며 살아요?"

"주로 바느질을 해요. 퀼트나 파우와우 의상을 만들어요. 구슬도 꿰매고요. 집과 함께 천 달러 값어치는 될 화려한 남성용 예복

* 미치프와 메이티는 혼용되며, 북미 원주민과 프랑스인 사이에서 태어난 혼혈인을 말한다.

이 불에 타버렸어요. 아이라는 화재로 잃은 것을 떠올리고 아쉬워하면서, 지금 그 일이 일어난 게 아주 오래인 듯 말했다.

"형편이 어렵겠군요."

"그건 그래요."

"나도 당신이 만든 구슬 요크*를 본 것 같아요. 당신 스타일을 알아요."

"아버지 유품도 모조리 불타버렸어요." 아이라는 말을 잇다가 순간적으로 이상한 감정에 사로잡혔다. 불에 타버린 그것들, 아버지가 살아서 남긴 전부였다. 이제 아버지를 기억할 수 있는 것은 무덤밖에 남지 않았다. "이런, 안 돼." 그녀가 말했다.

"네?"

"아무것도 아녜요." 아이라가 얼굴을 만지며 말했다.

"그게 일어난 일에 대해 말해주겠어요?" 세러핀이 말했다. "아이들이 왜 장시간 방치되어 있었는지 말해주세요. 보고서에 기록해야 하니까 천천히요."

"아이들만 있었던 게 아니에요." 아이라가 말했다. "쇼니도 있었어요."

"쇼니는 미성년자예요. 법에 의하면 밤중에 미성년자와 함께 아이들만 둘 수 없어요. 물론 당신은 부족관할구에 속하지만 부족 판사도 대체로 같은 기준을 따라요."

"그게 법을 위반하는 일인지 몰랐어요."

"이전에도 종종 그랬나요?"

---

* 윗옷의 어깨나 스커트 윗부분에 대는 천.

"전혀요. 아니, 어쩌면 한 번. 이번은 위급한 상황이었어요. 연료 지원을 신청하고 식품구입권이든 뭐든 받으려고 보호사무소에 가야 했거든요. 거기서 일하는 이치 보이어나 다른 직원들한테 물어보세요. 거기까진 차를 얻어 타고 갈 수 있었지만 집으로 돌아오는 차는 얻어 타기 힘들었어요."

세러핀은 그 내용을 기록한 뒤 클립보드를 무릎에 올렸다.

"이봐요." 그녀가 말했다. "난 다 알고 있어요. 존이 말해줬으니까."

아이라의 얼굴이 화끈거렸다. 어디까지 말했을까? 존이 무슨 말을 했을까?

"모리스가 집까지 데려다줬어요."

"그보다 먼저 존과 당신이 모리스네 집까지 같이 걸어갔고."

아이라가 멈칫했다. "네."

세러핀은 종이를 내려다보며 얼굴을 찡그렸고 펜을 흔들어 펜촉에 잉크가 흐르게 했다.

"저기요." 아이라가 불쑥 말했다. "내가 술집에서 존을 만난 건 맞지만 그 사람은 날 모리스네 집에 데려다주는 데만 관심이 있었어요. 그리고 존이 식료품 살 돈을 줬고요."

아이라는 손을 비볐다. 피부가 보드라웠다.

"알겠어요." 세러핀이 뭐라고 끼적이며 말했다. "지금까지는 이야기가 잘 들어맞네요." 세러핀은 그저 농담을 한 것이어서 웃는 얼굴로 받아썼지만, 아이라는 목안이 마르고 따끔거리는 것 같았다. 세러핀이 보고서를 불리하게 쓰면 어쩌지? 그들이 아이들을 데려가버리면? 아이라는 숨이 턱 막혔다. 세러핀이 말을 이었다. "술집에서 존을 만났고, 존이 식료품 살 돈을 줬고, 그러고는 당신을 모리스의 집까지 데려다주고 떠났단 거죠."

아이라가 고개를 끄덕였다. 단추 부분이 숨겨진 붉은색 면 블라우스에 큼직한 브래지어를 하고 헐렁한 검은색 바지를 입고 병원 슬리퍼까지 신으니 그녀는 영락없이 가난한 거지가 된 기분이었다. 하지만 사실 난 가난하고 거지나 다름없는걸, 아이라는 생각했다. 내가 가진 모든 게 불타버렸어. 쇼니의 학교 사진들도 타버렸다. 숨이 막혔다. 이제 이 여자는 돈 때문에 성관계를 했는지 묻겠구나. 하지만 그런 일은 없었다고 솔직하게 말할 수 있었다. 물론 그런 일이 일어날 수도 있었겠지만 그건 실제로 그랬다는 것과 다르니까. 모리스도 그렇게 말해줄 것이다.

"모리스가 알아요." 아이라가 불쑥 말했다.

"모리스가 뭘 알아요?"

"몹시 피곤하네요." 아이라가 손으로 얼굴을 비비며 말했다. "아이들에게 돌아가도 될까요? 딸의 학교 사진도 불길에 사라졌어요."

"몇 가지 질문이 남았어요."

아이라는 책상 위로 몸을 숙이고는 주먹 쥔 손으로 머리를 받치며 말했다. "그래요."

하지만 세러핀은 존이 돈을 준 이유나 모리스가 차를 태워준 이유는 묻지 않았다. 그녀는 아이라가 긴급주택지원을 신청한 뒤 영구주택 신청 명단에 이름을 올리고 기다리는 동안 어디서 생활할지에 더 관심이 있었다.

"아직 모르겠어요." 아이라가 말했다.

"어디든 알아봐야 할 거예요." 세러핀이 말했다. "우리가 2주 뒤부터 한 달 간은 당신이랑 아이들을 여성보호소에서 지내게 할 수 있지만, 그러기 전에는 아이들을 보호기관에 맡기고 당신은, 모르겠네요……" 그녀가 입술 흉터에 손을 올렸다.

"알아볼게요." 아이라가 말했다. "버나드 아저씨한테 부탁할 수 있을 거예요. 아저씨 집에서 우리를 지내게 해줄 것 같아요. 잘 모르지만요. 좀 멀긴 해요."

"그게 문제예요." 세러핀이 고개를 끄덕이며 말했다. "당신이 이용할 교통편이 없을 테니까. 이제 아이들한테 가서 몇 가지 질문을 할 거예요. 불이 어떻게 났는지 알아야 하거든요."

아이들한테 나에 대해서도 확인해볼 생각인가요, 아이라는 묻고 싶었다. 아이들이 내가 마약을 하고 흥분한 모습을 본 적은 없는지, 때리진 않았는지, 아이들에게 아침에 먹다 남은 음식을 긁어 먹게 해놓고 나는 거실 러그에서 모리스와 뒹군 건 아닌지. 하지만 이제는 러그도, 거실도 없다. 그리고 그 모든 일은 남은 것이 아침 끼니, 오트밀뿐이었다는 사실에서 비롯한 것이다.

"알겠어요." 아이라가 말했다. "가서 아이들과 이야기하세요."

아이라는 아피치의 병실로 갔다. 아피치는 깊이 잠들어 있었는데 축 처진 몸뚱이가 불덩이 같았다. 아이라가 아이의 이마에 키스를 했지만 아이는 움직이지 않았다. 아이라는 아이를 유심히 살펴보았다. 그러고는 간호사 호출 버튼을 누른 뒤 병실에서 나왔다.

"아이가 좀 이상해요." 그녀가 간호사에게 말했다. "어서요. 제발요. 의사선생님께 아이를 보여드려야 해요. 어딘지 이상해요."

"흉부 엑스레이 검사를 하기로 했어요." 간호사가 그녀를 스쳐가며 말했다. "항생제 주사도 놓을 거고요. 자리를 비우셨을 때 의

사선생님이 진찰을 했는데 폐렴 같다고 했어요. 아마 폐렴일 거예요." 간호사가 그녀를 안심시키듯 말했다. "날 도와주겠어요?" 간호사는 놀라서 눈물이 그렁그렁한 아이라를 보며 말했다. "엑스레이를 찍을 준비를 해야 하는데 도와주겠어요?"

아이라는 고개를 끄덕이고는 아이의 발에 담요를 잘 덮어주었다.

"우리가 같이 침대를 밀고 나갈 거예요." 간호사가 말했다.

아이라는 복도를 지나가면서도 아피치의 머리에 얹은 손을 떼지 않았다. 아이의 머리카락은 거칠고 숱이 많고 엉겨 있었다. 병원 사람들이 스펀지로 아이 몸을 닦아주긴 했지만 귀 뒤로 아직 검댕이 남아 있었고, 이마 위쪽에도 검은 선이 보였다. 콧방울에도 검댕이 묻어 있었다. 그래도 재냄새는 나지 않네, 엘리베이터를 타고 내려가는 동안 아이에게 다시 입을 맞추려고 허리를 숙이며 아이라는 생각했다. 대신 아기 냄새가 났다. 아피치란 이름은 그녀가 아이를 배고 있던 여름 동안 문 바로 위에 둥지를 틀고 새끼를 키웠던 지빠귀의 이름을 딴 것이었다. 앨리스는 그녀의 어머니 이름을 땄고, 쇼니는 예언자 쇼니의 이름을 땄다. 아이라의 아버지는 신앙심이 깊은 사람이어서 아이들에게 영적인 이름을 지어주었고, 그녀의 남편이 떠나자 그녀를 트윈시티에서 데려왔다. 아버지는 그녀가 법적으로 이혼할 수 있게 도왔고, 자신의 퇴직군인연금과 사회보장연금을 아이라와 아이들에게 전부 넘겨주었다.

그들은 엑스레이실로 갔다. 아이라는 방사선 차폐막 뒤에서 기다려야 했다. 잠든 아피치는 몸이 쪼그라든 것만 같았다. 간호사는 폐렴에 걸린 아이들을 많이 봤지만 모두 건강을 되찾았다며 그녀를 안심시켰다.

아피치를 다시 병실로 옮기고 항생제 주사를 놓는 것까지 보자 아이라는 가서 딸들을 살펴봐야겠다고 생각했다. 아이라가 병실로 들어갔을 때 쇼니는 침대에 앉아 있었다. 붕대를 둘둘 만 손으로 텔레비전 리모컨을 누르느라 애를 먹고 있었다. 텔레비전은 두 침대 사이 맞은편 벽에 걸려 있었다.

"이리 줘." 아이라가 리모컨을 가져가며 말했다. "뭘 보고 싶어?"

쇼니는 화면만 뚫어져라 쳐다보며 어깨를 으쓱했다.

"앨리스는?" 아이라가 조심스레 채널을 돌렸다.

앨리스는 텔레비전을 보며 얼굴을 찡그렸다. 두 아이는 맨 처음에 봤던 화면으로 두번째로 돌아올 때까지 리모컨을 누르는 어머니를 가만히 지켜만 보았다. 마침내 앨리스가 링거 주사를 맞지 않는 팔을 들었다. "그거."

"그래." 아이라는 리모컨을 내려놓고 쇼니 옆에 앉았다. 쇼니가 말했다. "엄마, 침대에서 내려가줄래요? 눕고 싶어요." 아이라가 일어나서 이불을 덮어주었다. 쇼니는 발에도 붕대를 감고 있었다.

"좀 어때?" 아이라가 물었다

"아파요." 쇼니가 말했다.

"엄마가 뭘 해줄까?"

쇼니는 잠시 엄마를 쳐다본 뒤 고개를 돌렸다. 쇼니는 자신이 아주 먼길을 떠났던 것 같은 기분이 들었다. 자신은 아주 먼 어딘가에 갔었지만 엄마는 가지 않았던 것 같았다. 엄마가 다시 와 있는 그곳은, 쇼니에게 아무 일도 일어나지 않았으나 사실은 모든 일이 일어났던 곳이었다. 소녀는 생사의 경계에 갔다가 돌아왔다. 아피치와 앨리스도 동행했다. 쇼니는 동생들을 끌고 돌아왔다. 동생들이 죽게 내버려두지 않았다. 쇼니 자신에 대해서도 마찬가지였다. 쇼니는 다시 이 세상으로 돌아왔지만 외로웠다. '쇼니, 네가 동생들을 구했구나.' 누가 그런 말을 해주기를 바랐다. '집을 불태운 게 너로구나.' 같은 시선으로 쳐다보는 것이 아니라.

아이라는 손을 내밀어 쇼니의 머리를 쓰다듬었지만, 쇼니는 화면에서 눈을 떼지 않은 채 고개를 홱 돌려 엄마의 손을 뿌리쳤다. 아이라는 무릎에 양 손을 올린 채 한 남자가 악어를 물속 악어굴에서 구슬려 나오게 하는 장면을 지켜보는 척했다. 세러핀이 무언가 말을 해서 아이들의 마음이 그녀에게서 돌아선 걸까, 아니면 아이들은 모든 것에 몹시 화가 난 걸까, 아니면 그저 병원에서 지내게 된 것이 놀라운 걸까. 쇼니와 앨리스에게 그날 벌어진 일에 대해 물어봐야 할 것 같았다. '알아야 해, 나도 알아야 해, 내가 엄마인걸.' 그녀는 생각했다. 한편 그 모든 것 하나하나가 자신의 잘못이었기에 그녀는 자세히 알기가 두려웠다. 아이들을 위험한 상황에 버려두고 떠났으니 아이들이 어떤 힘든 일을 겪었는지 알고 나면 속만 더 상할 것 같았다. 결국 그녀가 아이들을 제대로 보호하지 못했다는 뜻이었다. 그녀는 불길한 예감이 들었다. 그 느낌이 점점 커져갔다. 어느 순간, 그녀가 몹시 지쳤을 때 쇼니에게 불쑥 이렇게 말할까봐 두려웠다. '어떻게 집을 불태울 수가 있어? 거긴 우리가 살아갈 유일한 공간인데? 우리가 가진 전부인데? 미쳤어? 어떻게 그럴 수가 있어?' 아이라는 그 말이 튀어나올까봐 겁이 나서 벌떡 일어나 병실에서 나갔다.

그녀는 아피치가 열이 내릴 때까지 그 곁을 지켰다. 아이는 열이 내리자 잘 때 더는 얼굴을 찡그리지 않았다. 그녀가 딸들의 병실로 돌아와보니 간호사가 아이들에게 남은 우유와 주스와 푸딩, 크래커를 건네주고 있었고, 아이들은 받는 족족 먹어치우고 있었다. 식판에 담긴 점심식사가 나올 때까지는 아직 한 시간이 남았다. 아이라는 배가 고팠다. 어제는 누가 먹지 않고 돌려보낸 것이 있어 간호사가 그것을 그녀에게 가져왔다. 그래서 아이라는 저녁에 푸짐한 식사를 했다. 칠면조, 그레이비소스, 콩, 으깬 감자, 심지어 커피까지. 그녀는 식판에 있는 모든 음식을 말끔히 먹어치웠다. 하지만 오늘 아침에는 남은 식사가 없었다. 아이라는 점심때는 남은 식사가 있기를 바랐고, 혹시 그것을 놓칠까봐 병동을 지키고 싶었다. 하지만 모리스의 상태도 궁금했다.

아이라는 그를 찾아 성인병동으로 갔다. 병실마다 들어가서 살펴보고 싶었지만 수줍어서 그러지는 못했다. 병실 안을 무심한 듯 흘끔거려도 모리스가 보이지 않자 그녀는 간호사에게 그가 어느 병실에 있는지 물었다. 간호사는 그녀를 복도 끝으로 데려갔다. 병실은 커튼을 쳐놓아 어두웠는데 아이라의 예상처럼 모리스의 눈은 가려져 있었다.

“숙녀분이 찾아왔어요.” 간호사가 말했다.

“세러핀?” 모리스가 말했다.

“아니요, 아이라예요.”

“부주!” 모리스가 손을 내밀었다. “아이들은 좀 어때요? 이리로, 여기 와서 앉아요. 크래커가 있을 텐데.” 그의 손은 헤매지 않고 옆에 붙여둔 테이블에 정확히 가서 닿았다. 그가 셀로판지로 포장된 짭짤한 크래커를 가볍게 쳤다. “좀 먹겠어요?”

아이라는 크래커를 받아 포장을 뜯은 뒤 안에 든 두 쪽을 다 먹었다. 크래커는 짭조름했고, 혀에서 사르르 녹았다.

"더 먹지 그래요." 모리스가 말했다.

"아니요, 가봐야 해요. 애들 점심식사 올 때가 됐어요. 애들은 괜찮아요. 아피치가 폐렴에 걸리긴 했지만."

"폐렴은 고칠 수 있어요. 다른 병보다는 폐렴이 낫지."

"그런 것 같아요." 아이라가 말했다. "하지만 겁이 나요. 당신은 어때요?"

"난 이제 끝난 것 같아요." 모리스가 붕대 위로 뭉텅이진 머리카락을 만지며 말했다. "눈이 멀 거예요. 영원히 눈먼 채로 살겠지. 한쪽은 각막이 긁혔고 다른 쪽은 종양이 생겼대요. 방금 들었어요. 아무튼 이런 긴장 상태도 이제 끝이에요."

"운전도 못하겠네요." 아이라가 말했다.

"음, 사실 원래 하면 안 되는 거였어요. 그날 말했어야 했는데. 그 점은 미안하게 됐어요."

"당신이 애를 많이 썼어요." 아이라가 말했다. "내 아이들 때문에 숲속으로 가지 않았다면, 눈이 그렇게 새하얗지 않았다면 당신 눈도 아마 그렇게 멀어버리지는 않았겠죠."

"어차피 이렇게 될 거였어요." 모리스가 말했다. 그가 안대를 톡톡 치고는 붕대를 고쳐 맸다. "아무튼 애들은 정말 괜찮아요?"

"딸들이 아직 나한테 말을 안 해요."

모리스가 무슨 뜻인지 알겠다는 듯 고개를 끄덕였다. "애들한테 그 일을 극복할 시간을 좀 줘요." 그가 말했다. "저기 주전자에 물이 있어요. 간호사가 방금 새로 얼음을 넣어줬어요."

"간호사들이 잘 돌봐줘요?"

"네." 모리스가 말했다. "모르핀을 주죠. 간호사들은 전부터 날 알고 있으니까."

"그때도 눈 때문에 왔어요?"

"다른 이유도 있었죠." 모리스가 말했다. "이제 어디서 살려고요?"

"아직은 몰라요. 아마 버나드 아저씨 집에서요. 아직 물어보지는 않았어요."

"당신 어머니는 돌아가셨고?"

"오래전에요."

"당신 아버지가 돌아가셨을 때 그 이야기를 들었어요. 부친은 영적인 분이셨지. 그분을 알아요."

"아버지는 이름을 어떻게 지어줘야 하는지 알았어요. 사람들이 아버지에게 의식을 해주었어요. 아버지가 꿈을 꿨기 때문이었죠. 아버지는 꿈을 멈출 수가 없었어요. 꿈이 계속 아버지를 찾아왔어요. 결국 아버지는 꿈을 통해서 뭔가를 해야 할 운명이었던 거예요."

그녀가 말을 멈추었다. "마인간." 그녀가 말했다. "아버지가 당신에게 그 이름을 지어줬다던데요."

"당신 아버지가, 자신이 누군가에게 그 이름을 준 건 그 한 번뿐이었다고 그러셨어요."

"아버지에게는 큰 의미가 있는 이름이었는데, 늑대들이 아버지를 살려줬거든요. 한 번, 아마."

"아멘." 모리스가 말했다. "나 역시 내 이름 때문에 살아났거든요."

"어떻게?" 아이라가 말했다.

"그건 다음에 오면 말해주죠." 모리스가 말했다. "어떻게든 당신을 오게 하려면 미끼가 필요하니까."

아이라는 할말을 찾지 못해 침묵했다. 그가 그녀에게 미끼를 던져주기 바라는지, 아니면 그녀 혼자 두기를 바라는지 그녀는 그것조차 알 수 없었다. "이제." 그녀가 말했다. "뽀빠이."

"그래, 그건 정말 지독한 이름이야."

"별명이 마음에 안 들어요?"

그들은 같이 웃었다.

"이제 가야겠어요." 아이라가 말했다. "안녕." 그녀는 허리를 숙여 모리스의 손바닥에 자신의 손을 댔다. 그가 그녀의 손을 잠시 잡았다. 손가락으로 그녀의 손가락만 잡은 것이었다. 그러고는 살며시 놓아주었다.

점심식사 시간이 이미 끝났을까? 아이라는 몹시 허기가 져서 몸의 중심부터 기우뚱하는 것 같았다. 그녀는 아이들에게 서둘러 돌아갔다. 아피치부터 살폈고, 이어서 쇼니와 앨리스의 병실로 갔다. 아직 점심을 먹은 흔적은 없었다. 그녀는 의자에 털썩 앉았다. 쇼니의 침대 옆에 놓인 슈거팝스 시리얼 상자를 보자 그녀는 묻고 싶었다. "그거 먹을 거니?" 하지만 쇼니는 아까와 똑같은 시선으로 그녀를 바라볼 것 같았다.

"뭘 보고 있어?" 그녀가 물었다.

"파워퍼프 걸."

"시시해." 쇼니가 말했다.

"아냐, 재미있어!" 앨리스가 말했다.

버나드 아저씨에게 전화를 걸어야겠어, 아이라가 생각했다. 아니면 아저씨가 출근하면 찾아가서 묻든가. 그녀는 점심 카트가 덜컹덜컹 굴러오는 소리를 듣자 뱃속이 들쑤시듯 아팠다. 조무사가 식판 두 개를 들고 들어왔는데, 각각에 껍질을 벗긴 치킨 조각과 야채를 섞은 밥 한 숟가락, 불그스름한 토마토를 넣은 샐러드, 초록색 젤로가 담겨 있었다. 우유 한 팩과 셀러리 몇 개, 당근도 있었다. 아이라가 앨리스의 고기를 썰어주었다. 아이들은 모조리 먹어치웠다. 다 먹고 나자 아이라가 식판을 들고 나가 카트에 올렸다.

"아피치한테 가보고 올게." 그녀가 쇼니와 앨리스에게 말했다. 가는 길에 그녀는 간호사에게 남은 식사가 있는지 물었다. 간호사는 없다고 했다. 아이라가 혹 먹지 않은 식사가 있으면 챙겨 줄 수 있는지 묻자 간호사가 그녀를 빤히 쳐다보았다.

"구내식당에 가서 사먹을 돈은 있나요?"

"아니요." 아이라가 말했다. "저는 여기서 아이들하고 같이 지내요."

"저녁식사를 같이 준비하라고 말해놓을게요." 간호사가 말했다. "그동안은, 음, 이쪽으로 와보세요." 그녀가 아이라를 작은 주방으로 데려갔다. 작은 냉장고에서 초콜릿 우유 두 팩과 요구르트 두 개, 비닐랩을 씌운 복숭아 한 그릇을 꺼냈다. 그녀는 비닐랩이 씌워진 그 그릇 위에 포장지에 싸인 크래커를 한 움큼 집어 떨어지지 않게 조심해서 올렸다. "어제 먹고 남은 복숭아예요." 그녀가 말했다.

아이라는 아피치의 병실로 음식을 가져갔다. 아이는 팔까지 이불을 잘 덮고 곤히 잠들어 있었다. 시트를 겹겹이 포개 덮은 채 웅크리고 자고 있었다. 아이라는 창턱에 음식을 놓고 아피치 옆으로 침대에 앉았다. 그녀가 천천히 손을 뻗어 우유팩을 가져온 뒤 그것을 홀짝였다. 진하고 차가운 초콜릿우유가 꼴깍꼴깍 뱃속으로 내려갔다. 다음에는 요구르트를 먹었다. 먼저 블루베리맛, 다음은 딸기맛. 플라스틱 스푼으로 조금씩 한입 한입 정확히 떠서. 그녀는 의자에 드러누워 잠시 쉬었다. 그리고 복숭아와 크래커를 먹었고 마지막 남은 우유 한 팩을 마셨다. 아피치는 눈을 뜨고 불안하게 병실을 둘러보았고, 마침내 엄마의 얼굴에 시선이 가닿았다. 이 아이도 날 미워하면 어쩌지, 아이라는 생각했지만, 아피치는 그 얼굴이 엄마란 것을 깨닫자 울음을 터뜨리며 팔을 뻗으려고 버둥거렸다. 아이라는 다행이라 여기며 아이에게 다가갔다. 링거를 맞는 아이의 한쪽 팔은 판자에 대고 끈으로 묶어놓았고, 반대쪽 손은 주사바늘을 뽑을 수 없게 노 같은 것에 대고 반창고로 고정해놓았다. 아이라는 그림책을 읽어주려고 아이를 자신에게 조심스럽게 기대게 했다. 같은 책을 여섯번째 읽으니 졸음이 밀려왔다. 아피치와 함께 침대에 기대 누운 그녀의 심장에서 아이의 심장 박동이 느껴졌다.

그녀는 아피치 곁에 누워 얕은 잠이 들었고, 늦은 오후에 깨어났다. 아이들은 모두 잠들어 있었다. 그녀는 모리스의 병실로 가서 입구에 멈춰 섰다. 그가 눈꺼풀을 반쯤 닫은 채 그녀를 보았다. 붕대가 풀어져 있었다. 그녀가 인사말을 건네자 그가 그녀를 알아보고 평온한 시선을 보내는 것 같았지만 그 표정은 변하지 않았고 호흡은 깊었다. 눈을 뜨고 잠든 것이다. 그 모습에 그녀는 흠칫 놀라 돌아가려고 했지만 의식이 없는 사람과, 어쩌면 꿈속에 있는 사람과 이렇게 고요한 응시를 주고받는다는 사실에 기분이 묘해져서 그 자리에 붙박여 있었다.

"아이라예요." 그가 몸을 뒤척이자 그녀가 말했다. "계속 잘 거면 난 그냥 갈게요."

"아니, 피곤하지 않아." 그가 일어나 앉아 붕대를 고쳐 맸다. "좀 따분해서. 이따가 누가 내 카세트플레이어와 테이프를 가져올 거예요."

"내가 책을 읽어줄 수도 있어요." 아이라가 말했다. "아들한테도 방금 읽어줬는걸요."

"뭘 읽어줬어?"

"초록 달걀과 햄."

"나도 들어본 책이군." 모리스가 말했다.

"다른 책을 가져올 수 있을 거예요." 아이라가 말했다. "병원 어딘가에 책이 많이 있을 것 같아요."

"좋아." 모리스가 말했다. "좋은 책을 찾으면 읽어줘요. 약속한 거야."

"나중에 아래층에 내려가 찾아볼게요."

아이라는 앉아야 할지 떠나야 할지 몰라 입구에 어정쩡하게 서 있었다.

"이봐요." 모리스가 말했다. "내가 미안했다는 말을 해야겠어요. 그날 길에 트럭을 세웠을 때 내가 생각했던 것, 내가 슬쩍 이야기한 그거."

아이라는 침대 옆으로 의자를 끌고 가 앉았다. 그리고 팔꿈치를 무릎에 올리고 손으로 머리를 받쳤다. 이제 그의 눈에는 붕대가 감겨 있으니 그는 앞을 볼 수 없다. 그러니 무슨 상관인가. 그녀는 그가 그 순간의 이야기를 꺼낼지가 궁금했었다.

"당신은 외로웠고, 난, 절박했으니까." 이윽고 그녀가 말했다. "사실이에요. 난 돈이 필요했거든요. 누가 돈을 줄 테니 같이 자자고 했다면 애초에 그렇게 했을 거예요. 하지만 그때는 당신 동생이 돈을 줘서 먹을거리를 산 뒤라 그렇게 절박하지 않았어요."

"그놈이 다 망쳐놨군!"

그녀가 피식 웃었다. "아무튼 이제 그딴 건 잊어요. 아이들은 괜찮겠지만 어쩌면…… 어쨌거나요. 당신 제수가 날 찾아왔었어요."

"세러핀. 전쟁의 상흔."

"세러핀이 군대에 갔었어요? 어느 전쟁이었죠?"

"그들이 우리에게 일으킨 전쟁. 그때 그들이 우리 아이들을 포로로 잡아갔죠."

"그녀는 그때 기숙학교로 갔어요."

"그랬어요. 그리고 이제 내 각막은 이제 완전히 훼손돼서 결국 종양까지 생겨버렸고. 고린도서에 있는 말처럼 나는 정녕 거울을 보는 것같이 희미하게 보네."

"성경 말씀이로군요." 아이라가 말했다.

"맞아요. 신약. 양면 녹음된 스물네 개짜리 테이프."

"어둠 속에 누워 성경을 듣는군요."

"특히 구약을 들어요. 섹스랑 폭력 묘사가 19금 수준이거든. 아이들이 그 책을 가까이하게 두면 안 돼요."

아이라가 웃었다. "와우."

"감동받았어요?"

"당신 좀 무서워요."

"왜, 내 눈이 튀어나와서? 나 같은 증상은 대개 오래가지 않는다고 했어요. 하지만 수술을 받았는데도 또 튀어나왔어. 치료도 소용없었고요. 의사들은 내 고집이 세서 그렇다더군요. 이게 다 갑상선 때문이라는데, 이렇게 망가진 건 쿠웨이트에서였어요. 내 눈꺼풀을 보톡스로 마비시켜놓고 눈꺼풀이 내려오는지 보려고 했죠."

"농담하지 마요."

"난 영원히 젊을 거야. 영원히 젊은 눈을 간직할 거예요."

아이라가 제 손을 내려다보았다.

"내가 어떻게 하면 되는지 모르겠어요. 당신에게 마음이 가는데."

"난 당신이 내 몸을 느끼면 좋겠는데." 모리스가 말했다.

"재미없어."

"나도 알아요. 난 서툴거든."

"맞아요. 하지만 그게 내 마음엔 플러스 요인이에요."

"알았어요." 모리스가 잠시 말을 멈추었다. "집이 없어진 상황에는 좀 적응했어요?"

"집도 없고, 아무것도 없고, 그저 들고 있는 소지품뿐이라는 걸 잊지 않으려고 애써요."

"어떤 게 있죠?"

아이라가 손가방을 뒤졌다. "빗, 콤팩트, 껌, 기저귀, 지폐, 식품 구입권, 오래된 마스카라, 두루마리 휴지 뭉치, 사진, 이런 걸 늘 가지고 다닌 게 무척 다행이에요. 그리고 약솜도 많아요."

"손가방에 그런 것들이 들어 있었군요."

"그렇죠. 아, 또 있어요. 팔려고 만들었던 구슬 장식핀 하나랑 귀걸이들." 그녀가 그에게 그 핀을 내밀었는데 아주 작고 화려한 구슬을 골라 만든 햇살 모양의 방사형 디자인이었다. "이게 내 작품의 견본이에요. 만져보면 어떻게 만들었는지 알 거예요."

"멋진데."

"네, 정말 공을 들였거든요. 난 일을 꼼꼼하게 잘해요."

모리스가 구슬핀을 들고 손가락으로 어루만져보았다. "내가 가져도 돼요?"

아이라가 망설였다. "글쎄, 주고 싶긴 하지만 팔면 40달러는 받아요. 간호사들에게 보여줄 참이었는데."

"나한테 50달러가 있어요."

"또 돈을 주려고 하는군요." 아이라는 구슬핀을 모리스에게 밀어주었다. "그냥 가져요. 간직해줘요. 이건 당신이 가지면 좋겠어요."

"아니에요." 모리스가 말했다. 그는 돌려주려고 했지만 아이라는 이미 병실을 나간 뒤였다. 그는 누워서 햇살 모양 구슬핀을 손바닥 위에 올려놓고 구슬들이 이루는 완벽하고 매끄러운 곡선을 손가락으로 어루만졌다.

"완벽한 사람은 어디에도 없단다." 허니가 말했다. 귀엽고 동글동글하게 생긴 아이라의 사촌은 자기집과 자식들과 성실한 남편에 매우 만족하고 사는 것 같았다. 모든 것을 다 가진 사람이었다. 그녀는 아이라의 딸들의 병실에서 플라스틱 리클라이너에 앉아 있었다. 아이라가 들어와 앨리스의 침대 발치에 앉았다. 허니가 그들이 살 집을 찾아봐주었는지 아이라는 궁금했다.

"넌 엄마를 탓하는구나." 허니가 쇼니에게 말했다. "그래선 안 돼. 엄마도 사람이잖아. 엄마도 잘못을 할 수 있어. 우리 모두처럼."

텔레비전의 빈 화면만 쳐다보던 쇼니가 허니를 쳐다보더니 그 얼굴을 하나하나 뜯어보았다. 부스스하게 자른 숱이 적은 갈색 머리가 그녀의 귀 주위로 고불거렸다. 얼굴과 목은 피둥피둥 살이 쪘고 작고 검은 눈은 강렬했다. 쇼니는 허니가 여기로 자주 찾아오는 이유가 자신들을 보면서 그녀의 자식들과 그녀의 처지에 대해 뿌듯함을 느끼기 때문이라는 것을 알아차렸다. 소녀는 허니가 학교에 다녔는지, 아니면 간호사가 되려고 직업훈련만 받았는지 궁금했다. 아무튼 허니가 설령 배울 만큼 다 배웠다 하더라도, 그녀는 쇼니의 엄마에 대해서는 몰랐다. 그러니 쇼니보고 엄마를 비난하라 마라 할 권리도 없었다. 엄마도 사람이라는 것은 틀린 말이 아니었지만 그건 누구라도 아는 사실이었다. 이 여자는 생사의 경계를 경험하지도 않았다.

"난 바보가 아녜요." 쇼니가 엄마의 사촌에게 말했다.

그 이후부터 쇼니는 허니가 말을 걸거나 손을 내밀어도 자기가 하고 싶은 대로만 했다. 소녀는 그 여자에 관해서라면 리모컨의 묵음 버튼을 눌러버렸다. 텔레비전 리모컨에 묵음 버튼이 있다는 것은 방금 알게 된 사실이었다. 그래서 그녀가 하는 말은 전혀 귀에 들어오지 않고, 그저 입을 벙긋하고, 눈썹을 꿈틀하고, 손가락으로 어딘가를 가리키고, 손을 흔들고, 마지막에는 쇼니의 엄마를 향해 날개처럼 팔을 파닥거리는 모습만 보여, 쇼니는 그 장면이 우스꽝스럽게 보였다. 엄마는 허니와 함께 병실 밖으로 나갔다가 혼자 돌아와서 말했다. "찾아볼 만큼 찾아봤대."

"뭘요?" 쇼니가 말했다.

"우리가 지낼 곳을 못 찾았다는구나." 아이라는 난데없이 웃음을 터뜨렸다. "네가 허니한테 말했지, 아마 우리는 바보가 아니라고. 맞는 말이야, 아가."

아이라는 앨리스의 침대에 다시 걸터앉았다.

"그 아줌마가 또 왔다 갔어요." 쇼니가 말했다. "앨리스가 아줌마한테 얼굴 흉터가 어떻게 생긴 건지 물어봤어요."

"저런, 그런 건 물어보지 말았어야지, 앨리스."

"하지만 그 이야기 재미있었는데." 쇼니가 말했다.

"그랬어?" 아이라도 별 수 없이 궁금했다. 하지만 여전히 구체적인 사연은 기억나지 않았다.

"사감." 쇼니가 말했다. "그게 뭐예요?"

"오, 기숙학교에서 쓰는 말이야." 아이라가 말했다. "난 너희를 기숙학교에 보내지 않을 거야."

"다행이에요." 쇼니가 말했다.

"버나드 할아버지가 왔다 갔어요." 앨리스가 말했다.

"우리 먹을 것을 받아놨다고 엄마한테 알려주래요. 우리가 어디로 옮겨가든 갖다주겠다고." 쇼니가 말했다. 그러고는 말을 멈추었다. 버나드는 소녀의 어깨를 토닥이며 강한 아이라고, 동생을 잘 돌봐줬다고 말해줬었다. 불이 난 뒤로 그때 꼭 한 번 아이라가 소녀를 쓰다듬으려고 했었다. 쇼니는 그러지 못하게 하려고 일부러라도 엄마의 화를 돋우고 싶었지만, 한편으로 엄마로부터 쇼니가 동생들을 구했다고, 동생들을 끌고 눈밭을 통과했다고, 동생들이 검은 해골이 되어 날아가버리지 않게 끝까지 잘 버텨주었다는 말을 듣기를 바랐다.

"이제 우리는 어디로 가요?" 앨리스가 물었다.

아이라는 허리를 숙여 앨리스를 감싸안았다. 그녀가 앨리스를 안아 흔들면서 쇼니를 쳐다보았다. 그 순간 쇼니는 엄마가 매정하고 나지막한 목소리로 이렇게 말할 것만 같았다. '어떻게 집을 불태울 수 있니.' 하지만 아이라는 그런 말은 하지 않았다. 앨리스를 계속 부드럽게 흔들어주면서 쇼니를 쳐다보았고 다시 앨리스를 내려다보았다. 잠시 후 엄마의 얼굴이 꽃잎처럼 활짝 피어나는 듯했다. 엄마의 얼굴에 미소가 번졌고, 인자함이 배어나와 쇼니를 포근히 보듬어주었다.

아피치는 길고 고요한 잠에서 빠져나오며 힘없이 옹알거리고 있었다. 이번에는 엄마 얼굴을 알아보지 못했고, 따라서 엄마를 보면서 마음이 놓이는 기분도 느끼지 못했다. 숨을 쉴 때마다 가슴팍에서 씨근거리는 소리가 났다. 아이라는 앉아서 아이를 보듬었다. 아이의 몸무게가 많이 줄어든 것 같았다. 그들이 앉아 있는 그 자리, 그녀의 품에 안긴 채로 아이는 점점 사라져가는 것 같았다. 아이를 내려놓자, 축 늘어진 몸은 뜨겁기만 했고 피부는 메마른데다 불덩이 같았다. 아이라는 수건을 찬물에 헹군 뒤 꾹 짜서 몸을 닦아주었다. 몇 번만 닦으면 수건의 찬기가 사라졌다. 그러면 수건을 또 헹궜다. 그렇게 헹구고 닦아주기를 계속하는데 아이의 휘둥그런 눈이 유리알처럼 말갛게 변하며 옆으로 돌아가더니 움직이지 않았다. 팔다리는 어딘가를 기어오르기라도 하는 듯 버둥거렸다. 아피치가 이를 드러내며 웃는 것처럼 섬뜩한 표정을 지었는데, 젖니가 꽉 다물려 있었다. 그러고는 몸을 부들부들 떨었다. 아이라는 호출버튼을 눌러 도와달라고 소리를 질렀다. 아이라가 아이의 팔을 잡으려고 했지만 아이는 뱀처럼 몸을 꼬고 비틀었다. 그녀는 자기 몸으로 아이의 몸을 눌렀다. 아이는 입을 벌린 채 피와 거품을 쏟아냈고 숨이 막혀 캑캑거렸다. 그녀가 아이를 돌려 눕혔다. 마침내 간호사가 나타났다. 곧 더 많은 간호사들이 왔고 의사도 두 명이 와서 병실은 사람들로 가득찼다. 아이라는 구석으로 가서 얼어붙은 듯 벽에 붙어 서 있었다. 경련을 일으키는 아피치의 발만 볼 수 있을 뿐이었는데 그 발짓도 곧 잠잠해졌다.

의료진은 아이에게 처치를 계속하면서 그녀는 이름도 처음 들어보는 기구들을 찾았다. 아무도 그녀에게 신경을 쓰지 않았다. 그들이 부산하게 움직이는 한 아이가 죽었을 리 없었다. 그녀는 바쁘게 움직이는 간호사들에게서 시선을 떼지 않았다. 의사들의 사무적이고 낮은 목소리에 안심이 되었다. 의사들의 지시가 있다는 것은 희망이 있다는 말이었다. 이윽고 의사가 말했다. "아이 어머니는?" 간호사가 아이라의 이름을 부르며 손짓했다. 의사가 침대에서 몸을 돌리며 아이라의 손을 잡았고, 아이라는 그의 행동에 더럭 겁이 나 숨이 멎는 것 같았다.

"아이라." 마스크로 입을 가린 의사가 조용히 말했다. "아이 상태가 많이 안 좋아요. 하지만 이제 안정은 된 것 같네요."

간호사들이 침대에서 물러났고 다른 의사는 병실에서 나갔다. 침대에 누워 있는 아피치가 보였다. 아이는 또다시 쪼그라들어 마치 조그만 원숭이처럼 보였다. 아이는 머나먼 곳에 있었다. 아이가 아직 제 몸으로 돌아오지 않은 것을 알 수 있었다.

"아직 남은 문제가 있어요." 의사가 고무장갑과 마스크를 벗으며 말했다. "이번 발작이 열 때문일 수도 있지만 다른 원인이 있을 수도 있습니다. 평소라면 헬리콥터에 실어 큰 병원으로 옮겼겠지만 지금은 워낙에 악천후라서 말이죠. 눈보라가 그칠 때까지는 여기 있어야 합니다. 밤에도 계실 수 있지요?"

아이라가 고개를 끄덕였다. 그녀가 손을 뻗어 아피치의 발을 잡았다. 발은 여전히 동글동글하고 포동포동했다. 아직은 그녀의 손안에 들어오게 잡혔다.

"의자에서 자면 돼요."

"여기 접이침대를 가져와줘요." 의사가 간호사에게 말했다.

"힘을 아껴두셔야 합니다." 의사가 아이라의 어깨를 잡았다. "아이한테 엄마가 필요할 테니까요."

"딸들은 괜찮은가요?"

"괜찮을 겁니다. 그래도 하루이틀 더 두고 보는 게 좋겠군요."

"그건 다행이에요." 아이라가 말했다. "다음엔 어디로 가야 할지 아직 모르거든요."

"집이 불에 다 탔다고 들었어요." 의사가 말했다. "유감입니다."

아이라가 고맙다고 대답했다.

"가서 지낼 곳은 있나요?"

"버나드 아저씨한테 여쭤봐야 해요."

"알겠습니다." 의사가 말했다. "당분간은 여기 이 아이만 생각하기로 하죠."

병원 조무사가 접이침대를 가져와 벽에 바짝 붙였다. 의사는 병실에 조금 더 머물면서 한번 더 아피치의 맥박과 체온을 잰 뒤에 나갔고, 이어서 조무사가, 조금 뒤에 간호사가 나갔다. 아피치와 단둘이 남은 아이라는 아이에게서 눈을 뗄 수 없었다. 하지만 어쩔 수 없이 화장실에 갔다 돌아왔을 때도 아이는 여전히 괜찮아 보였고 심지어 더 나아진 것 같았다. 그래서 접이침대 옆에 달린 철제 걸쇠를 풀고 침대를 폈다. 침대는 아주 편안했고, 아마 한 시간은 잤을 것이다. 그녀가 눈을 뜨자 아피치의 침대 건너편에 놓인 의자에 버나드가 앉아 있는 것이 보였다.

"안녕하세요." 그녀가 말했다. "오셨네요."

"출근을 일찍 했어." 버나드가 말했다. "밖에는 뭐가 뭔지 하나도 분간이 안 가더구나. 여기까지 간신히 왔어. 이 어린것이 아프다고 하던데."

"폐렴이래요." 아이라가 말했다. "발작이 일어났는데 이유는 정확히 모른대요. 아마 열 때문이겠죠."

"어린것이 불쌍하게도." 버나드가 말했다. "발작이라."

"생지옥처럼 무서웠어요." 아이라가 일어나 앉으며 아피치를 물끄러미 쳐다보았다. "그것 때문에 이제 폐렴 치료도 받게 해요."

"넌?" 버나드가 말했다. "뭘 좀 먹었니?"

"저녁은 못 먹었어요. 잠이 들어버렸거든요."

"여기 식판을 두고 갔던데." 버나드가 커튼 뒤 탁자에서 식판을 가져오며 말했다. "네가 잠든 걸 보고 그냥 두고 갔나보다."

버나드가 침대를 돌아 식판을 가져왔고 아이라는 그것을 받아 무릎 위에 내려놓았다. 배고픈 줄도 몰랐지만 만약을 대비해 먹어야 한다고 생각했다.

"아마 감기에 걸린 게지." 버나드가 말했다. "편하게 먹게 내가 나갈까?"

"아니요. 아니에요." 아이라가 말했다. "여기 계시면서 아무 말씀이나 좀 해주세요. 이 회색 음식 좀 드실래요?" 그녀가 김이 서린 반구형 플라스틱 뚜껑을 들어올리며 말했다. "초콜릿푸딩도 있네요."

"옆에 있어주마." 버나드가 말했다. "난 밤마다 도시락을 싸 오지만 이따금 구내식당에 남은 맛좋은 음식도 먹지. 나한테 갖다주거든."

아이라는 허기가 전혀 느껴지지 않았지만 빠르고 능숙하게 먹어치웠다. 누가 앨리스의 고기를 잘게 썰어주었기를 바랐다. 어쩌면 딸들은 지금쯤 잠들었을 것이다. 늦은 시각이었다.

"한 가지 부탁이 있는데요." 아이라는 애가 탔다. "안 된다고 하셔도 돼요."

"해봐라. 뭐니?"

아이라는 스푼으로 푸딩을 휘젓고 또 휘저었다. "저기, 뭐냐 하면, 그러니까, 우리가 아저씨 집에 가서 같이 지내도 될까요? 집을 구할 때까지만요."

"그러렴." 버나드가 말했다.

아이라는 비로소 마음이 놓여 미소 띤 얼굴로 고개를 들었다. "정말요?"

"빈방이 있어." 버나드가 말했다.

"정말 감사해요." 아이라는 두 손으로 식판을 잡고 고개를 주억거렸다. 느닷없이 눈물이 차올랐고 목안이 따끔거렸다. "치 미그웨치, 아저씨."

"빈방이 있어." 그가 또 한번 말했다.

"제가 요리를 할게요." 아이라가 말했다. "요리를 해드릴 수 있어요."

버나드는 손을 내둘렀다. 두 사람은 침묵 속에서 아피치를, 모니터 위에서 환한 빛을 내고 있는 산소수치와 심장박동 그래프를 지켜보았다. 아이라는 다 비운 식판을 넓은 창턱에 내려놓았다.

“밤이면 네 아버지 옆에 앉아 있곤 했지.” 버나드가 말했다. “네 아버지가 여기 병원에 입원해 있을 때 말이다. 함께 이야기를 나누곤 했어.”

“그건 몰랐어요. 두 분이 친구로 지내신 건 당연히 알았지만, 아저씨가 병원에서 아버지 곁을 지켜주셨는지는 몰랐어요.”

“오, 그랬었지. 네 아버지는 내가 몰랐던 사실을 알려줬어. 네 아버지가 입원해 있을 때 그이에 대해 몇 가지 알게 됐지.”

“사람들은 잘 그러잖아요.” 아이라가 아피치의 얼굴을 바라보며 말했다. “밤에 깊은 이야기를 하잖아요. 여기 있으면 외롭겠지요. 저도 아버지 곁을 지켰으면 좋았을걸. 하지만 저는 아이들을 돌봐야했어요.”

“네 아버지는 이 어린것들을 사랑했겠구나.” 버나드가 말했다.

“그러셨을 거예요.” 아이라가 말했다. “쇼니가 아버지를 가장 잘 기억해요. 아버지가 아저씨에게 어떤 이야기를 해주셨어요?”

“늑대 이야기였어.” 버나드가 말했다.

“모리스에게 그 이름을 주셨어요.” 아이라가 말했다. “왜 그러셨을까요?”

“모리스가 입대를 하려고 했으니까. 보호해줄 이름이 필요했지.”

“아, 그렇군요.” 아이라가 말했다.

“네게 할말이 있어.” 버나드가 말했다.

“말씀하세요.”

“네 딸이 북소리를 들었을 때 나는 잠들어 있었어. 절대 북을 치지 않았어. 그건 평범한 북이 아니란다. 아주 오래된 북이야. 몇 세대를 거슬러올라가지. 나는 북을 보살피면서 그 북이 내가 뭘 하면 되는지 알려주길 기다리고 있었어. 날마다 담배를 바치면서 어떻게 하면 되는지 물었어. 이따금 북의 노래가 들렸지. 그 북이 네 딸에게 말을 했다는구나.”

아이라는 아피치의 발목에 손을 올린 채 잠잠히 앉아 있었다. “그게 무슨 의미인지 모르겠어요.” 그녀가 말했다.

“이제 그 북을 쓸 때가 된 것 같아.” 버나드가 말했다. “이 말은 더 기다렸다 할 참이었지만 지금 네 아들이 아프다니 행동으로 옮길 때가 된 것 같구나.”

아이라는 새의 눈처럼 둥글고 한 곳을 향하는 버나드의 눈을 쳐다보았다. “나쁠 건 없겠지요.” 그녀가 말했다.

“그럼 오늘밤에 북을 가지고 올라오마.” 버나드가 말했다. “북을 아래층 내 사무실에 옮겨뒀어. 북의 노래에 대해서는 모리스의 도움을 받을 거고.”

“모리스가 북의 노래를 알아요?”

“조금은. 모리스 어머니가 나더러 아들을 데리고 다녀달라고 졸랐거든. 그 북은 한동안 멀리 떠나 있었지. 노래들 대부분이 흩어졌어.”

“간호사들이 뭐라 그러지는 않을까요?”

“오.” 버나드가 말했다. “그건 괜찮을 거야. 자기네 의학 때문에 난항을 겪는 게 이번이 처음은 아니니까. 전통 치유법에 관한 병원 규칙이 있어. 샐비어는 태울 수 없지만 북은 모두 깨어 있는 시간에 약하게만 치면 괜찮아. 아침에 할 생각이야."

버나드가 병실에서 나가 아래층으로 내려갔다. 그가 나간 사이에 아이라는 쇼니와 앨리스를 보러 갔다. 딸들이 새근거리며 잠든 것을 확인하고 병실에서 나오는데 엘리베이터에서 내리는 버나드가 보였다. 북은 캔버스 가방 안에 들어 있었고, 그는 가방 손잡이를 잡고 북을 옮기고 있었다. 짧은 스키 같은 것이 담긴 헝겊 가방도 손에 들려 있었다. 그녀는 그것이 북이 땅에 닿지 않게 받치는 다리라는 것을 알아보았다. 그녀가 버나드를 따라 병실로 갔다. 버나드는 북을 가방에서 꺼내 리클라이너에 올린 뒤 밀어서 벽에 바짝 붙여놓았다.

"공간은 될 것 같니?"

"그럼요." 아이라가 말했다. "충분해요."

버나드는 가방을 구석에 세운 뒤 문을 열고 나갔다. 밤근무 간호사가 들어와 아피치의 상태를 꼼꼼히 점검했다. 그리고 나갔다. 아이라는 접이침대의 침대보를 반듯하게 편 뒤 옷을 입은 채 누웠다. 북은 머리 바로 뒤쪽에 있었다. 그녀는 금세 잠이 들었다.

간호사가 쇼니의 겨드랑이에 디지털 체온계를 끼웠다. 소녀는 꿈속에서 헤엄쳐 올라와 어중간하게 깬 상태였다. 혈압측정기에 푸푸 공기 채우는 소리가 들렸고, 간호사가 앨리스에게로 옮겨가자 다시 그 소리가 들렸다. 한 시간 전에 쇼니는 손이 욱신거리고 가려웠지만 간호사가 준 약이 듣기 시작해서 지금은 괜찮았다. 간호사가 병실에서 나간 뒤에도 쇼니는 깊은 잠이 들지 않았다. 문이 빠끔 열려 있어 병동 한복판 널찍한 원형 근무공간에서 간호사들이 두런거리는 소리가 들렸다. 편안한 대화소리. 나지막이 재잘대는 소리. 창문과 나란히 설치된 통기구로 더운 바람이 솔솔 흘러들어왔다. 소녀의 어머니는 복도 저만치 아피치의 병실에 있었다. 소녀는 숲을 통과해 살아났다. 모두들 무사했다. 병원에 실려 온 뒤로 쇼니는 눈을 감기만 하면 불이 난 집으로 되돌아가 있거나, 앨리스를 끌며 걷거나, 아피치를 업은 채 눈 속에서 허우적거렸다. 지금 잠이 든 소녀는 꿈속에서 그때 일을 처음부터 모조리 다시 경험했고, 몇 시간을 자고 깨어나자 온몸이 으슬으슬했다. 처음에는 자기가 있는 곳이 어디인지도 뚜렷하지 않았다. 눈앞이 뿌옇고 아물아물했다. 눈은 허리까지 쌓인 것 같았다. 그 순간 숲속에서 들었던 북소리가 들렸다. 북소리와 함께 의식이 천천히 돌아왔다. 소녀는 시트를 밀쳤고 눈 위로 내려와 있던 베개도 치웠다. 소녀가 있는 곳은 안전한 병실이었고, 소녀는 가슴이 아플 만큼 벅찬 행복감에 젖어들었다.

모리스는 그날 트럭에 둘이 같이 있었을 때 이미 자신이 아이라에게 홀딱 반한 것을 알았다. 그녀는 자기 목소리가 얼마나 사랑스러운지 알까? 또박또박 말하지만 어딘지 모르게 망설임이 묻어난다는 걸? 그녀의 입술이, 그 입술과 치아 뒤쪽 입안의 작고 뜨겁고 보드라운 동굴이 모리스의 마음을 얼마나 흔들어놓았는지 그녀는 상상이나 할까? 그는 아주 극적인 장면처럼 한순간에 사랑에 빠져, 그녀가 병실에 나타나 그의 이름을 불렀을 때 실제로 몸이 떨리기까지 했다. 의료진이 모르핀 주사를 빼버려도 아무렇지 않았다. 그만큼 넋이 나갔다. 그는 그녀에 대한 모든 것을, 자신이 알게 된 모든 것을 생각했다. 눈밭으로 힘겨운 걸음을 옮길 때 드러나던 강한 힘과 의지, 그녀의 헌신과 좌절, 내심 그녀가 물어주기를 바랐지만 차마 그의 집으로 들어와 살게 해달라고 부탁하지 않은 그녀의 품위. 그는 그녀에 대해 더 알아야 했다. 구슬 장식핀의 단순한 아름다움과 구슬의 배열까지 이해해야 했다. 그렇게 훌륭한 솜씨를 갖추려면 인내심과 오랜 연습이 필요하다. 하지만 그녀는 충동적인 면도 있었다. 그녀는 작은 실수들을 보였다. 여기서 하나, 저기서 하나. 어떤 실수는 필요 이상의 대가를 치렀다. 그는 아이라에게 애달픈 연민을 느꼈고 그녀의 고통을 덜어가고 싶었다. 그녀가 보고 싶었다. 그때 차에서 그녀를 끌어당겼을 때, 자신의 몸에 밀착되던 그녀의 몸 느낌이 되살아났다. 애달픈 몸의 각인. 하지만 눈이 지랄같이 망가졌고 더 좋아질 가망이 없는데다 진통제에 중독됐다는 사실이 버티고 있었다. 그는 이상적인 아버지상이 아니었다. 하지만 긍정적인 측면도 있긴 했다. 그는 장애인 보조금을 받았고, 버나드가 찾아와 북의 노래에 대해서도 말해주었다. 그의 아버지는 아들에게 북의 노래를 남겼다. 노래를 기록한 두루마리는 땅속으로 가져갔지만, 모리스에게 일부를 가르쳐두었다. 늑대에게 말을 걸었던 노인은 그에게 이름을 지어주고 노래 몇 곡도 가르쳤다. 그리고 버나드가 그들의 역할을 이어받았다. 그 노래들이 모리스를 도왔고, 미치지 않게 지켜주었다. 그는 지금 미치지 않았다. 그는 그녀를 원했다. 자신의 모든 허물을 다 씻어내고 정결해지고 싶었다. 그녀가 견딜 만한 삶을 꾸려보고 싶었다.

"내 아내가 될 사람을 데려와줘서 고마워." 그가 전화로 동생에게 말했다. "난 그 여자를 사랑하게 됐어. 이루 말할 수 없이 고마워."

"내가 뭘 한 게 있다고." 동생이 깜짝 놀라며 말했다.

"그건 그렇지." 모리스가 말했다.

"그 여자는 자식들이 있잖아." 존이 말했다.

"내가 그걸 모를 것 같아? 먹을 걸 구하려고 남자랑 자는 여자라는 뭐 그런 개똥 같은 소리는 집어치워. 내가 알고 싶은 건 말야. 왜 이 나라에서 여자들은 땅콩버터 때문에 몸을 팔고 남자들은 석유 때문에 죽는 걸 봐야 하나 그거야."

"마카로니도 있었지." 존이 말했다.

"작작해. 내가 왜 그딴 것 때문에 시력을 잃어야 했지? 그런 일이 있어서는 안 돼."

"그래, 알았어." 존이 말했다. "옆길로 새지 마."

"난 그 여자를 가질 거야." 모리스가 말했다.

"해피밀 메뉴를 주문하는 게 아니잖아. 그 여자가 전혀 행복하지 않은 건 나도 알겠어. 한편으로 생각하면 그녀가 형에게는 솔직하게 이야기할 수 있을 것 같군."

"난 더 많은 걸 해줄 거야." 모리스가 말했다.

"어떤 걸 말이야?"

"애들을 키우는 걸 도울 거야. 그녀에게 내 돈을 전부 주려고 해. 아이들에게 내가 아는 것 전부를 가르칠 거고."

"행운을 빌어, 형."

모리스는 황홀한 상상에 빠져 조용히 전화를 끊었다. 그의 상상 속에서 아이라는 트럭의 운전석에 앉아 있었고 아이들은 접이식 좌석을 펴서 거기에 앉혔다. 짐칸에는 티피를 세우는 데 쓸 캔버스 천과 긴 막대, 화려한 예복을 넣은 가방을 싣고 노끈으로 고정해놓았다. 그는 조수석에 앉았다. 그들은 드넓은 숲속 그늘에서 열리는 파우와우에 참가하려고 몬태나로 가는 길이었는데, 거기로 가면 북이 땅에서 우리 안으로 곧장 들어오는 것 같다고 했다. 그래, 그건 아름답고 새로운 삶일 거야, 모리스는 생각했다. 지금 여기 누워 상상의 나래를 펼치리라. 머릿속에서 나 자신의 테이프를 틀리라. 자, 먼저 그녀에게 몸에 꼭 맞는 부드러운 양모 스웨터를 사줘야지. 그 안으로 손을 넣어 그녀의 가슴을 만져야지. 그리고 음식, 우리는 뭔가를 먹는다. 레스토랑에서 온갖 종류의 와플을 먹을까. 준베리. 그건 길가 덤불숲에서 따올 것이다. 다만 한 가지, 그때가 그녀의 얼굴을 본 마지막일 거라는 사실. 아마, 아마도. 그 생각을 하자 모리스는 눈물이 났다. 눈의 통증은 한결 누그러진 것 같았지만, 그의 쓰라린 뺨은 눈물에 젖어 따가웠다.

버나드는 보일러 계량기를 확인한 뒤 스무 가지에 달하는 점검 항목 목록을 훑었다. 같은 작업반 사람들에게는 눈을 깨끗이 치워 응급실 입구에 쌓이지 않게 하라고 일렀다. 병실은 적절한 감염방지 절차에 따라 청결을 유지하게 했다. 그는 전구를 주문했고 병원 내 통화 장치에 생긴 소소한 문제들을 고쳤다. 그런 뒤 사무실에 앉아 진한 차를 마셨고, 이제 올라가서 북을 살펴봐야겠다고 생각했다. 이번 일에 놀라기는 했지만 한편 그는 내심 그런 일을 기대하고 있었다. 자식들이 모두 장성하여 파고로 옮겨가고, 아내까지 뒤따라간 뒤에 그는 왜 자신도 가서 가족들과 함께 살지 않는지 궁금했었다. 가족들이 자주 찾아오기는 했지만 손자들이 자라는 모습은 지켜볼 수 없었다. 아내와 같이하는 삶도 놓쳤다. 아내와는 지금 사이가 더 좋아진 것 같았다. 분배받은 옛 토지를 떠나지 않겠다고 고집을 피울 이유는 없었다. 도시가 너무 소란하고 너무 분주하고 너무 북적거려 내키지 않기는 했다. 길도 보도블록뿐, 오솔길 하나 없었다. 어쩌면 한 사람쯤은 옛집을 지켜야 하기 때문이리라. 이곳 병원에서 일을 했지만 그만둔다 해도 상관은 없었다. 어쨌거나 은퇴할 나이도 지나지 않았는가.

아니, 그런 것들 때문은 아니었다. 그가 떠나지 않고 남았던 이유는 모든 일이 가슴을 후비듯 분명해지고서야 확연히 드러났다. 그가 남은 것은 북 때문이었다. 북에 대해 가장 직접적인 지식을 가진 사람, 북의 모든 노래들의 순서를 아는 사람, 그의 기억 속에서는 잊힌 북의 노래들을 보유한 자들을 끌어모을 수 있는 사람이 바로 그였다. 그가 유일하게 조각조각을 짜맞출 수 있는 사람이었다. 그는 지난 몇 달 동안 온 정성을 쏟아 그 일을 했다. 기다림은 이제 끝이 났고, 의사들의 회진이 끝나면 그와 모리스는 치유의 노래를 더없이 그윽하게 부를 것이다. 세러핀이 오기로 했다. 그는 세러핀의 흉터에 얽힌 기이한 사연을 생각했다.

세러핀은 어려서 조부모 손에서 전통적인 방식으로 키워져 영어를 잘하지 못했다. 조부모가 저세상으로 가자 기숙학교로 가게 되었다. 버나드도 자랄 때 그곳에서 지냈기 때문에 그 생활을 뚜렷이 기억했다. 이따금 밤이 되면 나란히 놓인 침대에서 아이들이 일제히 울어댔는데, 지금껏 버나드가 들어본 소리 중에서 가장 슬픈 소리였다. 교사들이 인디언어라고 불렀던 말은 사용이 금지되었다. 그 규정을 어길 때면 아이들을 관리하는 교사와 사감이 유독 불같이 분노하는 것 같았다. 어느 날 세러핀은 깜빡 잊었는지 아니면 반항심 때문이었는지, 자신의 언어로 말을 하기 시작했다. 그리고 멈추지 않았다. 사감 선생이 여학생들에게 쿠션 의자를 고치는 법을 가르치고 있을 때였다. 선생은 천을 기우는 데 쓰는 굵은 바늘을 손에 쥐고 있었다. 그녀가 돌아보며 세러핀을 쳤다. 바늘이 세러핀의 얼굴을 휙 그었고, 의사가 그 자리를 꼼꼼히 꿰맸지만, 자신의 언어를 말한 대가는 그녀의 입술 위에 평생의 흉터를 남겼다.

버나드는 어린 소녀였던 세러핀을, 아이라의 아버지에게 말을 걸었던 늑대들을, 북 안에 있는 굽은 뼈를 생각했다. 쇼니를, 뚜렷한 하트 모양으로 생긴 소녀의 작은 얼굴을 생각했다. 그리고 동부에서 여기까지 북을 가져온 여자들도. 모든 것이 잘 들어맞았다. 그 어린 소녀가 고향으로 돌아와 한 소녀를, 제 피붙이를, 제 핏줄을 구한 것이다. 버나드는 쇼니가 떠나기 전에 자신이 아는 모든 것을 가르쳐주겠다고 북에게 맹세했다. 쇼니와 동생들이 그의 집에서 오래 머물지는 않을 것이다. 모리스가 그것에 대해 뭔가 말할 것이 생긴다면 곧 떠날 것이다. 하지만 누가 알겠는가? 아이라가 무슨 생각을 하는지 누가 알겠는가?

아이라는 아피치를 지켜보았다. 그녀는 잠을 잘 수 없었다. 일어나서 아이를 지켜야 했다. 아이의 상태가 좋아졌는지, 나빠졌는지, 혹은 그대로인지 쳐다보기만 해서는 알 수가 없었다. 팔은 몇 시간 전보다 더 가늘어 보였다. 아이의 팔을 쓰다듬자 가느다란 뼈가 만져졌다. 그녀는 두려워서 숨이 멎을 것 같았지만 애써 참았다. '넌 괜찮을 거야, 넌 괜찮을 거야.' 그녀가 기도했다. 그녀는 눈을 감고 몸에서 자신의 혼을 빼내 아이의 몸에 불어넣으려고 애썼다. 그것으로 아이를 아프게 만드는 온갖 것들을 물리치려고, 아이를 건강하게 만들려고 애썼다. 눈을 뜨자 손등에 눈물이 떨어졌다. 그녀는 생각했다. '당장에라도 지옥의 입구에서 악을 쓸 거야. 사람들이 한다는 신과의 흥정을 할 거야. 머리통이 날아갈 만큼 소리를 지르면서 나 자신을 질책할 거야.' 하지만 그녀는 아무것도 하지 않고 가만히, 그저 아이의 팔을 잡고 오래오래 앉아 있었다.

그녀는 개신교 신자도 아니고 가톨릭 신자는 더더욱 아니었지만, 아버지의 신앙을 따르지도 않았다. 그녀는 문득 흥미로운 사실 하나를 기억해냈다. 아버지가 의식 때 쓰던 담배 파이프, 그 신성한 파이프는 불에 타지 않고 살아남은 것이다. 그들이 입고 있었던 옷과 지금은 눈 속에 파묻힌, 집밖으로 집어던져진 담요를 제외하면 살아남은 것은 그것뿐이었다. 파이프가 살아남은 것은 그녀가 그 옛 믿음에는 관심이 없었기 때문이었다. 아버지는 자기가 죽으면 그 파이프를 남들이 모르는 숲속에 숨겨뒀다가 필요해지면 다시 찾아오라고 했다. 그뒤로 파이프가 필요한 순간은 많았지만 사실 그녀는 아버지의 파이프에 대해서는 까맣게 잊고 있었다. 당장 일어나 파이프를 가져와야 했다. 파이프는 버나드의 집으로 가는 길목의 중간쯤에 있는 바위들 아래 속이 빈 통나무 안에 감춰뒀다.

"이게 다 어떻게 된 건지 난 모르겠어." 그녀가 소리 내어 말했다. "정말 모르겠어." 북소리에 관련된 이 이야기는 다 뭐지. 눈이 감기지 않는다는 이 남자는 또 뭐고. 뭘까, 모리스는 너무 많은 일을 겪어서 그렇게 된 건가? 나도 다를 게 없지만. 어쩌면 전쟁 때문에? 거울 속에서 자신의 모습을 본 것 때문에? 하지만 눈을 감고 있는 한 그의 얼굴은 다정해 보여. 기본적으론 그래. 눈이 그렇지 않다면 그렇다는 거지만. 그가 점점 좋아져. 아이라는 자신의 머리카락을 움켜잡았다. 지금은 내 얼굴을 보는 게 싫어. 모르겠어. 엄마로서의 나 자신이 어떤지 아는 것도 싫어. 아마 좋은 엄마가 아니겠지. 나는 알아. 내가 아이들을 사랑한다는 걸. 그리고 아이들을 위해 희생한다는 걸. 나한테 남자가 있는 것도 아니야. 나한텐 없는 게 많아. 하지만 하고많은 날들 중 왜 하필 그날 집으로 돌아가지 않고 그 술집에 간 거지? 그 모든 일이 어떻게 시작된 거지? 오트밀에서 시작된 건가? 빌어먹을 찌꺼기만 남은 냄비 때문에? 왜 그때 버나드 아저씨의 집으로 걸어가 먹을 걸 빌리지 않았고, 왜 믿을 만한 사람 차를 빌려 타고 그곳에 다녀오지 않은 걸까? 그 생각이 아예 떠오르지 않아서? 아니면 애들한테서 잠시만이라도, 하룻밤이라도, 그저 하룻저녁이라도 달아나고 싶어서?

그녀는 머리에 다시 손을 가져가 머리카락을 잡아당기며 헝클었다. 그러고는 머리를 다시 정돈하고 얼굴을 닦았다. 바보 같은 연극을 하듯. 그녀가 아피치에게 속삭였다. "네가 나으면 정말 잘 돌봐줄게." 그녀는 아이의 가슴에 손을 올리고 갈비뼈가 오르락내리락하는 움직임을 느껴보았다. 아이의 고른 숨결에 마음이 진정되었다. 그녀는 아이 곁에서 손이 오르락내리락하는 대로 그렇게 한참 동안 앉아 있었다.

햇빛이 이글이글 쏟아졌다. 병원 블라인드 사이로 널조각처럼 쏟아지는 눈부신 하얀 햇살, 눈보라가 지나간 뒤의 강렬한 찬란함. 아이라가 눈을 떴다. 아피치도 눈을 떴다. 소녀들도 눈을 떴다. 모리스도, 심지어 잠시 잠들었던 버나드도 눈을 떴다. 눈보라가 지나가면 어김없이 이렇게 방향감각이 희미해지는 날이 왔고, 그즈음은 학교도 방학이어서 부모들은 일하러 가면서 아이를 데리고 가거나 그들의 교대 근무 시간을 바꾸었다. 모든 일상이 뒤죽박죽 흐트러지지만 굴러가야 하는 일은 굴러간다. 제설 작업은 아직이었다. 집들은 눈에 뒤덮여 있었다. 혹은 불타고 남은 집의 잿더미가. 눈이 온 보호구역을 뒤덮었다. 나무들이 반짝거린다. 탁 트인 벌판은 저멀리까지 하얀 비탈을 이룬다. 늪지대에서 삐죽이 튀어나온 갈대는 창槍처럼 보이는데, 성에를 덮어쓴 채 발간 빛을 낸다. 흰색을 뒤집어쓴 세상은 완벽히 정돈된 공간이다. 세상 모든 것이 안정되고, 질서정연하고, 그 존재 이유를 찾은 것처럼 보인다. 건물을 짓고 땅을 파헤치는 공사도 잠시 멈추었다. 하지만 사람들 사이에서 가장 중요하고 가장 필요한 도로는 치워져 있다. 처음에는 한쪽 차선만. 제설차는 신나고 활기 있게 눈을 치워나간다. 하루가 끝나갈 즈음에는 우리가 지나다닌 흔적들이 그려낸 무늬가 다시 나타나 있을 것이다.

병원의 직원용 화장실에서 버나드는 얼굴을 씻고 머리를 빗었다. 소맷자락을 반듯이 펴고, 벨트를 고쳐 맸다. 이를 닦았고, 칫솔은 셔츠 주머니에 찔러넣었다. 그는 차를 마시면서 몇 사람에게 북을 쓸 예정이라고 말했다. 그리고 다시 사무실 구역으로 올라가 출퇴근 카드에 퇴근 표시를 했다. 그는 뒤쪽 계단을 올라가면서 어린 소녀가 그의 할아버지 샤와노에게 처음 가르친 노래를 나지막이 흥얼거렸다. 그는 자기 자신의 기도를 했고, 북이 있는 곳으로 올라가면서 땅의 네 방향을 지키는 수호신에게, 그리고 땅 밑과 땅 위의 수호신에게 가까이 와서 들어보기를 청했다.

제4부

리바이벌 로드

마지막 장
사슬

페이 트래버스

우리 지역의 잡화점 입구 위로 이스턴 코요테의 머리가 세워져 있는데, 분홍색 플라스틱 잇몸에 이빨이 나 있고 노란 유리알 눈은 사납게 부릅뜬 모습이다. 으르렁거리는 얼굴의 그 조잡한 모형을 쳐다보면 마음이 아프다. 코요테의 본성이 잘못 표현됐다. 내가 직접 본 두 마리는 나를 꿰뚫 듯 바라봤을 뿐 소리는 내지 않았다. 그것들은 홱 돌아서더니 덤불을 넘어 나를 두고 저만치 지름길로 사라져버렸다. 한 마리는 축 늘어진 갈색 쥐를 물고 있었다. 사람들은 대개 우리가 사는 동부 해안에 서식하는 코요테에 개의 피가 섞였다고 믿지만 사실은 그렇지 않다. 코요테는 사실 캐나다의 회색늑대와 피가 섞였는데, 그러는 과정에서 덩치는 커지고 신기하게도 잘 울지 않게 되었다. 동부 해안에서 살아남으려고 적응한 많은 종자들처럼 코요테도 과묵하고 자족적인 동물이 되었다. 죽인 먹잇감 앞에서도 기쁘다고 깽깽거리지 않고, 제 소굴로 돌아가도 울음소리를 내지 않는다. 그것들은 그보다 더 똑똑하다. 그것들의 삶에는 사냥이 금지된 계절도, 사냥감의 제한도 없다.

하지만 코요테가 그들 무리가 안전하다고 느끼는 밤, 기쁨과 흥분이 넘치는 밤, 혹은 그저 이야기를 하고 싶은 밤에는 사냥터 벼랑에서 몇 시간이고 쉬지 않고 요들송을 뽑아낸다. 우리 길의 그쪽 끄트머리에 키트 태트로가 산다. 그것들의 소리를 먼저 들은 어머니는 바흐의 선율 위로 떨리듯 울려퍼지는 그 소리를 먼저 듣고 CD 플레이어 리모컨의 일시정지 버튼을 꾹 누른다. 울음소리가 계속 들리면 우리는 밖으로 나가 뒤쪽 포치에 앉아서 귀를 기울일 것이다. 아침저녁으로 공기가 선선해지고 사슴이 길과 과수원에서 물러나 울창한 숲속으로 들어가는 9월의 중순, 코이독이라는 잘못된 이름이 붙은 그 짐승이 만들어내는 음악은, 파멸되고 사냥감이 되었으나 여태 살아남은 짐승, 그럼에도 생명을 이어온 짐승, 결코 사라지지 않을 모든 짐승의 음악이 된다. 그것들은 갈까마귀와 함께 말살당해도 또다시 살아온다.

뒷문 자물쇠를 바꾸고 거의 일 년 반이 지난 어느 밤, 우리는 방충문을 단 뒤쪽 포치에서 고리버들 의자에 앉아 그것들의 소리를 듣고 있었다. 코요테 울음소리가 잠시 그쳤을 때 어머니와 나는 발소리를 듣는다. 진입로에 깔린 화산암 자갈을 밟고 집 모퉁이를 따라 판석 보행로를 살그머니 걸어오는 소리. 우리 둘 다 말이 없지만 나는 깜짝 놀란다. 믿을 수 없다. 우리 둘 다 그가 누군지, 그가 어디로 갈 생각인지 알고 있다. 그가 찾아오던 밤들에 대해 어머니가 모두 알고 있었다는 사실을 내가 분명히 깨닫는 것도 그 순간이다. 몰랐다면 어머니는 깜짝 놀라 틀림없이 무슨 말이라도 내뱉었을 것이다. 반달이 떴지만 포치는 칠흑 같은 어둠에 갇혀 어머니와 나의 모습은 눈에 보이지 않는다. 커트가 계단을 올라오고, 방충문이 조그맣게 끼익 소리를 내며 열린다. 그가 포치로 들어와 자물쇠가 바뀐 문을 향해 걸어온다. 그가 문을 열려고 하는 순간 나는 그에게 애달픈 연민을 느껴 페인트를 칠한 바닥 판자에 발을 비빈다. 그가 얼어붙듯 멈춰 선다.

"앉아요. 여기." 내가 말한다. "자기 전에 어머니랑 코요테 우는 소리를 듣고 있었어요."

그는 더듬더듬 의자를 찾아 내 바로 옆자리에 앉는다. 크라에는 사회적 반사신경이 빠르다.

그는 전혀 당황한 기색 없이, 어색한 상황에 구차한 변명도 하지 않고 이내 정중하게 대화를 시작한다. 그가 어머니에게 건강에 대해 묻자 어머니는 그가 기대했을 것보다 더 구체적으로 대답한다. 어머니는 이 모든 상황에 결연한 의지를 보인다.

나는 이따금 멀리서 커트를 보았었고, 심지어 한번은 잡화점에 갔다가 유리알 눈을 부릅뜨고 으르렁거리는 코요테의 머리 아래서 인사를 하기도 했었다. 자물쇠를 바꾼 뒤로는 커트의 전화를 받지 않았다. 어쩌면 그가 간간이 찾아와 뒷문을 열려고 했는지도 모르겠다 생각하니 혼란스럽고 한편 묘하게 마음이 흔들린다. 그는 어둠 속에서 아마 내가 앉은 위치를 정확히 모르면서 내게 바짝 붙어 앉았고, 그의 따스한 체온이 내 피부로 서서히 옮겨온다.

“어떻게 지냈어?” 그의 목소리는 가벼운 안부를 묻는 그 일상적인 질문을 심오하고 대답하기 어려운 것으로 바꿔버린다. 어떻게 지냈느냐고?

“최근에요?” 내 목소리에서 경계심이 묻어날 것이다.

“대체로 어땠느냐고.”

“일이 많아요.” 실제로는 일거리가 줄어들고 있지만 나는 이렇게 말한다.

“사람들은 죽으니까.”

“죽는 게 우리 일의 다는 아니지.” 어머니가 말한다. “이따금 살림을 확 줄이고 싶어하는 사람들도 있으니까. 아니면 요양시설 같은 곳에 들어가든가.”

“요양시설요. 바이슈텐츠레벤Beistehendsleben. 이게 더 좋게 들리네요.”

“난 자러 가마.” 어머니가 일어나 집안으로 들어간다. 나도 따라 일어서려는데 커트가 내 팔을 잡으며(그는 내가 어디 있는지 정확히 안다) 말한다. “가지 마.”

내 외모는 별다른 특징이 없다. 검은 머리, 검은 눈, 하얀 피부, 화려하지도 평범하지도 않은 얼굴. 체구도 중간, 키도 중간이다. 사이즈는 늘 중간이고 바지 길이는 보통이다. 색은 중간색을 좋아한다. 굽도 중간이다. 다른 사람의 기억에 남을 만한 요소도, 흥미를 끄는 점도, 특이한 면도 없고, 단연코 아름답지 않다. 그런데 크라에가 나를 만지고 내가 아주 갑자기 이 모든 것이라고—특이하고, 아름답고, 흥미롭고, 유채색 그림 같다고—느끼면 그건 아주 어려운 문제가 된다. 나는 다시 자리에 앉는다. 굳은살이 박인 그의 손바닥은 아직 내 팔을 감싸쥐고 있다. 나는 그냥 가버릴 수가 없다. 그가 내게 말한다.

"이해할 수 없어."

캄캄한 마당에는, 잔디를 깎은 곳 주변 잡초와 덤불이 무성한 곳에 반딧불이 몇 마리가 끈질기게 살아남아 맥박처럼 불빛을 반짝인다. 이따금 바람이 그것들을 데려가 불빛을 흩어놓는다. 키 큰 풀밭 너머 과수원은 눈물처럼 열매를 매달았다. 오래된 나무의 가지에는 곰이 좋아하는 작고 야문 사과가 주렁주렁 열렸다. 어느 어둑한 오후 나는 어슬렁거리는 곰 한 마리를 보았다. 어쩌면 지금도 있을지 모른다.

"곰은 밤중에 나오나요?" 내가 묻는다. 무슨 말을 해야 할지 모르겠다. 그는 대답이 없다. "과수원에 한 마리가 있는 것 같아서."

"우리는 대화 자체를 하지 못했어. 당신이 전화를 받지 않았으니까. 당신이 나를 떠났어."

"여전히 말하고 싶지 않아요. 말할 것도 없고."

"당연히 있을 거야. 이야기할 건 아주 많아. 당신은 왜 그랬지?"

"그래야 했으니까."

"봐, 당신이 문을 잠가 내가 들어오는 걸 막았지만 나는 딴 여자한테 가지 않았어. 난 기다리고 있어. 돌을 가지고 작업하면서. 난 기다릴 줄 아는 사람이지만 오늘은 어쩔 수가 없었어."

그의 목소리는 푹 잠겨 있다. 나는 두 손으로 내 눈을 가린다. 내가 무슨 말을 하든 잘못된 말이 되리란 걸 알기에, 나는 침묵을 지키며 일기장을 넘기듯 내 생각의 페이지를 넘긴다. 어쩌면 잘못된 것 이상으로 나쁠 것이다. 손이 떨리면 어쩌나 걱정이 된다. 소리 내어 말하면 내 목소리가 떨리리란 걸 나는 안다. 풀밭에서는 마지막 남은 귀뚜라미가 요란한 한숨을 쉬고, 나는 이제 필사적으로 침묵을 지키고 그가 떠나기를 기다리며 그 소리를 듣는다. 그가 움직이더니 팔을 내밀어 내 팔을 잡는다. 눈을 감자 찬란한 빛이 아른거린다. 초록 빛깔로 불타는 원. 우리는 한동안 말없이, 한 마디도 하지 않고 앉아 있는다. 커트가 마침내 입을 연다. 내가 예전에 들은 적이 있는 말이다. 다른 남자들이 같은 말을 했었다. 그런 말을 들으니 되레 안심이 된다. 어둠 속에서 그의 목소리가 육신에서 빠져나와 둥둥 떠다니며 말하고 또 말한다. 내가 차갑단다. 내가 이상하단다. 그를 버렸단다. 그에게 상처를 주었단다. 나는 기계적으로 대꾸하고 사과하지만 해명은 하지 않는다. 우리가 그 벌어진 간격을 말로 채우자 그 말들이 얼어붙어 골짜기가 되고, 그 골짜기는 더욱 깊어져 결국 우리 사이에는 떨어진 말들로 채워진 심연이 가로놓인다. 그뒤로 우리는 그 깊은 구덩이에 우리의 말들을 던져넣기만 한다. 더 나은 방법이, 뭔가 제대로 된 의사소통 방식이, 여자와 남자가 서로 헤어지지 않는 방법이 있을 것이다. 하지만 말이 아니면 뭐가, 뭐가 더 있을 수 있나? 말들이 우리 사이에 쌓이고 코요테는 다시 울부짖기 시작한다. 우리는 자리에 앉은 채 침묵에 빠져들고, 그가 내 손을 잡는다. 우리는 말을 교환할 때보다 알 수 없는 심장에서 쏟아져나오는 그 알 수 없는 언어를 들으면서 더 가까워진 것 같다. 코요테의 울음소리가 그친 뒤 그가 나와 자려고 하지 않고 떠날 때에는 심지어 우리 사이가 더 가까워진 것 같다. 집 안으로 들어가 문을 닫고 자물쇠를 건 뒤 나 혼자 2층으로 올라갈 때는 그 어느 때보다 그와 가까워진 것 같다.

아주 깊은 잠이 들었던지 아침이 되자 내가 어디 있는지도 기억나지 않는다. 잠시 나는 붕 떠 있는 듯한 묘한 상태다. 나는 어디에도 있을 수 있다. 죽었을 수도, 여전히 꿈속일 수도 있다. 하지만 눈을 뜨자 알 수 없는 여행을 떠났다가 방금 돌아온 기분이다. 시야가 더 선명하고, 익숙한 창문 풍경이 새로워 보인다. 소나무는 가느다란 열매를 매달았고, 가을의 햇살은 설핏하다. 옅은 크림색이 칠해진 내 방에서 나는 햇살이 바깥의 나뭇가지들 사이를 통과해 안으로 들어와 벽에 환한 빛의 웅덩이를 그리는 것을 잠시 지켜본다. 벽에 붙여져 일정하게 배치된 책장에는 해마다 기록한 일기장, 공책, 수첩이 차곡차곡 꽂혀 있다. 어젯밤 나눈 공허한 말과 내가 느낀 두려움에도 불구하고, 뭔가가 내 안에 이 놀랍고도 은밀한 고요를 데려왔다.

나는 아래층에서 진한 커피를 홀짝이며, 어머니가 여느 아침처럼 버터를 바르지 않고 구운 토스트를 조각조각 떼어 우물거리며 먹는 모습을 조심스레 지켜본다. 우리의 이런 일상은 어머니가 죽는 날까지 이어지겠지만, 어머니는 내 어린 날의 소망처럼 죽을 때 나를 데려가지는 않을 것이다. 아니, 나는 이 땅에 남겨져, 내게 주어진 시간들로 내가 할 수 있는 것을 해낼 것이다.

"사업을 정리하는 건 어때요." 내가 어머니에게 말한다.

어머니가 나를 돌아본다. 아주 미세하게 처진 어머니의 눈에 어두운 빛이 떠올라 있다. 경계와 저항의 표시다. 물론 어머니는 내게 뭘 기대할 수 있는지 늘 알고 있었고, 그 점은 확신했다.

"그러면 뭘 하게?" 그녀가 묻는다.

"도매 수입을 하면서 여행을 하는 거예요. 우리, 할머니 땅에 집을 지어요. 전 글을 쓸게요. 북의 역사에 대해. 버나드 씨가 해준 이야기를 전부 쓰거나. 아니면 시를 쓰거나요. 네타에게 바치는 시를 써도 되고. 우리는 뭐든 할 수 있어요."

내가 네타를 언급했는데도 어머니는 무시한다. 못 들은 척한다.

"무슨 돈으로?"

"집을 팔죠."

"그건 안 돼. 그럴 수는 없어." 어머니가 고개를 절레절레 흔들더니, 방금 깜짝 놀랄 일을 겪었거나 배신을 당한 사실을 알게 된 사람처럼 나를 빤히 쳐다본다. 그러고는 그 말에 못을 박는다. "말도 안 되는 소리를 지껄이는구나!" 어머니의 입이 한쪽으로 약간 처지는 것을 보니 어머니가 정말로 늙어버린 걸 알 것 같아 나는 가슴이 찢어질 듯 아프고 마음이 약해진다. 내가 이 장소에 붙들려 있는 이유는 동생을 잃어서도, 아버지를 잃어서도 아니다. 그것은 어머니를 끝까지 지키겠다는 마음과 어머니를 슬픔 속에 혼자 살도록 내버려두지 않겠다는 굳은 결심 때문이었다. 하지만 지금 생각하면 어쨌거나 어머니는 결국 그렇게 살았던 것 같다. 어머니에게 내 존재는 그저 어머니 자신을 비추는 거울 같지 않았던가? 나는 어머니의 온화하고 신중한 삶을 내 것과 일치시켰다. 어머니와 나, 우리는 진정 한 사람이었다. 하지만 이제 더 깊이 들어가, 우리는 어쩌면 분리되어야 한다. 우리는 우리가 각각 무엇으로 만들어졌고 어떤 다른 이야기를 가졌는지 직면해야 한다. 나는 어머니에게 이런 부분을 건드리는 이야기를 하는 것이, 안전한 행동으로 엮어 짠 우리의 편안한 그물을 뚫는 것이 늘 두려웠다. 우리가 날마다 훌륭히 엮어온 그 그물.

"그날 어디에 계셨었어요?" 내가 묻는다.

"언제?" 어머니는 나를 쳐다보지 않는다. 이 질문이 그냥 평범한 질문이라는 듯한 태도다.

"그애가 나무에 올라가 있다 걸어서 떨어진 그날이요."

"뛰어내렸다는 거지?"

"아니요, 그애는 높은 나뭇가지에 있다가 걸음을 옮기듯 발을 뗐어요. 내가 떨어진 건 아버지 때문이고요. 아버지는 내가 떨어지는데도 내버려두었고, 그 순간에 그애가 그걸 지켜봤어요. 그앤 어쩌면 내가 죽었다고 생각했을 거예요. 모르겠어요. 그애는 그냥 걸은 거예요. 차는 보이지 않았어요. 어머니가 몰고 나갔으니까요. 어디 가셨던 거예요?"

어머니는 손가락에 토스트 부스러기를 묻힌 채 나를 똑바로 쳐다보고는, 내가 끝까지 대답을 기다릴 작정인 것을 알아차린다. 어머니가 빵을 조금 삼킨다.

"그애가 나뭇가지에서 걸어서 떨어졌다고." 어머니가 말한다.

어머니는 고개를 끄덕이며 자신의 내면을 들여다보려는 듯 눈을 감는다. 어머니가 지금껏 다른 장면을 마음속에 그렸고 다른 이야기를 믿어왔다는 것을 알겠다. 어떤 것인지는 중요하지 않다. 다만 그것은 어머니가 나를 용서하는 일과 관련이 있다. 어머니가 하루도 빠짐없이 해온 일이다. 나는 어머니가 심지어 지금도 나를 용서하는 일을 멈출 수 없을까봐 두렵다. 어머니는 눈을 뜨고 뭔가 결심한 듯 입을 뗀다.

"다른 사람하고 같이 있었어."

"남자를 만났어요?" 나는 바보같이 그렇게 묻고, 놀란 쪽은 이제 내가 된다.

어머니가 고개를 끄덕이며 조용히 말한다. "내가 집을 자주 비웠지. 기억 안 나니?"

나는 잠시 당황해서 입을 다물지만, 곧 의기소침해져서 이렇게 묻는다. "그 사람을 사랑했나요?"

"물론 그랬지." 어머니가 당신의 손을 내려다본다. "지나칠 정도로, 어리석을 만큼." 어머니는 속삭이듯 말하다가 나를 올려다본다. "하지만 사람들이 사랑을 받는 건 그런 식이야."

우리는 서로의 눈을 한없이 바라본다. 어머니와 이렇게 바라보는 것은 결코 쉬운 일이 아니다. 자신의 삶의 근원을 응시한다는 것은 무섭도록 친밀한 일이다. 하지만 어머니가 지금 어떤 자유를 내게 주려는지 나는 안다. 나는 숨쉬는 것조차 잊을 만큼 순수한 혼자의 시간에 빠져들고, 머리가 조금 어지럽다. 눈을 감으니, 곧 기이한 기분이 들기 시작한다. 처음에는 어머니가 내 위로 꽃처럼 피어나는 것을 느낀다. 새잎을 돋아낸 나무 한 그루가 그 짙푸름으로 하늘을 채우고, 제 아래 사는 생명들을 희생하며 무럭무럭 자란다. 어머니의 죄의식은 더 크고 더 깊다. 나는 지금까지 그 검디검은 죄의식의 그림자 안에서 살아왔다. 그 순간 햇빛이 내게 곧장 쏟아진다. 나는 느낀다. 은은하고 부드럽고 환한 빛이 내 살을 덥히며 방안을 가득 채운다. 눈을 뜨자 어머니는 아직 거기에 있지만, 이제 어머니는 더이상 나를 용서하는 사람이 아니다. 아니, 이제 내가 어머니를 용서해야 한다.

지난여름에 겨울철 주수입원이었던 마리화나 농사가 수포로 돌아간 덕분에 키트 태트로는 마침내 자신의 인디언 뿌리를 알아냈다. 먼지투성이 가계도를 추적하여 핏줄을 찾아낸 것이 아니라 샤먼을 찾아갔다. 그는 빈털터리가 되자 처음부터 다시 시작하기로 했다. 새로운 길을 찾는 것이다. 대부분의 복수가 그러하듯 내 영악한 복수도 결국 역효과를 낳았다. 어머니는 키트가 이야기를 장황하게 늘어놓는 걸 좋아한다. 그가 재미있는 모양이다. 그러니 내가 미루어 짐작했건 것과는 반대로 여기 뉴햄프셔주에서는 많은 샤먼이 활동하고 있었고, 그 사실을 알게 된 건 내 실수였다. 샤먼마다 일종의 지하조직망 같은 것이 있다. 샤먼을 아는 사람이 있고, 그 사람을 아는 사람이 있고, 그 아는 사람을 아는 사람이 있고…… 그런 식으로. 샤먼을 찾아가고 싶은 사람은 그런 연락망을 통해 범위를 좁혀가며 그 중심에 이른다.

그날 어머니는 사냥하러 가는 길에 들렀다는 키트와 대화를 나누지만, 분명한 사실은 아직 활이나 전장총을 들고 사냥을 하러 가는 철도 아니라는 것이다. 어쩌면 마리화나 작물을 파묻거나 내년에 심을 새 장소를 물색하러 가는 것이리라. 두 사람 옆을 슬그머니 지나가려 해보지만 어머니가 나를 보내줄 리 없다.

"죄송하지만 저는……"

"여기 있어." 어머니가 말한다. "키트가 아주 재미있는 이야기를 해주는 중이야."

"오, 그러니까 샤먼들은 광고를 안 한다는 거네." 어머니가 말한다.

"하는 샤먼도 있어요. 그런 광고를 실어주는 작은 신문들이 있거든요." 키트는 퍽 진지하다. "물론 정말 뛰어나다면야 광고를 할 필요가 없겠죠. 평판이 말해주니까."

"그 사람들의 영험한 능력이겠지, 아마도."

그가 고개를 끄덕이더니, 그가 찾아갔던 샤먼은 담요와 물통을 주면서 자기집 뒷마당으로 그를 내보낸 뒤 거기서 나흘 동안 단식을 시켰다고 말했다. 샤먼이 원을 그리며 그의 주위를 돈 다음, 그 원 밖으로 나가지 말라고 했다. 샤먼은 다시 안으로 들어가 평소처럼 생활했고, 키트는 원 안에 앉아서 화창한 오후와 추운 밤, 비가 부슬부슬 내리는 아침을 맞았다. 그렇게 나흘이 지나갔다. 이따금 샤먼이 밖으로 나와 향모와 샐비어를 태웠고 그 연기를 부채로 흩어 태트로에게 보냈다. 그 나흘 동안 키트는 돈을 벌 수 있는 방향과 자기 뿌리가 되는 부족을 알려주는 환시를 보기로 되어 있었다. 하지만 끝내 환시를 보지는 못했다. 그는 어질어질하고 메슥거리는 상태로 조용히 단식을 끝냈지만 답을 찾지 못해 참담했고 결국 직업소개소를 찾아가는 수밖에 없어 보였다. 하지만 집으로 돌아오는 길에 마치 천둥이 치듯, 그 사건이 일어났다.

2차선 고속도로를 달리던 키트는 매끈하게 잘빠진 RV차 한 대를 추월했는데, 그의 앞에 그런 차들이 한 줄로 늘어서서 달리고 있었다. 모두 똑같이 시속 50마일이 안 되는 속도로 달리고 있었다. 짜증도 나고 얼른 집으로 돌아가고 싶기도 해서, 그는 RV차를 또 한 대 추월한 뒤 그다음 차에 바짝 따라붙었다. 키트는 무리와 보조를 맞추는 느긋한 성질이 아니어서 자신의 평소 속도를 내기로 결심했다. 여섯 번을 그렇게 추월하고서야 문득 깨달았는데, 차들이 모두 같은 회사 '위네바고' 차 였던 것이다. 하지만 그 때문에 그가 크게 놀란 것은 아니었다. 그런 일이 일어나려면 정령들에게 머리통을 얻어맞는 정도의 충격은 있어야 했다. 그가 완만한 비탈로 들어서서 자동차 한 대를 더 추월하려는데 난데없이 빨간색 체로키 지프차가 나타나 그를 향해 돌진했다. 키트가 얼른 운전대를 꺾는데 그 오싹한 순간에 그에게 처음 떠오른 생각은 '나는 이 위네바고들과 함께 있어야 한다'는 것이었다. 오른쪽 차선으로 다시 옮기면서도, 정황상 한 대는 들이받겠구나 하는 생각에, 그는 각오를 단단히 해야 했다. 하지만 놀랍게도 도로가 비어 있었다. 위네바고들이 곤경에 빠진 그를 보고 자리를 만들어 끼워준 것이다. 그 모든 일이 일이 초 사이에 일어났고, 피하고 끼어든 것은 간발의 차이였다. 태트로는 계속 달리면서 혼이 반쯤 빠져나가 붕 뜬 기분이었는데, 위기의 공포가 떠난 자리에 묘한 기쁨이 샘솟았다. 그는 무사했고, 편안했고, 받아들여졌고, 수용되었다. 그들 무리의 일원이 된 것이다.

우리 모두 한동안 침묵을 지키며 그 이야기를 생각했다.

"그러니까 당신이 위네바고족이라고 생각한다는 거죠?" 내가 묻는다.

키트 태트로가 손을 들어올렸고, 어머니는 그저 웃을 뿐 말은 하지 않는다.

"우리는 호칭크로 불리는 걸 더 좋아해요." 그가 말한다.

"체로키도 있었잖아요. 당신이 체로키라고 생각할 수도 있지 않아요?"

"내가 체로키 때문에 죽을 뻔했던 걸 잊지 말아요. 우리는 아마 옛날에 서로 적이었을 걸요."

나는 그 말이 농담이기를 바라지만, 이 문제에 대해서만큼은 평소 그의 유머감각을 찾아볼 수 없다.

"그러니까 당신은 자동차 브랜드로 환시를 본 거네요. 당신이 브랜드 이름을 딴 부족의 일원이라고요?" 나도 모르게 이 말이 튀어나온다.

그는 질문은 하지 마요, 하고 말하려는 듯 다시 손을 들어올린다. "지금 조사중이에요. 듣고 싶으면 다 말해줄게요."

그러고서 키트 태트로는 우리집 뒤쪽 숲속으로 휘휘 걸어가버린다. 이번에는 머스킷 총이 아니라 활과 아우트리거 카누 모양으로 만든 우아한 화살통에 꽂은 화살을 들었다. 그는 평범한 사냥꾼이 입는 오렌지 색깔이나 카무플라주 파카를 입지 않고 수사슴 가죽 재킷과 검은색 진바지를 입었다. 면도는 깔끔히 했고, 일 년 동안 기른 머리는 어깨를 스치며 찰랑거린다. 사실 그는 마리화나를 재배하는 사람으로 보이지는 않는다. 앞치마를 하지 않고 재킷만 입은 그를 본다면 누구도 사슴 내장을 제거하는 사람으로는 보지 않을 것이다. 가죽은 얼룩 하나 없고 캐러멜처럼 말랑말랑하다. 그는 마당의 경계를 넘으며 내게 고개를 까딱한다. 부츠를 신고서 머리를 흩날리며 성큼성큼 사라지는 그의 모습은 이제 인디언 혈통을 동경하던 쓸쓸한 예전 모습이 아니다. 어쩐지 존재감이 커진 듯하고 더 당당해 보인다. 새로운 무게감이 생겼다. 그는 정말로 중요한 사람이 된 것 같다.

* * *

페이 씨와 엘시 부인께.

편지를 써야겠다는 마음을 먹은 게 벌써 한참 전이군요. 이렇게 늦어진 점 양해해주십시오. 지난겨울 이후 북 때문에 무척 분주한 나날을 보냈습니다. 그맘때 어떤 사건이 일어났어요.

제가 사는 곳 근처에 세 아이와 어머니로 구성된 한 가족이 삽니다. 지난겨울 그 어머니가 집을 비운 사이에 집이 불에 몽땅 타버렸는데, 아이들은 다행히 늦지 않게 밖으로 나왔어요. 밤 기온이 영하로 떨어진 날이어서 맏이였던 쇼니는 어린 동생들을 데리고 숲길을 통해 제 집으로 오기로 마음을 먹었습니다. 집 마당에 다다르기 직전에 눈이 쌓인 얕은 골짜기를 지나야 해요. 세 아이 모두 골짜기에 빠졌습니다. 거기서 얼어죽었을 수도 있었어요. 쇼니는 꿈을 꾸었고 동생들은 의식을 잃었습니다. 그때 북소리가 들렸답니다. 쇼니 말로는 그 소리가 자기를 일으켜세웠다고 해요. 소리는 점점 커졌고, 쇼니는 마침내 동생들을 데리고 제 집에 도착했습니다. 그러는 내내 저는 자고 있었어요. 북은 언제나처럼 저와 함께 있었고요. 저는 어떤 소리도 듣지 못했습니다. 제 귀에 북은 잠잠했지요.

감사를 표하는 방법으로 이 이야기를 해드리고 싶었습니다. 북은 이제 자주 사용되고 있습니다. 북이 어디에 있건, 이곳에 오신다면 언제든 환영입니다.

제 아버지가 북을 판 것은 인디언 보호관이었던 주잇 태트로 노인이 수집품을 챙겨 동부로 떠나기 직전이었어요. 그 사람한테 북을 판

것은 아버지가 살아 계실 때 한 일 중 가장 후회한 일이었습니다. 북 이야기를 할 때 아버지는 늘 고개를 푹 숙이고 바닥만 한참 내려다보았지요. 마치 바닥을 꿰뚫어보려는 것처럼요. 그런 순간에는 아무도 말을 붙일 수 없었습니다.

북이 돌아와 이곳에는 좋은 기운이 돕니다. 사람들이 북이 있는 곳으로 몰려옵니다. 제게는 놀라운 일이에요. 어린 쇼니는 어머니와 함께 집이 불탔던 자리에 새로 지은 집으로 돌아갔습니다. 우리 주택 관리 부서가 일을 제법 잘 처리한 것 같군요.

건승을 빌며,
버나드 샤와노

* * *

그러니 우리가 어디서 구조될 수 있을지 어느 누가 말할 수 있겠는가?

하지만 이것은 옛날 옛적 우리 길의 끝에서 열렸던 부흥회 같은 그런 이야기는 아니다. 느닷없는 말로 들리겠지만 나는 믿는다, 확신한다, 심지어 구원받았다고 말하는 것이나, 키트 태트로가 간절히 소망했던 것처럼 원주민 전통에 자신을 내맡기는 것은 내 성격과 맞지 않다. 구원은 수없이 비틀거리며 걸어야 하는 복잡한 과정 같지만, 나는 의심이 많고 행동이 느리다. 우리는 버나드가 그 북을 한껏 대접하는 날이라고 설명한 축제에 참가하려고 고향으로 돌아간다. 거기서 북의 노래도 배울 것이다. 내가 어머니에게 충동적으로 제안하긴 했지만 우리의 삶을 실질적으로 바꾸기까지 신중히 따져보고 이래저래 금전적인 문제를 처리하려면 분명 여러 해가 걸릴 것이다. 그래도 변화는 일어나리라. 심지어 내가 정직한 줄 알고 살다가 북을 훔쳤던 그날 이전과 지금은 같은 것이 아무것도 없다.

그러고 보면 때때로 어떤 일들은 동시에 일어난다.

이른 가을, 콩코드와 보스턴 교외에서 몰려온 사냥꾼들이 개나 소들에게 총을 쏘아대기 전에 나는 종종 숲속에서 산책을 한다. 해마다 상당수의 길든 짐승이 희생된다. 그리고 사람들도. 주부들은 뒷마당에서 빨래를 널다가 깜짝 놀라 달아난다. 오렌지색 불꽃이 날아온다. 아무도 흰색 장갑을 끼거나 흰색 모자를 쓰지 않는다. 사냥꾼들은 어른거리는 흰색에 반응을 보이는데, 깜짝 놀라 겁을 먹고 껑충껑충 뛰어가는 사슴의 꼬리털을 본 것이 틀림없다고 생각해서다. 그래서 나는 대학살이 일어나기 전에 산책을 한다. 날씨가 화창하다. 신개발지역 바로 뒤로는 스노모빌이 다니는 길이 있고, 그 길을 올라 테이블 상판처럼 생긴 아담한 목초지와 자작나무가 무리 지어 자라는 곳을 가로질러 더 깊이 들어가면, 바위가 많고 소나무와 솔송나무가 자라는 땅이 나온다. 길은 이어져, 어떤 장소들에 이르는 길은 똑바로 뻗었는데 그 각도가 아주 가팔라서, 스노모빌이 그 길을 올라가는 것을 도무지 상상할 수가 없다. 다른 길들은 큰 바위들 사이로 구불구불 올라가는데, 어떤 바위는 집채만큼 크다. 내가 이곳을 걸을 때 수북이 쌓인 오래된 솔잎과 비옥한 흙이 내 발뒤꿈치에 짓밟혀 숲의 냄새를 풍겨낸다.

언제나처럼 나는 이런 생명의 잔재에 감사한다. 그런 것들은 자신이 파멸된 것을 모른다. 그것들은 찬란한 시절을 즐기고, 흔쾌히 떨어지고, 화려하게 썩어간다. 숲을 보라. 나는 색 바랜 잎사귀, 무당버섯, 석송, 술잔버섯 같은 것들을 집어 자세히 들여다본다. 그것들의 수동적이고 자족적인 본성은 경이롭다. 길에서 20피트나 30피트 정도 떨어진 바위들 틈으로 언뜻 하얀 사슴뿔 귀퉁이가 보여 나는 얼른 그쪽으로 걸어가 그것을 나뭇잎 사이에서 주워 올린다. 뿔은 아니다.

흉곽에서 뜯어낸 갈비뼈란 것을 대번에 알겠다. 나뭇잎을 치워내니 남은 뼈대는 그럭저럭 원래의 모양을 유지하고 있지만 우리 친구 갈까마귀들이 살점을 말끔히 쪼아먹은 뒤다. 지금 갈까마귀들은 무슨 일인가 싶어 높다란 솔송나무에 모여 깍깍거리며 웃는다. 나는 회색 털가죽과 흰 목줄을 번드친다. 목뼈와 이끼 낀 가죽 주위로 두개골 밑을 바짝 조인 개 목줄이 보인다. 버클의 링에는 여전히 쇠사슬과 연결된 튼튼한 걸쇠가 달려 있는데, 그 쇠사슬이 두 개의 바위 사이에 끼여 팽팽하게 당겨졌다가 느슨해져서 땅바닥에 닿게 내려왔을 것이다. 쇠사슬을 따라 바위가 있는 곳으로 가서 보니 그것이 여전히 단단히 끼여 있다. 맨 끝 고리에 짧은 막대가 끼워져 더욱 빠질 수 없게 고정되어 있다. 가죽 목걸이였다면 헐거워질 수도 있었을 것이다. 시간이 지나면서 어찌어찌 그것을 귀 위로 벗었을 것이다. 하지만 무거운 버클과 프롱칼라가 달린 질긴 나일론 목줄은 아마 너무 조여 어떻게 해볼 도리가 없었을 것이다. 그래서 그 개는 끝내 여기에서 죽음을 맞았다. 파란색과 갈색의 짝짝이 눈. 그 굶주린 미소.

숲길을 내려오면서 혼자만의 생각에 빠져 있던 나는 아무 마음의 준비 없이 곰 한 마리와 맞닥뜨린다. 곰은 느릿느릿 길을 건너다가 자갈길에서 걸음을 멈춘다. 정신이 딴 데 가 있던 터라, 나는 곰을 향해 계속 걸음을 옮긴다. 곰이 몸을 일으켜 뒷다리로 선 채 나를 물끄러미 쳐다보고 그 예민한 코를 허공에 박은 채 킁킁거리면서 좋지 않은 시력으로 뭔가를 탐색하는 모습을 보고야 나는 걸음을 멈춘다. 야생 곰에게 이렇게 가까이 다가간 것은 처음이지만 겁이 나지는 않는다. 서 있는 자세를 보아하니 적대감은 없는 것 같고 딱히 호기심을 보이는 것 같지도 않다. 마치 내가 누구인지, 어떤 사람인지 알고 있는 것 같다. 곰의 표정이 시큰둥하다. 곰의 큰 몸집, 검은 털의 건강함, 반질반질한 윤기에 감탄이 나온다. 곰이 사라지기 전에 만들어낸 그림 같은 장면도 감탄스럽다. 곰은 가뭇없이 사라진다. 곰이 돌아서서 한 걸음 크게 내딛는데, 그 순간 이미 풍경 속에 삼켜져버렸다. 그것이 유일하게 불가사의한 부분이다. 그 자리에 있다가 한순간에 없어지는 것. 나는 숲의 작은 소리들이 만드는 소용돌이 속에 남겨진다. 다람쥐가 이쪽 가지에서 저쪽 가지로 뛰어다니는 소리. 박새가 꾸지람하는 소리. 작은 가지들이 부대끼는 소리. 그리고 비행기 한 대가 날아간다. 나는 계속 걸음을 옮긴다. 걷다가 과수원과 잘 익어 주렁주렁 매달린 사과를 떠올리고는, 곰이 방금 전까지 과수원에 있었다는 사실을 깨닫는다. 숲길 산책을 끝내고 집으로 돌아온 나는 나무를 긁은 자국이든 똥이든 발자국이든 뭐든 곰이 남긴 흔적이 있지 않은지 궁금해서 과수원으로 다시 간다.

곰 말고는 누구도 사과를 따러 여기로 오지 않았을 것이다. 쭈글쭈글 비틀어지고 말벌에게 속을 다 파먹힌 사과가 바닥에 나뒹굴거나 나무에 여전히 한가득 매달려 있지만, 커트가 일을 썩 잘해냈다는 것을 알겠다. 그는 나무의 생장을 방해하는 안쪽 가지들을 솎아냈다. 사과가 열리면 따기 쉽게 옆으로 뻗은 가지는 그대로 두었다. 나는 이 혼란스러운 광경을 놀란 눈으로, 하지만 만족스럽게 바라본다. 이것이 그 모든 고결한 꽃들에게 일어난 일인 것이다. 신중하게 가지를 잘라낸 자리는 스스로 치유가 되었지만, 사과는 많아도 너무 많이 열렸다. 이미 더 많은 피해를 입었고, 죽은 나뭇가지는 지금대로 방치될 것이다. 확신하건대 과수원은 이렇게 씨름해야 할 커트 같은 구원자를 다시는 맞지 않을 것이다. 동생의 나무로 걸어가자 사과 무게로 부러지기 직전인 그애의 가지가 곧바로 눈에 띈다. 그 가지는 꺾여 있지만 섬약한 나무껍질에 의지해 간신히 붙어 있는 상태다. 힘껏 잡아당기면 툭 부러져, 가녀리고 파리하고 길쭉한 오리새 풀밭에 나뒹굴겠지. 나는 나무에 기대앉아 무릎을 가슴께로 끌어당기고 눈을 감는다. 여린 햇살이 내게 쏟아진다. 반짝거리는 사과들은 내 주위로 온통 흐무러진 무더기를 이루어 시큼한 사과주 냄새를 풍긴다. 사과가 툭툭 떨어지는 소리를 듣다가 불현듯 그 맛이 궁금해진다. 맛이 어떨지 궁금하다. 한 알을 먹어봐야 할 것 같다.

머리에 묻은 잔가지를 쓸어내며 문을 열고 집으로 들어가는데 전화벨이 울린다. 머뭇거리다 얼른 달려간다. 커트의 전화다. 집 뒤쪽 헛간을 개조해 만든 작업실에 누가 침입했다고 한다. 침입자는 크라에가 헛간에 두는 전기 장비를 다 꺼내 〈21호〉를 비롯하여 작년에 켄드라가 죽은 뒤로 진행중이거나 완성한 작품을 모조리 파괴했다. 새로 작업중인 작품은 물론이고 보관해둔 많은 작품이 훼손되었다. 이 특정한 파괴 행위가 우리의 서먹함을 풀어준 이유를 알 수 없지만 나는 크라에의 격앙된 목소리를 듣자 이번 전화가 일종의 간청으로 생각되어, 그와 함께 그 재앙의 현장을 살펴보려고 작업실로 달려간다. 도착해보니 경찰은 벌써 왔다 갔고, 쪼개진 나무와 부서진 돌덩이만 나뒹군다. 부서진 작품과 너무 커서 흠집만 내놓은 작품들 주위로 올가미를 던져놓은 듯 스프레이 페인트를 뿌려놓았다. 페인트는 강렬한 파란색, 내 어머니가 사랑하는 색이다. 어지럽게 핑핑 도는 푸른 에너지를 보니 형태는 모호하지만 어딘지 우수한 문자 같아 보인다. 뭔가 새로운 언어가 만들어지려 한다. 파란색이 어디에나 보인다.

"누가 이렇게 한 것 같아?"

그가 내 어깨를 잡는다. 데이븐의 어머니를 길에서 만난 것은 일 년도 더 전의 일이지만 나는 대번에 그녀가 떠오른다. 희고 고운 얼굴에 석탄을 박아놓은 듯한 아이크 부인의 눈, 그녀가 미소를 짓는다. 하지만 나는 아무 대답도 하지 않는다.

커트는 앓는 소리를 내며 두 손을 머리에 얹고 돌아다닌다. 하지만 거기엔 특이한 점이 있다. 이 심란한 장면에서 그는 겁을 먹었다기보다 오히려 흥분한 것 같다. 비탄에 잠겼다기보다 전율에 휩싸인 것 같다. 그의 얼굴은 발갛고 강렬한 빛을 뿜어내는 것 같고, 그는 파괴에 대해 이야기하면서 머리 위에 올렸던 손을 큰 동작으로 툭 떨어뜨린다. 프롤로켄트체어슈퇴룽Frohlockendzerstörung*. 단어가 저절로 만들어진다. 내 안에서 이름 없는 야성이 끓어오르고, 나는 소리를 지르고 싶다. 커트와 나는 들판을 조금 걸어 커피를 마시러 그의 집으로 간다. 우리는 그사이에 시간이 흐르지 않았다는 듯이, 이 세상에는 보이지 않는 손이 저지른 그 한 번의 보복 외에 다른 사고나 슬픔은 없었다는 듯이 자연스럽게 팔짱을 끼고 걷는다. 그 손은 원한보다는 희열에 사로잡혀 그 행위를 저지른 것 같았다. 마치 어린아이가 그러듯 작품이 파괴되는 것에 깜짝 놀라고 그 시끄러운 소리에 놀라 웃음을 터뜨리면서.

그날 나는 커트의 집에서 함께 밤을 보내며 어머니에게 전화를 건다. 내일 아침까지 돌아가지 않을 거라 말한다. 어머니의 목소리는 조심스럽고, 어쩌면 조금 슬프게 들린다. 하지만 대체로는 안심하는 것 같다.

"잘 자라, 얘야." 어머니가 말한다.

어머니가 다른 말을 해줄 수도 있겠지만, 나는 결코 듣지 못할 것이다. 그런 말을 딸에게 해줄 엄마들이 많을 것 같지는 않다. 어쩌면 그것은 딸에게 산고에 대한 진실을 말해주는 것과 같을 테니까. 어머니들은 우리를 보호하려고 한다. 심지어 우리가 중년이 되었을 때도. 그래서 나는 그 말을 나 자신에게 스스로 해주어야 한다.

삶이 당신을 부숴놓을 것이라고. 그 사실로부터 당신을 보호해줄 사람은 없고, 그것은 혼자 살아도 마찬가지라고. 고독 또한 열망을 자극하여 당신을 부숴버릴 테니까. 당신은 사랑해야 한다. 당

---

* 독일어로, 기꺼이 유혹하며 때려 부수기.

신은 느껴야 한다. 그것이 당신이 이 땅에 태어난 이유다. 당신은 심장을 걸고 여기에 있다. 당신은 삼켜지려고 여기에 있다. 부서져도, 배반당해도, 남겨져도, 다쳐도, 죽음이 어느새 다가와 있어도, 당신은 그런 일이 일어날 때 한 그루 사과나무 옆에 앉아 진한 향기를 풍기는 달콤한 사과가 떨어져 쌓이는 소리를 들으라. 스스로에게 맛볼 만큼 맛봤다고 말하라.

다음날 오후 나는 일을 서둘러 끝내고 일찍 집으로 돌아간다. 자단목으로 만들고 옻칠을 한 아름다운 일본식 수납장을 팔았다. 탐미주의 운동이 일어난 시대의 물건이다. 그 수납장은 팔리지 않고 우리 가게에 이 년 동안 있었는데, 어머니는 내가 경매에서 그것을 구입한 게 잘못이라며 너무 고가라 배달 서비스를 이용해야 하는 단풍놀이 관광객이 아니라면 누가 사 가겠느냐고 몇 차례 넌지시 푸념을 했었다. 그래서 마침내 그것을 팔게 되자 나는 기분이 좋았고, 게다가 계약금도 현찰로 받았다. 만 육천 달러에 가까운 액수를 백 달러짜리 지폐로 받아 오면서 나는 이 행운을 어머니와 함께 어떻게 쓸지 계획을 세운다. 아이크 가족이 다니는 교회 안내판에는 오늘 '하나님은 구원입니다'라고 쓰여 있지만 나는 나중에 계획에 없었던 다소 위험한 일을 하려고 한다. 지금 이 순간 오늘 동생의 무덤에 찾아가겠다고 결심을 한 것이다. 매년 가을마다 이맘때가 되면 나는 동생의 무덤에 찾아간다. 겨울 동안 동생을 잠재우는 행위라고 볼 수 있다. 무덤을 덮은 나뭇잎을 치워내면 잔가지나 리본, 스티로폼 십자가 부스러기, 다른 무덤에서 날아온 여름꽃 장식들이 나뒹굴고 있을 것이다. 비닐 쓰레기봉투와 작은 갈퀴도 챙겨 왔는데, 울퉁불퉁한 묘지 길로 들어서니 갈퀴가 뒷좌석에서 달그락거린다.

우리 지역 아동묘지는 독감이 유행하던 1918년에 만들어졌다. 그때 스타일스 앤드 스토크스 지역에서 많은 사람들이 안타까운 죽음을 맞이했다. 아주 화창한 날에도 이곳은 어두컴컴하다. 20세기 초에 유행했던 양 모양 석상은 이제 비바람에 깎여 반들반들한 돌덩이로 변했다. 어떤 묘비에는 "야생의 희망이 여기 잠들었도다"라고 쓰여 있고, 어떤 무덤에는 자그마한 개의 석상이 죽은 아이의 발치에 쭈그리고 앉은 것처럼 세워져 있다. 부드러운 느낌의 대리석으로 만든 아기 천사도 있고, 작은 손의 윤곽을 새긴 평온해 보이는 작은 묘석도 있다. 커다란 단풍나무 여섯 그루가 발그레한 빛을 흘리고, 그 차가운 붉은빛에 내 마음을 빼앗긴다. 여기저기 심었던 소나무 묘목은 이제 높이 자라 짙은 초록을 뽐낸다. 모여 선 세 그루 나무 사이를 통과하려는데 나무들이 한숨을 쉬며 중얼거리는 것 같아 나는 그 밑에 차를 세운다. 여동생의 묘석은 대번에 눈에 띈다. 어머니가 허물기 직전의 교회에서 구입하여 날짜와 이름을 새겨넣은 천사 석상이다. 무엇보다 천사는 추도의 의미로는 잘 쓰이지 않는데다, 이 석상은 어딘지 살아 있는 듯한 묘한 느낌을 준다. 천사는 날개를 접어내린 대신 활짝 펼쳤고, 뭔가를 알아차린 듯한 표정은 외부를 향한다. 한 손을 한쪽 가슴에 움켜쥐듯 갖다댔지만, 경의나 슬픔의 몸짓이 아니라 숨이 멎는 환희의 순간에 있는 것 같다.

갈퀴로 종잇장같이 바스락거리는 오렌지색과 노란색 잎사귀들을 긁어모으는데, 여우의 그것 같은 날카로운 이빨 하나가 튀어나온다. 그 상앗빛 이빨을 내 스웨터에 대고 닦자 반짝반짝 윤이 난다. 켄드라가 떠오른다. 그애라면 이 이빨을 근사한 귀걸이로 만들어 멋지게 소화해냈을 것이다. 나는 켄드라가 묻힌 곳으로 간다. 켄드라의 묘석은 흰 대리석 조각이다. 지금껏 켄드라의 묘석을 본 적이 없었는데, 그것을 보니 숨이 멎을 것 같다. 커트는 딸을 위해 가장 단순한 형태로 감정을 표현했다. 하얀 카라라대리석으로 만든 우묵한 원, 완벽하면서 음영이 진다. 그의 작품 중에 이만큼 감동적인 것이 없었기에 나는 아무 말도, 아무 생각도 하지 못한 채 그저 하염없이 서 있는다. 잠시 뒤에 나는 주운 이빨을 묘석 위에 올려두고 다시 동생의 무덤으로 향한다.

따스한 흙냄새, 잎맥만 남기고 시든 나뭇잎, 어깨 위로 비스듬히 떨어지는 햇살. 문득 물밀듯 밀려오는 짜릿한 행복을 만끽하며 나는 고개를 들어 하늘을 본다. 갈까마귀들이 직선으로 날아가거나 원을 그리며 돌고 있다. 갈까마귀들은 묘지에 늘어선 소나무들 너머로 조용히 날아간다. 어렸을 때 나는, 나와 동생이 죽으면 새가 되어 만날 거라고 상상했다. 나는 다시 땅으로 시선을 돌려 바닥을 갈퀴로 훑는다. 그리고 가져온 쓰레기봉투에 빛바랜 조화 꽃잎과 플라스틱 파편을 버린다. 다 끝내려면 시간이 한참 걸릴 것이다.

차를 세운 곳으로 돌아가는 길에 나는 절벽 쪽으로 무리 지어 자란 소나무들을 지나간다. 갈까마귀들이 거기서 놀고 있는 것을 보니 틀림없이 상승기류와 하강기류가 있을 것이다. 나는 갈까마귀들이 나뭇가지에서 몸을 던져 그 보이지 않는 흐름을 타는 것을 지켜본다. 그것들은 자꾸자꾸 몸을 허공으로 던지고, 위아래를 뒤집어 하늘을 난다. 몸을 비틀며 수직으로 솟구쳐 하늘 저 높이 올라가고, 다시 절벽 가장자리 위로 몸을 튕기며 날아오른다. 만약 그것들이 갈까마귀 묘지에서 죽은 것들을 먹고 살았던 벌레나 생명체를 먹고 그 물질로 이루어져 있다고 말할 수 있다면, 그것들을 여기에 묻힌 사람들, 아이들, 자신을 희생한 소녀들의 정령이라고 해도 되지 않겠는가? 그렇다면 갈까마귀의 기쁨은 이 땅 위와 이 땅 아래, 그리고 내가 바로 지금 서 있는 여기 그 중간에서 우리가 공유하는 의식意識의 한 형태라 할 수 있지 않겠는가? 내가 이런 생각에 빠져 있을 때 갈까마귀 한 마리가 방향을 틀더니 내 얼굴을 향해 총알처럼 날아온다. 하지만 그것이 내 머리칼에 날개를 스치며 지나갈 때도 나는 움찔하지 않는다. 나는 그 야성의 순간에 내 여동생의 이름을 외쳐 부른다. 나는 돌아서서 그 갈까마귀가 소나무들 우듬지 너머 급선회를 하며 날아가는 모습을 지켜본다. 그것이 다시 절벽 아래로 곤두박질치고 웃고 사라질 때까지.

작가의 말

'숄'의 첫 부분에 등장한 소녀에게 일어난 일은 토바소나퀏이 다른 노인에게 들은 경험담에 바탕을 두었다. 나를 믿고 이야기를 들려준 토바소나퀏에게 감사한다. 그것과 비슷한 민담은 많다. 윌라 케더의 소설 『나의 안토니아*My Ántonia*』에도 그런 이야기가 나온다. 그러니 나는 모든 이야기들이 같은 특징을 가졌으나 조금씩 다른 연속체로 존재한다고, 그리고 이것은 실제로 일어난 사건이라고 결론 내릴 수 있을 뿐이다. 하지만 이야기와, 늑대는 인간을 꺼려해서 영리하게 피해버린다는 실제 사실은 서로 상충된다고도 생각한다. 나는 양쪽 모두에 진실하려고 노력했다. 내 다른 책에서와 마찬가지로, 신성한 지식이 드러난 것은 전혀 없다. 나는 내가 사용하는 모든 지식이 다른 곳에 이미 기록되어 있는지를 꼼꼼하게 확인한다. 토머스 비님의 『오지브웨족의 춤북: 그 역사와 구조*The Ojibwe Dance Drum: Its History and Construction*』는 특히 큰 도움이 되었다. 맑은 눈이 되어준 편집자 테리 카튼에게 감사한다. 세심히 살펴준 트렌트 더피, 이 책을 쓰는 내 시야에 깊이를 더해준 게일 콜드웰에게도 감사의 마음을 전한다.

밤마다 되살아나는 발걸음

슬픔은, 슬픔이라고 단정지어 말하기에는 너무 큰 단어다. 그 안에는 훨씬 복잡하고 많은 감정들이 숨어 있다. 분노, 배신감, 상실감, 외로움, 무력감과 슬픔이 뒤엉킨다. 어떤 것이 먼저고 어떤 것이 나중인지도 알기 어려울 만큼 우리의 감정들은 혼란스럽게 뒤섞여 있다. “인간의 마음은 어디로 보나 우리가 사는 길만큼 얽혀 있다.” 하지만 그런 감정들을 아우르는 감정 하나를 찾는다면 어쩌면, 슬픔일까. 우리 안에서 눈물을 흘리는 그 날것을 아무리 애써도 내보낼 수 없으면 어떻게 하나. 나 자신을 팽개치거나 자신과 타인을 학대한다. 이 소설에서, 아나큇의 남편 샤와노가 그랬던 것처럼. 사람들과 관계를 맺는다는 건 온갖 감정이 부대낀다는 말과 같으니, 자신을 “눈물에 인색”한 사람이 되게 만들면서 사람들로부터 거리를 둔다. 외로움도 무디게 만들면 되니, 차라리 외로움을 견디는 게 낫다. 이 소설의 페이처럼.

어드리크는 이 소설에서 슬픔에 대해 많은 이야기를 하고 있다. 그 슬픔들을 하나씩 들여다보면서 문득 이런 생각을 했었다. 인물들 간 관계의 계보가 아니라 슬픔의 계보를 그려보면 어떨까. 이 슬픔은 저 슬픔에 잇닿아 있고, 저 슬픔은 또다른 슬픔을 일으킨다. 그렇게 하면 좀더 깊은 차원의 계보를 그려볼 수 있지 않을까. 페이의 슬픔, 크라에의 슬픔, 페이의 어머니 엘시의 슬픔, 데이븐의 어머니의 슬픔, 버나드 샤와노의 슬픔, 아나쾻의 남편이자 소녀의 아버지이자 버나드의 할아버지였던 샤와노의 슬픔, 아이라의 슬픔, 모리스의 슬픔, 쇼니의 슬픔. "자신의 죽음을 받아들이려고 걸음을 옮겨 숲속으로 멀어지는" 갈까마귀의 슬픔, 평생 일정한 반경을 맴돌다 갑자기 자유를 얻자 숲속으로 들어가 죽음을 맞는 짝짝이 눈을 한 개의 슬픔, 이렇게 죽임을 당하고 저렇게 죽임을 당해도 "'사니까 사는 거야.'"라고 말하는 늑대의 슬픔, 기뻐도 기뻐하지 않는 과묵함을 배운 코요테의 슬픔. 그리고 그 모든 슬픔의 배경에는 땅을 빼앗기고 목숨마저 잃어야 했던 인디언 전체의 슬픔이 있다. 그리고 이 소설의 중심에는 북의 슬픔이 있다.

이 슬픔들을 잇는 선은 더욱 복잡하고 더욱 질기다. 개의 한쪽 눈의 갈색과 에나멜 냄비의 파란색과 북의 노란색으로 채색되어 있을지도 모르겠다. 슬픔은 어쩌면 색조를 잃은 무채색이 아니라 찬연한 빛깔의 유채색이 아닐까. 그 선들이 이룬 전체는 오랜 세월 타지에서 지낸 거장 화가가 벽면을 가득 채울 만큼 큰 캔버스에 그리움으로 찍어낸 파란색 점처럼 우리의 깊은 가슴속을 울려내지 않을까. 페이는 L. M. B가 오랜 세월에 걸쳐 모았던 슬픔의 손수건들을 들고 한참을 앉아 있다. "슬픔이 얼마나 반복적으로 찾아오는지 이야기하는 사람은 거의 없다." 슬픔은 그렇게 반복적으로 찾아오지만, 어떤 계기로 침잠된 상태에서 밖으로 빠져나올 기회를 찾는다면, 우리는 더이상 주저앉아 있지 않아도 될 것이다. "우리는 슬픔에 대해 말하고 그것을 헤쳐나가야지, 가슴속에 둬서는 안 돼요. 그래서 북이 필요한 거예요. 그 슬픔을 밖으로 꺼내려고. 북의 노래가 슬픔을 멀리 실어가게 하려고."

그렇게 관계와 슬픔의 "실뜨기 놀이"가 시작된다. 북이 있었다. 그전에 소녀가 있었다. 아니, 이렇게 시작하면 바로 소녀의 어머니이자 남편이 아닌 남자를 사랑한 아나퀫의 이야기가 시작될 테고, 그렇게는 북의 이야기를 들을 마음의 준비가 되지 않는다. 여전히 우리는 합리와 이성의 세계에 살고 있다. 페이부터 다시 시작해보자. 미국의 뉴햄프셔주에는 어머니 엘시와 함께 타인의 재산 처분을 맡아 하는, 어드리크가 말하기로 "스스로 백인 문화에 완전히 동화된" 페이 트래버스라는 여자가 산다. 페이는 데이븐과 켄드라의 죽음의 질주 이후 오지브웨족 보호구역의 인디언 보안관이었던 태트로 노인의 재산 처분을 맡게 된다. 그리고 그 북을 발견한다. 아니, 북이 저 혼자 소리를 내어 저 자신의 존재를 알린다. 그렇게 우리는 북이 초대하는 세계로 들어간다. 소녀의 죽음으로 만들어진 북, 소녀의 분노가 드러난 뒤 더이상 사용되지 않았던 북. 소녀의 죽음은 타인을 위한 희생이었고, 켄드라의 죽음 이면에는 켄드라의 인간애가 있었다. 그리고 현재의 시간에서 살아가는 쇼니는 북의 소리를 듣고 자신도 살아나고 어린 동생들도 살린다. 멀고도 가까운 관계들을 연결하는 슬픔과 희생의 이야기들, 마침내 되살아난 북, 회복.

그러니 이 소설은 무엇보다 북의 이야기이면서, 당연히 인간의 이야기이다. 관계, 상실, 슬픔, 용서, 화해, 질서, 무질서, 연결성의 이야기. 그리고 이 연결은 사람과 사람, 산 자와 죽은 자, 산 자와 정령, 사람과 북, 사람과 갈까마귀, 사람과 늑대 등 초자연을 아우르는 것이다. 그렇게 모든 것이 연결되면서 오히려 경계가 흐릿해진다. 지워진다. "만약 그것들이 갈까마귀 묘지에서 죽은 것들을 먹고 살았던 벌레나 생명체를 먹고 그 물질로 이루어져 있다고 말할 수 있다면, 그것들을 여기에 묻힌 사람들, 아이들, 자신을 희생한 소녀들의 정령이라고 해도 되지 않겠는가?"

하루에서 하루 사이에 떠 있는 페이, 한 달에서 한 달 사이에 떠 있는 크라에, 나무와 나무 사이를 이동하며 허공에 떠 있는 갈까마귀. 이 세상에서 저세상으로 이동하며 허공에 떠 있는 태트로 노인과 데이븐과 켄드라와 북이 된 소녀와 네타. 허공을 걸어가는 쇼니. "사이의 공간Zwischenraum". 경계란 있으면서도 없는 것이다. 우리는 아마도 늘 '사이'에 살고 있는 것인지도 모른다. 이 소설에서 아이라는 말했다. "영원히 어중간하게 취한 상태로 산다면 어떨까. 아직 질척거리지도 않지만 완전히 술이 깨지도 않은, 무채색의 어스레한 지대에서 정지된 상태." 이런 허공의 이미지들을 머릿속에 모아본다. 한 장의 넓고 파란 도화지에 옮겨본다. 모든 것이 연결되어 있으나, 무중력 상태처럼 모든 것이 온전히 발붙이지 못한 이미지들. 샤갈의 그림이 언뜻 떠오르고, 에릭 사티의 신비롭고 몽환적인 선율 같기도 하다. 이렇게 떠오르는 '사이'들은 사실적인 이야기나 한쪽의 세계만을 담아내는 이야기들에서는 찾아볼 수 없는, 합리와 이성의 차원을 넘어선 초월적인 세계다. 이런 세계를 자연스럽게 받아들일 수 있다는 건 모든 차원에 열려 있는 사람들의 특권 아닐까.

페이에 대해 루이스 어드리크는 "그녀(페이 트래버스)의 목소리는 내 목소리와 그리 멀지 않다. 나는 그 목소리가 내 목소리처럼 되지 않게 하려고 아주 많이 노력해야 했다"라고 말했다. 작가 자신이 오지브웨족(치페와족)과 프랑스인 혼혈 어머니와 독일계 미국인 아버지의 딸이다. 어드리크가 주인공의 목소리에서 자신을 제거하려고 노력한 만큼, 독자인 우리는 주인공에게서 어드리크를 찾아보려고 노력하게 된다. 페이는, 어드리크는 무엇을 잊고 싶기에, 혹은 잊을 수 없기에 "우리는 늘 망각의 언저리를 걷는다"라고 말하는 걸까. 페이는, 어드리크는 어떤 슬픔의 여정을 겪었기에 "당신은 사랑해야 한다. 당신은 느껴야 한다. 그것이 당신이 이 땅에 태어난 이유다. 당신은 심장을 걸고 여기에 있다"라는 결론에 도달한 걸까. 어드리크의 삶을 파헤쳐 그 유사함을 찾아내는 것도 흥미로운 일이겠지만, 나로서는 작가가 그려낸 인물에서 슬며시 배어나온 작가 자신을 막연히 짐작할 때가 좋다. 그 순간 작가를 아주 친밀히 알게 된 것 같은 기분이 든다. 페이를 볼 때처럼. 페이가 그 일을 하게 된 데도 오지브웨족 핏줄이라는 생득적 배경이 존재했지만, 어드리크가 페이라는 인물을 만들어낸 것도 그 생득적 배경 때문이 아니겠는가.

"나는 죽은 자들과 화해하고 싶다." 페이는 말한다. 묘지에서 시작해 묘지에서 끝나는 이 소설에서 페이가, 그리고 등장인물들이 경험하는 슬픔의 배경에는 사별로 인한 상실이 있다. 화해한다는 것은 죽은 자들과 해결하지 못한 문제를 어떤 방식으로든 풀어내는 것을 의미할 것이다. 페이와 여동생, 아버지, 켄드라, 그리고 페이의 손을 거쳐간 물건들의 주인들. 죽음과 슬픔과 북이 꼬리에 꼬리를 문 원처럼 돌고 돌면서 화해의 춤을 춘다면, 그 이면에 풀리지 않은 분노는 달래질 수 있을까. 그 화해는 남겨진 이들 간의 화해로 이어지고, 그것은 곧 개인과 관계와 사회의 회복과 성장을 만들어내는 바탕이 될 수 있을까. 죽은 자들과 화해하는 것은 죽은 자의 재산을 처분하고 일기와 습작시만 줄곧 써대는 페이의 바람이다. 어드리크의 작가로서의 소명 역시 인디언의 역사적인 아픔과 그 과정에서 무수히 죽어간 이들과의 화해를 이루어내는 일이 아닐까.

루이스 어드리크의 소설을 『사랑의 묘약』 『비둘기 재앙』 『라운드 하우스』, 그리고 이 책 『페인티드 드럼』까지 네 권째 번역하여 선보이게 되었다. 1984년에 『사랑의 묘약』이 발표되었고, 이 작품 『페인티드 드럼』은 2005년에 발표되었다. 『비둘기 재앙』과 『라운드 하우스』는 각각 2008년, 2012년에 발표되었다. 소개되지 않은 어드리크의 작품은 물론 더 많다. 어드리크의 작품을 번역하면서 늘 두 가지에 감탄한다. 이야기를 어떻게 이렇게 맛깔나게 풀어낼까. 『비둘기 재앙』에서 무슘이 들려주는 이야기들. 진실인지 거짓인지에 상관없이 그저 넋놓고 빠져들게 된다. 참 천연덕스럽다. 『페인티드 드럼』에서는 스쿼 맨 키트 태트로가 이야기를 풀어놓을 때 그렇게 빠져들었다. 자신이 인디언 혈통임을 증명하는 방법이 그야말로 기발하고 호소력 있어서 100퍼센트 이상 그럴 거라 믿어버렸다.

이렇듯 유머러스한 이야기꾼 어드리크가 있는 반면, 숨이 멎을 듯 처연하게 아름다운 문장들을 쓰는 어드리크가 있다. 『사랑의 묘약』의 문장은 「옮긴이의 말」에서도 썼지만 정말로 아름다웠다. 그런 문장을 만나면 아름다우면서도 인간으로서 살아가는 데서 비롯하는 애잔한 슬픔이 느껴져 선뜻 그 문장을 떠날 수가 없어진다. 『페인티드 드럼』을 옮기면서도 그런 순간이 많았다. 많은 경험을 하고 그 경험을 자기 안에서 숙성시킨 사람에게서는 아름다움이 느껴진다. 그것을 숭고함이라고 불러도 될까. 인디언이 쓰라리게 경험한 땅의 상실, 문화의 상실, 그리고 아마도 혼의 상실, 그것을 가만히 들여다보면서 성찰할 수 있는 눈을 가진 사람이라면 아마도 그런 숙성의 시간을 거쳐 성장의 길을 걸어갈 수 있을 것이다. 크고 작은 사건들과 끊임없는 관찰과 성찰로 일어났을 페이의 성장을, 아버지와의 싸움 이후 일어났을 버나드의 성장을, 화재 이후 생사의 경계에 갔다 온 쇼니의 성장을, 그렇게 늘 진행중인 그들의 성장을 엿보면서 결국 인간의 이야기는 성장의 이야기가 아닐까 다시금 생각해본다. 그러니 소녀 북이 동부로 가서 성장의 기간을 보낸 뒤 다시 고향으로 돌아왔을 때 그 소리는 더욱 성숙한 목소리로 달라져 있지 않았을까.

『페인티드 드럼』은 번역 후 출간까지 시간이 많이 걸린 책이다. 그래서 좋았던 점이 있다면 책을 읽은 뒤 여운이 깊게 남은 부분을 오랜 시간을 통해 알게 되었다는 것이다. 많은 문장들이 긴 잔상을 남겼지만, 그중에서도 가슴속 가장 깊숙이 내려앉은 부분이 있다. 그 부분은 고적한 밤 혼자 지친 걸음을 옮기다 문득 내 발걸음에 집중하게 되는 순간에, 혹은 밤중에 잠자리에 누워 이런저런 소리에 귀를 기울이며 나의 지난 시간을 돌이키는 순간에 하나의 이미지처럼 떠오른다. 그 역시 애잔하고 아름답다. 나누고 싶다. 나처럼 여기에 오래 오래 머무르는 독자가 있다면 좋겠다.

"깊은 밤중에 우리의 낡은 집은 그것 말고 다른 것도 한다. 전에도 들은 적이 있지만, 나는 지금 어떤 소리를 기다린다. 집은 온종일 돌아다닌 발걸음들을 풀어놓는다. 우리는 하루종일 소소하고 일상적인 일들을 처리하느라 낡고 널찍한 바닥 판자 위로 이 방 저 방 종종거리며 돌아다닌다. (중략) 지금 나는 일어나 어스레한 어둠 속 내 침실 입구에 서서, 나를 향해 선명하게 삐걱삐걱 다가왔다가 나를 스쳐 내 침대로 걸어가는 발소리를 듣는다. 날은 아주 춥다. 소름이 오스스 돋는다. 잠으로 가는 입구에서 죽은 내가 살아 있는 나와 잠시 만난 것처럼, 나는 내가 다닌 길의 호흡을 느낀다."

정연희

옮긴이 **정연희**

서울대학교 영어교육과를 졸업하고 미국 펜실베이니아 대학에서 석사학위를 받았다. 전문 번역가로 활동하고 있으며, 옮긴 책으로 『비둘기 재앙』 『사랑의 묘약』 『라운드 하우스』 『착한 여자의 사랑』 『운명과 분노』 『디어 라이프』 『헬프』 『안녕이라고 말할 때까지』 『그 겨울의 일주일』 등이 있다.

문학동네 세계문학

페인티드 드럼

초판 인쇄 2019년 3월 12일 | 초판 발행 2019년 3월 20일

지은이 루이스 어드리크 | 옮긴이 정연희 | 펴낸이 염현숙

책임편집 박인숙 | 편집 이보라 여승주 이현정
디자인 김현우 이원경 | 저작권 한문숙 김지영
마케팅 정민호 정진아 함유지 김혜연 박지영 김수현 | 홍보 김희숙 김상만 이천희
제작 강신은 김동욱 임현식 | 제작처 한영문화사

펴낸곳 (주)문학동네
출판등록 1993년 10월 22일 제406-2003-000045호
주소 10881 경기도 파주시 회동길 210
전자우편 editor@munhak.com | 대표전화 031) 955-8888 | 팩스 031) 955-8855
문의전화 031) 955-3576(마케팅) 031) 955-2699(편집)
문학동네카페 http://cafe.naver.com/mhdn | 트위터 @munhakdongne
북클럽문학동네 http://bookclubmunhak.com

ISBN 978-89-546-5559-0 03840

www.munhak.com